한국 현대시조 작가론 Ⅱ

이지엽

1982년『한국문학』백만원 고료 신인상에 詩, 1984년 경향신문 신춘문예에 時調가 당선되어 문단에 나왔다. 시집으로『씨앗의 힘』(세계사), 시조집으로『해남에서 온 편지』(태학사), 연구서로『21세기 한국의 시학』(책만드는 집),『한국전후시 연구』(태학사),『현대시 창작강의』(고요아침),『현대시조 쓰기』(랜덤하우스 코리아)가 있다. 현재 경기대학교 한국·동양어문학부 교수, 계간『열린시학』과『시조시학』편집주간.

한국 현대시조 작가론 II

초판 인쇄 2007년 12월 5일 ‖ 초판 발행 2007년 12월 15일 ‖ 지은이 이지엽 ‖ 펴낸이 지현구 ‖ 펴낸곳 태학사 ∣ 주소 경기도 파주시 교하읍 문발리 파주출판도시 498-8 ∣ 전화 (031) 955-7580 (代) ∣ 팩스 (031) 955-0910 ∣ 등록 제406-2006-00008호 ∣ e-mail thaehak4@chol.com ∣ http://www.thaehaksa.com

ISBN 978-89-5966-192-3   94810
ISBN 978-89-7626-777-1   (세트)

한국 현대시조 작가론 Ⅱ

이지엽

태학사

한국 현대시조 작가론(Ⅱ)을 펴내면서

　　『한국 현대시조 작가론(Ⅰ)』을 김제현 교수님과 공저로 세상에 내보낸 지 벌써 5년의 세월이 흐르고 말았다. 그때 서문에 약속하기를 이 작가론을 연이어서 출간하여 시조 연구자나 애호가에게 지침서의 역할을 할 수 있도록 하겠다고 약속을 했었다. 이제 그 조그마한 일부분을 이렇게 부끄럽게 내보낸다. 이렇게 늦어지게 된 이유는 전적으로 필자의 능력 부족이다.

　　굳이 핑계를 댄다면 8년 정도 끌어온 <우리시대 현대시조 100인선>의 100권 시조집 간행과 新詩 100년 기념 시화전 행사를 마무리하기 위해 많은 시간을 할애했기 때문이었다. 독자 제현의 이해를 구한다.

　　이 책에는 근대 초창기에서부터 80년대 초반에 이르기까지 등단한 시조 시인들의 작품론이 실려 있다. 근대 초창기에서부터 1960년대까지(등단년도 기준) 우리 시조는 이병기, 조운, 김상옥, 박재삼, 장순하, 송선영, 정완영, 김제현, 박재두, 윤금초, 조오현 시인 등 원로 시인들을 얘기하지 않고는 제대로 된 평가를 하기 힘들다. 1970년대 역시 박시교, 유자효, 유재영, 서우승, 이우걸, 김영재 등 중진 시인들의 영향을 결코 무시할 수 없다.

　　한 시인에 대해 어떤 평가를 내리는 것처럼 두려운 일은 없다. 왜냐하면 아무리 시인의 의도에 근접한다고 해도 오류는 있기 마련이며 그 오류는 잘못하면 독이 될 수 있기도 하기 때문이다. 그동안 집필한 내용들을 일별해 보면서 시인의 의도와는 무관하게 濫讀이 되지 않았나 저어되기도 한다. 부분적으로 시조에 대한 평소의 생각이 시인의 시의식과는 상관없이 과잉되어 노출되는 경우가 더러 그러하리라 본다. 시조 형식에 대해 필자가 생각하는 이론은 다른 기회를 빌어 설명할 기회가 있겠지만 그렇다고 필자는 결코 형식해체주의자는 아니다.

현대시조는 사라질 장르도 아니며 사라져서도 안 된다. 왜냐하면 세계에 내놓고 당당하게 말할 수 있는 우리의 유일한 것이기에 그렇다. 현대시조가 사라진다면 우리 민족 자체가 지구상에서 존재하지 않을 때일 것이다. 그러기에 시조를 위해 온몸으로 당대를 밀고나간 시인들의 연구가 많은 연구자들에 의해 활발하게 진행되어야 하는 소이가 여기에 있다.

유감스럽게도 현대시조작가에 대한 연구는 이제 시작 단계에 불과하다. 이 연구서가 밑거름의 역할을 조금이라도 할 수 있다면 무엇을 더 바라겠는가. 미흡한 점이 아직 많다. 독자 제현의 진심어린 叱正을 바란다.

남산을 바라보며 충정로 연구실에서
2007년 만추에
이지엽

차례

가람시조의 혁신성과 현대적 계승

이병기론

1.

가람 이병기 선생은 1932년 『東亞日報』에 「時調는 혁신하자」라는 글을 발표하였다. 선생은 이 글에서 본격 문학으로서의 시조의 계승과 그 실천의 구체적 방법에 대하여 적고 있다. 시조가 가장 소중한 우리의 전통장르라는 점에 주목하고 그 이유를 두 가지 들었다. 하나는 고대 민요의 한 형식으로서 발달되어 적어도 근 천 년 동안을 거쳐 오늘날까지 이어져 오는 유구한 전통 형식이라는 점이고 다른 하나는 旣定한 小詩形 중에서도 가장 합리적으로 구성되어 있으며 三百 餘 가지의 다양한 형태를 가진 형식이라는 점을 들었다.

아울러 일반인들이 시조를 배척하는 이유를 定型의 형식, 내용에서의 현대의식 부족 등 두 측면을 지적하였다. 그러므로 시조는 혁신을 하여야 함을 주창하였는데 이 내용은 우리가 주지하는 바와 같이 ① 實感實情을 표현하자

② 取材의 範圍를 擴張하자 ③ 用語의 數三 ④ 格調의 變化 ⑤ 連作을 쓰자 ⑥ 쓰는 법 읽는 법이다.

가람 선생은 이 여섯 가지의 시조 혁신 방안을 얘기하면서 대개 그 용례를 고시조를 들어 살폈다. 그렇다면 선생은 과연 이 시조 혁신 방안을 실제 작품을 통해 어느 정도 구현해냈는가. 더 나아가 선생이 주장한 내용이 오늘날에도 유효한가. 유효하다면 이제 새 천 년을 바라보는 시조시인들에게 어떻게 변용·확장되어야 하는가. 문학의 미래지향적이라는 사회적 효능 측면을 접어두더라도 이 점은 매우 중요한 의미를 지닌다. 왜냐하면 70여 년의 세월이 흐르는 동안 시조단은 양적으로 엄청난 팽창을 해 왔으며 이 팽창은 자기제어나 외부 비판이 없는 거의 무조건적 팽창이었기 때문이다. 이제 시조단은 새로운 세기의 역사적 전환점에서 자신이 걸어왔던 길을 겸허하게 되돌아볼 필요가 있는 것이다.

2.

가람 선생이 얘기한 여섯 가지 시조 혁신 방안을 크게 살펴보면 內容的인 면(①~③)과 形式的인 면(⑤~⑥), 格調의 變化 등으로 나누어 살필 수 있다. 먼저 내용적인 면을 살펴보자.

實感實情의 표현, 取材의 범위 확장, 용어 선택의 참신성인데 이는 시조가 갖고 있는 주제나 소재의 비현실적이고 한정적이며 관념적인 면을 지적한 것이다.

> ① 맑은 시내 따라 그늘 짙은 소나무숲
>
>   높은 가지들은 비껴드는 볕을 받아
>
>   가는 잎 은비늘처럼 어지러이 반작인다
>
> —「溪谷」 첫 수(『가람문선』 14쪽)

② 몸을 담아두니 마음은 돌과 같다
봄이 오고 감도 아랑곳 없을려니
바람에 날려든 꽃이 뜰 위 가득하구나

뜰에 심은 나무 길이 남아 자랐도다
새로 심은 잎을 이윽히 바라보니
한 손에 白墨을 들고 가슴 아파 하여라

―「白墨」 전문(『가람문선』 29쪽)

③ 風紙에 바람 일고 구들은 얼음이다
조그만 冊床 하나 무릎 앞에 놓아 두고
그 위엔 한두 숭어리 피어나는 水仙花

투술한 전복껍질 발달아 등에 대고
따듯한 별을 지고 누워 있는 蟹形水仙
서리고 잠들던 잎도 굽이굽이 펴이네

燈에 비친 모양 더우기 연연하다
웃으며 수줍은 듯 고개 숙인 숭이숭이
하이얀 장지문 위에 그리나니 水墨畫를

―「水仙花」(『가람문선』 22쪽)

　　인용 작품에서도 드러나지만 『가람문선』에 실린 162편의 작품 어느 것을 놓고 보아도 實感實情을 표현하지 않은 작품이 없다. 시적대상을 통해 느낀 바를 세밀하고 정직하게 그려내었다. 「溪谷」의 첫 수에서도 '소나무숲'을 숲 전체를 싸잡아 표현하지 않고 은비늘처럼 어지러이 반짝이는 '높은 가지'에 주목한다. 이러한 미세한 들여다보기는 대표작이라 일컬어지는 「蘭草」 연작에도 잘 드러나고 있다. '빼어난 가는 잎새 굳은 듯 보드랍고/ 자줏빛 굵은 대공 하얀한 꽃이 벌고/ 이슬은 구슬이 되어 마디마디 달렸다'(「蘭草(四)」 중 첫 수)에서 볼 수 있듯 시적대상의 면밀한 관찰을 통해 그 특성을 묘파해낸다. 시창작에 있어 두 가지 축은 묘사와 진술이다. 묘사를 성공적으로 이끌어낸 시는 절반은 성공한 시가 된다. 묘사는 어디에서 오는가, 면밀한 관찰, 작은 틈새의 들여다 보기, 낮은 곳으로 허리 굽히기에서 오지 않는가.

②의 작품은 자연친화적 소재가 아닌 '白墨'을 소재로 하고 있다. 창 밖으로 스쳐가는 계절, 즉 자연 현상이 배경을 이루고 있지만 무게 중심은 '새로 심은 잎'의 자연과 '한 손에 백묵'든 자아의 불화에 놓여 있다. 가르치는 자의 변화없는 일상성에 대한 자괴감이 '몸을 담아두니 마음은 돌과 같다'는 당혹한 진술적 표현을 무리없이 받아들이게 한다. 진술적 표현을 앞세우는 것은 시적 긴장을 먼저 일으키게 하기 위함이다. 여기서 우리는 중요한 하나의 사실에 주목하게 된다. 묘사 → 진술, 先景後情은 아주 보편화된 시창작 원리이다. 그런데 이 작품의 묘미는 이것을 바꾸어 핵심을 먼저 치고 나가는데 있다. 독자들은 밑도 끝도 없는 첫째수 초장의 진술적 표현에 당혹해 할 수밖에 없는데 그 이유를 맨 마지막 둘째 수 종장을 읽어야만 비로소 알 수 있게 된다. 시조의 형식장치가 갖는 매력을 극대화시킨 것이다. 생명이 없는 것에서 가장 마음 아픈 부분을 읽어내는 혜안을 이 시는 유감없이 보여주고 있는 것이다.

이러한 소재의 확장 이외에도 가람 선생은 시어를 선택하는데 있어 漢文句語나 고루한 상투어보다는 참신한 언어를 많이 활용하고 있다. 인용시 ③의 「水仙花」는 사물을 새롭게 인식하려는 노력이 돋보인다. '투술한 전복껍질'을 등에 맨 '해형'(蟹形: 게의 형상)으로 보는 독특한 시각에는 시대를 뛰어넘는 참신함이 번뜩인다.

3.

　가람 선생은 시조 혁신 방안으로 또 連作, 쓰는 법 읽는 법에 관해 얘기했다. 이는 대개 시조의 형식장치와 관련된 내용이다. 선생은 많은 연작시조를 남겼다. 單首는 單首대로의 묘미와 격조를 인정하면서도, 현대의 복잡 미묘한 생활 감정을 담아내기에 單首는 아무래도 그 그릇이 적당치 못하기 때문이라고 판단했기 때문이다.

　「蘭草 1~4」, 「그리운 그날 1~2」, 「追悼 1~2」, 「비 1~3」, 「밤 1~2」, 「봄 1~2」, 「戲題 1~4」, 「靑梅 1~4」, 「눈 1~3」, 「農村畵帖 1~3」, 「아들을 생각고 1~2」 등 30여 편이 넘는 연작시조가 그것이다. 선생은 이 연작의 필요성을 생활상의 복잡함과 자극적 요소 외에 表現方法의 展開에 두었고 그 조건을 그 時間이나, 位置도 그 感情을 統一함에 어긋나지 아니할 만한 程度로 국한하였다. 이는 시적대상에 대한 내밀한 추구와 정확한 表現을 강조한 것이라 보여진다. 시간이나 위치, 감정이 변화되면 연작의 효과가 반감되기 때문이고 굳이 이를 연작으로 할 이유가 없기 때문이라 본 것이다.

　쓰는 법 읽는 법은 시조의 聯·行 구분과 관련되어 있다. 朗讀이든, 默讀이든 시인이 자유자재로 玩味할 수 있는 능력을 가져야 함을 강조하였다.

　끝으로 내용과 형식을 아우르는 중요한 요소를 지적하였는데 '格調의 變化'가 바로 이것이다. 語調의 다양함을 강조한 것으로 언뜻 보여지는데 간단명료하게 설명될 성질의 것은 아니라고 판단된다. 선생은 은연중 이 '격조의 변화'에서 '재미성'과 '굴곡성'을 강조했기 때문이다. '재미성'은 노래로서의 시조에서 문학으로의 시조로 전이할 때 수반되어야할 바람직한 요소 중 하나이다. 그것이 경박하지 않고 재치와 해학을 동반한다면 노래로 불려질 때의 재미성을 충분히 극복해 낼 수 있기 때문일 것이다. '굴곡성' 또한 율독하였을 때의 무미건조를 충분히 상쇄할 수 있는 역할을 한다.

④ 곱게 자라난다 맨드람 맨드라미

　　머리에 돋은 鷄冠 일어나는 불꽃 같아

　　우거진 파란 잎들을 사르랸듯 하여라

―「戲題(四)」中 '맨드라미'

⑤ 해만 설핏하면 우는 풀벌레 그 밤을 다 하도록 울고 운다

　가까이 멀리 예서 제서 쌍져 울다 외로 울다 연달아 울다 뚝 그쳤다 다시 운다 그 소리 단조하고 같은 양해도 자세 들으면 이 놈의 소리 저 놈의 소리 다 다르구나

　남 몰래 계우는 시름 누워도 잠 아니 올 때 이런 소리도 없었은들 내 또한 어이하리

　④의 '맨드라미'에서는 '재미성'과 '굴곡성'을 느낄 수 있다. 맨드람 맨드라미의 두운 효과와 '계관', '불꽃' 등의 시어들은 다른 언어들에 비해 더 도두라지게 드러나고 있다. 각 걸음 별로 강・약・완・급을 개략적으로 구분해 보면 강(급)―약(완)―강(급)―강(급), 약(완)―강(급)―약(완)―강(급), 약(급)―강(완)―강(급)―약(완), 등으로 볼 수 있는데 강약의 조화, 완급의 배합이 고시조보다는 훨씬 더 강화되어 있는 것이다.

　⑤는 사설시조이다. 사설시조가 갖는 엮음과 반복, 절정의 기교는 평시조가 보편적으로 지닐 수밖에 없는 평이성을 극복하고 보다 세밀한 서정자아의 내밀한 엿보기를 할 수 있다는 점에서 큰 장점을 갖고 있는데 인용작품 역시 '자세 들으면 이 놈의 소리 저 놈의 소리 다 다'른 사실성과 재미성을 바탕으로 하고 있다.

4.

    우리는 지금까지 가람 선생이 강조한 시조 혁신 방안 여섯 가지를 선생의 작품을 열거하여 살펴보았다. 가람 선생은 적어도 「時調는 혁신하자」라는 글을 써서 이론적으로 시조운동의 바른 방향을 제시했을 뿐만 아니라 이를 작품의 창작을 통해 실제적으로 구현하려고 노력했음을 살필 수 있었다. 선생이 주장한 바의 내용들은 70여 년 가까워오는 오늘의 시조단에 시사해 주는 바가 많다.

    그러나 오늘의 시조단은 어떠한가. 시적 대상의 면밀한 들여다보기를 하고 있는가. 시적대상은 자연적 소재를 벗어나 어느 정도 확장되고 있는가. 역동적인 사고와 참신한 시어를 쓰고 있는가. 연작을 통한 시적대상의 탐구를 제대로 하고 있는가. 작품을 玩味하여 자유자재로 시의 구조를 축조하고 있는가. 재미성과 굴곡성을 지니고 있는가. 매우 미안스럽게도 우리 시조 시단은 깨어나지 못하고 있다. 아직도 설익은 표현과 조금 익었다 싶으면 관념 덩어리로 철옹성을 쌓고 있다. 친자연적 소재에 머물러 있을 뿐 자연의 파괴와 환경의 오염으로 수반되는 생태학적 상상력을 시조의 영역으로 끌어오지 못하고 있다. 정보화시대, 지식기반의 시대에 있어 엄청나게 쏟아지는 정보의 바다에서 빈약하기 짝이 없는 자존적 사고와 풍류적 의식이 암반을 이루고 있다. 문학의 90년대 최대 화두인 죽음과 욕망과 속도 앞에 시조는 어떤 소재와 상상력으로 응전해 왔는가. 참신함도 역동적인 사고도 없다. 얼마나 재미없이 쓰고 또 쓰고 있는가. 누가 읽어주기를 바라는가.

    시조가 살아남는 길은 自足的인 데서 벗어나서 대중성을 회복하는 길이다. 대중성은 그러나 값싼 감상이나 자기만족에서 오지 않는다. 고급독자들은 엄정한 눈을 가지고 있다. 이제 시조는 그들의 눈높이로 다가가야 한다. 고급의 재미와 사실성과 긴장감이 있는 굴곡성과 참신한 상상력의 세계를 보여주어야 한다.

　치열한 현실 인식을 가져야 한다. 농촌이든 도시든 자신을 둘러싼 환경과 인물과 즐거움과 고통과 역사에 대하여. 2000년대의 삶의 방식을 얘기해야 한다. 자신의 사고가 어느 쪽에 서있는가를 살펴보아야 한다. 얼마든지 접근방법은 다를 수 있다. 그렇지만 적어도 施惠者的 입장에 서서는 안된다.

　다양한 세계를 보는 눈을 가져야 한다. 그것을 용인할 것인가 비판할 것인가는 자유다. 한복과 된장찌개와 초가집도 중요하지만 힙합과 햄버거와 아파트도 시적 대상이 될 수 있다. 사랑과 자연과 눈물도 중요하지만 죽음과 욕망과 속도에도 무한한 시의 에네르기가 숨겨져 있다.

　관념을 벗어나 사물을 새롭게 인식하여야 한다. 사실 우리는 얼마만큼 관념의 노예화가 되어 왔는가(이 점은 시조가 갖는 형식장치의 제약에서 비롯되고 있기는 하지만). 수많은 작품들이 거기서 거기인 인식과 낡은 상상과 오래된 비유로 일관해 왔다. 시에 있어서 긴장은 중요한 요소이다. 긴장은 사물을 새롭게 인식하는 참신성과 눈부신 상상력에서 온다.

　시조의 형식장치에 최대한의 자유로움을 얹어야 한다. 시조를 자수기준으로 재단하는 것은 결코 바람직하지 않다. 기계적 율격은 단절과 답답함으로 인하여 자유로운 사고의 확장을 막는다. 단시조든지 연시조든지 사설시조든지 옴니버스형 시조든지 다양한 그릇들을 최대한 활용할 필요가 있다. 각 장과 각 수가 行과 聯에 대응하여야할 필요는 없다. 형식이 내용을 억압해서는 안된다.

　재미성과 굴곡성을 가진 감동의 시조들이 많이 창작되어져야 한다. 일반인들로부터 시조가 멀어지고 있는 것은 제도적 모순에도 그 이유가 있지만 다른 무엇보다 그만한 사랑을 받을만한 작품이 많지 않기 때문이다.

　이 모두가 가람 선생이 우리에게 남긴 과제다. 그러므로 가람 선생의 시조 혁신 방안은 여전히 오늘날에도 유효하다. 시조단의 사활은 시조시인 스스로가 얼마만큼 자각하고 얼마만큼 뼈아픈 노력을 하느냐에 있다.

질박한 울림과 여운

조운론

　　조운(曺雲: 1900~?) 시인은 우리 현대시조사에 큰 별이다. 암흑이던 이 땅에 붉고도 아픈 서민들의 심정을 질박하고도 감칠 맛나게 표현하였다. 曺雲 時調集이 출간 되었다. 10년 前 1990년에 광주의 도서 출판 『南風』에서 조운 문학 전집을 내었지만 많이 알려지지 않고 그 문학적 위상도 제대로 평가되지 못한 채 잠잠해져 버렸는데 이번에는 조운 선생 탄생 100주년에 맞춰 서울의 작가 출판사에서 새롭게 단장하여 지상에 선을 보인 것이다. 이 시조집은 더욱이 1947년 조선사에서 간행된 『조운 시조집』에서는 수록되지 않은 「法聖浦 十二景」 등 미수록 시조 28편과 자유시 「불살러 주오」, 「초승달이 재 넘을 때」 등 31편과 「丙寅年과 時調」 등의 散文, 연보와 사진 화보 등이 깔끔하게 편집되어 조운 선생 문학적 세계를 살필 수 있는 충실한 기초 자료로서도 가치가 높다 하겠다. 曺雲 시인은 1900년 6월 26일 전남 영광에서 태어나 1949년 가족과 월북할 때까지 많은 시·시조와 산문 및 평문 등을 남겼는데 이에 대한 전모를 이 책을 통해 읽어볼 수 있는 것이다(태학사의 100인선집도 『구룡폭포』 제목으로 출간되었다). 30여 편의 시를 쓰기도 했지만 시조를 더 사랑했다. 민족의 정신과 혼이라고 생각했기 때문이다. 曹雲 시인의 時調는 뭐니 해도 커다란 두 가지 특색을 지니고 있다. 이 두 가지 특색은 대표적인 작품 「석류」와 「九龍暴布」에 잘 나타나 있다. 하나는 서민성이고 다른 하나는 장쾌함이다.

투박하고 두툴한 석류의 모습에서 읽을 수 있는 서민성은 「상치쌈」이나 「菜松花」, 「雪晴」, 「비 맞고 찾아온 벗에게」, 「돌아다 뵈는 길」, 「病友를 두고」, 「停雲靄靄」, 「曙海야 芬麗야」 등의 작품에 잘 드러나고 있다.

> 투박한 나의 얼굴
> 두툴한 나의 입술
>
> 알알이 붉은 뜻을
> 내가 어이 이르리까
>
> 보소라 임아 보소서
> 빠개 젖힌
> 이 가슴.

―「석류」 전문

‘두툼’이나 ‘두툴’함의 미묘한 차이도 서민들의 심경에 딱 들어맞는 적절한 언어구사가 아닐 수 없다. 능력 없고, 빽 없고, 못생긴 서민의 절절한 사랑을 ‘빠개 젖’히고 있다.

> 쥘 상치 두 손 받쳐
> 한입에 우겨 넣다

희뜩

눈이 팔려 우긴 채 내다보니

흩는 꽃 쫓이던 나비
울 너머로 가더라

—「상치쌈」 전문

‘희뜩’ 이나 ‘우긴채’의 실감있는 표현은 얼마나 생동감 있으며 풋풋한가. 남도의 정신이며 생명력이다.

다른 하나는 기운찬 기백을 호령하는 장쾌함이라 볼 수 있는데 윤곤강에 의해 당대 어느 작품과도 견주어도 이 작품 하나를 감당하지 못한다는 「구룡폭포」를 위시하여 「古梅」, 「갈매기」, 「怒濤」, 「秋雲」 등의 작품에서 잘 드러나고 있다.

사람이 몇 생이나 닦아야 물이 되며 몇 겁(劫)이나 전화(轉化)해야 금강에 물이 되나! 금강에 물이 되나!

샘도 江도 바다도 말고 옥류(玉流) 수렴(水簾) 만폭동(萬暴洞) 다 고만 두고 구름 비 눈과 서리 비로봉 새벽 안개 풀 끝에 이슬 되어 구슬구슬 맺혔다가 연주팔담(連珠八潭) 함께 흘러

구룡연(九龍淵) 천척절애(千尺絶崖)에 한번 굴러 보느냐

—「구룡폭포(九龍瀑布)」 전문

천척절애(千尺絶崖)를 내리닫는 장쾌한 기상을 염원하고 있다. 이 작품이 시사해주는 면은 많다. 하나는 현대 사설시조의 전형을 보여주었다는 점이 그

렇고 다른 하나는 가락이 절묘하게 살아나고 있다는 점에서 그렇다.

이 서민성과 장쾌함은 그가 평생을 올곧게 추진해온 일들과 결코 무관하지 않다. 우리나라 지방문예부흥운동의 선구적 역할을 담당했던 『자유예원(自由藝苑)』라는 향토문예지 발간, 시조 동호회인 추인회(秋蚓會) 등의 활동, 문맹 퇴치, 물산 장려, 왜화배척 들의 계몽운동 전개, 신재효의 판소리 여섯마당의 발굴 복원하기도 했으며 항일민족자강운동 일환으로 독서회인 갑술구락부(甲戌俱樂部)를 결성하여 문학 강연회와 무용, 고전 음악, 소인 극회 등 각종 문화 운동을 주도 하기도 했다. 급기야 1937년에는 영광, 장성, 고창, 정읍 등을 4개로 연합 운동회로 확대발전 시킨 영광체육단 사건으로 1년 7개월 동안 투옥되기도 했던 조운 시인은 작품과 그에 걸 맞는 지사적 면모, 실천적 자세를 보여준 용기 있는 지성인이었다.

曺雲 시인에 대한 평가는 일반인들에게는 물론 학계에서나 평단에서 조차 미미한 형편이다. 나는 여기서 두세 가지 측면에서 조운 시인에 대한 연구가 활발하게 이루어졌으면 좋겠다는 바램을 적어본다.

우선 그의 시조에 대한 본격적인 연구다. 그가 가장 애착을 가졌던 시조에 관한 괄목할만한 수준의 본격 평론이 나오질 않고 있다. 그가 인식한 '시조다운 시조'는 「병인년과 시조」라는 글을 유의해서 살펴보면 상당히 까다로운 조건을 가지고 있었음을 감지할 수 있다. 화조풍월(花鳥風月)이나 유심관념(唯心觀念)이 아니라 현대적 생활의식의 표현에 깊은 관심을 가지고 있었음에 반해 파조파격(破調破格)의 작품을 상당히 경계하고 있다. 그렇다고 자수만을 따져 시조와 시조 아닌 것을 구별하지도 않았으니 상당히 까다로운 기준을 가지고 있었던 것이다. 아마 정격을 중시하면서도 시조의 각 장이 지니고 있는 미학적 측면을 간파하고 있었던 증좌가 아닌가 싶다. 평이하게 이어지는 초·중·종장이 아니라 특히 종장이 갖는 극적 반전과 꺾어짐과 완결의 미학을 추구하지는 않았는지. 이를 그의 시조 작품과의 상관관계 속에서 밝혀 내보는 것도 상당히 흥미로운 논제임에 틀림없다. 또 하나 그의 자유시의 안목에 대한 주의

다. 삼십 여 편 밖에 되지 않으나 이 중 적지않은 작품이 당대의 시인들과 논하여 조금도 뒤떨어지지 않는 시세계를 보여주고 있다는 생각된다.

    지는 꽃잎이
    여윈 어깨를
    툭툭툭 치며
    훗듯는다

    홍두개도 맞인들
    이리도 아프리!

    봄아 가려면 가지
    남은 왜 치며……

－「지는 꽃잎이」 전문

이 작품에서의 감성과 직관은 결코 가벼이 얘기될 성질의 것은 아니다. 시에 대한 보다 본격적인 연구가 이루어져 시, 시조를 아우르는 조운 시인의 문학세계를 밝혀낸다면 20~30년대 손꼽히는 시인군에 그를 당당하게 올려놓아도 조금도 손색이 없으리란 것이 나의 생각이다. 이 밖에도 그가 실천적 행동으로 보여주었던 각종 문화운동과의 맥락에서 종합적으로 그의 문학적 성과를 살펴보는 것도 중요한 과제 중의 하나가 되리라 생각한다.

이 시조집 출간으로 조운 시인의 일반인들에 널리 읽혀 우리시에 대한 전통과 정신세계의 풍부한 자양분이 되기를 바라며 더 나아가 많은 연구자들이 문학적 전모를 밝혀내 우리 시문학사에 온당하게 자리 매김 될 수 있기를 바라는 마음 간절하다.

정제와 자유, 엄격과 일탈의 시조 형식

김상옥론

1. 서론(緒論)

오늘날 현대시조가 갖는 의미는 여러 가지를 생각해볼 수 있겠지만 무엇보다 그 형식 미학에서 찾는 것이 보편적이다. 그렇지만 현대시조의 형식은 고시조와는 상당히 다른 양상을 보여준다. 현대시조가 고시조의 연장 위에 있는 것을 부인하지 않는다면 이 점은 장르의 존재를 위협하는 위험한 일이면서도 또한 필요한 일이기도 하다. 수구적인 입장에서만 본다면 정격을 지키면서 발전해나가는 것이 무엇보다 바람직한 현상이겠지만 장르의 발달사나 문화적인 흐름을 결코 무시할 수는 없다. 무엇보다 장르라는 것이 변화가능성이 열려있는 존재라는 점을 감안하면 문학 외부로부터 밀려오는 도전에 적극적인 응전의 자세를 가지면서 필요한 변화를 수용할 필요가 있다고 본다.

가람과 노산, 조운과 초정, 이호우로 이어지는 현대시조 형성기에서 우리는 이 변화의 흐름에 한 획을 긋는 한 인물을 만나게 된다. 草汀 金相沃이다.
초정의 시조 작품은 특히 그 형식적인 면에서 오늘의 시조단에 던져주는 질문
이 적지 않다. 그가 남긴 시조 작품은 시조의 보편적인 형식 개념으로는 잘 설
명이 되지 않는 부분이 적지 않기 때문이다. 초정은 정격의 작품 이외에 왜 시
조의 형식에서 크게 벗어나고 있는 작품들을 지속적으로 창작했을까. 이 형식
적 실험은 자의적인가, 나름대로의 어떤 기준은 없었는가. 형식적 실험은 어떤
경로를 거쳐 이루어졌으며 어떤 결과로 나타나고 있는가. 과연 초정이 생각한
바람직한 시조의 형식은 무엇이었을까. 이 질문들의 답을 위해 우리는 초정의
작품을 면밀하게 살펴볼 필요가 있다. 그러나 이에 관해 상세히 살펴본 논문들
은 거의 없다. 따라서 이 글은 초정이 남긴 작품을 대상으로 이를 살펴봄으로
써 초정이 펼치고자 했던 시조 형식의 실체에 접근해 보고자 한다.

2. 정격과 엄정성

초정의 등단작은 잘 알려진 바와 같이 1938년 『문장(文章)』지의 「봉선화」
라는 작품이다. 이후 1947년 첫 시조집 『초적(草笛)』이 간행되기까지 작품을 살
펴보면 비교적 초기에 초정이 시조 형식에 대해 어떠한 생각을 가지고 있었는
지를 유추해 볼 수 있다.

> 달빛에 지는 꽃은 밟기도 삼가론데
>
> 취하지 않은 몸이 걸음조차 비슬거려
>
> 이한밤 풀피리 처럼 그를 그려 울리어라

—「春宵」 전문[1]

---

1) 『草笛』 재간본, 동광문화사, 2002, 15면.

내 앓고 누웠으면 밖에도 안나가고

기침이 좀 늘어도 참새처럼 재재기고

남남이 겨운 그 情은 내게 이러 하도다

―「안해」 전문[2]

「春宵」나 「안해」의 경우 시조 형식의 정격을 보여주고 있다. "삼가론데"라는 준말을 택하고 있는 것도 되도록 여기서 벗어나지 않으려는 의도가 담겨 있다. 준말의 형태는 다음의 작품에서도 나타나고 있다.

귀속에 젖어있는 물결소린 옛날인데(「흰돛 하나」 둘째 수 초장)

靑제비 江南엘 가고 둥저리만 남았다(「晩秋」 둘째 수 종장)

칩고 흐린 날을 뒷뫼엔 숲이 울고(「立冬」 셋째 수 초장)

겉으로 외면해도 속으론 조바시고(「路傍」)

'물결소리는' 혹은 '江南에를 가고'나 '江南에 가고'로 하지 않는 이유는 아마도 이렇게 할 경우 가장 많은 빈도수를 보여주는 넉자나 다섯 자를 넘어서는 것이 꺼려졌을 것이기 때문이다. 그러나 "뒷뫼엔"이나 "속으론"은 '뒷메에는' 혹은 '속으로는'이라고 해도 전혀 문제가 없음에도 왜 굳이 준말을 택한 것일까. 시조의 형식을 자수 개념으로 볼 경우 초장과 중장의 구조가 3(4)-4-3(4)-4이다. 각 구에서 앞 음보가 뒤 음보보다 짧은 형식이 더 보편적이라는 것인데 이것이 과연 어떤 어감의 차이를 가져오는 것일까.

칩고 흐린 날을 **뒷뫼에는** 숲이 울고

겉으로 외면해도 **속으로는** 조바시고

---

2) 1)의 책, 33면.

　　준말을 택하지 않을 경우 각 장에서의 중심은 준말을 택하지 않은 바로 그 부위가 중심이 되지만 준말을 택할 경우에는

　　　　칩고 흐린 날을 뒷뫼엔 **숲이 울고**
　　　　겉으로 외면해도 속으론 **조바시고**

　　각각 "숲이 울고"와 "조바시고"에 그 중심이 걸린다. 어감이 상당한 차이를 보여주고 있는 것이다. 그러므로 당연히 이를 줄여서 쓰는 것이 필요한 것이 된다. 시조의 각 구에서 앞 음보와 뒤 음보의 短·長은 이러한 속성을 가지고 있으며 그 무게 중심을 뒤 음보에 주면서 안정을 꾀하는 장르라고 볼 수 있다.3) 초정은 이와 같은 시조 장르의 속성을 누구보다 잘 알고 있었을 것이다. 이런 이유에서 앞 음보를 준말로 처리하여 건너뛰고 뒤 음보에 무게 중심을 놓았던 것이다. 동시에 말을 줄임으로써 여기에서 동반되는 유음화 현상에도 주목하였을 것이다. 이는 인용된 작품을 율독할 경우 준말에서 오는 리듬감에서 쉽게 확인된다. 다음의 작품들도 정격을 지키고 있으며, 정격의 묘는 탈격을 가정할 경우보다 오히려 시적 긴장을 일으키고 있다는 점에서 주목해볼 필요가 있다.

　　　　누님이 편지 보며 아마 울까 웃으실까(「鳳仙花」 둘째 수 초장)
　　　　바람 잔 고요한 날엔 가슴 도로 설레라(「물소리」 종장)
　　　　내 어딜 떠나와서 어디로 가는 길고(「길에 서서」 첫수 초장)
　　　　새도록 잠 못일고 저물도록 맘 조리고(「囹吾」 첫수 초장)

---

　　3) 아직 이에 대한 자세한 이론은 아직 체계화되어 있지 않다. 그러나 우리말의 구조상 일반적으로 각 구의 무게 중심은 뒤 음보에 있다는 것이 무리한 발상은 아니다. 인용한 작품의 부분을 보아도 이점은 이해가 된다. "헐벗은 가지에도 흐뭇이 꽃은 벌고"(「눈」 둘째 수 초장)에서도 "가지에도"나 "꽃은 벌고"에 중심을 두고 있으며 "헐벗은"이나 "흐뭇이"는 이를 설명하는 보조 역할을 하고 있음이 주목된다. 이에 대하여는 보다 면밀한 연구 작업이 필요하다.

이 작품들에서도 되도록이면 정격을 벗어나지 않으려는 노력들이 보인다. 「鳳仙花」나 「물소리」 어순 도치와 조사의 생략,4) 「길에 서서」나 「圖吾」에서는 축약형이 쓰이고 있다.

요컨대 초정은 가급적이면 정격의 시조 형태를 창작하는데 주력했고 음절 하나를 씀에 있어서도 시조의 기본 형식에 충실하려고 했던 점을 알 수 있다.

3. 유연성과 서정성

이러한 기본 형식에 충실한 초정의 작품에서 우리는 정격으로만 이루어진 작품들에서 흔히 느끼는 답답함보다는 가락의 유연함을 느낄 수 있는데 이는 무슨 이유일까. 여기에 초정만의 남다른 가락의 활용과 운용이 있음을 간과하기 어렵다. 사실상 시조의 정격은 구의 개념까지를 감안하면 상당히 제약적이어서 똑똑 끊어지는 단점을 갖기 쉽다.5) 초정의 경우 이 단점을 제어하는 동시에 리듬감을 느끼도록 시어를 구사하고 있음이 주목된다.

> 도로 내 면구하여 그를 이리 못대하고(「廻路」 중장)
> 사르르 눈을 뜨시면 빛이 屈에 차도다(「大佛」 첫수 종장)
> 이 아닌 밤중에 홀연히 마음 어리어 져(「어무님」 초장)

---

4) 「鳳仙花」에서는 "울까 웃으실까", 「물소리」에서는 "가슴 도로 설레라"에서 각각 어순이 도치되어 있으며 후자는 자수를 맞추기 위해 조사가 생략되고 있다.

5) 3장 6구의 보편화된 개념으로 시조의 형식장치를 얘기할 때, 전구와 후구가 기계적으로 나누는 것은 가락의 운용 폭을 좁게 만들어 우리 언어의 자연스러움을 방해하는 경우가 많다. 전구와 후구를 인위적으로 제단하면 언어가 단절되는 듯한 느낌을 배제하기 힘들뿐만 아니라 단조로움을 면치 못하게 된다. 이를 어떻게 극복하느냐는 시인 각자의 역량에서 근본적으로 차이가 나는 것이지만 이에 대한 논구 또한 시조단에서는 아직 미미한 실정이다.

인용부분들은 음보의 넘나듦이 유동적이어서 오히려 기계적으로 나뉘는 음보에 비해 자연스럽다. 이를테면 「廻路」를 의미상으로 음보를 나누어 보면

　　　　도로/ 내 면구하여// 그를/ 이리 못대하고

와 같이 되어 2-5-2-6의 자수로 나누어진다. 그러나 율독을 할 경우 "내"나 "이리"는 각각 앞 음보에 간섭이 되어 3-4-4-4의 자수를 가지게 된다. 그러나 이 간섭에 의해 등장성을 갖는 경우 율독의 굴곡은 다르게 느껴진다. 넘나듦이 일어나지 않는 작품과 비교해보면 이점은 명확해진다.

　　　　잊음을/ 못가지면// 괴로움이/ 없었거나(「煩惱」 첫수 초장)
　　　　도로/ 내/ 면구하여// 그를/ 이리/ 못대하고

짧은 휴지에서 오는 굴곡은 단조로움이나 단절적인 부분을 완화시켜주는 역할을 한다. 물론 이것은 언어를 운용하는데 있어 의식적으로 고정된 자수를 피하려는 의도에서도 비롯되지만 시의 전개상 반드시 필요할 경우는 자수에 상관없이 쓰고 있다는 방증이 되기도 한다.

　　　　잎친 가지새로 머언 山 길이 트이고(「立冬」 첫수 초장)
　　　　어깨 벌숨하고 목잡이 오무속하고(「靑磁賦」 다섯째 수 초장)
　　　　하얀 손 가락 가락이 연붉은 그 손톱을(「鳳仙花」 셋째 수 중장)
　　　　등을 등을 넘어가서 골도 차츰 으늑한데(「비오는 墳墓」 첫수 초장)
　　　　헐린 城郭을 둘러 江물은 흐르고 흐르고(「矗石樓」 첫수 초장)
　　　　어디서 낮닭의 울음소리 귀 살푸시 들려오고(「江있는 마을」 첫수 종장)
　　　　마을은 우뜸 아래뜸 그림같이 놓여있고
　　　　룹네로 가는 길은 꿈결ㅅ처럼 내다 뵈는데(「江있는 마을」 둘째 수 초·중장)
　　　　고향을 묻길래 統制使 營門이던 통영

진사립 자개장롱 나는 곳이래도 모르데요(「邊氏村」 첫 수 중·종장)

　　「立冬」에서는 "잎친"의 급박함과 "머언 산"의 한가로움을 의도하기 위해 '잎을 쳐낸'이나 '먼 산'으로 하지 않았음을 알 수 있다. 「靑磁賦」에서의 첫 음보 다음에 조사를 생략하고 있는 점도 이와 같은 이유라고 볼 수 있다. 「鳳仙花」와 「비오는 墳墓」, 「矗石樓」에서는 반복을 통해 오히려 음보가 늘어난 경우도 있으며, 「江있는 마을」에서는 종장의 둘째 음보가 5자 미만으로 처리되고 있기도 하다. 「邊氏村」에서는 평시조로 보기에는 어려울 정도로 일탈되고 있다. 말하자면 형식을 가급적이면 정격으로 지키되 꼭 필요한 경우라면 금기시 되는 부분까지도 초월하고 있다는 얘기가 된다.

　　　1

　　겉으로 외면해도 속으론 조바시고
　　못본체 지나와도 자로 돌아 뵈는 것을
　　그래도 그는 모르고 마름 없이 가느니.―

　　　2

　　어디든 걷고 싶어 옷을 털고 나왔다가
　　스치는 사람 속에 그 뉘를 보았든지
　　멍하니 길섶에 서서 가도 오도 못하여라

―「路傍」 전문

　　이 작품에서 주목되는 것은 어미 처리다. 6행 중 어느 부분도 같은 어미로 끝나지 않는다. 자락이 물결을 타는 듯한 유연성을 확보하고 있는 것이다. 초정은 많은 작품에서 각 장의 내부와 각 장의 연결에서 탄력적이면서도 살아있는 운율을 창출해내는데 많은 노력을 기울이고 있음이 확인된다.
　　여기서 또 한 가지 살펴할 부분이 있다. 인용 작품에서 첫 수의 마지막은

"마름 없이 가느니. −"로 처리되고 있다. 율독을 할 경우 "가느니"는 무리 없이 뒤의 초장과 연결이 된다. 그러나 마침표 더더군다나 "−"표시 까지를 한 의도는 새겨볼 필요가 있다. 이 부호들은 뒤와는 간격을 두라는 의미다. 시조의 각 수는 독립되어야 한다는 인식의 소산이라고 판단된다.

> 비오는 안개 속으로 버레소리 자옥하다(「비오는 분묘」 첫 수 종장)
> 세세한 사연을 적어 누님께로 보내자(「봉선화」 첫 수 종장)
> 가가이 오는 사람들 멀어져 가는 사람들−(「길에 서서」 둘째 수 종장)
> 애젓한 그리움인양 몰래 찾아 오는 것−(「번뇌」 첫 수 종장)

연결어미보다는 "자옥하다", "보내자" 등의 종결어미, "사람들−"이나 "오는 것−" 등의 명사형으로 끝나고 있다. 「강시」에서는 "못했어라" 「회의」에서는 "떠나리라", 「입동」이나 「만추」 등 역시 "들났다"나 "남았다" 등의 종결어미로 처리되고 있다. 연시조일 경우라도 수와 수의 연결보다는 독립성을 강조하고 있는 셈이다.[6]

요는 초정 시조의 시조 형식에 대한 유연성은 각 수의 독립성을 확보하는 동시에 각 장 내에서의 반복이나 어순도치 등의 탄력적 운용, 각 장 사이의 연결을 위한 다양한 어조 구사로 정리해볼 수 있겠다.

4. 일탈과 자유

굽 높은

---

6) 가람의 「시조는 혁신하자」 이래로 연시조를 창작하는 것이 일반화 되어가고 있는데, 각 수의 독립성이 급격하게 무너지고 있는 현상이 현대시조에서 자주 발견된다. 초정의 각 수 독립의 창작 태도는 새겨볼 만한 부분이다.

제기.

신전에
제물을 받들어
올리는—

굽 높은
제기.

詩도 받들면
文字에
매이지 않는다.

굽 높은
제기.

—「祭器」 전문7)

이 작품은 언뜻 보기에 시조의 형식을 갖추었다고 보기 어렵다. 그러나
마침표에 유의해보면8) 삼분 구조로 되어 있고 그것이 각 장을 구성하고 있다
면 초정이 생각하고 있는 시조가 어떤 것인지를 추론해 볼 수 있다. 그렇다 하
더라도 초장은 너무 짧고, 중장은 너무 완만하게 늘여 놓은 듯 하며, 불문율로
여겨지는 종장의 첫 음보 3자도 벗어나 있다. 초정의 생각은 어떠했을까. 인용
작품의 소재이면서 중심 시어인 "제기"는 일차적으로 기물을 의미하지만 단순
한 기물이 아니다. 굽이 낮거나 아예 굽이 없는 여느 기물과는 분명한 차이가
있는 것이다. 그것은 신성한 장소인 신전에서만 쓰는 기물이며, 신에게 올리기

---

7) 『묵을 갈다가』, 창작과 비평사, 1980, 74면; 『느티나무의 말』, 상서각, 1998, 9면.
8) 초정은 마침표를 포함한 문장 부호를 씀에 대단한 엄격성을 가진 것으로 보인다.

때문에 올리는 이가 겸양의 자세를 갖추어야한다. 굽이 낮으면 받들어 올릴 수가 없다.

"詩도 받들면/ 文字에/ 매이지 않는다."라는 말도 그런 의미에서 중의적 함의를 가지고 있다. 우선 시라는 예술적 창조 행위는 여느 예술적 행위나 비예술적 행위와는 차원이 다르다. 물론 "받들면"이라는 단서가 달려있다. 제를 지내기 위해 공손히 제물을 "받들어" 올리듯 품격을 갖춘 시의 위의를 인정한다면 시 또한 문자에 매이지 않는다는 것이다. 제기가 그릇의 모양새에 매이지 않듯이 말이다. 그러나 거기에 얹어 다시 생각해보면 이는 시인 자신의 시조 창작 행위를 슬며시 빗대고 있는 것이라 판단된다.

이와 같은 이유들을 굳이 종합하지 않는다하더라도 「祭器」를 보면 초장에서는 제기의 가장 특징적인 면을 얘기하고 있고, 중장은 이를 이어받아 제기가 갖고 있는 기물의 용도와 공간과 마음가짐 등을 이야기하고, 종장은 문자로 창조된 것 중 제기에 해당되는 시의 위의에 대해 얘기하고 있는 것으로 정리해볼 수 있다.

"굽 높은/ 제기."가 초장으로서의 성립이 가능한 것인가에 대해서는 이론의 여지가 많다. 그러나 초정의 생각은 초장이 갖는 의미가 극도로 살아나기 위해서는 "굽 높은/ 제기."라는 말 이외에는 더 필요한 것을 느끼지 못했을 것이다. 더욱이 행 구분은 물론 연 구분까지 하고 있어 시선이 집중됨은 물론 시적 긴장 또한 팽팽하게 유지되고 있지 않은가. 시조 또한 그 본래 의미를 생각한다면 형식에 옥죄임을 당할 필요가 없다는 지론을 가지고 있었기 때문이다. 마찬가지 의미에서 종장 첫 음보 또한 설명이 가능하다. 종장 첫 음보 또한 불문율이긴 하되 그것이 태초에 갖는 의미에서 벗어나지 않는다면 두 자도, 넉 자도 다섯 자도 가능한 것이 아니겠느냐는 것이다. "詩도 받들면"을 행갈이를 하지 않은 점을 주목하면 이러한 추론이 가능하다. 통째로 율독하게 함으로써 시를 반드시 받드는 일로 행하라는 무언의 지시를 하고 있는 것은 아닌지. 우리는 이 문제적 작품 「제기(祭器)」를 통해 초정이 실현하고자 했던 시조의 형식 구조를 조금이나마 파악할 수 있게 되었다. 그것은 시조가 갖는 형식구조가 자수나 음보에 매이는 구조가 아니라 내용까지를 겸비한 구조로 이해될 필요가 있다는 점이다. 긴장의 묘미를 살리기 위해 필요에 따라서는 상당한 축약을 할 수 있으며, 그 반대의 경우도 가능하다는 것이다. 다음은 반대로 늘어난 경우에 해당된다.

> 생시엔 꿈도 깰 수 없어, 연방 내려쬐는 뙤약볕은 무섭
> 도록 고요하다. 혼자 뒤처진 한 소년(少年)이 늪가에 앉아
> 피라미 새끼 노니는 것을 보고 있다.
>
> 그 백금(白金)빛 반짝이는 늪물속엔 장대가 하나 꽂혀
> 있다. 장대의 그림자도 물에 꺾인 채 거꾸로 꽂혀 있다.
> 멀리서 터지는 포(砲)소리, 이웃끼리 서로 살상(殺傷)하는
> 저 무서운 포(砲)소리에, 놀란 어린 새가 앉을 데를 찾다가
> 장대 끝에 앉는다. 어린 새의 체중(體重)이 장대를 타고
> 흔들린다. 털끝만큼 흔들린 장대는 물위에다 몇 겹으로 작
> 은 파문(波紋)을 그린다.
>
> 이 순간(瞬間), 파문(波紋)에 놀란 피라미떼는 달아나고,
> 장대 끝에 앉은 어린 새모양, 혼자 뒤처진 그 소년(少年)
> 도 연방 물 속으로 늪물 속으로 빨려 들어갈 듯 앉아 있다.
>
> —「늪가에 앉은 소년(少年)」 전문 9)

　　인용시 「늪가에 앉은 소년(少年)」은 3연이라는 형식 외에 시조와는 거리가 먼, 언뜻 보기에 자유시에 가까운 작품이다. 이 작품을 사설시조로 볼 경우 과연 사설의 미학이 잘 드러나는가. 이점이 관건이 된다. 그러나 일반적인 사설

---

9) 『三行詩六十五篇』, 아자방, 1973, 40~41면; 『느티나무의 말』, 상서각, 1998, 115면.

의 미학이 충분하게 드러나 있지도 않다. 그렇다고 이 작품을 사설로 규정짓지 않을 수도 없다. 엄연히 초정은 이를 시조에 분류해 넣고 있기 때문이다. 시조라면 사설시조인데 정작 초정은 사설을 구분하지 않았다. 사설시조도 당연히 시조의 하나라고 생각했을 것이며 더욱이 삼행시란 용어로 이를 포괄하여 명명했다. 그렇다면 과연 초정이 생각한 시조는 어떤 형태였을까. 우선 초정은 삼장의 구분은 비교적 명확히 했다고 판단된다. 다만 그것을 ‘章’으로 부르는 것을 꺼렸다. ‘行’으로 부르기를 원했다. 초정이 생각한 ‘行’은 시조의 일반적 형식 개념인 ‘章’과는 어떻게 다른가. ‘章’은 ‘行’처럼 산술적인 개념이 아니다. 말하자면 초장과 중장과 종장이 각각 그 역할이 구분된다. 흔히들 초장은 풀고 중장은 연결하고, 종장은 맺는, 그래서 종장은 시조의 열매요 핵이라고들 말한다. ‘行’이라고 했을 경우 이러한 구분을 포기하는 것이 된다. ‘章’이라는 개념보다 각 행은 더 동등한 지위를 갖게 된다. 동시에 그것은 시조보다는 시의 작시 원리에 따라 창작되어짐을 말한다. 이를테면 4행시나 8행시처럼 3행시가 존재하는 것이 된다. 그러나 3행시라 할지라도 시조처럼은 아니지만 일반적인 작시의 창작 원리인 3단 구성을 취한다고 보는 것이 옳지 않은가. 동시에 종장에 해당되는 3행에서 갖는 형식적 규율도 무의미하게 된다. 지켜도 되지만 반드시일 필요는 없어지게 된다. 아주 불가피하다면 그것도 가능한 것이라고 보았다. 간혹 초정의 작품에서 종장 첫 음보가 어긋나는 경우가 존재하는 것도 이런 점에서도 이해가 가능하다.

　　그렇다 하더라도 인용 작품이 우리가 보는 보편적인 시조 개념을 확실하게 벗어나는 것이라면 문제가 된다. 이 작품을 과연 사설시조로 볼 수 있을 것인가. 각 장은 어떠한 법칙을 가지고 늘어나고 있는가. 우선 초장만을 살펴보기로 하겠다.

　　　　생시엔 꿈도 깰 수 없어,/ 연방 내려쬐는 뙤약볕은 무섭
　　　　도록 고요하다.// 혼자 뒤처진 한 소년(少年)이 늪가에 앉아/
　　　　피라미 새끼 노니는 것을 보고 있다.///

휴지부를 고려하여 그 의미 구조를 나누어 보면 이렇게 네 마디로 구분된다. 사설시조가 평시조의 늘어난 형태로 본다면 四步格이 네 마디로 늘어난 것으로 볼 수 있다. 중장과 종장도 역시 네 마디로 나눠진다. 종장에서의 절대적 개념인 3자도 어긋나지 않고 있다. 더욱이 중장과 종장 사이에서 보게 되는 극적 전환도 시조다운 맛을 더해주고 있다. 사설시조로 보지 못할 하등의 이유가 없다.

초정의 이러한 시조에 대한 개방적 개념은 어디서 연유한 것일까. 이의 실마리가 되는 작품을 한 편 보기로 하자.

이런들 어떠하오리 저런들 어떠하오리 술을 딸아 권하오거날
百死歌 읊으오시며 그 盞을 돌리오시다.
그 몸이 아으 죽고 또죽고 千萬번을 고치
오셔도 한번 肝에다 사기온 뜻은 굽힐길이 없드오이다.

아으 그 노래 읊으온뒤에 半千年도 하로온양
오로다 王氏 李朝도 한길로 쓸어져 꿈이도이다.
임 한번 베오신 피가 돌이 삭다 살아지오리
돌欄干 마자 삭아지어도 스며오신 붉은 그
마음은 흐릴 길이 없으리오리다.

―「선죽교(善竹橋)」 전문

이 작품은 첫 시조집 『초적(草笛)』에 실려 있는 작품이다. 이 시조집 전편 중 유일하게 평시조에서 벗어난 작품이라고 할 수 있다. 이 작품의 구조는 어떻게 보는 것이 합리적인가. 이 작품 역시 사설시조 두 수로 보는 것이 가능하다. 초장은 1행과 5, 6행 중장은 2행과 7행 종장은 3, 4행과 8, 9행이 될 것이다.[10] 각 장은 네 마디로 나누어지며, 종장에서의 음보도 정상적으로 이루어지고 있다. 그렇다면 초정은 첫 시집에 어떻게 평시조에서는 크게 벗어난 이와

같은 작품을 수록하게 되었을까. 아마 이러한 형식의 모델에 대한 직접적인 고민과 적극적인 시도는 1956년 『목석의 노래』[11]라는 자유시집을 낸 전후로 판단된다. 이렇게 추론할 수 있는 근거는 이 시집 이전의 자유시집들보다 이 三分構造를 보여주는 작품들이 상당히 많이 나타나고 있기 때문이다.[12]

다음의 작품들도 「늪가에 앉은 소년(少年)」과 같은 구조를 가지고 있다 이를 바로 분구 처리 해보기로 하겠다.

우리 평생(平生)에 이런 날이 며칠이나 될까./ 지금 강변
로(江邊路)엔 꾀꼬리빛 수양버들,// 머리 푼 세우(細雨)처럼
드리웠다./ 흩뿌리는 시늉으로 천만사(千萬絲) 가지마다 드
리워 있다.///

휘장에 가리운 외인묘지(外人墓地)./ 저 호젓한 구릉(丘
陵)에도 초록빛 사이사이, 흰 묘비(墓碑) 사이사이, 연요꽃
노오랗게 어우러졌다.// 브로크 담장 밖엔 살빛 분홍꽃도/ 조
금씩 조금씩 초친 듯이 번져난다.///

여기는 절두산(切頭山) 드높인 성당(聖堂),/ 낭떠러지 받
쳐든 위태로운 난간(欄干)을 기대선다.// 삶과 죽음마저 남
의 일처럼 굽어보기에 알맞은 곳,/ 살아있는 외로움이 뼈에
사무친다.///   ―「화창(和暢)한 날」 전문[13]

---

10) 이를 연 구분이 없다고 가정하면 사설시조 한 수로 보는 것도 가능하다. 초장은 1행과
2행, 중장은 3행~7행, 종장은 8행과 9행이다. 이렇게 볼 경우도 각 장은 네 마디로 나누
어지고 있다.
11) 『목석의 노래』, 청우 출판사. 1956.
12) 「돌」, 「도서」, 「소년」, 「기억」, 「편지」, 「틈」, 「좌석」, 「풍경」, 「승화」 1 등이 산문시로서
이러한 3분 구조를 가지고 있다. 이 중 「소년」은 인용 작품과 전개방식이나 시적 공간이
아주 유사하다.
13) 『묵을 갈다가』, 창작과 비평사, 1980, 23면.

옛날 옹기(甕器)장수 순(舜)임금도 지나가고,/ 안경(眼鏡)

알 닦던 스피노쟈도 지나가던 길목.// 그 길목에 한 불우(不

遇)의 소년(少年)이 앉아,/ 도장을 새긴다.///

전황석(田黃石)을 새기다 전황석(田黃石)의 고운 무늴

눈에 재우고, 상아(象牙)를 새기다 상아(象牙)의 여문 질을

손에 태운다./ 향목(木)도 홰양목(木)도 마저 새겨, 동글한

도장, 네모난 도장, 온갖 도장을 다 새긴다.// 하고 많은 글자

중에 사람들의 이름자(字), 꽃 이름 새 이름도 아닌 사람들

의 이름자(字),/ 꽃 모양 새 모양 전자체(篆字體)로 새긴다.///

그 소년(少年), 잠시 칼질을 멎고,/ 지나가는 얼굴들을 바

라본다.// 그 많은 얼굴 하나같이, 지울 수 없는 도장들이/

새겨져 있다. 찍혀져 있다.///

—「도장(圖章)」 전문14)

　　「화창(和暢)한 날」과 「도장(圖章)」은 모두 각 장이 늘어난 사설시조 한 수로
이루어진 작품이다. 그러므로 이들 작품은 자연 三分構造를 가지고 있는데 시
에서는 보기 힘든 정제된 시상과 호흡의 완급조절이 효과적으로 잘 드러나고
있다. 정제된 시상은 평시조의 각장이 가지고 있는 본래적 성격, 풀고 이어서
맺는 특징적 요소에서 기인한 것이라고 볼 수 있다. 그렇지만 평시조의 이러한
속성은 자주 반복하다 보면 단조로울 수밖에 없다. 이 단조로움을 사설시조는
'사설'이라는 형식으로 엮어낸다. 반복과 열거, 그리고 이를 절정으로 몰고 가
는 수사법이 이에 해당된다고 볼 수 있다. 호흡의 완급을 필연적으로 동반하게
된다. 「화창(和暢)한 날」의 중장에서는 "사이사이"의 반복이나, "외인묘지(外人
墓地)", "구릉(丘陵)", "흰 묘비(墓碑)", "브로크 담장" 등의 공간, "초록빛", "흰",

---

14) 『三行詩六十五篇』, 아자방, 1973, 36~37면.

“노오랗게”, “살빛” 등의 색감의 열거는 상당히 호흡을 빠르게 만들고 있다. 「도장(圖章)」의 경우는 중장에서 이점이 더 확실하게 드러난다. 호흡의 완급은 산문시의 형식적 조건을 규정하는 하나의 기준일 수 있다는 점에서 주목해볼 필요가 있다. 이 사설시조의 三分構造를 활용하여 초정은 시와의 넘나듦을 자주 시도한 것으로 보인다.

> 언제나 이맘때면/ 담장에 수(繡)를 놓던 담쟁이 넝쿨.// 그 병
> (病)든 잎새 넝쿨마다/ 매달린 채 대롱거린다.//
>
> 가로(街路)의 으능나무들 헤프게 흩뿌리던 그 황금(黃
> 金)의 파편(破片),/ 이 또한 옛날 얘기.// 지금은 때묻은 남루
> 조각, 앙상한 가지마다 걸려있다./ 추레하게 걸려있다.
>
> 멸구에 찢긴 논두렁은 허옇게 몸져눕고,/ 사람 같은 사
> 람은 벌레만도 못해/ 이젠 마음놓고/ 한번 울어볼 수도 없
> 다.///

—「어느 가을」 전문

초정은 이 모든 작품을 3행시의 한 형태로 보았다. 3행시는 다시 말해 사설시조까지를 포함한 개념이라 할 수 있고, 그것은 때에 따라 아주 엄격하게 「제기(祭器)」처럼 축약의 형태를 가질 수도 있고 인용한 작품들처럼 늘어날 수도 있는 독특한 구조를 가졌다고 볼 수 있을 것이다. 초정은 상당히 오랜 기간 동안 이 문제에 고민하고 있었던 것으로 보인다. 왜냐하면 이 작품들은 대개 초기 시집들에도 나타나고 있기 때문이다. 이 형태적 실험을 통해 시조가 갖는 한계를 극복하고자 부단히 노력했다고 볼 수 있다.

이 모든 것의 결산인 듯 보이는 작품이 바로 「느티나무의 말」이다.

바람 잔 푸른 이내 속을 느닷없이 나울치는

해일이라 불러다오.

저 멀리 뭉게구름 머흐는 날, 한 자락 드높은

차일이라 불러다오.

천년도 눈 깜짝할 사이, 우람히 나부끼는

구레나룻이라 불러다오.

―「느티나무의 말」 전문[15]

이 작품의 종장을 시조형식을 감안하여 가장 합리적으로 나누어 보면 다음과 같이 구분 된다.

천년도/ 눈 깜짝할 사이,// 우람히 나부끼는/

구레나룻이라 불러다오.///

이런 이유에서 초장과 중장도 이와 같은 율독 구조를 가지고 있다고 볼 수 있다. 다시 말해 "바람 잔 푸른 이내 속을/ 느닷없이 나울치는// 해일이라/ 불러다오.///"로 나누어지는 것을 의도적으로 제어하고 있다는 것이 된다.[16]

이를 고려하여 율독할 경우 우리는 이 작품을 통하여 여러 의미를 추출해 볼 수 있다.

---

15) 『느티나무의 말』, 상서각, 1998, 16면.
16) 만약 이를 수용할 경우 첫 마디에서 "푸른 이내 속을"이라는 것까지 다 얘기하는 것은 호흡의 율격상 상당히 벅차다. 왜냐하면 "푸른 이내 속을"이라는 마디는 시의 전개상 중심시어군이 속한 부분이기에 그렇다. 이것만으로도 한 마디가 충분한 내용을 담도 있다. 중장에서 이에 해당되는 "뭉게구름 머흐는 날" 역시 마찬가지로 볼 수 있다. 이런 점을 고려하면 초정은 시조의 한 마디에 들어가는 부분을 내용까지를 고려하고 있다는 얘기가 된다.

장별	첫 마디	둘째 마디	셋째 마디	넷째 마디	시상의 전개
초장	바람 잔	푸른 이내 속을	느닷없이 나울치는	해일이라 불러다오.	시인 자신
중장	저 멀리	뭉게구름 머흐는 날,	한 자락 드높은	차일이라 불러다오.	외부
종장	천년도	눈 깜짝할 사이,	우람히 나부끼는	구레나룻이라 불러다오	자연
시상의 전개	시간성 (유한→무한)	공간성 (원경→근경)	동작(급→완→유장)	동작의 결과 (자연→외부→ 시인 자신)	

각 장의 시상의 전개를 보면 시인 자신 → 외부 → 자연로 그 의미가 확산되고 있으며, 이에 따라 시간적인 측면에서도 유한성 → 무한성으로, 동작도 급 → 완 → 유장 →의 흐름으로 나타나고 있는 반면, 공간성이나 동작의 결과는 원경 → 근경, 자연 → 외부 → 시인 자신으로 좁아지고 있는 구조를 보여주고 있다. 시인은 느티나무를 매개로 하여 세월의 유장함과 인간 존재의 유한성을 나타내고자 했을 것이다. 이를 위해서 공간성이나 동작의 결과를 시인 자신으로 옮겨오면서 시적 설득력과 완결성을 확보하고 있다고 판단된다. 말하자면 초정은 이 한 편을 통해 시조가 갖는 三章의 의미를 보다 명확히 보여주고자 했던 것이다.

5. 결론(結論)

지금까지 우리는 초정 시조의 형식적인 면을 살펴보았다. 초정의 시조 형식 장치를 요약하면 엄격과 일탈이라고 할 수 있다. 둘은 서로 다른 기제임에 분명하나 초정의 경우는 이를 나름대로의 시조에 관한 창작법으로 소화해냈다. 초정은 삼장의 구분은 비교적 명확히 했지만 그것을 '章'으로 부르지 않고 '行'으로 부르기를 원했다. 초정이 생각한 '行'은 '章'을 풀어헤치는 개념이 아니라 오히려 시에서의 삼행시로서 갖는 완결 구조에 충실하려고 했다는 점이다. 동시에 '章'이 갖는 형식적 제약을 최대한 보완하려고 했다. 그런 의미에서 과감한 축약의 형태를 보이고 있는 「제기(祭器)」도, 필요한 부분에서는 과감히 이완을 허용하고 있는 「느티나무의 말」도 그 분명한 이유를 가지고 있는 것이다. 결론적으로 초정의 '삼행시론'은 천편일률적으로 획일화 되고 있는 시조 형식의 운용폭을 극대화시킨 주체적 노력으로 볼 수 있다고 판단된다. 이를 어떻게 수용, 변용할 것인가는 별개의 문제이긴 하지만 중요한 사실은 현대시조 100년을 맞이한 오늘의 시조단은 초정이 작품으로 던진 질문에 진지한 답을 찾는 노력을 가져야할 시점에 놓여있다는 점이다.

아름다운 슬픔과 탄력의 미학

박재삼론

1.

　오늘에 이르기까지 70여년 남짓한 현대 시조의 흐름은 문단 전체적으로 보아 왜소해 보이기 이를 데 없는 것이었다. 한물 간 장르로 인식되는 것은 물론 이려니와 아직까지 시조냐? 하는 투의 몰이해와 거부 반응이 비등하였다. 자유시와 시조를 동시에 창작하는 사람에게 이러한 문단 내부의 기류는 상당한 심적인 부담을 주게 된다. 필자 또한 그런 중압감에서 완전히 자유로운 적이 없었다. 더욱이 작품의 실제 창작 과정에서 하나의 시상과 전개를 두고 어느 쪽으로 할 것인가 고민할 때는 난감하기까지 하다. 그러나 대저 학문과 예술이 그러하듯 경지에서는 통한다고 하던가. 좋은 시조는 시조로 그치는 것이 아니고 좋은 시가 될 수 있으며 그 역도 가끔 성립한다. 특히 시의 리듬을 중시하는 대다수의 시인들은 그것이 무의식의 발로라 할지라도 시조의 운율을 따르고 있다. 서정주의 「문둥이」와 조지훈의 「승무」의 시편들을 보라. 필자는 수년 전 한국 근대시의 생성과정에 주목한 논문에서 우리 현대문학의 전통단절론 폐해를 지적하고 '고시조 → 개화기 시조 → 근대시'로의 변모과정을 중점적으로 살핀 바 있다.[1]

이 글에서 잠정적 결론으로 우리 근대시의 생성 동인이 전통장르인 평시조와 사설시조임을 강조하였다. 최초 근대 자유시인 「눈」이란 작품이 사설시조의 원형적 요소를 지니고 있으며,[2] 「샘물이 혼자서」라는 작품이 평시조의 三章을 원용한 구조라는 점은 이점을 확실하게 뒷받침 해준다 할 것이다. 1995년 여름 광주여대에서 열린 문예창작 워크샵에서 필자는 또 한 가지 놀라운 사실을 목도하지 않을 수 없었다. 이 워크샵은 창작전문인을 위한 과정이었는데 창작 지도를 받기 위해 제출한 시 작품이 거의 시조의 율격 구조와 일치하거나 근접하고 있다는 사실이었다(실제 이들 중 시조를 창작해 본 사람은 하나도 없었고 창작을 할 때 시조를 염두에 둔 사람 또한 없었다).

실제 대학에서 시와 시조 창작을 지도해보면 이점은 확연하게 구분된다. 시조는 처음에 형식을 맞추기 어렵지만 일단 그 가락을 체득하면 쉽게 정상으로의 접근이 가능한 반면 시는 그렇지 못하다. 시의 형식이 워낙 자유분방한데다 다양한 형식이 내용을 제어하는 경우가 많기 때문이다. 그러나 이점은 달리 생각해 보면 시조가 훨씬 우리의 체질적 호흡에 맞는 身土不二의 산물이라는 결론에 이를 수밖에 없게 된다. 시조에는 한 번 빠지면 매료되는 힘이 있다. 그 힘은 쉽게 설명되지 않는다. 三章의 구조가 그렇고 각 장의 적절한 分句가 그렇고 종장의 긴장과 이완의 미학이 그렇다. 초, 중, 종장을 3-4-3-4, 3-4-3-4, 3-5-4-3 으로 보는 자수 구분으로 보는 답답함이 시조단에 아직도 적지

---

1) 이지엽, 「시조가 근대 자유시에 미친 영향」, 『首善論集』(제16집), 성균관대학교 대학원.
2) 최초 근대 자유시를 1919년 『학우』라는 잡지에 발표한 「눈」이라고 보는 입장은 정한모가 대표적이라 볼 수 있으며 필자 역시 이에 이의를 제기하지 않는다. 중요한 점은 「눈」이란 작품이 4수로 된 사설시조란 점이다. 그러나 최초의 근대 자유시를 「불노리」로 볼 경우 이 작품 역시 사설시조적 요소를 많이 지니고 있다. 정한모, 『한국현대시문학사』(82.5.10), 일지사.

않게 상존하는 것이 사실이지만, 그리고 자유시인들의 안목 또한 그렇지만 시조의 미학을 이러한 자수율로 규정하려는 것은 크게 잘못된 인식이 아닐 수 없다. 박재삼 시인의 시조 작품을 논하는 자리 모두에 시조와 자유시의 관계, 시조의 형식장치 등을 사설처럼 늘어놓는 이유는 그는 적어도 시조의 형식적 장치를 자유자재로 운용했던 거의 유일의 시인이라는 판단에서다. 사실 그가 남긴 시조 작품은 불과 50여 편에 지나지 않는다. 수백 편의 자유시에 비하면 많은 양은 아니지만 그가 시조단에 끼친 영향은 막급하다하지 않을 수 없다. 아울러 많은 양의 자유시 작품이 그가 자연스럽게 체득한 시조의 미학적 장치에 의해 창작되어졌음도 어렵지 않게 추정해 볼 수 있다.[3] 이 점은 별도의 기회를 통해서 살펴보기로 하고, 여기에서는 그의 시조작품의 문학적 지향점과 그가 독보적으로 이룩했다고 보여지는 형식장치의 미학을 살피는데 주안을 두기로 하겠다.

2.

박재삼 시인은 주지하다시피 1953년 『文藝』誌에 첫 추천을 받게 되는데 여기에 「江물에서」란 시조가 포함되어 있다. 그 이전의 작품으로는 1948년 「海印寺」, 1951년 「어린 봄빛」, 「모랫벌에서」, 1952년 「多寶塔」, 「金冠」, 「눈물」 등이 있다.[4] 그러나 이들 작품 중 「海印寺」, 「多寶塔」에서는 한자어와 사물의 명칭들이 많이 등장하고, '나 혼자 알고 느껴라/ 徐羅伐의 그 소리'(「金冠」

---

3) 심지어 그의 대표작인 「울음이 타는 가을 江」이란 작품도 사설시조의 형식장치 안에서 설명될 수 있다. 1연과 2연이 한 수에 해당하고, 3연을 한 수로 볼 수 있어 결국 두 수의 사설시조로 볼 수 있는데 각 수가 의미상 三分된다는 점, 첫 수의 초·종장에 해당되고 둘째 수의 초장에 해당되는 부분이 거의 평시조의 형식장치 안에서 설명된다는 점, 1行의 주된 음보가 4음보라는 점이 이를 단적으로 반증해준다 하겠다.
4) 여기에서의 작품 인용은 그의 시조집 『내 사랑은』(영언문화사, 1985년)에 따랐다.

에서)처럼, 육화되지 않는 관습적 표현들이 노출되고 있다. 그러나 추천작인
「江물에서」란 작품에서는 이러한 단점들이 어느 정도 극복되고 있다.

> 무거운 짐을 부리듯
> 江물에 마음을 풀다.
> 오늘, 안타까이
> 바란 것도 아닌데
> 가만히 아지랭이가 솟아
> 아뜩하여지는가.
>
> 물오른 풀잎처럼
> 새삼 느끼는 보람,
> 꿈같은 그 세월을
> 아른아른 어찌 잊으랴,
> 하도한 햇살이 흘러
> 눈이 절로 감기는데……
>
> 그날을 돌아보는
> 마음은 너그럽다.
> 반짝이는 江물이사
> 주름살도 아닌 것은,
> 눈물이 아로새기는
> 내 눈부신 자욱이여!

—「江물에서」 전문

「추억에서」 연작을 비롯한 많은 시편들에서 보듯 그의 작품은 대개 회상
의 모티프가 주류를 이루고 있다. 親자연적인 소재를 통해 삶의 의미를 재조

명하려는 노력을 그야말로 가열차게 보여주었다고 볼 수 있는데 이러한 경향은 이미 등단 초기에서부터 잘 나타나고 있다. 인용 작품은 무한적 자연 현상의 강물과 유한적 개체인 서정자아의 회상이 교차되는 공간의 내밀성을 '아지랑이'의 실체를 통해 잘 보여주고 있다. 특히 1연에서의 회상으로의 도입부를 '가만히 아지랑이가 솟아/ 아뜩하여지는가'라고 하여 '아지랑이'와 '아뜩'함의 이질적 촉감을 '솟아'라는('피어오르는'이 아니라) 다소 강렬한 동사로 연결하고 있다. 양자의 상반된 이미지를 일거에 해소시키고 있는 것이다. 그리고 이 친화력은 자칫 밋밋하기 그지없는 시조에 탄력과 긴장을 불러일으키는 구실을 하고 있다. 아울러 이러한 '아지랑이'의 '솟아', '아뜩'함이 둘째 수에 얼마만큼 용의주도하고 자연스럽게 접근하고 있는가에 주목해 볼만 하다. '물오른 풀잎'의 이미지나 '아른 아른'의 의태어, '하도한 햇살이 흘러 눈이 절로 감기는' 행동들은 전체가 '아지랑이'에서 연유되고 있다. 그러므로 예고된 이미지들에 의해 축조된 이 표현들은 들뜨거나 공허하지 않고 제 자리에 어울리는 안정감을 주고 있는 것이다. 다만 3연에서 '눈물이 아로새기는 내 눈부신 자욱이여'라고 하여 감상적 차원으로 떨어진 부분이 거슬리기는 하지만 당대의 시조단 실정을 감안해보면 신선한 바람을 일으킬만한 작품이었던 것이다.

> 가다간 밤송이 지는
> 소리가 한참을 남아
> 절로는 희뜩희뜩
> 눈이 가는 하늘은
> 그 물론 짧은 한낮을
> 좋이 淸明하더니라.
>
> 省墓 공손하니
> 엎드린 머리에도
> 하늘은 드리운 채로

諱日같이 서글프고

그리운 이를 부르기

겨워 이슬 맺히네.

세상이 있는 법은

가을 나무 같은 것

그 밑에 우리들은

과일이나 주워서

허전히 아아 넉넉히

어루만질 뿐이다.

—「가을에」 전문

　1955년 발표된 「가을에」란 작품에서는 성묘 길에서 깨닫는 생의 관조적 자세가 잘 드러나 있다. 이는 '밤송이 지는', '가을나무'를 통해 구체화되고 있는데 초반부의 도입이 절묘하다. '밤송이 지는 소리 → 하늘 → 淸明'의 연결이 아무래도 통사적 구조를 무너뜨리고 있지 않는가 라는 의구심을 갖게 한다. 보통의 경우라면 '가다간 밤송이 지는/ 소리가 한참을 남아'는 '성묘길을 가다가/ 밤송이 지는 소리에' 정도로 표현할 것이다. 왜냐하면 시조에서는 대개 초·중·종장의 각 장이 두 개의 句로 나누어지는 6句의 형식장치를 큰 이의 없이 받아들이기 때문이다. 인용시를 의미상 나누어 보면 '가다간'이 前句가 되어야 하고 뒤따르는 '밤송이 ～ 남아'가 後句가 되어야 하는데 이를 작위적으로 '밤송이 지는'에서 行가름을 하고 있어 언뜻 보기에 어법이 잘못된 것처럼 보이는 것이다. 그렇다고 해서 그냥 이를 적당히 꿰맞추어 앞에서 고친 것처럼 前後句로 나눈다면 시의 묘미는 반감되고 만다. 여기에서 시인이 중요하게 생각한 것은 '밤송이 지는 소리'가 아니라 그 소리가 '한참을 남아' 있는 것에 있기 때문이다. 생각해 보라. '소리'의 중심은 소리를 내는 물체에 있지만 '한참을 남아'의 중심은 한참을 남아 있는 '공간'에 있기 마련 아닌가. 그 공간은 어떤 공간인가. '절로는 희뜩희뜩 눈이 가는 하늘'이다. 그냥의 '하늘'이 아니라 '절로는 희뜩희뜩 눈이' 가는 하늘이라고 하였다. 산길을 걷는 것을 상상해 보라. 조용한 산길. 여문 밤알이 떨어지는 소리가 들린다. 한참동안 그것은 잘고 긴 여음을 남긴다. 그 여음의 발신지를 찾느라 우리는 귀를 쫑긋 세운다. 그러나 서있는 주위는 나무에 둘러싸여 그 소리의 진원지를 찾아내기 힘들다. 그러다가 나무 잎 사이로 언뜻 비치는 빈 공간 곧 하늘을 본다. 파랗다. 혹시 소리가 그 빈 공간으로 빠져나가고 있지 않나. 누가 무어라고 말한 것도 아닌데 '희뜩희뜩' 눈이 가기 마련인 것이다. 그의 작품을 두고두고 읽게 하는 매력은 이러한 행간의 의미와 깊이에 있다고 할 것이다.

세상을 읽어내는 관조적 자세는 '허전히 아아 넉넉히'에서 잘 드러나고 있다. 과일의 '떨어짐'과 '주워올림'을 동시에 취하고 있는 것이다. '떨어짐'은 둘째 수에서 보게 되듯 '諱ㅐ'의 죽음에 대한 인식에 맞닿아 있다. 슬픔의 정서인 것이다. 이남호 교수의 지적대로 그의 시는 슬픔의 미학에 깊이 길들여져 있음이 사실이다.[5] 순도가 높은 지극한 슬픔의 정서가 아름답게 배어 있다. 슬픔을 아름답게 보이게 하는 것은 그의 독특한 언어 구사에도 있지만 '넉넉히/어루만지는' 충일과 안분에도 있는 것이다.

　　여울 바닥에는
　　잠 안 자는 조약돌을
　　날 새면 하나 건져
　　햇볕에 비쳐 주리라.
　　가다간 볼에도 대어
　　눈물 적셔 주리라

-「내 사랑은」에서

　　창가와 한께 달리던

---

5) 이남호, 「슬픔과 삶의 이치」, 이 글에서 그는 박재삼을 '슬픔의 美學'을 가장 세련되게 성취한 시인으로 평가하고 있다. 『겨레시조』, 1992년, 여름, 190면.

아이는 쓰러지고
스미는 물 냄새
흙 냄새 아뜩한데
창가를 그친 대목에
종다리가 솟는다.

―「봄 속의 아이」에서

그의 시조에 있어 슬픔의 정서는 '모가지 휘어지는/ 하얀 뒷덜미 설움' (「섬에서」 중)이거나, '아리 아리 서러운 마음'(「구름 결에」 중)이거나 오히려 잃을 것 없는 바닥난 설움(「그대 목소리」 중) 등 어렵지 않게 찾아 볼 수 있다. 그러나 슬픔을 값싼 감상의 차원으로 떨어뜨리지 않게 하는 탄력을 그는 중시하고 있다. 「내 사랑은」에서 서정자아는 실패한 사랑에 좌절하고 방황하는 자아를 그려낸 것이 아니라 '조약돌'을 통하여 애잔하고 끝없는 사랑의 아름다운 파문을 보여준다. 그러므로 우리는 이 작품에서 볼에도 대어 '눈물 적셔 주'는 서정자아의 애틋한 사랑에 자신도 모르게 동승할 수 있게 되는 것이다. 「봄 속의 아이」 역시 쓰러짐과 아뜩함의 유년 체험적 가난과 슬픔이 있지만 '종다리 솟는' 상승적 이미지에 의해 그 슬픔이 아름답게 승화되는 힘을 얻고 있는 것이다. 이러한 아름다운 슬픔의 이중성은 비교적 후기의 작품으로 오면서 무욕·무심의 세계로 접근하기 시작한다. 「調和」, 「한눈 팔고」, 「꽃 핀 것 보면서」, 「神仙 바둑」 등의 작품이 이러한 세계관을 잘 드러내 보여주고 있는데 여기에는 하늘과 땅, 산과 물, 이승과 저승의 합일적 통일을 추구하려는 시작 태도가 바닥에 만만찮게 흐르고 있다.

하늘엔 제일 고운/ 달이 둥글게 솟고//
땅에선 오직 기쁜/ 사랑이 그 비슷하고//
여기에 항아리가 떠올라/ 아름다움을 더하네

「三位一體」 전문이다. 제목에서도 나타나듯 '하늘'과 '땅'의 접합지점에 '항아리'를 설정하고 '달'과 '사랑'의 합일점인 '아름다움'에로 나아간다. 여기에는 초기 작품에서 보게 되는 슬픔이나 恨이 없다. 걷어내 버릴 것은 다 걷어내 버린 '비어 있음의 충일'을 담담하게 그려내고 있는 것이다. '항아리'가 그냥의 항아리가 아니라 인간의 몸이나 생각의 객관적 상관물임을 어렵잖게 가늠해 볼 수 있다. 그러므로 '三位'라는 것은 天·地·人이고 이의 합일을 꾀하는 조화의 정신이 주제를 이루고 있는 것이다. 그러나 무엇보다 후기의 작품을 포함하여 박재삼 시인의 특유의 색깔과 향기가 나는 시조는 다음의 작품이 아닌가 생각된다.

하늘의 소리가 이제
땅의 소리로 화해도

雪嶽山 飛龍瀑布는
반은 아직 하늘의 것
어둘 녘 결국 밤하늘에
내맡기고 내려왔네.

1985년 발표된 「飛龍瀑布韻」이란 작품의 전문이다. 일찍이 조운은 「九龍瀑布」란 작품에서 '사람이 몇 생이나 닦아야 물이 되며 몇 劫이나 轉化해야 금강에 물이 되나! 금강에 물이 되나!'라고 하였고 '九龍淵 天尺絶崖에 한 번 굴러 보느냐'고 하였다.[6] 조운이 절대 순수 정신의 간절한 희원과 갈망을 이 작품을 통하여 보여주었다면 박재삼은 또 다른 폭포를 소재로 하늘과 땅 사이의 거리의 미학을 그려내고 있다. 언뜻 보기에 이상에의 좌절과 아쉬움으로 비쳐질 수 있겠으나 그렇지만은 않다. '반은 아직 하늘의 것'이라고 본 것은 비

---

6) 조운, 『조운문학전집』, 남풍, 1990년, 69면.

룡폭포의 비범과 초월을 함부로 넘보지 않는 무심·무욕을 바탕으로 한 함축적 표현이라고 보여지기 때문이다. 이 점은 그가 자연을 정복이나 겨룸을 대상으로 보지 않고 완상이나 조화의 대상으로 파악하는 근본적 인식태도의 차이에서 연유한다고 볼 수 있겠다.

3.

앞에서도 언급하였듯 박재삼의 시조 작품은 시조의 형식을 지키면서도 시조라고 보기 어려울 정도의 자연스러움과 탄력을 지니고 있다. 이점은 시조의 형식장치에서 오는 단조로움을 극복하기 위한 새로운 모색이라는 관점에서 보다 자세히 살펴볼 필요가 있다.

첫째 우선 형식장치 안에서의 자유로움의 추구는 딱딱 끊어지는 듯한 3·4조의 기계적인 율격을 무시하고 있다는 점에서 찾아볼 수 있다.

> ① 오늘, 이 가슴 환히
> 하늘로 트였는데
> (「金冠」 2수 초장)

> ② 하야니 바랜 빨래가
> 햇살보다 눈부시어
> (「어느 날」 첫수 초장)

> ③ 또 그만치밖에
> 흔들릴 따름인 것이
> (「숲에서 보는 하늘」 2수 중장)

④ 누이사 하마 오것다 싶어

기울어지는 마음

(「蘆雁」 4수 종장)

　①, ②, ③을 자수 구분으로 보면 한 음보안에서 1자‐1회, 2자‐1회, 3자
‐3회, 4자‐3회, 5자‐4회로 나타나고 있는 바 5자의 늘어난 음보가 상상 외
로 많이 쓰여 지고 있음을 볼 수 있다. 이 점은 우리말이 갖는 틈새를 최대한
이용하려는 노력이 일환으로 생각된다. 우리말은 보통 한 어절에 조사가 붙어
3, 4자가 주종을 이룬다. 그러나 여기에 한 자를 더 허용하면 관용어나 부사어
가 첨가하게 되어 그만큼 많은 틈새를 갖게 되는데 이 틈새에서 오는 탄력을
중시하였던 것이다. 종장 역시 ④에서 보듯 3-5-4-3의 자수 기준과는 크게 다른
3-7-5-2의 변형이 이루어지고 있다. 그러나 그의 용의주도함은 5자의 늘어난
음보를 종장 첫구를 제외하고는 중첩으로 허용하지 않고 있음에서 더 두드러
져 보인다. ①에서 2자-5자 ②에서 3자-5자 ③에서 1자-5자로 조응을 이루고 있
는 바 5자-5자는 물론 심지어 4자-5자까지도 꺼리고 있는 것이다. 이는 句의
길이를 고려한 배려라고 볼 수 있다. 시조는 율독을 해보면 그 호흡의 장단 안
배가 적절히 조응을 이루고 있음이 보편적인데 인용한 작품들 역시 한 음보의
길고 짧음은 있지만 그것을 前·後句의 단위로 보았을 때 결코 시조의 형식장
치 안에서 벗어나고 있지 않음을 알 수 있다.

　둘째 그의 자유로운 가락의 누림은 여기에서 그치지 않고 句의 보편적 연
결방식을 깨뜨리거나 혹은 여러 개의 句가 하나의 의미 단위를 이루도록 묶어
버림으로써 새로운 변화를 추구하기도 한다는 점이다. 시조의 기본 형태는 3
장 6구라는 점에서 별로 이의 없이 받아들여지고 있는데, 사실 句의 구분은 편리
하기는 하나 시조를 막힌 구조 속에 몰아넣는 역할을 충실히 수행하고 있다.
앞서 우리는 「가을에」라는 작품을 통해 이 막힌 구조를 열림의 구조로 환치시
키고 있는 점을 충분히 살펴보았다. 이 작품은 句의 보편적인 연결방식에서 어
긋나 있기도 하지만 또한 중장의 '눈이 가는 하늘'이 종장의 '좋이 淸明하더니

라'에 연결됨으로써 각 行이 단절되는 막힘을 최대한 열어주고 있다. 그렇다. 숨막혀 조여오는 듯한 기계적 반복. 시조가 대중들로부터 멀어지고 있는 중요 요인 중의 하나이다. 그러나 형식을 지키면서 자유로움을 추구하는 것은 참으로 힘든 일이다. 그도 이 문제를 두고 시조 쓰기가 어려웠음을 고백한 바 있다.[7]

굳은 일들은 다
물아래 흘러지이다.
江가에서 빌어 본
사람이면 이 좋은 봄날
휘드린 수양버들을
그냥 보아 버릴까.

아직도 손끝에는
때가 남아 부끄러운
봄날이 아픈
내 마음 복판을 뻗어
떨리는 가장자리를
볕살 속에 내 놓아……

이길 수가 없다,
이길 수가 없다,
오로지 졸음에는
이길 수가 없다,
종일을 수양이 뇌어

---

7) 그는 '가락을 自己流로 휘어잡아야 한다는 것, 그 속에 시를 살려야 한다는 것, 이 두 가지를 兩手兼將으로 다스리는 것이 힘에 부쳤던 것이다'라고 술회하였다. 박재삼 시조 시집, 『내 사랑은』, 영언문화사, 1985년, 10면.

江은 좋이 빛나네.

—「垂楊散調」 전문

　가락의 유연성이 비교적 잘 드러나는 작품이다. 1연의 '江가에서 빌어본/ 사람이면 이 좋은 봄날'에서 보게되듯 '사람이면'은 의미상 앞의 구에 연결되어야 자연스러움에도 의도적인 행가름을 하여 구간의 단절을 최대한 열어주며, 또한 중장에 그치는 것이 아니라 종장의 '그냥 보아 버릴까'에 연결되어 무리 없이 읽혀지는 효과를 가져오고 있다(아마 이것이 중장에 그치는 구조라면 어색하게 될 것이다). 더욱이 읽을수록 우리말의 묘미가 느껴지는 것은 2연이다. 초장의 '부끄러운'에 걸리는 명사는 '봄날'과 '내 마음 복판' 둘 다 해당된다. 그런데 이 각각은 여기에 그치지 않고 종장의 주어 역할을 하고 있는데 어느 쪽으로도 그 뜻이 통하고 있다(물론 그 묘미는 '내 마음 복판'으로 보았을 때가 자아의 반성과 성찰의 주제를 가일층 두드러지게 나타낸다고 보여지지만). 그의 시가 편하게 물 흐르듯이 읽히는 이유도 바로 여기에서 연유하고 있다고 보여진다.

　셋째 자유로움의 추구는 특히 終結語尾의 措辭法에서 두드러진다고 볼 수 있다.[8] 이점은 인용한 작품에서도 각 장의 마지막 句를 살펴보면 쉽게 판별이 된다. '흘러지다', '보아버릴까', '내 놓아……', '이길 수가 없다', '좋이 빛나네'에서 보듯 동사의 종결어미를 자유로이 구사하고 있는 점이 바로 그러하다. 명사나 서술적 어미로 끝내는 것이 보편화되어 있는 추세를 감안한다면 그의 독보적 가락의 운용이 결코 우연에서 비롯되지 않았음을 확인하는 단서가 된다. 종결어미를 좀 더 자세히 살펴보면 추정이나 가정('흘러지다', '보아버릴까', '내 놓아……'), 단정('이길 수가 없다'), 혹은 감탄('좋이 빛나네') 등 다양한 구사가

---

8) 김주연, 「恨과 그 以後」 김주연 교수는 이 글에서 그의 문체상 특징을 '단순한 문체 문제에서 머무르지 않고 그가 구현하고자 하는 내용과 표리의 관계를 구성하고 있다'고 보고 '종결어미의 변형을 중심으로 한 동사의 교묘한 묘사'가 이에 기여하고 있다고 보고 있다. 『겨레시조』, 1992년, 여름호, 185면. 김제현 교수 또한 이 점에 주목하고 있다. 앞의 시집 해설 참조할 것.

이루어지고 있다. 물론 주로 쓰이는 것은 추정이나 가정법이라고 할 수 있는데 이 점은 그의 시조가 시와 더불어 같은 서정류의 작품 속에서도 박재삼류의 독특한 서정을 만들어 내는 동인이 되고 있다. 일련 수긍하지 않으면서도 수긍하고 있는, 아닌 듯 다른 곳을 쳐다보면서도 고개를 끄덕이는 자기 제어에 그 특징적 면모가 놓여있다고 보아야 할 것이다.

4.

누가 말했던가. 가장 슬픈 것을 노래한 것을 가장 아름다운 것을 노래한 것이라고. 박재삼 시인은 이 말에 가장 신뢰를 걸어왔던 것처럼9) 그가 사랑하였던 슬픔을 한결같이 보여주었다. 이처럼 끈질기게 하나의 대상에 신뢰(?)를 보낸 시인이 있었던가. 그러나 보이는 슬픔만을 그는 노래하지 않았다. 한을 다스리는 지혜를 가졌던 것이다.10) 그가 시조를 통해 드러내고자 한 문학적 지향점 역시 슬픔의 정서를 떼놓고 생각하기 힘들다. 친자연적인 소재를 통한 무한적 자연 현상에 기대어 서정자아의 눈물 글썽이는 화폭에 아름답게 담아 냈던 것이다. 후기로 접어들면서 이 눈물의 질감은 마치 바람에 날려 씻기기라도 하듯 무욕·무심의 세계에까지 이르르고 있다. 그러나 무엇보다 밋밋하기 그지없는 시조의 형식장치에 탄력과 긴장을 불어넣는, 그래서 그것이 똑똑한 한 편의 시로도 손색이 없을 정도로 자연스러움과 시적 공감을 획득하여 당당하게 서게 하였던 일련의 작업들은 시조사에 한 획을 긋기에 충분한 것이었다고 평가할 수 있으리라 본다.

---

9) 박재삼, 「한국전후문제시집」, 신구문화사, 1963년, 377면.

10) 이광호, 「한과 지혜」, 『울음이 타는 가을 江』 해설, 미래문화사, 1991년, 146~147면. 이 글에서 이광호는 한의 정서적 원형을 통해 타인의 존재를 확인하는 과정을 보여준다는 측면에서 한을 다스리는 지혜의 일부라고 보고, 한의 세계를 규율하는 두 가지 시적 지혜를 사랑의 본질에 대한 깊은 사유와 독특한 구어체의 어법에 두고 있다.

생명·의식·길의 존재론적 탐구

장순하론

1. 들어가면서

필자는 『한국 현대문학의 사적 이해』에서 한국의 현대시조의 문제와 장순하 시인의 시적 작업에 대해 다음과 같이 쓴 적이 있다.

현대에 이르러서도 시조에 대한 일반의 인식은 냉소적이며 비판적이다. 많은 독자들은 현대시조라하면 과거의 시조를 연상하고 음풍농월의 사대부 시가라는 인식을 버리지 못하고 있다.

이렇게 현대시조의 위상이 주변 장르로 밀려나게 된 것은 시대의 흐름과도 관련되겠지만 아직까지도 올바른 시정신을 가지지 못하고 '뚝배기에 장맛'이라는 식으로 형식과 내용에 진부한 발상을 가지고 있는 시조인들의 잘못이 크다. 교육자들 또한 현대 시조에 대해 그릇된 사고로 일관되고 있으니 어찌 바르게 교육될 수 있으며 바르게 알 권리를 상실해버린 독자(학생)들이야 말로 현대시조에 대해 어찌 바르게 알 수 있겠는가.

현대시조는 고시조와는 다른 장르이다. 주된 담당층도 사대부가 아니라 오늘의 생활인이며, 세계관도 오늘의 문제를 담고 있는 새로운 장르이다. 형식면에서도 자수 일변도의 외형률만을 갖고 있지만은 않다.

장순하의 시업은 바로 여기에 있다. 장순하는 부당하게 재단되어진 현대시조의 바른 위상을 위해 많은 글을 통하여, 시작품을 통하여 일관되게 주장해온 사람이다.

그의 작품세계를 소재나 주제적 측면에서보면 윤금초의 지적처럼 다양성을 내포하고 있지만 그 바탕은 철저하게 주지적인 입장을 고수하고 있다.

시적대상에 대해 섣부르게 다가가지 않으며 일정한 거리를 유지하고 있는 것이다. 현대시조의 경우 대다수의 작품들은 그렇지가 못하다. 우선 시적 대상에 대해 감정을 앞세우며 껴안거나, 쉽게 동정을 해버리거나, 고통을 분담 내지는 더 나아가 전담해 버린다. 그래서 시적 주인공은 모든 세상의 고통을 저혼자 짊어지고 나가는 듯한 착각에서 벗어나지 못하고 있다. 장순하의 시에는 그러한 과대망상(?)이 전혀 스며들 틈이 없다. 그의 詩想은 계획되고 의도 되어진 대로 움직인다. 그러기에 그는 기행시나 주정적인 시를 배격한다.[1]

물론 이 글은 범박하게 오늘의 시조단과 장순하 시인의 작품세계를 얘기한 것이지만, 누구에게 질문해봐도 장순하 시인이 시조단에 끼친 커다란 영향에 대해서는 부인하지 못할 것이다. 등단 연도로[2] 보았을 때 한국 시조사와 함께 그의 삶은 궤적을 같이 해왔다고 보아야 할 것이다.

史峯[3] 장순하(張諄河) 시인은 그동안 ①『白色賦』(1966, 일지사), ②『默契』

---

1) 이지엽 「현대시조의 흐름과 장순하의 詩業」, 『한국 현대문학의 사적 이해』, 110면, 시와 사람사, 1996.9.
2) 등단년도는 1957년 제1회 개천절 경축 백일장 시조부 예선에서 장원한 때로 보여진다. 같은 해애 심사위원인 김동리 주선으로 『현대문학』지에 「울타리」, 「허수아비」 등을 발표하게 된다.

(1974, 성지사), ③『길손』(1993, 동학사), ④『백두산 가는 길』(1993, 동학사), ⑤『서울 귀거래』(1997, 책만드는 집), ⑥『후일담』(1997, 책만드는 집)의 6권의 시조집을 내었다.[4]

　　여기에서는 그 동안 시인이 어떠한 문학적 지향점을 가지고 창작에 임해 왔으며, 시작품에서 보여주고 있는 정신이 어떠하였는지 실천하려고 했던 실험 의식과 운동 방향은 어떠하였는지를 총체적으로 살펴보겠다. 앞서의 여섯 권의 작품집과 그동안 시인이 발표한 평론과 수필, 월평과 연평 등을 대상으로 할 것이며, 시작품 이외에서 견지하고 있는 비평적·창작적 태도에 관하여서도 살펴보고자 한다.

2. 無色·純粹에의 생명 탐구

　　장순하의 첫 시조집『백색부』에는 생명의 태어남과 이것을 진지하게 바라보려는 서정자아의 노력이 밀도 있게 그려져 있다.

　　　난 몰라,
　　　모시 앞섶 풀이 세어 그렇지.
　　　白蓮 꽃 봉오리
　　　산딸기도 하나 둘 씩

　　　상그레 웃음 벙그는

---

3) 그는 고향 전북 정읍 소성리 중광리 桂棠山 아래서 자라나 '桂下'란 호를 가지기도 했지만 1957년 제1회 개천절 경축 전국 백일장 시조부에 장원할 당시와 『白色賦』 이후 '師峯'이라 쓰다가, 1983년 '史峯'으로 고쳐 쓰게 된다(『白色賦』 서문 이은상 글과 장순하 시인의 연보 참고).

4) 여섯 권의 시조집의 작품을 인용할 때 그 출전을 여기서는 괄호 안에 묶어 표기하기로 하겠다. 예를 들어 (3:10)은 3번째 시조집 『길손』의 10면에서 인용한 것을 말한다.

소리없는 凱歌!

―「乳房의 章」초반부(1:30)

　이 시에서 시적 대상은 물론 '유방'이다. '유방'을 白蓮 꽃 봉우리에, 乳頭를 산딸기에 비유했다. 젖꼭지가 빠알갛게 오르는 것을 '난 몰라'라고 모시 앞섶 풀이 센 것으로 책임을 전가시키는 시적 화자는 이제 갓 시집온 처녀이리라. 아직 귄티나 어리광이 남아 있는 듯한 어투에서 친근감이 배어나온다. 그러나 시인의 직관은 얼마나 날카로운가. 백련 한 봉오리의 마름이 잘된 그 봉긋함까지도 모시 앞섶 풀이 센 것과 조화를 이루고 있지 않은가. 시인은 더 나아가 단지 '유방'을 여체의 아름다움을 구성하고 있는 일 요소로만 파악하지 않는다. '불길을 딛고서서/ 玉으로 견딘 純潔// 모진 가뭄에도/ 촉촉이 이슬' 맺는 생명의 근원으로 보고 있다.

　이 작품이 「白色賦」 연작의 첫 부분에 올려놓은 것도 이러한 생명력 탐구 정신을 소중하게 여긴 이유에서이리라. 그러므로 이 생명력은 사람에만 그치는 것이 아니라 생활 주변의 모든 대상으로 확대되어 간다.

뉘 있어 가난하다 하랴
넘치는 인정과 슬기

사랑은 자주 고름
나폴대는 허리 둘러

질끈동 다스렸어라
아! 눈부신 행주치마!

―「행주치마의 章」에서(1:33)

　물론 그것은 투박한 촌부의 몸배차림 아닌 '반물 치마 잘잘 끌고', '사분히 뜰에’ 내리는 새악시의 조심스러움과 앙증스로움에 있지만 이를 ‘무리지는 달덩이’로 보거나 사랑과 눈부심으로 헤아리는 시인의 시선은 생명의 충일함으로 가득 차 있다. 이러한 생명력 탐구는 「飛沫의 章」에서는 ‘열에 열 골 하나 되어/ 꿍꿍(轟轟)히 산을 깨며’ 내려 꽂히는 폭포를 통하여 인생과 역사에로의 확장된 상상력을 보여준다. ‘한 生을 여기에 건듯/ 굴러 뛰는 飛龍瀑// 뉘 감히 범접이나 하랴/ 저 엄청난 힘의 기둥,//’

　　‘마알간 구슬알들/ 하나 하나 뭉친 기둥,// 양같이 순한 흰 옷들/ 삼월에 울던 그 기둥’에는 ‘양같이 순한 흰 옷’의 민초와 자유를 갈망하는 울음 기둥들이 있다. 물론 흰 옷의 순결성은 白蓮의 유방과 눈부신 행주치마의 연장 위에 놓인다. 「素服의 章」, 「思念의 章」, 「稻香의 章」, 「初雪의 章」, 「白樺의 章」에서 각각 죽음과 박꽃, 희뿌옇게 밝아오는 생각, 벼의 향내, 첫눈, 한라산 白華나무가 시적 대상이 되는데 이러한 대상들을 통해 시인은 역시 생명력의 탐구를 줄기차게 보여준다. 이것은 죽음까지도 건강하게 바라보려는 다음의 작품에서 여실히 드러난다.

　　　　소꿉 동무 같던 新郎
　　　　철들자 가버린 뒤

　　　　어이없이 흰나빈
　　　　비녀 끝에 와서 앉고

　　　　애잔히 박꽃은 피어
　　　　날은 이미 저물었다.

　　　　다 이르지 못할 사연
　　　　말은 해 무엇하랴

잎 진 가지 끝에

남은 감 익을 무렵

새빨간 고추를 널어

지붕 위를 덮었다.

—「소복의 장」 2, 3수(1:36∼37)

어느 청상과부가 시적대상이 되었을 이 작품에는 과부의 애린 심정은 직접적으로 드러나 있지 않다. 그러나 그 슬픔은 비녀 끝에 내려앉는 흰 나비와 박꽃의 흰색 이미지를 통해 드러난다. 가지 끝에 잎이 지기 시작하는 가을날 스산한 과부의 심정은 어떠하랴. 그 타는 그리움과 허전함을 지붕 위 새빨간 고추로 클로즈 업 시킨다. 흰색과의 대비를 통해 슬픔을 넘어서려는 화자의 마음을 우리는 어렵지 않게 읽을 수 있으며, 시인의 시작태도가 어느 쪽에 서있는가를 어렵지 않게 확인할 수 있는 것이다.

3. 의식과 존재의 내적 울림

장순하 시인의 두 번째 시집 『默契』에는 첫 시집에서의 생명 추구와 탐구정신 위에 그 존재의 깊이를 찾아 가는 과정이라 할만한 관조와 직관이 어우러져 있다. 이를 위해 시인은 의식의 흐름(stream of consciousness)을 추적하는 고도의 상징기법을 활용하고 있는데, 이러한 관념시가 자칫하면 빠지기 쉬운 이무미의 구조 위에 잔잔한 내적 울림을 성공적으로 올려놓고 있다는 점에서 주목된다 하겠다.

뭔가 있지 있지 싶은 雨水節 이른 아침

新鮮한 한 젊은이 모자 붓어 손에 들고
한 발짝 물러선 곳에 다수굿한 새색시.

그들은 의논스레 날 넌지시 건너다보고
나는 벌써 요량한 듯 가벼이 點頭했다.
그렇지, 까치저고릿적 그 전부터의 친구들.

하여, 내 하늘 한 귀에 둥지 틀고
두세 마리 새끼 쳐서 搖籃 위에 얹어 두고
신접난 젊은것들은 죽지 쉴 새 없구나.

어제 저 어린것들 재 너머로 날려 보내고
저것들도 머리 세어 제곳으로 돌아가면
난 다시 대문 앞에서 서성이고 있겠지.

―「默契」 전문(2:20, 21)

    시인의 대표작이라 할만한 「묵계」 역시 이러한 인식 위에 놓여있다. 제목에서부터 이점은 예고되고 있다. 말없는 가운데 우연히 뜻이 맞는, 또 그렇게 해서 미루어 짐작하고 가늠하고 행동하는 부지불식간 성립된 약속이 서정자아인 '나' 와 그들 사이에는 놓여있다. 그들이 셋방살이를 하는 신혼부부이든지, 아니면 며느리와 아들이든지 그것은 중요하지 않다. 그들의 만남은 '뭔가 있지 있지 싶은' 예감으로 시작되어 '요량한 듯 가벼이 點頭' 하는, 할 말도 생략해 버리는 마음속으로의 교감에 바탕을 두고 있다. 그래서 어느 사이엔가 그들은 '내 하늘의 뒤에 둥지 틀고' '죽지 쉴 새' 없이 부지런히 생활을 살아간다. 어느 땐가 그들은 떠날 것이고 서정자아인 '나'는 또 대문 앞에서 다른 누군가를 기다릴 것이다. 사람들의 헤어짐과 만남, 그 일상적 의미의 확인, 멀리서 바라보는 어느 노인의 기다림……

대개 이 작품의 표면상 의미는 이렇다. 정말 그러한가. 이 작품을 여기까지만 해석했다면 이는 시인이 추구하고자 한 의미의 절반 정도까지 밖에 추출하지 못한 것이다. 보다 더 면밀히 살펴보기 위해 작품 하나를 더 인용해 보기로 하자.

이런 날에는 양지바른 돌담 밑에서 골마리 까고 앉아 이 사냥이나 하는 게 제격이다.

이란 놈은 나에게 冕旒冠 씌워 먼지 앉은 訓民正音을 뒤적이게 하다가 노래 부르며 皇龍寺 모퉁이 돌아가는 處容 형님이 되게 하다가, 달 잠긴 여울에 나가 금빛 목욕하고 坎中連의 金銅如來가 되게 하는데, 그 좋은 것들이 막 되어 가는데

방정맞은 벼룩 한마리 톡 튀어 몽땅 잡쳐 놓는다.

벼룩은 날 끌고 가 三更 치는 鍾樓 위에 목매달아 놓았다가,

입술 붉은 春香아씨 가슴위에 엎어 놓고 十杖을 치다가, 市廳 淸掃車 태워 便所도 치게 하다가 그 아슬아슬한 것들 다 시키다가

과녁 앞, 눈 가려 세우고 시위를 당긴다.

여기는 東大門市場 생선전인가? 서울驛 三等待合室인가?

世宗大王이 이놈 한다. 處容이가 탈바가지 속에서 흘겨본다. 金銅如來가 미소한다. 銃口에서는 초연(哨煙)이 피어난다. 원, 투, 드리, 포우, 파이브, 식스, 세븐, 에이트, 나인, 나인을 세어 놓고

놈들은 한망적게도 마슬이나 갔는가?

—「意識」 전문(2:65~67)

「意識」은 3首로 된 사설시조로 우리들의 보편화된 사고나 의식의 흐름이 어떻게 반응하는가를 밀도 있게 묘사한 작품이다. 우리의 의식은 평시에는 물

흐르듯이 자유롭게 世界와 역사를 유영한다(첫째수). 그러나 하나의 사건이나 방해작용(벼룩 한마리가 뛰어나옴)으로써 우리의 사고는 긴장하게 된다(둘째수). 그러나 실은 그 긴장이란 것도 인생살이나 역사성에 비해 따지고 보면 아무것도 아닌 것이 된다(셋째수). 이 작품에서 보여준 주지적인 사고의 흐름으로써 詩想을 주도면밀하게 구성하는 창작기법은 단연 독보적이라 할 것이다.[5]

그렇다면 앞서 인용한 「默契」 역시 같은 차원에서 인식될 수 있다. 이 작품에 드러난 신접살림 들어온 신혼부부는 서정자아의 회색 기억 속에 '새로운 물줄기'를 열어주는 '하나의 존재'이다. 그것은 이제 시인이 점차 인생의 원숙한 경지로 들어서가는,[6] 그래서 어찌 보면 무미하기 짝이 없는 시인의 의식에 뛰어든 하나의 '생명'이며, 생생한 '의식의 흐름'에 다름 아니다.

시인은 현실의 공기를 마시면서 그의 눈은 영원을 응시하고 현실의 밥을 먹으면서 그의 상상은 무한을 난다. 그의 의식은 촌각도 쉬지 않고 예민한 더듬이로 그 무엇을 탐색한다. 그가 갈구하는 것은 가장 참된 것, 가장 착한 것, 지미(至美)한 것은 현실에는 없다. 그래서 시인의 주머니는 항상 비어 있으나 그의 눈망울은 화경처럼 빛난다. 아, 이것을 행이라 할 것인가, 불행이라 할 것인가?[7]

시인은 현실에 없는 至眞, 至善, 至美 한 것을 찾고자 노력한다. 시인의 시적 상상력과 의식은 무한한 것이다. 그 의식의 실체를 찾고자 하는 40대의 몸부림 속에서 작품 「묵계」는 홀연히 태어난 것이다. '뭔가 있지 있지 싶은' 예감의 끄트머리에 '신선한 한 젊음이'의 '새로운 의식'의 물결이 다가온 것이다. 시조의 창작에 있어서 항상 새롭게 임하려는 실험적인 정신의 물결은 아니었을까. 예감과 '새로운 의식'은 교감되기 시작한다. 그러나 그것은 전연 다른

---

5) 이지엽, 「현대시조의 흐름과 장순하의 詩業」, 주1)의 책 110면 참조.
6) 「묵계」의 발표는 1973년, 『월간문학』을 통해서였으니 이때 시인의 나이는 46세였다.
7) 장순하, 「내일을 산다」 1976년 경 쓴 글, 『현대 한국 수상록 전집』 장순하편, 금성출판사, 1984.

세상의 것은 아니다. '까치 저고릿적 그 전부터의 친구들'처럼 친숙한 것이다. 마치 '시조'라는 존재가 그러했듯이. 하여 이 두 세계의 만남은 서로 조응하며 드디어는 서정자아 그 '의식'의 하늘 한 귀퉁이에 둥지를 틀게 되는 것이다. 그러나 아무리 '새로운 의식'이라 할지라도 시대가 가면 변하기 마련인 법, 그들이 서정자아의 사고의 그늘을 떠날 것을 예비해야 한다. '저것들도 머리 세어 제곳으로 돌아가면/ 난 다시 대문 앞에서 서성이고 있겠지' 왜 시인은 하필 대문 앞에 서성이고 있겠다고 했겠는가. 이 문맥을 앞서의 표면적 의미(집 주인과 세들어 사는 사람)로 해석했을 때는 서정자아의 모습이 더없이 초라하게 느껴진다. 그러나 지금의 심층적 의미로 보았을 때 그것은 '새로운 의식'의 줄기를 무언가를 끊임없이 찾고자하는 시인의 진지함을 읽을 수 있는 것이다. 「意識」이라는 작품은 '의식'의 흐름과 깨어남을 '이'를 통해 관조적으로 그려내고 있는 것이다. 의식의 보이지 않는 그물망까지도 이렇게 살아있는 물고기 꼬리의 탄력만큼으로 거둬들이는 혜안. 여기에 시적자아의 존재를 찾아가는 그윽한 내적 울림이 있다. 실로 놀라운 수법이 아닐 수 없다.

4. 길, 그 소멸과 완성의 미학

『길손』과 『서울 귀거래』에는 '길'의 이미지가 많이 등장한다. 전자가 주로 떠나감과 소멸의 미학에 기초를 두었다면 후자는 돌아옴과 완성의 미학에 기대고 있다. 우선 전자를 살펴보기로 하자.

> 어디에나 길은 있고/ 어디에도 길은 없나니//
>
> 노루와 까막까치/ 제 길을 열고 가듯//
>
> 우리는 우리의 길을/ 헤쳐 가야 한다//

땀땀이 실밥 뜨듯/ 잇고 끊긴 오솔길//

신발 끈 고쳐 매며/ 한 굽이는왔다마는/

호오호 밤부엉이가/ 어둠을 재촉한다//

날 따라 다니느라/ 지쳐 길게 누운 길아//

한심한 눈을 하고/ 한숨 몰아 쉬는 길아//

십자가 건널목에는/ 신호등도 없어라

—「지쳐 누운 길아」 전문(3:11~12)

　　시인은 길이 어디에나 있고 또 어디에도 없다고 역설적으로 얘기한다. 길의 이중성이다. 보라. 막막한 어둠 속에 서 본 사람은 안다. 실체의 길은 어디에도 없고, 그러나 실체의 길이 보이지 않을수록 허구와 상상력의 길은 생겨나지 않는가. '노루'가 여는 길은 실체의 길이지만 '까막까치'가 여는 길은 '없는 길'이며 '상상력의 길'이다. 우리는 잇고 끊긴 인생의 험로를 어렵사리 지나왔지만 '밤부엉이'는 어둠을 불러오고 '없는 길'로 자꾸 가라한다. 그러니 우리가 길을 가는 것이 아니라 길이 우리를 따라 다니는 것이다. 길이 있어야 갈텐데 '없는 길'을 가려니 어디 '신호등'이 있을 수 있겠는가. 그래도 '우리는 우리의 길을 헤쳐가야 한다' 떠나감과 떠나감 뒤의 무너짐, 어둠과 좌절, 쓸쓸함의 공간이 우리를 지배하고 있는 것이다. 길에 관한 지배적 심상은 「징검다리」에서는 실존의 한 영역으로 인식되기도 한다.

점도 선도 아닌 논리 밖의 저 실존

한낱 돌맹이도 놓일 데 놓이고 보면

시 한수 허자(虛字)랑 섞여

관주(貫珠) 비점(批點)되는 그것.

—「징검다리」의 둘째수(3:10)

적재적소에 놓인 정돈의 아름다움, 어찌 사물만이 그러하랴. 살아있는 생명체가 다 그러하며 사람의 일(人事)도 그러하거늘. 시인은 물론 이것까지 훑어내려가고 있다. 그래서 '어느 세월이라 갖신 꽃신 밟았으리./ 무꾼 신메마니 짚신 작도 뜸하거니/ 한물에 쓸리고 나면/ 다시 놓을 뉘 있을지'라고 한다. 뜸한 발걸음은 무엇을 뜻하는가. 이제 '징검다리'가 더 이상 필요치 않는 세상의 풍속을 얘기한 것에 다름 아니다. 사람들은 '편한 길'을 찾아갔기 때문이다. 그래서 시인은 징검다리가 한물에 쓸리고 난 후의 그 적막까지를 생각하게 되는 것이다. 이러한 길은 아이의 손목에 표류하는 고무풍선을 소재로 한 작품 「길아, 네 길을」에서는 '하늘은 너무 넓어/ 길 낼 곳이 없구나'라고 하며 '살림 다 쓸어 엎고 발랑 드러누운 길'에게 '일어나라'고(3:15~16) 주문하기도 한다. 「눈길에서」라는 작품에서는 인간들의 때에 절은 언어와 '소나무 바늘 끝'의 순수함을 대비 시킨 후 선구자의 '시린 고독'의 길을 보여주기도 하며 「달팽이 행로(行路)」에서는 달팽이의 뿔을 '네 찍은 느낌표에는/ 점만 유독 크구나'라고 하여 인간 속세 의문법이 느낌이나 감동 없이 종결형(終結形)으로 치닫고 있음을 날카롭게 비판하기도 한다. 이러한 길에 관한 시인의 집착은 물론 우연한 것은 아니다.

1978년 8월 이후 약 3년간 한국도로 공사 이사 대우 촉탁 편찬실장으로 근무하면서 『경부고속도록 10년사』와 『한국 도로사』 등을 편찬 하는 등, 직접적인 연관을 맺게 되고 그 사이에 점점 관심이 깊어진 것으로 보여진다.[8]

「빛나는 낙엽」, 「가을산책」, 「긴 동반(同伴)」, 「천도(天道)」, 「고향 길」도 역시 각각 바람 속 저으기 자리 잡히는 하늘의 길, 여유와 삶의 길, 운수 만리(雲水 萬里)의 오솔길, 까맣게 찌든 도시의 길, 소꿉동무 봉분으로 쉬고 있는 고지 냇재길에 대해, 그 떠나감과 소멸의 빛남에 대해 얘기하고 있다. 때로 더 범위를 넓혀 창작의 길에 대해 '병 없이 앓지 마라/ 빈 수레 끌지 마라'고 경계하기도 하고(「시조짓기」, 3:30) 인간 삶의 황폐한 길에 대해, 그 환경 파괴와 자연 파괴에 대해 강도 높게 비판하기도 한다.

---

8) 시인의 연보와 「길에 관한 단상」 참고, 『도로 협회 회보』, 1994, 1월 창간호.

이제 지구는 너무 늙어/ 제 몸조차 못 가눈다//

박살난 건물들은/ 해골처럼 앙상하고//

철골은 엉크러져서/ 배배 틀며 춤을 춘다.//

생명이란 생명들을 / 말끔히 거둔 산야 //

물기란 물기들을/ 남김 없이 말린 바다//

불꺼진 등대 밑에서 황포돛만 인다.

―「대파국(大破局) 앞에서」 1, 2수(3:36)

　　물론 이러한 비판의 정신은 '길의 실종'을 바탕으로 하고 있다. 길의 떠나감과 떠난 뒤의 소멸은 그러나 거기서 머물지 않고 回歸와 완성의 미학으로 귀결되고 있음에 주목할 필요가 있다.

　　『서울 귀거래』에는 연륜만큼이나 삶을 관조하는 시편들이 눈에 띄게 늘어나고 있다. 그 대표적 작품이 「지구 돌리기」이다.

느릿한 지구가 또/ 반의 반 바퀴 돌았구나//

나무들은 몸을 흔들어/ 한 꺼풀씩 옷 벗는다.//

얼굴도 붉히지 않고/ 알몸이 되어 간다.//

오동나무 후박나무/ 쟁반만한 잎도 지고//

가시 돋친 아카시아/ 엄나무 잎도 지고//

자줏빛 단풍잎 지고/ 노란 은행잎도 진다.//

뿌리로 돌아가려고/ 잎은 지는 것이다.//

새싹 피울 자리 마련해/ 잎은 지는 것이다.//

지구를 돌리는 역사(役事)에/ 지레 괴는 일이다.

―「지구 돌리기」(5:64~65)

잎이 지는 것은 '뿌리'로 돌아가려는 회귀의 본능으로 자연스러운 것이다. 그러나 그것은 근본적으로 죽음과는 다르다. 나무라는 본체는 겨울에도 살아 살갗 트며 '새싹 피울 자리'를 마련하기 때문이다. 길을 떠나가서 돌아오는 것 또한 마찬가지이리라. 돌아온다는 것은 하나의 완성을 의미하는 것이다. '지구를 돌리는 역사(役事)에 지레 되는 일이다.' 지렛대는 추동(推動)하려는 에네르기의 바탕을 의미하며, 안정의 구심력(求心力) 그 인이불발(引而不發)의 힘을 예비하고 있다. 그러므로 '길을 가다가 길을 만나면/ 수 인사도 나누고', '참소문 뜬소문'이라고 '흘려 듣고' 가는(「길을 가다가」, 5:51) 여유를 가지게 된다. 대개 그 안정의 귀착지는 앞서의 작품에서도 나타나듯 '자연'과 '사랑'의 터전으로이다.

> 빨간 모자 파란 배낭/ 춤추는 봉우리들//
>
> 피아골 아픈 상처/ 다만 야호 소리뿐//
>
> 천왕봉 지붕 위에는/ 앙장(仰帳)같은/ 한 장 구름
>
> —「지리산 하늘」(5:76)

> 흘금 흘금 훔쳐보고/ 자싯자싯 뜯어보고//
>
> 뜨나 감으나/ 내 눈 속은/ 온통 패랭이 꽃밭이고//
>
> 꿈꾸는/ 먼 산의 아지랑이/ 나울나울 나비였지
>
> —「첫 사랑 경이」(5:72~73)

「산 산 산」의 연작 시조 중 하나인 「지리산 하늘」에는 '피아골 아픈 상처' 도 이제 등산객 함성에 빛을 바랜 하나의 풍경처럼 걸려있을 뿐이다. '한 장 구름'은 그날의 아픔을 이제는 갈무리해 낸 서정자아의 정좌된 모습에 다름 아니리라. 「산 산 산」 연작인 「내장산 단풍」, 「설악산 백담 계곡」, 「속리산 정 이품 소나무」, 「팔공산 갓바위 부처」에도, 꽃잔치와 희고 둥근 암돌과, 무위자 연의 화창화답과, 소망을 비는 중생들 등의 시적 소재를 통해 인간과 자연이 조응하는 아름다운 인식들이 내재되어 있다. 「첫 사랑 경이」는 「가을 설거지」

연작 두 편 중 한 편인데 이 시인에게서는 드물게 보는 연시이다. '먼 산의 아지랑이', 나울대는 나비와 같은 사랑의 추억이 화해의 강물을 열어주고 있다. 길은 떠나갔다가 이제는 이윽고 대자연과 사랑의 품안으로 돌아와 평화롭게 드러눕고 있는 것이다.

5. 존재의 일탈 그 가벼움과 일상을 위하여

장순하 시인은 전술한 시집 외에 『백두산 가는 길』과 『후일담』이라는 경시조집을 출간하였다. 경시조(輕時調). 그대로 풀자면 가벼운 시조가 될텐데 시조도 가벼운 것 따로 있고 무거운 것이 따로 있는가라는 의문을 가질 수 있다. 그러나 이 경시조집은 단순하게 즉흥적으로 엮어진 것이 아니라, 평소 가지고 있었던 신념의 표출이라고 봐야 옳을 것 같다. 말하자면 우리에게 실천적 질문을 던지고 있는 셈이다.

시인은 일찍이 시조 논의의 대립적 두 양상에 대해 지적하고 이 양자는 사고의 차이(수구적·평이적·대중적, 현대적·예술적·본격적)로 인하여 단일화 한다든지 절충할 수 없다고 지적한 바 있다.

시조의 오랜 역사를 계승해서 통념적인 정형을 다지지 말고 누구나 즐길 수 있게 시조를 써서 시조 인구를 확대하자는 이론도 시조의 융성 발전을 위하는 우리의 시대적 사명이고, 시조의 정형이나 내용을 재검토해서 어느 장르 못지 않은 현대적 문학으로 육성시켜 민족 문학을 꽃피우자는 것도 이 시대를 사는 시조인이 짊어져야 할 또 한 면의 사명이다.

문제가 여기에 이르면 시조 운동이 두 가지 방향으로 분립 병행(分立竝行)할 수 있고, 또 그럴 필요가 있는 것으로 귀결지을 수 있지 않을까 한다. 전자는 대중적 성향이므로 그대로 생활 시조 내지 국민 시조의 지도 이론이 될 수 있고, 후자는 순수 문학적 성향이므로 본격 시조를 위한 더 많아질 논의 중의 한 제언으로 받아들여지지 않을까 한다.[9]

그러면서 다음과 같이 논리를 체계화 하였다.

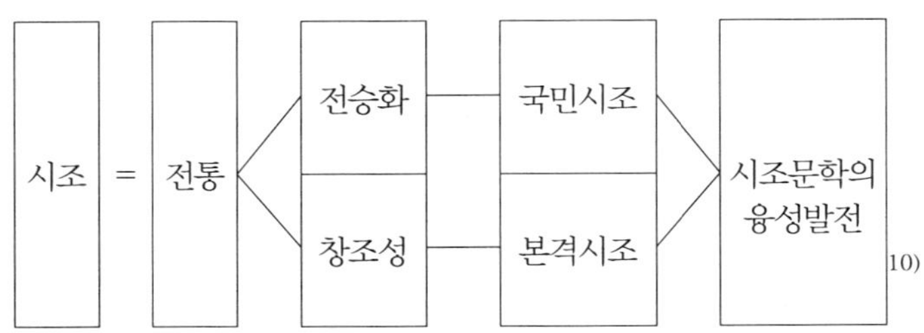

말하자면 국민 시조가 곧 경시조로 명명되었음을 알 수 있다. 두 권의 작품집 머리말에도 이와 같은 맥락의 대중문학 또는 생활 문학으로서의 시조인 경시조의 필요성에 대해 적고 있다. 그렇다면 이 두 권의 경시조집에 관류하고 있는 시정신은 무엇인가.

병실 침대 의사 간호사/ 환자복 세 끼 밥//

약봉지 주사기/ 링겔병 타구 변기//

내 의지 몽땅 앗아간/ 이 편의와 이 친절

—「입원」(4:16)

“저예요”가 익은 귀에/ “저거든요”라고 한다.//

한 음절이 늘어난 사정/ 요모조모 헤아린다//

손덤벙 발덤벙하는 이 신선한 불안감

—「신선한 불안」(4:72)

---

9) 장순하, 「시조 운동의 이원적 구조론」, 『월간시』(통권 제29호), 1975.
10) 앞의 책 참조.

10 · 26은 반역이고/ 12 · 12는 반란이다//

DJP가 손잡고/ YS 발목 잡는다//

세도(勢道)가 PK로 가니/ TK는 찬밥이래

―「온통 수수께끼」(6:39)

야구 모자 뒤로 쓰고/ 배(舟)만한 신발 타고/

거지 같은 힙합바지/ 구둣발에 싸서 신고/

배꼽티 손 덮은 소매/ 틀리는 게 맞는 것

―「유행」(6:46)

「입원」은 병원에서의 文明과 소외가, 「신선한 불안」에서는 日常에서의 느낌이, 「온통 수수께끼」에서는 정치의 일단면이, 「유행」에서는 오늘날 젊은이의 세태가 그려지고 있다 文明과 日常과 정치와 유행은 우리가 사회적 동물인 이상 결코 외면할 수 없는 것들이다. 그것은 삶의 다른 이름들이며, 삶 그 자체이다. 복잡다단한 우리 삶의 편린들을 그리고 있는 것이다. 곧 경시조의 시적 대상이 우리 생활 범주에 한하고 있음을 볼 수 있다. 표현기법은 어떠한가. 「신선한 불안」과 같이 심리를 묘파해내는 경우도 있지만 대개의 경우 보이는 현실을 사실적으로 그려낸다. 물론 이 경우 사실의 전체가 아니라 선택된 사실을 통해 명징하게 그려낸다는 점이다.

다음으로 경시조의 경우 경시조(警時調)라 할 만큼 세상을 경계하고 비판하는 정신적 기류가 흐르고 있다. 세상의 편리해진 문명과 이기의 심리가, 불안한 정쟁(政爭)과 세속적 관심이 외래문화의 침투와 세태가 각각 비스듬한 각도에서 비판되고 있다. 이것은 어쩌면 당연한 결과인지 모른다. 왜냐하면 오늘날 우리를 둘러싸고 있는 자아 밖의 세계는 심하게 병들고 피폐해가고 있기 때문이다. 요컨대 경시조는 ① 日常的 삶을 대상으로 하여 ② 사실적이고 ③ 비판적인 시각으로 그려지는 특성을 지닌다고 할 수 있다. 아직 이 운동은 시작에 불과하지만 우선 일반인의 접근이 용이하고 공감을 크게 얻게 된다면 생각보다는 빠르게 그 저변을 확대하고 일정 성과를 거둘 수 있을 것으로 판단 된다.

6. 법고 창신(法古創新)의 정신

장순하 시인의 시조 운동 방향은 국민 시조와 본격시조의 양가론(兩家論) 에 있다고 볼 수 있고 이는 '전통'이 갖는 두 측면, 전승화와 창조성을 고려한 결과라고 생각된다. '전승화'가 일종의 운동 성향을 지녔다면, '창조성'은 전문 시조 시인들의 내적 각성을 촉구하는 계기를 마련했다. 그러나 보다 중요하고 큰 영향을 미쳤다고 판단되는 것은 후자이다. 그동안 많은 평문과 작품을 통해 실험적 정신의 전범을 보여왔을 뿐 아니라 이 점은 결코 과소평가 될 일이 아 니기 때문이다. 이에 관해서 윤금초 시인은 「묵계」를 중심으로 한 평문[11]에서 작품상의 특징을 ① 시조 형태상의 다양성, ② 전통적인 것과 서구적인 것을 등거리에 놓고 상승적 효과를 노리고 있는 점, ③ 언어의 운율적 특질을 잘 활 용하고 있는 점, ④ 시상의 밀도 있는 구성, ⑤ 고발정신으로 요약하며 그의 문학을 '실험'이란 말로 압축하고 있다.

경시조집을 제외한 『白色賦』에서 『서울 귀거래』까지 이어지는 정신 또한 새로운 것을 끊임없이 찾아가고자 하는 철저한 실험정신이 가장 큰 바탕을 이 루고 있다. 이러한 실험정신의 구체적 실현은 크게 두가지 면에서 살펴볼 수 있는데 하나는 시조의 일반적이고 보편화된 서정 위주의 성향에 사실적이면서 주지적인 사고를 동시에 담으려고 노력했다는 점이고, 또 다른 하나는 시조의 律格을 최대한 활용하려는 노력－특히 사설시조의 적극적 수용에서－했다는 점이다.

---

11) 윤금초, 「眞摯한 實驗報告書」, 『默契』, 성지사, 1974.9, 116~122면.

우선 첫 번째 특징적 면모에 대해 살펴보기로 하자.

사실적이면서도 주지적인 사고, 이 말은 그 자체가 모순을 안고 있다. 왜냐하면 주지적인 시일수록 모호성(ambiguity)의 개념을 옹호하는 성향이 있기 때문이다. 그러나 아무리 주지적인 것을 다루는 시라 할지라도 장순하 시인은 사실적인 묘사에 바탕을 둔다. 이 점은 익히 이미 인용한 「默契」나 「意識」의 시편들에서 어렵지 않게 확인된다. 그렇다면 사실적이면서도 동시에 주지적인 창작기법은 어떤 경로를 통하여 얻어지고 있는가.

유신 헌법(維新憲法) 공포된 날
궁정동(宮井洞)을 지났습니다

집채 만한 중(重)탱크
아름드리 포신 끝에

한 마리
고추 잠자리
앉아 쉬고
있데요.

―「포신(砲身) 끝에 앉은 고추 잠자리(5:90)」

이 작품의 화자는 표면상 드러나 있지 않다. 말하자면 함축적 화자(implicative persona)이다. 주지하다시피 함축적 화자는 독자와의 거리(距離)를 일정하게 유지하는 기능을 한다. 정서로의 무조건적 몰입을 방해하며 독자들로부터 달아나려는 속성을 지니기 마련이다. 사실 장순하 시인의 많은 작품은 화자가 드러나 있지 않다.[12] 냉정한 거리의 유지는 정서적 환기나 공감을 얻어내는데 보

---

12) 현상적 자아가 비교적 많이 드러나고 있는 시집 『서울 귀거래』를 기준으로 보더라도 총 90편 중 「큰 손」, 「만남」, 「홍제동 소견」, 「나는 지금」, 「내 한때」, 「발자국에 고인 빗물」,

다 신경을 쓰지 않으면 안되는데 시인은 이를 확보하기 위해 아주 구체적인 현실의 한 부분을 옮겨 온다. 포신 끝에 앉아 있는 "한 마리 고추 잠자리"가 바로 이것이다. 이러한 사실적인 매체의 등장으로 인해 독자들은 공감을 얻게 되는 것이다. 이것은 분명 主情과는 다른 각도의 공감이며 감동이다. 물론 여기에 전제가 되는 점은 '구체적인 현실의 한 부분'이 작품의 주제 의식과 밀착되는 것이어야 한다 라는 점이다. 그 거리는 가까우면 가까울수록 좋다. '포신'과 '고추 잠자리'의 어울리지 않는 不調和가 바로 이 작품의 주제를 형성하는 완전한 뼈대가 된다. '살벌함'과 이에 전혀 개의치 않는 '평화로움'사이에서 독자의 사고는 한동안 낯설어진다. 러시아 형식주의자들이 주장하는 '낯설게 하기'의 한 전범을 보여주고 있는 것이다. 이 낯설음 때문에, 독자들은 감춰진 의미의 추적을 위해 한 번 더 생각해 보게 되고 살벌함에 맞서는 평화로움의 진의에, 그 무모한 아이러니에 아하! 라고 깨달음을 얻게 되는 것이다. 그러나 시인은 얼마나 용의주도한가. 함축적 화자의 어조에 주목해보라. '~습니다', '~데요'의 어조는 어쩐지 어눌하기 짝이 없고 세상 살아가는데 익숙치 못한 촌사람의 목소리가 아닌가. 함축적 화자는 드러나지만 않았을 뿐이지 정치와 권력의 헤게모니에는 전혀 관심이 없는 무지랭이이고, 오히려 독자는 민초(民草)의 마음에 동반하여 상승하는 재미를 곁들여 얻고 있는 것이다. 이 작품은 철저하게 주지적인 입장에서, 마치 엷은 색으로 밑그림의 구도를 잡고 의도화하여 한 폭의 그림을 완성하고 있다고 볼 수 있을 것이다.

둘째로, 律格을 활용하려는 노력은 첫 시집『白色賦』에서부터 두드러지게 나타나고 있는데「合唱」과「고무신」이 대표적이라 할 수 있다.

별빛은 보라치고

「내 사랑 정이」,「첫사랑 경이」,「그 쓰라린 날에」,「당신은1」,「당신은2」의 11편에 불과하다. 이 시집은 앞서의 시집들보다 시인 자신의 옛시절 기억들에 관한 연작 시조가 많은 점에 비하면 현상적 자아의 표출을 되도록 억제하려고 노력한 흔적이 역력하다.

가가 앙앙 가가 앙앙 수수 울울 레레 에에

가가 앙앙 가가 앙앙 수수 울울 레레 에에

—「合唱」의 초장(1:82)

눈보라 비껴 나는

全— 群—街—道

퍼뜩 車窓으로 스쳐가는 人情아!

외딴집 섬돌에 놓인

하　나
둘
세켤레

—「고무신」 전문(1:85)

「合唱」은 여러 사람이 부르는 점을 청각·시각화하기 위하여 한 음절을 중첩하고 그 다음의 한 행까지 같은 단어로 중복시키고 있다. 흥미로운 점은 그냥 무작위 배열을 한 것이 아니라 각 群(이를테면 '가'가 모아진 위 아래행 네 글자의 군)이 하나의 음절을 구성하여 '가 앙 가 앙 수 울 레 에'로 읽게 만들어 시조의 형식 안으로 가져오고 있다라는 점이다.

「고무신」은 눈보라 비켜나는 모습과 섬돌에 놓인 신발의 수와 크기를 Formalism의 수법으로 보여주고 있다. 물론 이 작품은 특히 신발의 크기와 수를 실물처럼 시각화하여 '퍼뜩 차창으로 스치는 인정'을 다른 일체의 설명 없이 일순간에 느끼도록 하는 극적 구성을 취하고 있다. 이 작품은 시조단에 신선한 충격을 두었으며, 이렇게 쓴 시인의 본 뜻은 실험 정신을 실제적으로 구현해보고자 하는데 있었을 것이다. 평시조에 있어 시인의 이러한 노력은 사설시조 창작에까지 연결되고 있다. 필자는 장순하 시인의 「뜨락에서」란 작품을 마디를 나누어 다음과 같이 인용하고 사설시조의 형식 장치에 대해 언급한 바 있다.

1) 삽사리
2) 선하품에
3) 늘어진
4) 유월 한낮
5) 뒷짐진 오리새끼 장죽물고 거닐다가
6) 사랑 샌님 큰 기침에
7) 기절초풍 간 떨어져
8) 고꾸라지고 엎어지고 천방지축 뛰는데
9) 장닭은
10) 고개 비틀고
11) 키득키득
12) 웃었다.

역시 사설시조의 형식장치에 맞추어 열두마디로 나누어지고 있음에 주목해보라. 그렇다면 의문이 남는다. 초장·중장·종장 중에서 늘어날 경우 어떤 규칙을 갖고 있는가 아니라면 아무런 제약 없이 늘어남이 가능한가.

여기에는 일정한 규칙성이 있는 것으로 보여진다. …(중략)…

③의 인용시조(「뜨락에서」의 작품을 말함……필자)를 보면 그 걸음 수는 5)~8)에서 늘어났는데 각각 4-2-2-4로 늘어났다.

정리해보면 그 걸음 수에 있어서 짝수 걸음이 되고 있음에 주목된다. 이는 짝수 걸음의 호흡적 율격이 안정적이기 때문에 이를 선호하기 때문으로 생각된다. 평시조에 있어서 두 걸음 뒤에 중간 휴지가 자연스레 놓임에 유의해 보라.

이 점은 사설시조 창작에 있어 가장 중요한 전제 조건이 된다. 무조건적인 늘어남이 아니라 크게 세장(초장, 중장, 종장), 장마다 네 마디로 나누어지고, 한 마디의 걸음이 대개 짝수의 걸음으로 이루어지는 것이 그 형식상 요체가 되는 것이다.[13]

물론 필자는 이 논지의 발표에서 한 마디의 걸음이 대개 짝수의 걸음으로 이루어지고 있지만 때에 따라 절정의 효과를 노리고자 하거나 강조하고자 할 때 등 홀수 걸음이 나타남도 지적하였다. 장순하 시인은 이와는 조금 다른 포괄적인 여섯 소절로 나누어지는 형식적 특성을 밝히고 가람 이병기의 「풀벌레」란 작품을 다음과 같이 분구 처리하고 있다.[14]

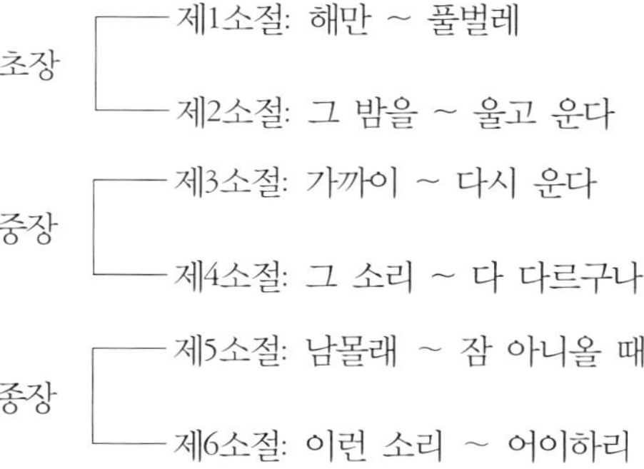

여섯 소절로 나누어지는 근거는 평시조의 형식장치와 연계하여 살필 필요가 있는 바, 늘어난 장이라 할지라도 어떠한 법칙이 있는지, 소절을 어떻게 정의해야 할 것인지의 문제는 남지만 나름대로의 논리 위에 창작에 임했음을 보여주는 귀중한 實例가 아닐 수 없다.

---

13) 이지엽, 오늘의 시조학회 「광복 50년, 현대시조 50년」 세미나 주제발표, 1995.8.
14) 장순하, 「사설시조 소론」, 『노산 이은상 박사 고희 기념 논문집』, 1973.

집우(宇) 집주(宙)라 하니

우주란 곧 집이렷다

우(宇)는 공간이니 뜨락 현관 거실 침실 다용도실이라면

주(宙)는 시간이니 먹고 자고 일하기 사랑하기

이웃집 마을 가는 게

우주 여행 아닌가.

—「우주여행」(5:112)

바람이 시나브로 와서

내 정자를 기웃거린다.

내가 하릴없이 부채질이나 하면서 한망쩍게 앉아

있는지, 아니면 잘 익은 참외라도 골라 따고 있는

지 살피는 눈치다.

바람아 네 날 예 데려다 놓고

이제 다시 뭘 어쩔래.

—「바람아, 늬 날 어쩔래」『개화(開花)』1996. 제5호(5:118)

「우주여행」에서는 한자의 뜻풀이를 활용하여 아주 거대한 문제를 아주
사소한 것으로 능쳐버리는 엉뚱함이 있다. 사물에 대한 반대편으로 들여다보
기의 수법에 시인은 능숙한 편인데 이는 초기시에서도 어렵지 않게 발견된
다.15) 「바람아, 늬 날 어쩔래」의 작품에서도 바람의 모습이 마치 사내의 방을
몰래 살피는 아낙의 밉지 않는 태도로 의인화되어 있다. 「우주여행」은 말하자

---

15) 『默契』에서 「釜山戲信」의 연작들이 그러하다. 「우주여행」과 유사한 표현은 「影島」에
서 직접적으로 볼 수 있다.

면 여섯 소절로 형태상 分句까지 하였다. 「바람아, 늬 날 어쩔래」의 작품은 표면상 중장이 한 줄 형태로 길어져 있지만 중간 부분에 쉼표 부분이 있음을 감안해보면 역시 여섯 소절의 형태를 갖추고 있다. 그러나 두 작품 다 필자가 앞서 말한 열두 마디의 구조로 나누어지고 있다. 필자가 말한 열두 마디 구조와 마디 안의 짝수 걸음은 이를테면 장순하 시인이 주장한 여섯 소절에 근본적으로 배치되는 것이 아니라 이 부분까지도 포함한 구체적 범주를 설정한 것이였던 것이다. 어쨌거나 장순하 시인의 길은 현대시조의 실험적 모델을 끊임없이 제시한 데 있다. 그리고 그것은 분명하게 한국 현대 시조단의 기초적 토대를 확고한 반석 위로 올려주는 구실을 했던 것이라 정리해 볼 수 있겠다.

7. 맺으면서

　이상으로 장순하 시인의 여섯 권의 시집에 나타난 시정신의 흐름에 대해 살펴보았다. 대개 초기시의 경우는 『白色賦』와 『默契』에서 드러나듯 無色, 순수에의 생명추구와 존재의 깊이를 찾아가는 과정으로서의 '의식'의 잔잔한 울림으로 요약될 수 있다. 이들 시편들이 내면적 길 찾기의 과정이었다면 후기시 『길손』과 『서울 귀거래』는 길 떠나감과 回歸로서의 길, 그 소멸과 완성의 길이 그려진 것으로 보았다. 요컨데 생명의 존엄과 깨달음의 표피와 내면을 거쳐 '길'의 존재론적 탐구의 정신을 보여준 것으로 정리해볼 수 있을 것이다.

　아울러 시인이 사명을 갖고 임한 시조 운동의 하나는 국민시조로서의 경시조(輕時調)라 할 수 있는 바 이는 문단의 두 기류 수구적/ 현대적, 대중적/ 예술적 흐름의 양자 변별을 통해 시조의 저변을 확대하고 질적인 확산을 꾀하고자 실천적 모범을 보이고 있으며 그 질문을 진지하게 『백두산 가는 길』과 『후일담』의 경시조집을 통해 던져주고 있음을 지적하였다.

　아울러 사실적이면서도 주지적인 사고와 律格을 최대한 활용하려는 일련

의 노력들과 그 실험정신에 대하여서도 살펴보았다. 장순하 시인이 현대시조
사의 일획을 긋는 한 봉우리로 평가되는 것은 이러한 노력과 실험정신에서 연
유하고 있다고 보아야할 것이다.

　이제 우리의 시조단은 장순하 시인이 보여준 실천적 노력과 질문에 대해,
무엇이 과연 바른 방향이며, 어떻게 각성하고 깨어나야 하는 가를 진지하게 자
신들에게 되묻지 않으면 안 된다.

열린 역사의식과 단절의 형식미

송선영론

1. 들어가는 말

역사의 강물은 쉼 없이 흐른다. 그저 말없이 흐른다. 어제와 오늘이 차이가 있다면 완·급만이 있을 뿐이다. 그러므로 그것이 비록 흘러간 역사라 할지라도 어제로 끝나는 것이 아니라 오늘의 현실로 재현될 가능성을 가지고 있다. 문학행위가 당대의 현실을 떠나 존재할 수 없는 것이라면 한 작가의 현실을 보는 눈, 다시 말해 현실인식은 그 정신적 바탕을 형성하는 중요한 밑거름이다. 송선영(宋船影)시인은 역사의 정면에서 그 왜곡을 바로잡기 위해 부딪혀온 것은 아니지만 평생을 교직에 머무르면서 한눈팔지 않고 주워진 위치에서 은유의 미학을 통해 현실을 증언하고 대변해 왔다고 볼 수 있다. 본 논문은 이러한 시인의 저변에 흐르고 있는 작가 의식의 변모과정을 통해 일관되게 전개해온 역사의식의 실상이 무엇인가를 을 파악해보고, 현대시조에서 특히 문제가 되고 있는 시조의 형식 문제에 대해 그의 시를 중심으로 언급해보고자 한다.

송선영 시인은 1936년 음력 10월 7일 아버지 송경진 어머니 정은순씨의 1 남 1녀 중 맏이로 광주시 북구 운암동 996(당신 전남 광산군 극락면 운암리 대내마을) 에서 태어나 1944년 극락초등학교에 입학하게 되나 일제는 1학년 학생에게까 지도 무리한 작업을 시켜 한 달 동안 병석에 누워 결석을 하게 된다.[1] 한국 전 쟁이 일어나던 해 초등학교를 졸업하고 1953년 광주 서중을 졸업하게 된다. 1956년에는 광주 사범학교를 졸업하고 담양 수북초등학교 교사로 발령 받기에 이르른다. 1956년 5월에는 『양지문학』 동인회를 결성하는데 최승호(현 광주일보 사장·시), 마삼렬(현 금호재단 부이사장·수필), 송기숙(전남대 교수·소설가) 등이 그 멤버였다. 1958년 그의 나이 23세 때 중앙 양대 신문의 신춘문예(한국일보·경향 신문)를 통해 당당히 등단한다. 1967년 여름에는 원탁 문학회 창립 동인으로 참 여하기도 하고 1970년 여름에는 「영산강」 시조 동인회를 허연, 정소파, 문도채, 양동기, 정덕채, 최일환, 문삼석, 이준구 등을 참여시켜 주도적으로 결성하기도 한다. 1956년 담양 수북 초등학교 교사시절 그는 고모집인 담양군 대전면 대치 리 원촌마을 외딴집에서 17년 동안이나 살게 된다. 이 원촌리는 말하자면 그의 정신적 고향이나 다름없는데 애석하게도 거주하던 집은 헐리고 논밭으로 변해 버려 흔적조차 찾기 어렵게 돼버리고 말았다. 당선작품 「休戰線」과 「雪夜」 이 후 꾸준한 작품발표에도 불구하고 등단한지 20년이 지난 후에야 處女時調集 『겨울 備忘錄』(螢雪出版社. 1979)[2]을 세상에 내놓는다. 그후 86년에 『두번째 겨 울』(국제문화출판공사. 1986),[3] 1990년 『어떤 목비명』[4] 1997년 『활터에서』[5] 등 4 권의 시조집을 내놓았다. 4권의 시조집에서 중복작품을 빼면 190여 편 정도가 된다. 30년의 年輪에 비하면 과작이라고 할 수 있다. 그러나 그에게 있어 과작 은 결코 흠이 될 수 없다. 사실 그의 작품은 어느 작품을 추려내어 살피더라도

---

1) 이후 송선영의 연보는 『열린시조』 제6호 참조, 열린시조사, 1998. 봄호
2) 송선영, 형설출판사. 1979.10.
3) 송선영, 국제문화 출판공사, 1986.4.
4) 송선영, 신원문화사, 1990년.7.
5) 송선영, 동학사, 1997.9.

특유의 개성과 사상을 내포하고 있기 때문이다. 목소리가 높은 것도 아니다. 온유한듯하면서도 강직한 목소리가 숨어있고 침잠한듯하면서도 빛을 발하는 숨결이 있다.

『두번째 겨울』의 후기에 시인은 '이 어려운 시대를 나름대로 순수하게 살고 싶었으나 지나간 내 삶을 돌이켜볼 때 그 또한 부끄러움뿐이다. 그러나, 스스로 택한 이 외진 길―국민학교 교직과 시(시조)에의 길만은 결코 후회하지 않을 것이다'라고 밝히고 있다.[6] 그의 순수성과 겸손함을 알 수 있거니와 중앙 문단에서 그의 인격을 흠모한 나머지 무슨 長자리를 주어도 고사하고, 오히려 명예도 돈도 될 것 없는 후학들의 길을 열어주고 있는 것만 보아도 이는 충분히 짐작이 가는 일이다. '전남학생시조협회'는 그 대표적인 일로 돈도 명예도 되지 않는 일을 75년 11월 이후 자그만치 15여년의 세월동안 이 모임을 이끌어왔다. 여기 출신의 학생들이 이제 어엿이 시조 문단에 만만찮은 목소리를 보여주고 있음은 주지의 사실이다. 김종섭, 오종문, 이재창, 윤희상, 박정호, 박현덕, 김향주, 최양숙 등이 이 모임을 거쳤다.

2. 역사와 현실의 거리

한 작가의 작품을 시대별로나 연도별로 나누어 도식화하는 것은 문학 연구의 편의주의에 지나지 않는다. 왜냐하면 두부를 자르듯 한 작가의 사상을 이쪽저쪽으로 자를 수 없기 때문이다. 그것은 文化와도 같은 것이어서 하나의 흐름으로 볼 수 있으며 작용과 반작용의 수 없는 반추 속에서 서서히 변모되는 것이다. 이러한 연속성을 감안하면서 다소 연대순으로 뒤바뀌는 경우가 있더라도 그의 작품의 사상적 저류를 살펴보기로 하겠다.

---

6) 송선영, 『두번째 겨울』, 162면.

1) 「하늘눈」, 「화랑소고」의 세계

59년 신춘문예 당선작인 「휴전선」과 「雪夜」는 분단 조국에 대한 아픔과 이의 극복을 형상화한 작품이다. 당대의 현실 즉, 한 민족이면서도 '障壁이란 이름 아래 노려보는 슬픔'(휴전선)이거나, 시대의 부름을 받아 쓸쓸히 산화해간 '피맺힌 사연 가슴 아픈 메아리'(雪夜)이거나간에 모두가 共有하는 아픔의 현장이 상정되고 있는 것이다. 시인은 이러한 민족상잔의 상흔 속에서 좌절과 침잠보다는 '언젠가는 鍾이 울려 파아랗게 넘칠'(휴전선) 날을 '새벽창 열어젖히고'(雪夜) 기다리는 것이다. 이러한 민족 분단의 현실 인식은 곧바로 역사에 대한 물음으로 연결되며 가까이는 일제 강점기의 만주벌로 멀리는 신라의 고도 서라벌로 확산된다. 「하늘눈」과 「화랑소고」의 연작시조가 이에 속한다.[7]

「하늘눈」 연작은 대서사시라 할 수 있다. 등장인물이 있고 숨겨진 이야기와 사건이 있다.

> 「하늘눈·1」 젊은 사내의 뇌리에는 松花江이 늘 떠나지 않는다. 새낭자를 맞았으나 그는 역마차를 타고 떠나야 한다. 민족의 부름과 그에 대한 응답이다.
>
> 「하늘눈·2」 上海의 검푸른 하늘 밑 馬浪路, 피울음이 번진 青山里 전투 현장이 오버랩 된다. 하얼빈 빠걸 陳浪의 슬픔에 젖은 눈시울 그 통곡의 아픔이 민족의 아픔으로 죄어온다.
>
> 「하늘눈·3」 자유, 그 푸른 바다를 찾아 머리칼 젖는 연가. 고향을 떠난 未歸의 사내 그 술잔 위에 亡國의 감회만 감돈다.
>
> 「하늘눈·4」 어머니의 옥비녀 어머니 생애의 말씀들이 지울수록 되살아난다. 밖은 검은 밤 승냥이떼 설치는 소리만이 들리고 독립의 그날을 위해 사내들은 若力의 헤진 옷 속, 쓰린 가슴을 등대고 견디어 낸다. 鳳梧洞 피의 메아리가 화롯불처럼 아프다.

---

7) 「하늘눈」과 「화랑소고」는 첫 시조집 『겨울비망록』에 다 실려 있다. 「하늘눈」은 열두 편, 「화랑소고」는 일곱 편으로 된 연작시조다.

「하늘눈·5」 생사고락의 동지 不逞鮮人이 숨을 거둔다. 눈을 뜬 채로다.

「하늘눈·6」 東拓의 매운 눈초리가 白衣를 쫓고 있다. 고구려, 발해 애들이 손뼉치고 뛰놀던 이땅 조국은 荒城, 오밤중이라도 눈초리를 피해 도망가야 한다.

「하늘눈·7」 그러나 좌절할 수만은 없다. 오랏줄 묶인 삶의 가슴에도 달이 돋는다. 돌에 굳은 마음을 새겨 무시로 속불을 놓는다.

「하늘눈·8」 만주의 그믐밤 그 어둠을 뚫고 사랑하던 두 사람은 해후를 한다. 시간을 잘게 썰어 빗다발이라도 만들어 간직하고 싶으나 무심히 시간은 빨리 흐르고 첫닭의 울음소리 꼭 高麗를 곡하는 소리만 같다.

「하늘눈·9」 백두산 천지 그 어디에 우리의 先代는 잠들어 있으리라. 만나면 울고 싶지만 어찌 오 천리 강산에 바람 속에 바람소리뿐인가. 定界碑여 너라도 빼앗긴 조국의 캄캄한 침묵을 울부짖어 다오.

「하늘눈·10」 옛날에는 우리가 저들(왜)에게 文化를 주었는데 저들은 지금 우리 삶을 쫓고 찢는구나.

「하늘눈·11」 만주벌 호령하던 광개토대왕 목소리가 오늘 여기 살아 젊음의 맥이 뛴다.

「하늘눈·12」 빈 산하 어디에 내 잃어버린 조국은 떠도는가. 웃다 울다 벽 안에서 돌이 되는 세월의 흐름은 참숯 끝에 닳아가는구나. 역사의 도도한 강물은 무심히 흘러만 가는구나.

「하늘눈」의 세계에서 우리가 주목해 보아야 할 것은 작가의 역사 인식에 대한 애정이 어느 정도로 나타나고 있는가 이다. 일제에 의해 나라를 빼앗기고 떠도는 민족에 대한 울분과 결의가 여러 갈래로 교차되면서 잃어버린 것에 대한 자각을 새롭게 하고 있다. 잃어버린 것에 대한 자각 이것은 곧 열린 역사의식을 말한다.

「하늘눈」의 배경이 되고 있는 만주벌은 우리에게 오랫동안 잊혀 왔다. 이에 대한 문제는 보다 뿌리가 깊어서 『三國史記』까지 거슬러 올라간다. 우리가

正史라고 신봉하는 삼국사기에서조차 삭제되어 버린 발해사. 반 토막 난 국토
를 바라보며 작자는 옛날의 드넓은 영토를 作品 속에 끌어들일 필요성을 느꼈
던 것이다. 그래서 「하늘눈」의 만주벌은 우리 민족이 피신해간 장소나 독립운
동을 벌인 실제적 장소의 개념을 훨씬 넘어선 '고구려 발해 애들이 손뼉을 치
고 노는'(「하늘눈·6」) 상징적 장소로 등장하고 있으며 이러한 자각에 맞물려 이
땅은 삼천리가 아닌 '五千里 江山'(「하늘눈·9」)으로 나타나고 있는 것이다.

대비석가(大碑石街) 도린곁에
홀로 우뚝 돌기둥이

예서(隸書) 한 획마다
잠을 깨는 푸른 물결

되새겨
읽는 이 마음
절로 젊어 맥이 뛰네

쫓기우는 마음 풀어
國內城엘 갈꺼나

무거운 城門 열고
목 쉰 함(喊) 들을꺼나

말 위의
빛 뿜는 눈을
끓어 우러 볼꺼나.

―「하늘눈·11」 중에서

‘광개토대왕비’라는 부제를 단 이 작품에서도 엿볼 수 있듯 젊음의 맥은 곧 작자 자신의 그것에 다름 아니다. 우리 민족의 기개를 한껏 펼쳤던 大王이기에 ‘말 위의 빛 뿜는 눈을 꿇어’ 우러러보는 경외의 대상이 되는 것이다.

「하늘눈」의 세계가 일제강점기의 시대적 배경 아래 열린 역사의식을 보여주었다면 「화랑소고」 연작들은 목숨을 초개와 같이 버리고 삼국통일의 기틀을 마련한 花郎의 精神을 오늘에 일깨워준 작품이라 할 수 있다.

하늘 빛
미쁜 슬기
한 시국(時局)을 갈았나니,

준마(駿馬)처럼
치닫는
그 막강한
죽음이여.

서라벌
별자리 되는가.

만(萬)의 가슴에 돋는가.

ㅡ「花郎小考 · 4」 전문

‘하늘 빛 미쁜 슬기’로 대변되는 화랑이 전쟁에 임하여서는 주저나 망설임 없이 그 목숨을 내어던지는 기백을 그리고 있다. 그러한 죽음이기에 그것은 뒤따르는 수천의 남도에게 더없는 용기를 불어넣는 ‘막강한 죽음’인 것이다. 그 죽음의 의미는 거기에서 끝나는 것이 아니라 분단의 현실을 직면하고 있는 오늘날 ‘萬의 가슴’에도 돋아나는 것이다. 「화랑소고」 연작시조도 「하늘눈」과 마찬가지로 서사시조로 파악됨이 옳다. 「화랑소고」에는 물론 어떤 구체적인 인물이 등장하는 것은 아니다. 그러나 이 시조는 독립된 형태를 취하면서 하나의 사건을 담고 있다. 이를테면 화랑이란 존재의 기억(「화랑소고 1」)−서라벌 선연한 面目으로서의 화랑(「화랑소고 2」)−나라의 위기 암시(「화랑소고 3」)−화랑의 죽음(「화랑소고 4」)−죽음 이후의 정황, 處子의 슬픔(「화랑소고 5」)−죽음의 승화(「화랑소고 6·7」)로 볼 수 있기 때문이다.

2) 「겨울 비망록」에서 「노지의 불빛」에로[8]

「겨울 備忘錄」 연작시조는 「하늘눈」이나 「화랑소고」의 세계와는 좀 다른 세계를 보여준다. 이 연작들은 '/소년기의/ 씻긴/ 강변, 왕대숲에/ 바람 깨면// 술렁대는 갈가마귀/ 제어금/ 눈발/ 털고,// 산마루/ 落日을 쏘는/ 금빛 화살이 날아간다'(「겨울비망록 2」)에서 보듯 주로 작가의 소년기에 대한 회상이 주 모티프로 등장하며 '寂廖의 귀 밝히면/ 잡힐듯/ 먼/ 목소리가……'(「겨울비망록 5」)나 '속품의/ 하얀 孤寂은/ 한갓 돌로 굳어라'(「겨울비망록 3」)에서 보듯 고독한 소년기와 이를 이겨내려는 克己의 몸짓을 보여준다. 요컨대 자아성찰의 시편들로 볼 수 있겠다. 이러한 자아성찰의 시편들은 송선영 특유의 단절의 형식미와 아우르며 간명한 영상들을 마치 스냅사진을 찍듯 보여준다. 이 시편들에서도 역시 주목되는 것은 '樵童들/ 새우잠 곤히 들면/ 오, 김덕령의 메아리'(「겨울비망록 4」)나 '그날 그 全琫準이 오라 속의 뼈울음이,/ 淳昌 두메 갈밭 놀빛으로 물드리는,'(「겨울비망록 6」)의 대목들이다. 소년기 회상의 리리시즘 안에서도 그의 역사 감각은 변함없이 살아있는 것이다.

이러한 자아성찰의 시편들은 곧 개인적인 차원을 넘어서 「용산나루터」 연작에서는 沙工, 늙은 동학군, 황아장수, 콩쇠 등으로 「옥텃골 종지기집 시절」

---

8) 「겨울비망록」 연작시조는 첫 시조집 『겨울비망록』에 수록되어 있고, 「노지의 불빛」 연작시조는 『어떤 목비명』에 수록되어 있다. 둘 다 열 편으로 구성되어 있다.

연작시조에서는 종지기 할아버지 등으로 옮겨진다. 이들 모두 권력이나 부귀
와는 거리가 먼, 오히려 어찌 보면 시대에 뒤떨어진 삶을 사는 사람들이라 할
수 있다. 이는 이름 없는 민중들에 대한 애정이라 할 수 있다.

        진종일
        금남로엔
        그 5월의
        비가 온다

        머리푼
        흰 여인 하나
        에돌다간
        사라지고…

        예사로
        등불 돋는 어슬녘

        울려오는 종소리

―「노지의 불빛 7」 전문

80년대의 역사적 질곡 그 현장이 배경으로 등장하는 「奴只의 불빛」 연작
시조 또한 이름 없는 풀꽃들(민중)에 대한 애정에서 비롯된 것임을 알 수 있다.
'주남 마을 눈엣피꽃./ 돌매 맞은 꽃송이들……'(「노지의 불빛 6」)일 수밖에 없었
던 비극적 현실이 구체적으로 형상화되고 있는 것이다.
「노지(奴只)의 불빛」은 '노지'('광주' 옛 이름)라는 말이 암시하듯 그때의 상흔
을 추모하는 진혼곡이다. 주남 마을도 그 중 하나다. 버스를 타고 가는 시민들
에게 총을 난사해버린 비극이 일어난 현장이다. '돌매 맞은 꽃송이들'의 피울

음 소리가 들리는 현장은 광주 지원동에서 화순으로 넘어가는 길 좌측편, 너릿 재 터널 넘기 전 제2수원지로 가는 길목에 있는 평화로운 마을이다. 이 마을에 서 일어난 비극적 이야기를 서정시의 짧은 형식 속에 무리 없이 담아내고 있 는 것이다. 5·18 광주 민중항쟁은 어떤 의미에서 식상할 정도로 많은 시인들 에 의해 쓰여졌다. 그러나 시조에서는 이를 소재로 한 작품이 그리 많지 않다. 짧은 형식 안에 담아내기에는 거대한 얘기여서 일까. 관념화로 치닫는 풍조에 서 연유된 것일까. 설사 이를 소재로 한 작품이 있다 하더라도 작위적 의도가 앞서 거부감을 떨치기 힘들었다. 그러나 송선영 시인은 서정성을 한껏 살려 내 면서도 역사성을 담아내는 세련미를 유감없이 보여주고 있는 것이다.

3) 「귀휴」 혹은 「원촌리의 눈」

시조집 「활터에서」(동학사, 1997년 9월)는 75년 발족하여 송시인의 지도를 받 아온 전남학생시조협회 문하생들이 선생의 회갑을 기념하는 보은의 의미를 담 고 있어 더욱 값지게 읽혀진다.

이 시집에는 등단 초기에 이미 예견되고 있었던 자아 밖의 세계에 대한 준열한 현실인식과 안으로 단단하게 갈무리된 격조 높은 서정성이 관류하고 있다.

이 두 개의 축은 마치 철도의 레일처럼 균형감각 있는 거리를 유지하면서 여간해서는 속내를 드러내 보이지 않는 절제와 상징의 공간을 창출해 내는데 성공하고 있다.

완강한 세력의 이 어둠을 어쩔거나

쑥대밭 고래실엔 지새우는 농기 몇 개

이땅의

길눈 잃은 가을

행간 깊이 묻히네

―「무제·2」 전문

펼쳐지는 세계는 '완강한 세력'의 '어둠'이다. 그것은 구체적으로 동학 혁명의 풍진 세월을 넘은 '장성 길재'의 '찢어진 깃발'(시 「짚세기 무덤」)이거나, 부황난 유년 위로 얼비치던 공출 가마니 그 울짱 밖 눈엣피꽃 피는 식민지 안개 자욱한 운동장(시 「후다의 계절」)이거나, 목 붉은 통성 기도가 파도치는 고향 땅 5月(시 「귀성록」)의 시간과 공간대를 지난다. 동학혁명-일제강점기-5·18 민주화운동 등 짓밟힌 역사의 공간, 그 어둠의 완강한 세력을 정면으로 감내하고 있는 것이다. 그러나 이 통분의 역사에 대해 시인은 끝까지 냉철함을 잃지 않는다. 정말 아픈 가슴은 눈물을 잊는다고 했던가. 시적 대상으로부터의 일정 거리를 유지하려는 노력은 사실 남다른 일면임에 분명하다. 시인의 시편들에서 느끼는 단아함과 긴장감은 바로 여기에서 연유하고 있다고 보아야 할 것이다.

그러면서 시인은 동시에 이 완강한 어둠의 세력들에 맞서는 응전의 자세를 갖고자 한다. 그것은 거창하고 먼 곳에 있는 것이 아니라 인용시에서 보듯 '쑥대밭 고래실'에 '지새우는 농기 몇 개'의 색바래고 오래된 풍경들에 놓여있다. 그러므로 시인은 '해진 농기(農旗) 몇 개 지쳐 쓰러진 마을 어귀'를(시 「신·귀성록」) 사랑하며, '풍상의 옹이진 손'과(시 「오월 비망록」) 정신대의 갑순이와 땜장이 백씨의 못이룬 사랑과(시 「땜장이 백씨에 관하여」), 덕이 네 토방(시 「겨울 노래」)과 '순돌이네 뒷 새암'에 애정어린 눈길을 보낸다. 이렇게 미천하여 빼앗기기만한 자들과, 버려지고 보잘 것 없는 낡은 풍경들과의 친화력은 시인의 열린 역사의식을 그대로 투영하고 있다. 이 대상들을 통하여 민중, 특히 농촌 기층민들의 삶과 호흡을 소중하게 재현시키고 있는 것이다.

이러한 역사의식 위에 시인은 서정의 격조를 한껏 잘 갈무리하고 있다.

그대

칡꽃이여

미명(未明)을 흔든 익명의 기(旗)

눈 감고

대작하는,

눈 감고

악수하는,

달 돋는

적막 강산에

강 하나 풀리는 소리……

「귀휴(歸休)·3」이라는 시에는 '칡꽃'의 속성을 통하여 흡사 귀엣말을 정답게 주고받는 내밀한 속삭임의 울림이 있다. 그것은 익명들이다. 눈 감고 대작하는 눈 감고 악수하는 총생(叢生)들이다. 무엇 하나 위로 받을 길 없는 적막 강산이라 할지라도 강이 풀리는 소리처럼 옷깃만 스쳐도 인연인 것을 지중하게 여기는 믿음의 눈길이 있다. 情으로 화해하는 아름다운 정신이 놓여있다.

耳順의 연륜만큼 이 시집 『활터에서』는 回歸의 이미지가 많이 담겨있다. 표피적으로 보면 떠나감이나 소멸의 시학이라 명명해도 좋을 만큼 사라짐에 대해 노래하지만9) 그 떠나감은 곧 남은 자의 아픔으로 뚜렷하게 현재적 공간에 각인된다. 「무제·1」의 시에서는 상장(喪章)단 저녁 종지기가 홀로 남아 종을 치는 장면이 아리게 박혀오며, 「그 할머니」에서는 손자놈이 밤길로 자리 떴어도 '덴가슴 맑혀' 홀로 젯메를 올리는 쇠잔한 실루엣이 아프게 잡혀온다.

돌아옴은 무엇을 의미하는가. 주저앉음인가. 안존인가. 그렇지 않다. 시인

---

9) 김재홍 교수는 송선영 시인의 시세계를 ① 사라짐 또는 소멸의 시학 ② 불연속적 세계 인식과 균형 감각 ③ 고전정서와 민중적 생명력으로 보고 있다.

은 시위를 떠나는 화살처럼 '모은 빛'을 다져 내닫고자 한다. 먼동이 틀 때까지 적막강산을 씽씽 날아가는 화살이고자 한다(시 「활터에서」). 고향과 버려진 것들과 낡은 풍경들 사이에서 차오르는 푸른 물과도 같은 솟구침, 그 탄력의 힘살을 거세게 부여잡고 있는 것이다.

<blockquote>

예전에,

예전에, 뇌며

꿈꾸는 보리밭에

세상에,

세상에, 뇌다

열 오른 툇마루 앞에

넉넉히 함박눈 오시네,

붉은 빛 벙근

하얀

아침.

</blockquote>

—「원촌리의 눈」 전문[10]

이 작품에는 걷어낼 것 다 걷어내 버리고 사유의 가장 예리한 부분만을 담아내는 절제의 미학이 숨겨져 있다. 초장에 '예전에/ 예전에'에 함축된 의미는 과거 지향적 꿈이다. 보리밭처럼 밟아도 희망이 되는 싱그러움이다. 그러나 중장의 '세상에/ 세상에'에 내포된 의미는 가치가 전도되고 질서가 무너진 현실적 공간의 안타까움이다. 이 이상과 현실의 상반된 공간 위를 함박눈이 다 덮어버린다. 눈은 그래서 '오는' 것이 아니라 '오시는' 것이다. 누구에게나 공

---

10) 『열린시조』 제4호, 새 천년을 여는 140인의 신작특집, 114면, 2000년, 봄호.

평하게 넉넉하게 나누어주는 포근함으로 따뜻하다. 붉은 빛이 벙그는 둥글고 둥근 아침. 시인은 그곳을 원촌리, 시인이 작품을 쓰기 시작했고 십칠 년 동안을 지내왔던 이제는 집터마저 사라진 공간으로 설정하고 있는 것이다. 현실적으로는 사라졌지만 마음속에서는 언제나 살아있는 시인의 定處인 셈이다. 이제 시인은 비로소 자신이 떠났던 곳으로 돌아오고 있는 것이다. 예리한 부분은 많이 덜어내고 끊어내는 듯한 단절의 호흡도 능선처럼 부드럽다. 「귀휴」나 「원촌리의 눈」의 작품들에서 느끼는 정감은 바로 이런 점에서 연유하고 있다.

3. 斷絶의 形式美

현대시조의 형식에 대해 바른 정의를 내린 사람은 아직까지 없다. 도남이나 가람 그 이후의 이호우 등에 의해 형식을 정의하거나 부흥 운운을 했거나 새로운 틀을 시도했거나 간에 어디까지나 부분으로서의 역할이었을 뿐이지 형식에 대한 총괄적인 규정이 없었다. 장르의 속성으로 미루어볼 때 현대시조는 분명 정착된 장르라기보다 현재도 진행중이고 진행가능성이 열려있는 장르이기 때문에 이에 대한 형식을 단선적으로 얘기하기 곤란한 면도 없지 않다. 80년대 들어 사회적 욕구가 분출되며 그 징후로 볼 수 있는 사설시조가 창작되면서 시조단 일각에서는 ‘脫時調’ 운운의 우려의 소리가 높은 것도 숨길 수 없는 사실이다. ‘脫時調’를 지적할 정도면 뒤집어 말해 ‘時調’의 定形이 있을 법도 한데 여기에 대한 명쾌한 규명이 없는 것이다.

명사(鳴沙), 하얀 모랫벌, 얼붙은 새울음이다.

사랑이여, 잃어버린 몇 문단(文段)의 이승 숲이여

상기도

하염없는 눈, 눈, 눈,

빈 바다 동백 한 송이.

—「비가(悲歌)」 전문[11]

서벌 시인은 이 작품을 예로 들면서 다음과 같은 지적을 한 바 있다.

어휘와 어휘, 그 접속 과정이 가지치기될 대로 된 이 간명함의 구조를 자유시들의 묶음에다 끼운다면 어떤 전달이 될까. 모르긴 해도 시조로 볼 사람은 드물 것이다. 그의 실험정신이 사뭇 스릴링(thrilling)하다못해 '기·승·전·결'이라는 사분(四分)심리를 지나치게 노출시킨 결과로 봄직하며, 사연시(四聯詩) 방식의 시조 형태로 볼 수도 있을 것이다. 그러나 시조의 3장 구조적 본질이 3연(三聯) 이상일 수도 있다는 형태적 분할 개념을 주자면 그만한 배분 원리를 납득할 수 있도록 고루 갖춘 다음에라야 가능할 수 있을 터이다. 예컨대, 하나의 장(章)이 두 개의 구(句)로써 성립된다는 관점에 따라 3장을 6연으로 가르기 하는 정도, 그쯤이 형태적 고정성을 변수로 가시화시키는 한계일 것이다. 이것이 무시된 지나친 실험 양상은 탈시조(脫時調)라는 함정에 빠지고 마는 것이며, 때문에 빼어난 간명함의 시 세계인 「비가」를 비롯하여 「대춘부」, 「노지의 불빛·7」, 「노지의 불빛·10」, 「머슴의 장(章)」, 「겨울 비망록·5」, 「하늘눈·5」와 같은 온당한 연(聯) 가름으로 보기 어렵다. 더더구나 우리가 한결같이 주목해 온, 그러한 시인 송선영의 위치이므로 이 점을 짚고 넘어가지 않을 수 없다.[12]

서벌 시인의 지적대로 이 시조를 '기·승·전·결'의 4분구조로 볼 것인가. 하나의 장이 두개의 句로써 성립된다는 과정 아래 3장을 6연으로 가르기

---

11) 『두번째 겨울』, 16면.
12) 서벌, 「겨레를 향해서 쳐온 신문고 소리」, 『어떤 목비명』, 신원문화사, 1990.7.

하는 정도의 한계에서 벗어났다고 해서 脫時調의 함정에 빠지고 있는 것일까? 그래서 온당한 연(聯)가름으로 보기 어려울까?

그러나 결론부터 말하자면 결코 그렇게 말할 수 없다고 본다.

우선 시조장르에 대한 필자의 생각은(사설시조까지 포함한다) 내용과 형식 두 가지를 아우르는 가운데 성립된다고 본다. 내용에서 필수불가결한 요건은 시조의 한 수는 두 개 이상의 의미 단락을 갖는다는 것이다. 물론 여기에는 형식적인 제약, 한 수가 3장으로 나누어지고 각 장은 4음보이며 종장의 제1음보는 3음절, 제2음보의 5음절 이상이 되어야 한다는 최소 범주의 조건이 필요하다. 내용상 둘 이상의 의미 단락을 가진다는 것은 사설시조와 가사의 변별점을 두기 위한 것일 수도 있지만 반드시 여기에 국한되는 문제만은 아니다.

'기·승·전·결'의 구조는 주지하다시피 漢詩 絶句의 기본 구조이다. 시조와 절구의 넘나듦을 고려할 때 譯關係에 있어 詩形과 內容이 첨삭됨을 이미 고시조를 통해 알 수 있다. 이의 분석을 통하여 '시조는 절구의 轉構造를 소외한다'라는 논리적 주장[13]이 있기는 하지만 문제는 전구의 처리가 들락날락하여 일정치 않다는 점에 있다. 그러나 이러한 요인을 접어두고 이를 수용한다하더라도 현대시조에까지도 이를 적용시킬 수 있느냐에 대해서는 논란의 여지가 있다. 현대시조를 단순히 고시조의 연장으로 보아서는 안 된다. 현대시조는 새로운 세계관의 새로운 담담층이 창출하고 있는 장르이다. 물론 앞서 기술한 최소한의 요건을 傳承해서 이다.

인용된 작품을 살펴보자. 기·승·전·결이라는 4분 구조를 취하고 있지만 오히려 전개되는 시상으로 보아 '빈 바다 동백 한 송이'가 '轉'의 역할을 하고 있다고 봄이 옳진 않은가. 다른 작품을 보기로 하자.

　　　겨울 청대밭의
　　　달이

---

13) 최진원, 「창과 흥」, 『한국고전시가의 형상성』, 대동문화연구원, 1996, 51면.

홀로

눈을 털면

잠 깨어 달려가는

목이

긴

내 유년(幼年)이

한동안

청대를 흔든다.

어머니를 부른다

—「겨울비망록(備忘錄) 5」 중에서

　여기에서도 마찬가지로 '轉'의 효과는 '어머니를 부른다'라는 대목에서 이루어지고 있다. 이러한 類의 작품이 상당수에 이르고 있는데 이는 작가의 의도적인 연가름으로 볼 수 있다는 예증이 된다. 마땅히 연가름을 할 필요에 의해 그렇게 한 것이며 여기에는 보다 심각한 시인의 의도가 내재되어 있음을 의미한다. 이 의도적인 연가름에서 작가가 표출하고자 하는 바는 무엇일까?

　먼저 2연과 3연을 보기로 하자.

　인용한 시조 「비가」나 「겨울비망록 5」 모두가 2연과 3연은 詩想이 자연스럽게 연결된다. 그럼에도 불구하고 연가름을 하고 있다. 이를 연가름한 가장 중요한 이유는 시조가 갖는 최소한의 형식장치를 독립적으로 분리시키기 위해서다. 단지 그 이유 뿐 일까. 「겨울비망록 5」를 다음과 같이 썼다고 가정해보자.

　잠깨어/ 달려가는/ 목이/ 긴/ 내 幼年이/ 한동안 청대를 흔든다.

휴지(休止)가 갖는 효과는 물론이고 독자의 긴장감-공간적 배경의 제시 → 유년의 등장으로부터 어떠한 사건이 예기될 듯한 분위기의 고조는 모두 삭감되어 버린다. 요컨대 2연과 3연의 가름은 최소한의 형식장치 담보 외에, 서정의 긴장을 최고의 상태로 올려놓는 정점의 구실을 3연에서 독자적으로 하게 하기 위한 가름이라 볼 수 있다. 그렇다면 문제의 3연과 4연의 연가름의 필연적인 이유는 무엇인가.

4연(종장 後句)은 인용한 두 시조에서 보듯 3연(종장 前句)에서 최고에 이르는 서정의 긴장이 또 한 번의 휴지를 거치며, 일제히 분출되고 있다. 이 서정의 분출은 그냥 분출되어 긴장의 해소역할에 그치는 것이 아니라 동시에 주제로의 환기적 기능을 겸하고 있다는데 그만의 특유한 매력이 있다.

이러한 연가름이 무작위적이 아니라 작가의 의도에 의해 의식적으로 이루어지고 있다는 또 다른 반증은 다음과 같은 점에서 쉽게 확인이 가능하다.

「쑤꾸기」, 「겨울비망록 3」, 「꽃새암 속에서」, 「호롱불」 등의 작품들은 첫 시집에서는 종장 前·後句가 연가름이 되고 있음에 반해 두 번째 시집과 시선집에 재수록되는 과정에서는 한 연으로 처리되고 있음을 볼 수 있다. 이를테면 「호롱불」이란 작품은 첫시집에서는 '당신의/ 아득한 음성// 가람되어 흐릅니다'로 되어 있는데 반해 이후 시집에서는 '당신의/ 아득한 음성/ 가람되어 흐릅니다'로 되어있는 것이다.

당신의 음성 → 강의 흐름(「호롱불」의 경우) 연결은 분명 눈(雪) → 빈 바다 동백 한 송이(「비가」의 경우)의 轉移 관계는 아니다. '당신의 음성'에서 '하염 없는 눈, 눈, 눈'에서 느낄 수 있는 고도의 긴장이 오는 것도 아니고 '가람되어 흐르는 것'에서 '빈 바다 동백 한 송이'의 서정 분출이나 주제로의 환기기능을 볼 수 있는 것도 아니다. 구태여 연가름이 필요 없었던 것이다. 그래서 작가는 이러한 연가름이 필요 없는 작품만을 선취하여 재수록 과정에서 분명히 해두고 있는 것이다.

종장 轉句, 종장 後句의 이러한 의식적인 연가름은 70년 「降雪期」 이후, 「花郎小考」 연작 5편, 「겨울 비망록 2·5·9·10」, 「하늘 눈」, 「장터산책」, 「대춘부」, 「老只의 불빛 7 · 10」, 「머슴의 장」, 「소한 일지」, 「겨울이여」 등에서 지속적으로 나타나고 있음을 볼 수 있다.

송선영의 시조 형식미는 한 마디로 말해 단절의 미학이라 할 수 있다. 자연스런 흐름의 허리를 끊는 듯한 그만의 특유한 단절은 극도로 언어를 절제하여 효과적으로 배치함으로써 주제를 선명하게 드러내 보여준다. 지금까지 살펴본 종장 前 · 後句의 의식적인 연가름 또한 이러한 연장선상에서 이해될 수 있다. 그의 실험적이며 과감한 단절의 미학이 현대시조 형식의 또 다른 하나의 틀을 제시해 주었다고 평가해 볼 수 있겠다.

서벌 시인의 지적 가운데 또 하나의 문제에 대해 살펴보기로 하자. 서벌 시인은 송선영 시인을 위시한 시조단 전체의 시인들에게 이러한 지적을 하였다.

그러나 시조의 3장 구조적 본질이 3연(三聯) 이상일 수도 있다는 형태적 분할 개념을 주자면 그만한 배분 원리를 납득할 수 있도록 고루 갖춘 다음에라야 가능할 수 있을 터이다. 하나의 장(章)이 두 개의 구(句)로써 성립된다는 관점에 따라 3장을 6연으로 가르기하는 정도, 그쯤이 형태적 고정성을 변수로 가시화시키는 한계일 것이다.[14]

시조는 그렇다면 3연 혹은 6연으로만 써야한다는 논리인가. 6연 이상은 안 되는 것이며 4연이나 5연은 불가능하다는 얘기인가. 그것은 탈시조인가. 시조는 형태상 3장의 구조를 지녔지만 내용상 두 개의 의미 단락을 지니게 된다. 이 말은 상당한 함축성을 지니고 있다. 대부분의 시조는 종장이 갖는 의미가 초장과 중장이 갖는 의미를 뛰어 넘는다. 다시 말해 시조는 내용상 초 · 중장과 종장으로 나뉘는 2분 구조를 보편적으로 가지고 있다. 그렇기 때문에 송선영 시인의 다음 시들은 전혀 이상하지가 않다

---

14) 12의 글.

낯선

주의보에

가위눌린 근본들이

대물린 두루마리 불사르며

먼 길 뜨고

상장(喪章)단

저녁 종지기,

홀로 남아

종을 친다.

―「무제·1」 전문

그대가

그려 놓은

숫백성의 고을 어딘가,

희귀한 조선 풀꽃

지천으로

피어있다

골 깊은

나랏말씀을

길눈 밝혀 찾아간다.

―「향의 눈물」 전문

　　2연의 연가름이 이상하지 않다면 4연의 연가름이 이상할 이유가 없다. 3연이 가능하다면 이의 복합 형태인 5연이 불가능할 이유가 없다고 판단된다. 어찌보면 관습화하여 3연 혹은 6연으로 획일화하는 연가름이 더 문제일 수 있다. 연가름은 주지하다시피 시의 내용에 따라 마땅히 그러해야할 이유가 있을 때 언제든지 가능한 것이다. 배분 원리를 굳이 따지자면 이상과 같이 시조가 갖는 의미의 2분 구조에서 유추해볼 수 있을 것이다. 시조 역시 자유시와 마찬가지로 각 작품의 개별성을 지니고 있다. 시조의 형식 장치를 벗어나는 것이 아니라면 큰 괄호로 묶어서 3연 혹은 6연으로 재단할 수는 없는 것은 아닐까.

4. 맺는말

지금까지 송선영 시조의 내용과 형식면에서 살펴보았다.

「휴전선」, 「하늘눈」, 「화랑소고」, 「겨울비망록」, 「노지의 불빛」은 각각 다른 시대적 배경을 가지고 있다. 분단현실, 일제강점기, 신라시대, 작가의 소년기, 80년대 광주항쟁이 바로 이것인데 이를 관통하는 문학의식은 한 마디로 들자면 열린 역사의식이라 할 수 있다. 자기성찰과 고독의 극기는 곧 이름 없는 풀꽃들에 대한 애정으로 연결되며, 우리국토에 대한 애정(하늘눈)이나 우리 정신(화랑소고)에 대한 기림은 그가 앞으로 펼쳐 보여줄 또 다른 세계를 유보해둔다 하더라도 오늘날 분단 현실에까지 커다란 자장을 형성해 준다하겠다. 네 번째 시조집 『활터에서』는 소멸의 시학이라도 불러도 좋을 만큼 떠나감과 사라짐에 대해 얘기하지만 그는 끝까지 긴장의 정신을 놓지 않고 있다. 「귀휴」나 「원촌리의 눈」의 최근 작품에 이르러서는 부드러움과 따뜻함이 배어 나오고 있다. 이 부드러움은 그 동안 시대 현실에 대해 예각화해 온 문제들을 포기하고 있다라기 보다 우회적 시각으로 서정성을 격조 높게 갈무리하고 있기 때문이라고 보여진다. 그만큼 원숙해진 것이라고도 풀이해 볼 수 있을 것이다. 특히 송선영 시인이 보여준 4연 형식의 시조는 종전의 기승전결의 구조를 뛰어넘어 긴장의 정점과 극적 전환을 모색하는 의미구조를 보여 줌으로써 시조 구조의 새로운 변환과 다양성을 가능케 하였다. 그는 이 시도를 통하여 사물과

사유의 정점에서 언어를 끊어내는 독특한 단절의 형식미를 독보적으로 개척하
였다고 생각된다.

둥근 종소리, 그 희고 서늘한 서정

정완영론

1.

　　白水 정완영 시인. 한국 현대 시조문학에서 그의 위치는 우뚝하다. 1960년에 등단하여 40여 년에 이르도록 『探春譜』(1969)를 비롯 총 11권의 시조집을 냈고, 이 시조집들을 통해 한 시대의 강물을 열어 보았다. 주지하다시피 1960년대 이전은 이병기, 이은상, 이호우, 이영도 등의 선구적 노력이 있었음에도 우리의 시조문학이 제대로 자리 잡지 못한 시기였고 불과 몇몇 사람들에 의해 명맥을 유지하고 있었다. 白水의 출현은 그의 단아하고 잘 정돈된 시상의 전개를 통해 빠른 시간에 대단한 반향을 불러왔고 그 문체를 흉내라도 내볼 양으로 많은 시조시인들이 그의 문하로 몰려들었다. 그의 시는 인간의 고향에 대한 연민과 지극한 사랑을 기저로 하고 있다. 인간의 고향이 속세의 현상학적인 것들과는 멀리 있는 것이어서 늘 자연과의 교감을 통해 문답하는 자세를 견지

하고 있다. 버려진 인간성을 다시 찾고자 흐트러진 심중에 가느다란 심지를 켜고 있는 최근까지 그의 노력은 차라리 눈물겹기까지 하다. 요컨대 그의 이러한 휴머니즘 회복 정신은 자연의 목소리이며 곧 어머니의 목소리이다.

아무리 별빛이 빛난다 해도 엄마 목소리만큼 찬란할 수는 없고, 아무리 꽃이 아름답다 해도 엄마 목소리만큼 사무칠 수는 없다. 엄마 목소리는 구원(久遠)의 소리이기 때문이다. 그렇기 때문에 엄마 목소리는 실상 저 별에도, 꽃에도, 흐르는 구름결에도, 아니 이 하늘과 땅 사이 만물 속에 다 숨어 있는 것이다. 이 숨어 있는 목소리들을 불러 모아 한 자리에 앉혀 놓은 것이 이 동시조집이다. 사람들의 가슴 가슴에 사랑이 식어 간다고 하고, 정이 메말라간다고 한다. 그러나 속속들이 들여다보면 거기 아직도 불씨는 남아 있다. 그 불씨에다 모닥불을 지피려고 팔순 늙은이가 여덟 살배기 어린 시절로 돌아가서 이 노래를 불러 본 것이다.

동시조집 『엄마 목소리』의 머리말은 다른 무엇보다 그가 평생동안 지녀왔던 문학적 지향점을 다시 한 번 여실하게 보여준다. 엄마 목소리는 구원(久遠)의 소리인 동시에 별, 꽃, 구름결……하늘과 땅 사이 만물 속에 스민 목소리이다. '어머니'란 존재가 인간의 완성형이라면 그것은 대자연으로부터 모태된 것이라는 것이다. 오늘날 날로 거칠어가고 황폐해가는 인간성을 그는 간접화법을 통해 다시 회복해보고자 하는 소망을 보여주고 있는 것이다.

그렇다면 그의 시는 대단히 친 자연적이고 전통적이라는 범주에서 얘기될 수밖에 없다. 현실의 가열한 세계와의 틈새, 즉 동일화되지 않는 비동일성 또한 현대의 주요 詩作 논리라는 측면에서 젊은이들에게는 白水가 지향하는 세계는 다소 따분하게 들릴 수도 있다. 오래된 관습의 세계, 그러나 지극히 중요하고 커다란 세계를 그는 친근하게 우리 곁으로 안내하고 있다. 그의 시의 매력은 여기에서 진가를 발휘한다. 그 어법은 새롭고 또한 단정하다. 마치 오래된 풍경에 물기를 얹어 살아있는 풍광을 그려 보여 주는 것이라고 보아야 할 것이다. 리듬의 강·약·완·급 안배도, 서정자아에 감정을 표시나지 않게

이입시키는 것도, 살아있는 비유도, 어미의 자유로운 활용과 변화도 새로운 서
정성을 창출하는데 기여를 하고 있는 셈이다

　그러므로 白水 詩의 전모를 효과적으로 살피기 위해서는 크게 두가지 측
면에서 접근해야 한다. 우선 그가 지향하고 있는 문학적 지향점의 측면이고,
다음으로는 이 세계를 이루어나가는데 살아있는 풍광을 어떠한 기법들을 활용
하고 있는가라는 측면에서이다.

2.

　그의 시적 지향점이 휴머니즘의 회복에 있다는 것은 모두에 언급한 것이
지만 40여 년을 한결같이 그는 왜 이 문제에만 매달려 왔던 것일까. 무엇이 이
를 그토록 강렬하게 하나의 세계에 집착하도록 했을까. 그의 시는 언뜻 보면
아주 다른 밝음과 어둠의 양면 사이에서 고민하고 있는데 이들은 어떤 표리관
계를 갖는가. 이 양면의 상징 하부에는 어떤 구체적 매개물이 있는가.

　① 그것은 아무래도/ 太陽의 眷屬은 아니다.// 두메 산골 긴긴 밤을/ 달이
가다 머문 자리// 그 둘레 달빛이 실려/ 꿈으로나 익은 거다.// 눈물로도 사랑으
로도/ 다 못 달랠 懷鄕의 길목// 산과 들 적시며 오는/ 핏빛 노을 다 마시고/ 돌
담 위 十月 上天을/ 등불로나 밝힌 거다.// 초가집 까만 지붕 위/ 까마귀 서리를
날리고// 한 톨 감 외로이 타는/ 韓國 千年의 시장기여,// 세월도 팔장을 끼고/
情으로나 가는 거다.

―「감」 전문

　② 靑제비 돌아왔다냐/ 저 窓 넘어 미쁜 하늘// 蓬髮을 의자에 눕히면/ 나
의 피곤은 나의 花園//理髮師는 잘 드는 가위로/ 꽃잎처럼 다듬는다.// 세월은

재기 나름/ 거울 속도 보기 나름// 오늘 아침 우리 집 뜨락/ 가지 끝에 앉은 木蓮 // 띠고 온 어여쁜 봄빛이/ 흡사 童佛 아니던가.// 아니다 젖살이 올라/ 나의 손 주가 나의 童佛// 내일은 童佛을 업고/ 믐慶花苑을 두루 돌며// 이 세상 꽃구름 밭에/ 일렁이며 설 것이다.

—「봄 理髮」 전문

③ 아득히 푸른 하늘을/ 나래 위에 불사르고/ /늦잠자리 한 마리가/ 꽃대 물고 졸고 있다// 가을은/ 막막한 바다/ 저 꽃대는 외로운 섬

—「가을은 강물처럼」 중 '늦잠자리 있는 풍경' 전문

④ 요즘은 어디를 가나/ 밟히는 것 뿐입니다// 고향생각, 둥근 종소리,/ 그리고 내 그림자,// 오늘은/ 푸라타나스/ 젖은 낙엽 밟고 갑니다.

—「밟히는 것」 전문

①의 「감」은 1979년 작품이고 ②의 「봄 理髮」은 1976년(4.24. 서울 신문) 작품이며 ③은 여덟 번째 시조집 『난보다 푸른 돌』(1990년, 신원문화사)에 실린 작품이며 ④는 『오동 잎 그늘에 서서』(1994년, 토방)에 실린 작품이다. 「감」은 이미 필자가 다른 글에서 지적 하였듯이 '한 톨 감 외로이 타는/ 韓國 千年의 시장기여'에 실리는 절구가 극치이다. 모든 심상을 한군데로 집약하여 찰라에 끊어버리는 듯한 시조에서만 느낄 수 있는 매력이 응축되어 있다. '감'이라는 자연의 매개물을 통해 눈물로도 사람으로 다 못 달랠 懷鄕의 저린 심정을 담아내고 있는 것이 작품의 골격이다. 「봄 理髮」에는 靑제비의 돌아옴과 목련꽃의 어여쁜 봄빛이 童佛처럼 느껴진다고 하고서, 이 보다도 손주가 더 거기에 가깝다고 하며 꽃구름 밭에 일렁이며 설 것이라고 한다. 「늦잠자리가 있는 풍경」은 꽃대 위에 앉은 한 마리의 늦잠자리를 통해 막막한 심정을, 「밟히는 것」의 작품 역시 젖은 낙엽을 밟으며 '고향 생각'과 '둥근 종소리'의 세계를 그리고 있다. 이 시 편들에서 우리는 서정자아가 어느 세계를 지향하고 있는 지를 주목해 볼 필요

가 있다. 「감」에서는 태양과는 반대편, 두메 산골 긴긴 밤의 달이 가다 머문 자리이거나 돌담 혹은 초가집 까만 지붕 위이며 「봄 理髮」에서는 일렁이는 꽃구름 밭이며, 「늦잠자리가 있는 풍경」에서는 막막한 바다나 외로운 섬의 자리이며 「밟히는 것」에서는 '고향'과 '둥근 종소리', '내 그림자'의 자리이다. 그런데 중요한 것은 시인의 지향하는 세계가 거의 동류항으로 묶어진다는 것이다. 태양, 다시 말해 도시적이며 물질적인 세계가 결코 아니며, 오히려 고향의 자연과 거기에서 느끼는 정신적 풍요와 외로움이다. 정신적인 풍요는 일렁이는 '꽃구름 밭'이나 '둥근 종소리'로, 외로움은 '감'이나 '섬'으로 상징화되고 있는 것이다.

> 눈 감으면 섬이 잠기고, 눈을 뜨면 섬이 뜨고,
> 갈매기 나래깃에는 한 바다가 다 실리고
> 이런 날 외따로 앉으면 외따로인 나도 섬.
>
> —「濟州에 와서」 중 '외따로 앉아' 전문

'섬'은 이렇듯 몸을 바꾸어 서정자아가 되기도 한다. 때로는 '박토'이거나 '칠십년 목마른 天水沓' 혹은 '무너진 절터', '이지러진 塔'(「無量心抄 16」에서)이 되기도 하며, 마찬가지 측면에서 '감'이 되기도 하는 것이다. 그러므로 외로움은 서정자아와 함께 가는 주요 심상이며 이들이 '꽃구름 밭'이나 '둥근 종소리'의 정신적 풍요 다시 말해 휴머니즘의 회복으로 도달하고자 하는 필연성을 갖게 되는 소이이기도 하다. 많은 경우 그의 시적 도달은 '감'이나 '섬'의 단계 이를테면 외로움이라 명명되는 아픔 가운데 오롯할 수밖에 없지만 그는 '꽃구름 밭'이나 '둥근 종소리'를 간절하게 희구하고 있다. 이에 대한 마땅한 답은 두 권의 동시조집 『꽃가지를 흔들듯이』(1979년, 가람출판사), 『엄마목소리』(1998년, 토방)에서 더 두드러지게 나타나고 있다.

> 까치가/ 깍 깍 울어야/ 아침 햇살이 몰려들고//
> 꽃가지를/ 흔들어야/ 하늘빛이 살아나듯이//

엄마가/ 빨래를 헹궈야/ 개울물이 환히 열린다

―「꽃가지를 흔들듯이」 전문

보리밭 건너오는 봄바람이 더 환하냐

징검다리 건너오는 시냇물이 더 환하냐

아니다 엄마 목소리 목소리가 더 환하다.

혼자 핀 살구나무 꽃그늘이 더 환하냐

눈감고도 찾아드는 골목길이 더 환하냐

아니다 엄마 목소리 그 목소리 더 환하다.

―「엄마 목소리」 전문

까치의 울음 → 아침 햇살, 꽃가지 흔들림 → 하늘 빛, 엄마의 빨래 → 개울물 열림 의 시적 전개는 자연끼리의 조응과 그에 화답이라도 하듯이 자연과 인간의 교감이 선명하게 그려져 있다. 아울러 봄바람과 시냇물, 꽃그늘과 골목길 보다 더 환한 엄마 목소리가 탄력적으로 귀에 잡힐 듯이 들려온다. 여기에서 우리는 어렵지 않게 엄마 목소리가 앞서의 '둥근 목소리'와 일맥으로 통하고 있음을 알 수 있다. 시인에게 있어 '어머니'는 곧 고향이며 완전자이다. '둥근'세계, 도덕경의 세계, 無量의 세계를 지향하고 있는 白水 시 전체를 떠받치고 있는 아주 중요한 실제적 기둥인 셈이다.

3.

白水 시는 결국 따뜻한 인간성의 회복에 기대고 있음은 앞서에서 살핀 바와 같다. 그러나 그는 다소 고전적인 이 풍경을 새롭게 보이려고 끊임없는 노력을 하고 있으며 그 노력은 이미 하나의 경지를 열어 보이고 있다. 그 노력의

구체적 모습은 대개 시적 형상화의 방법들에 해당된다고 볼 수 있는데 리듬의 강·약·완·급의 절묘한 안배와 어미의 자유로운 활용·변화의 외형적인 측면과, 시적대상과 서정자아의 넘나듦, 즉 동화와 투사의 기법과 새로운 비유의 창출 등 내면적인 측면에서 살펴볼 수 있겠다.

⑤ 설사 저 長天에서 동아줄을 내려준대도

　　이 江山 이 愁心 버리고 하늘에는 내사 안 갈래

　　풀피리 불자던 봄이 너 더불어 오잖는가

—「겨울 愁心歌」 마지막 수

⑥ 곱기만 한 꽃이야/ 이젠 눈에 안 담기고//

　　칠월 장마 끝에/ 높이 뜨는 목백일홍(木百日紅)//

　　그 멀고/ 아득한 꽃빛이/ 내 가슴에 물을 댄다.

—「무량심초(無量心抄)·1」 중 '백일홍 꽃빛' 전문

⑦ 그래서 목로 酒店엔/ 대낮에도 등을 달고//

　　흔들리는 흰 술 한 잔을/ 落日 앞에 받아 놓면//

　　갈매기 울음소리가/ 술잔에 와 떨어지데

—「을숙도」 중에서

⑧ 뻐꾹 뻐꾹 뻐꾹 뻐꾹

　　이 산 저 산 바위 놓는다

—「뻐꾸기 울어」에서

⑨ 이 돌은 내 고향 직지사/ 저문 산의 타종(打鐘)소리//

　　연 잎 같은 푸른 바람에/ 너울 너울 실려와서//

　　천리 밖/ 만려(萬慮)의 창 아래/ 뚝 떨어진 쇠북 소리

—「수석 삼제」 중에서 '직지사 범 종소리' 전문

⑤의 작품에서의 음보는 한 음보 안에서 자수로 기준해 볼 때 상당한 낙폭을 보여준다. 초장 2·5·4·5 중장 3·6·4·5 종장 3·5·4·4 로 얘기될 수 있겠는데 특히 중장에서 '이 江山 이 愁心 버리고'를 어떻게 율독하는가에 따라 사뭇 맛이 달라진다. 의미상으로 보면 6·3이 되지만 묘미로 볼 때는 3·6이 적절하다. 물론 여기에서의 묘미는 리듬의 강·약과 완·급까지를 고려한 것이다. 한 음절이나 어절에서 강·약·완·급의 개념은 우리나라 자유시의 시학에서는 거의 사라진 개념이고 또 이에 대한 마땅한 개념도 되어있지 않지만 시조에는 이러한 면이 때에 따라서는 아주 긴요한 탄력성을 부여하는 역할을 한다. 왜냐하면 시조의 각 장의 네 걸음 형식은 자칫하면 단조로움에 빠지기 십상이기 때문이다. 이 형식 장치의 단조로움을 극복하는 방법은 강·약·완·급의 적절한 활용에 있다고 볼 수 있는데 白水의 경우는 이미 하나의 훌륭한 전범을 보여주고 있는 것이다.

'이 江山'과 '이 愁心 버리고'는 각각 율독하는 데 걸리는 시간이 비슷하므로 이에 따라 자연히 음의 강약이 생기게 마련이다. 강함을 (1), 보통을 (2),

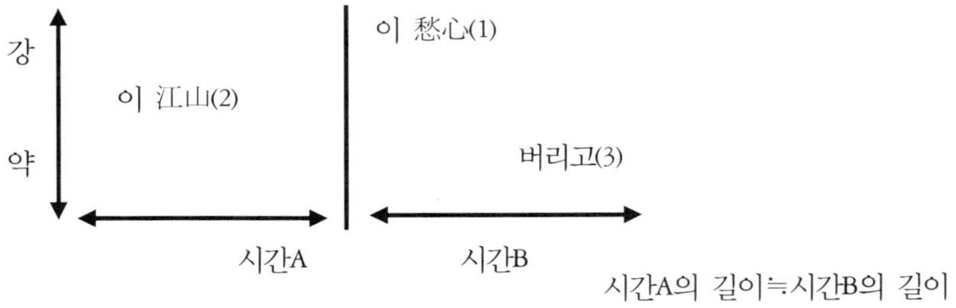

약함을 (3)으로 보면 위에서 보듯 (2)-(1)-(3)의 높낮이를 갖게되는 것이다. 결과적으로 보아 이런 변화는 시조가 갖기 쉬운 평이한 구조를 깨뜨려 탄력을 가질 수 있도록 도와주는 역할을 하고 있는 것이다.

그런가하면 ⑤∼⑦의 작품들에서 보게되는 어미의 활용 역시 아주 적절한 배치를 하고 있음을 보게된다. ⑤의 …에서 …대도, …(하)고…(할)래, …이 …잖는가, ⑥의 …이야 …(하)고, …에(명사), …이 …(한)다, ⑦의 …에는 …(하)

고, …을 …(하)면, …(이)…(하)데 등의 어미 활용은 언뜻 살펴보아도 패턴화되어 나타나지 않는다. 그만큼 각 句와 각 수의 연결에 각별한 신경을 쓰고 있음을 알 수 있다. 이 점 역시 시조의 규칙적인 리듬을 보완하며, 동시에 시의 탄력과 긴장을 가져오는데 기여를 하고 있는 것이다.

또한 시적 대상에 대한 묘사가 서정자아의 내적 성찰 내지 진술이 되게 하는데 白水는 이에 대해 거의 독보적인 노련함을 보여준다. 시적 묘사와 시적 진술의 효과적인 안배는 현대시에서도 주요한 창작 원리가 된다. 그러나 그 연결 부위가 부자연스럽고 또 시인의 의도가 쉽게 드러나 보여 실패하기 십상이다. 가장 효과적인 방법은 어떤 시적 묘사 A와 어떤 시적 진술 B가 결합할 때 A와 B의 관계가 물이 위에서 아래로 흐르듯 자연스러워야 하며, B가 그 흐름에 녹아 있어 작위적이지 않아야 한다는 것이다.

⑥에서 '목백일홍'에 대한 시적 묘사가 어떻게 시적 진술이 되는가를 주목해 보라. '그 멀고 아득한 꽃빛이 내 가슴에 물을 댄다'고 한다. 내 가슴에 물을 대는 것이 결코 이상스럽거나 부자연스럽지 않다. 이미 시인은 '목백일홍'을 묘사하면서 이러한 시적 진술로 옮겨가기 위한 사전 포석을 했기 때문이다. '곱기만한 꽃이야 이제 눈에 안 담기고'라든지 '칠월 장마 끝'이라는 표현들이 가슴에 물을 대는 합당한 이유를 은연중 제공하고 있기 때문이다.

⑦에서는 초장과 중장의 묘사가 하나의 전제조건을 형성하면서 종장의 묘사를 묘사이상의 감흥을 촉발시키는데 기여하고 있다. 대낮에도 등을 다는 목로 주점과 흔들리는 흰 술 한 잔과 노을이 이루어 내는 장면은 '갈매기 울음소리가 술잔에 와 떨어'질 만큼의 배경이 되기에 충분한 것이다. 그러나 '갈매기 울음소리'가 하필이면 서정자아의 '흰 술 한 잔'에 와서 떨어져야하는가의 배면에는 작가의 숨겨진 의도가 엄연하게 존재하고 있는 것이다. 묘사 이상의 감흥을 느끼는 것은 이 숨겨진 의도를 읽어내야 할 의무를 어느 정도 느끼는 독자라면 그 숨겨진 의도의 여러가지 해석에서 오는 다의성의 묘미때문에 그러하리라. 좋은 시일수록 독자가 해석할 수 있는 공간이 넓다. 그러나 정말 오늘날의 시조가 그러한 공간을 독자에게 얼마만큼 제공하고 있는가. 白水의 시

조 작품이 펼치는 그 공간은 넓고도 서늘하다. 마치 술잔에 떨어지는 갈매기 울음소리가 거느리는 공간만큼…… 그것은 외롭기도 하고 처절한 싸움 같기도 하고, 내 울음 같기도 하고, 내가 기러기 같기도 한 여러 갈래의 길을 만들어 준다. ⑧에서 뻐꾸기 울음소리를 단 한 번에 '바위를 놓는' 것으로 바꾸어 버리는 것도 그 울음소리를 듣는 이의 심정까지를 유추할 수 있는 적지 않는 공간의 울림을 동반하고 있다. ⑨의 '돌'에서 유추해내는 상상력 또한 마찬가지다. 시적 대상이 거느리는 감각적 이미지까지도 뛰어넘고 있는 것이다. 그리하여 뻐꾹 울음소리가 바위가 되기도 하고 그 바위의 돌들이 더러 쇠북소리도 되기도 하는 시적 상상력을 통하여 긴장과 탄력의 시학을 연출해 보이고 있는 것이다.

4.

　　휴머니즘의 회복 정신과 새로운 서정성 추구는 그러므로 白水 시를 이루는 근간이다. 이는 물론 별개의 것이 아님이 분명하다. 하나가 목표나 지향점이라면 다른 하나는 그것에 도달하려는 지순한 노력의 몸짓이라 봄이 옳다. 다소 오래되고 낡은 수틀이지만 그것의 가치는 오늘날 카오스(chaos)의 뒤섞임과 다원주의와 절대성의 파괴 시대에도 엄연히 유효하다. 된장맛과 김치맛이 한국인에게 영원하듯. 이제 우리는 白水를 자유로이 하나의 큰 산으로 바라보아야 한다. 억지로 흉내내어 작고 작은 봉우리를 너무 많이 만들지 말자. 차라리 산을 넘어 미지의 들판에 주저앉는 논바닥, 논두렁길이 될지라도 이제쯤은 그를 자유롭게 날아가게 하자. 오늘 높이 솟아오른 산, 그 이마가 희고 서늘하다. 둥근 목소리를 찾아가는 노시인의 뒷모습이 아름답고 또 장엄하다.

무위에서 건져 올린 선적(禪的) 고결함의 격조

김제현론

1.

　김제현 시인의 작품은 禪的 아취를 보여준다. 禪은 마음을 가다듬고 정신을 통일하여 무아정적(無我靜寂)의 경지에 도달하는 정신집중의 수행방법을 말한다. 禪思想은 인도에서 발생하였는데 아리아인이 인도에 침입한 BC 1300년경 이전으로 알려져 있다. 석가모니가 출가한 후 알라라 칼라마와 무다카라마푸타 라는 두 선인에게서 당시의 최고의 선정을 배웠지만, 선정은 육체에 고통을 주어 사후의 해탈(解脫)을 구할 뿐, 현세에서의 해탈을 이룰 수 없는 것이라고 생각되어, 이를 버리고 홀로 명상에 잠겨 깨달음을 얻었다는 사실은 이미 알려져 있는 사실이다. 선정은 신심일여(身心一如)의 입장에서 일상생활 속에 해탈의 생활을 실현시키고자 하는 것인데 왜 이 시인의 작품에서 뜻하지 않게 이런 생각을 하게 되었을까. 시인의 작품을 여러 차례 통독하면서 다른 시인에게서는 느낄 수 없는 독특한 정서가 지배하고 있음을 느꼈기 때문이다.

김제현 시인의 작품에는 자아와 세계와의 경계에 서 있는 작품들이 많다. 다시 말해 자아로의 몰입이나 세계로의 투사가 온전하게 이루어지지 않는다. 언뜻 보면 이것은 어정쩡한 시작 태도처럼 보이기 쉬우나, 이것이 시인이 가지고 있는 사상이나 신념이라면 문제는 그리 간단치 않다.

동화이든 투사이든 그것은 자아와 세계와의 동일성 추구라는 점에서 대동소이하지만 시인은 의도적으로 그 태도를 유보해 두고 있다.

사실 오늘날의 현대시조가 대부분의 서정시의 장르적 특성을 지니고 있다는 점에서 전통적인 시작법 원리인 先景後情의 원리를 거의 천편일률적으로 따르고 있는데 이 시인은 이러한 단순원리를 거부하고 있는 셈이다. 여기에 시인의 독특한 시 쓰기의 어조가 형성되고 있다.

비가 온다
오기로니

바람이 분다
불기로니

세상은 비바람에
젖는 날이 많지만

언젠간 개이리란다
그러나 개이느니

—「무위(無爲)」 전문

‘비가 온다’라는 사실과 ‘바람이 분다’라는 사실을 수긍하면서도 마음이 지향하는 바는 그 반대인 비가 오지 않고 바람이 불지 않는 세계이다.

그러나 비가 개이면 개이는 쪽에서 마음은 다시 젖어간다. 어느 쪽을 편들지 않고 그러기에 시인의 태도는 중간자의 태도를 보여주고 있다. 제목 「무위」가 뜻하는 바가 어떤 것을 목적을 두지 않는 것이라 이를 소재화하여 시인의 의도하는 바를 희석시켰으리라는 추론이 가능하기도 하지만 이 「무위」의 자세는 그의 작품 곳곳에서 볼 수 있는 미학적 장치다.

「몸에게」, 「가을전언」, 「겨울아침」, 「중년의 구름」, 「보행」, 「휘나레를 위한 서장」, 「해변의 시」, 「산일」, 「그물」, 「토말기 · 2」 등의 작품이 이에 속한다고 할 수 있다. 다른 작품 하나를 보기로 하자.

빛 바랜 배 한 척이
외항에 떠 있다

더는 실을 것도
부릴 것도 없는

화물선 비인 무게가
물살에 밀리운다

바람에 펄럭이는
위도 없는 해도(海圖) 위

다만 깊다 하고
아득하다 할 뿐인

바다여, 나의 항해는
흐름인가 떠돌음인가

—「외항(外港)에서」 전문

이 작품에도 시적 대상인 '화물선'은 '더는 실을 것도', '부릴 것도 없는' 상태로 인식되고 있다. '화물선 비인 무게'의 '비인'은 '빛 바랜 배 한 척'의 낡음에 대한 답일 수 있고, 실제는 가득 실어져 있으나 '물살에 밀리' 우는 것을 강조하는 표현이라고도 볼 수 있다. 그러나 중요한 것은 '실을 것도/ 부릴 것도 없는', '빛 바랜 배 한 척'은 그냥의 '비 한 척'이 아니라 바로 서정자아의 모습을 보여주고 있다는 점이다. 서정자아의 태도는 이미 '빛 바랜 배 한 척'의 태도에서 예고되어진 것이긴 하지만 젊은 시저의 팽팽한 질주와는 다르게 '비인 무게'의 밀려감에 있다. 그러나 이 물살에 밀리우는 것을 시인은 안타까워하거나 안달하지 않는다. '다만 깊다하고 아득하다 할 뿐'이다. 그러기에 서정자아가 나아가고자 하는 생의 좌표 역시 '흐름'과 '떠돌음' 사이에 있다. 물살의 '흐름'을 타야 하지만 그 '흐름'의 대열에서 곧잘 이탈하기 때문이다. 언어에 힘을 넣지 않고 유보해 두는 태도를 견지하고 있는 것이다. 말 흐림의 어조는 독특하게 이 시인의 목소리를 형성하고, 더 나아가 사물을 인식하는 태도로 발전하고 있는 셈이다.

2.

이 말 흐림의 어조는 느림의 미학을 동시에 연출하고 있다. 작품 「와우도(蝸牛圖)」와 「하우도(夏牛圖)」는 그 단적인 예가 되는 작품이다.

경운기가 투털대며
지나기는 길섶

시속 6m의 전속력으로
달팽이가 달리고 있다.

천만년 전에 상륙하여
예까지 온 것이다.

어디로 가는지
가야 하는지 알 수 없는 길을
산달팽이 한 마리 쉬임없이 가고 있다.

조금도 서두름 없이
전속으로 달리고 있다.

―「와우도(蝸牛圖)」 전문

    산달팽이 한 마리가 전속력으로 달리는 것은 사람의 눈에는 시속 6미터에 불과하지만 달팽이에게는 모든 것이 집중된 속력이다. 그러나 그는 누가 보지도 않는 길을 묵묵히 갈 뿐이다. 이 작품을 통해 시인은 중의적인 의미를 우리에게 보여준다. 이 점은 '산달팽이'에 우리들 자신의 모습을 투영해볼 때 더 확실하게 다가온다. 전속력으로 우리도 그처럼 끊임없이 달려가고 있는 것인데 그것은 절대자의 시각에서 보면 어쩌면 시속 6미터에 불과하다는 것이다. 그러니 그렇게 쉬지 않고 달려간다고 '알 수 없는 길'이 보이겠냐는 것이다. 서둘지 말라는 경계가 담겨 있다. 다른 하나는 그래도 투덜대며 지나가는 경운기보다는 느리더라도 쉬임없이 정진하는 진정성에 무게가 실리고 있다는 점이다. 빠름을 경계하든, 느림의 진정성에 경의를 표하든 그것은 느림의 미학에 대해 시인은 상당한 애착을 가지고 있다는 얘기다. 「하우도(夏牛圖)」에서 '조는 듯 생각는 듯 눈만 껌벅거'리는 황소의 외연적 특성을 통해 '어찌 사는 일이 죄가 되랴/ 허물이 되랴// 뉘우침 뉘우침만을/ 되뇌이는 황소여'라고 탄식하는 것은 느림 가운데 오롯이 자리 잡은 성찰과 반성의 자세를 읽어내고자 하는 정신이 있기에 가능한 것이리라. 이 자세는 잊혀져가고 소멸해가는 것들에 대한 애정(「硯滴」)이나, 사람마다 가지고 있는 '아픔도 놀라움도 하염없이 깊어진 자리'에 대한 연연함(「흉터」)이거나, 떠나간 새들을 부를 아무 손짓도 하지 못하는 기브스한 나무들의 신열(「팔 잘린 가로수」)을 통해 더 명징하게 구체화된다.

> 공책 알갱이는
> 어느덧 다 찢겨나가고
>
> 열심히 띄운 배도 학도
> 안 보인 지 오래여라.
>
> 빳빳턴 성깔만 남아
> 닳고 삭고 있어라
>
> -「소재·6 - 겉장」 전문

'열심히 띄운 배와 학'은 「와우도(蝸牛圖)」의 '쉬임없이', '서두름없이' 전속력으로 달리는 산달팽이의 움직임을 연상케 한다. 알갱이가 어느덧 다 찢겨나가 거죽만 '닳고 삭고'하는 것은 인간의 숙명을 우화한 것에 다름이 아니다. 중요한 것은 시인이 '알갱이'보다는 '빳빳턴 성깔'의 '겉장'에 주목하는 시선을 가졌다는 점이다. 겉장이 너덜너덜해서 없어지고 공책 안의 내용물만 남는다고 생각하기 쉬운 법인데 이와는 정반대로 다량 공책의 겉장만 쥐고 사뭇 생각에 잠겼을 법한 시인의 시선이 무겁게 느껴진다(사실 책과는 다르게 공책은 겉장만 남는 경우가 종종 있다!).

> 지상을 벗어나는 너
> 홀가분함이여.
>
> 영원도 한나절도
> 그 길이는 같은 것

사람들 치수에 따라

다만 서운할 뿐이다

―「하루살이 꽃」

　　그런데 우리는 이 작품에서 시인의 중요한 인식체계를 엿볼 수 있다. 시인이 생각하는 시간이나 공간의 개념이 현상학적으로는 설명이 안 된다는 점이다. 시인은 '영원'과 '한나절'을 같이 보고 있다. 다르게 보는 것은 단지 '사람들 치수'의 차이에 불과하다는 것이다. 바꾸어 말하면 시속 6m나 시속 600km가 같다는 것이다. 그렇다면 느림이라고 하는 것도 평자의 편의적인 분류에 불과할 뿐 절대적인 개념은 아닌 것이다. 느림의 미학은 결국 표면상으로는 완만함을 보여주지만 내면적으로는 '전속력'의 의미를 담고 있는 것은 아닐까.

3.

　　말 흐림의 어조는 느림의 미학으로 연결되고 결국에는 소멸의 아름다움으로 연결된다. 「은사시나무」와 「지는 꽃」은 소멸의 아름다움과 그 침묵이 잘 드러나고 있는 작품이다.

한 번도 화개쳐 보지 못한 가지 끝에

깃쳐 오르던 텃새며 멧새들

푸드득 하늘을 날은다.

사라짐이 보인다

―「은사시 나무」 중 2수

춥고 가난스런

바람손을 놓고

한 잎 한 잎
어제의
꽃잎이 떨어진다.

진실한 빛깔로 타던
그 하늘은

지금 침묵.

─「지는 꽃」 중 첫 수

「은사시나무」는 개척둑에 외오선 사시나무가 '바람이 불 적마다 몸을 떨며 꽃씨를 날'리고 있는 장면을 포착하고 있다. 은사시 나무에 깃 쳤을 새떼가 떠나는 사라짐을 끝까지 고집스레 시인은 주시하고 있다. '사라짐이 보인다'라는 단정에는 그 사라짐까지 똑똑하게 증언하고 싶은 시인의 마음이 실려 있는 셈이다. 그것을 바라보는 시인의 시선은 보이지 않지만 젖어 있다. 애잔함과 미련 때문일 것이다. 이 사라져가는 것들은 '한 번도 활개쳐 보지 못한 가지 끝에 깃쳐 오르던 텃새며 멧새들'이다. '한 번'이라도 활개쳐 보았으면 좋으련만, 그래서 늘 곁에 머무르면 좋으련만 그들은 사라져가는 것이다. 그 사라짐의 뒤에서 시인은 「지는 꽃」에서 보게 되듯 하늘로 날아 깊은 침묵에 잠길 수밖에는 없다. 소멸 뒤에 오는 침묵을 사랑하기 때문이다. 그 적막을 온몸으로 받아들이며 시인은 이상할 정도로 담담하다. 아픔이나 고통이 동반될 듯도 싶은데 그 신열이 시인에게서는 찾아보기 힘들다.

잡석들이 길가에 모여 투덜대고 있습니다.
집이 되고 깊이 될 묘안을 찾다가

밤이면 저들끼리 몸을 부벼 온기를 나눕니다.

옷이란 옷 다 벗고 살이란 살 다 벗고
부셔질 대로 다 부서진 저 하얀 생각의 조각들
느끼매, 가벼워진 몸을 바람소리 위에 눕힙니다.

―「빈 공사장에서」 전문

시인은 고작해야 '바람소리 위에' 몸을 눕힐 뿐이다. 그 '몸'은 '옷이란 옷 다 벗고 살이란 살 다 벗'은 소멸의 부서짐 뒤에 '하얀 생각의 조각들'로 남은 가벼움이다. 훅 불어버리면 날아갈 듯한 가벼움 정도의 멀미를 시인은 소유하고 싶은 것이다. 아니 그 멀미마저도 바람에 날려가기를 바라고 있는지 모르겠다.

뎅그렁 바람따라
풍경이 웁니다.

그것은, 우리가 들을 수 있는 소리일 뿐,

아무도 그 마음 속 깊은
적막을 알지 못합니다.

만등(卍燈)이 꺼진 산에 풍경이 웁니다.

비어서 오히려 넘치는 무상의 별빛.

아, 쇠도 혼자서 우는 아픔이 있나 봅니다.

―「풍경(風磬)」 전문

「풍경(風磬)」은 '만등(卍燈)이 꺼진 산'의 비어 있음을 배경으로 하고 있다. 속세의 모든 것이, 모든 번뇌와 욕망과 고통이, 그 들뜸과 즐거움까지 다 사라진 적요의 산에 풍경이 운다. 모든 것이 비어 있으므로 그 비어 있는 자리에 풍경소리가 가득 채워진다. 그러나 결코 그것은 유형의 것이 아니다. '무상의 별빛'이다. 비워 있어도 채워져 있는 것. 소멸은 표면적인 소멸일 뿐이지, 내면적으로는 만적(滿積)의 울림이 동반되고 있는 것이다.

4.

비록 그것이 표면적이라고는 하더라도 시인의 시선이 소멸의 공간에 머무르지 않고 '가벼워진 몸'으로부터 '무상의 별빛'을 찾아가듯 더 분명하고 오롯한 자유의지로 형상화하고 있음에 주목할 필요가 있다.

천 년 바람속 난파(難破)의 바다를 안고

바위는 목이 마르다

젖은 날개를 말리던 작은 새 한 마리

먼 바다 깊이를 휘저어 가고……

바위는

옆구리 터진 살에 석란(石蘭)을 기른다.

―「바위 섬」

오랜 세월 속 四圍가 難破된 것 투성이고 숲 하나의 그늘도 갖지 못한 채 맨머리로 갈증을 견뎌야 하는 바위섬. 바위섬은 시인이 마지막 다다른 곳이 아닐까. 제 몸의 살을 도려내 거기에 석란 한그루를 키우는, 결코 포기할 수 없는 희망을 가진 서정자아의 모습이 선명하게 다가온다. 그러나 '바위섬'이 그러하듯 시인은 화려한 것보다는 볼품없고 왜소한 것에 자아를 투사시킨다.

세찬 비바람에도
뽑히지 않는 옹솔박이

그 경영 한쪽 끝에
하르르 떠는 山 갈대는

목줄기 핏소리를 맑히며
먼 우로(雨露)를 꿈꾼다.

―「옹솔박이」

'옹솔박이'나 '山 갈대'는 그러한 존재로서의 대상물이다. 누가 눈여겨보지는 않는 미물에 불과하다. 그렇지만 이들은 스스로의 격조를 지킬 줄 아는 사물들이다. 이는 이 사물들이 각각 지향하는 바를 살펴보면 쉽게 수긍이 되기 때문이다. '石蘭'의 絶義와 뽑히지 않는 固執과 雨露를 꿈꾸는 純潔이 바로 시인이 지향하는 바가 아니겠는가.

5.

지금까지 우리는 시인의 시세계가 어떤 문학적 지향점을 가지고 자아 밖의 세계에 대해 조응하고 있는 지를 살폈다. 언어에 힘을 넣지 않고 유보해 두는 태도의 「무위(無爲)」의 세계에서 형성된 말흐림의 어조는 독특한 시인의 목소리를 형성하고 있다. 이 말흐림의 어조는 작품 「와우도(蝸牛圖)」와 「하우도(夏牛圖)」에서처럼 느림의 미학을 동시에 연출하고 있다. 그러나 이 느림은 속도를 늦추는가 싶더니 마침내 그 흔적까지를 없애려고 한다. 「은사시나무」와 「지는 꽃」, 「빈 공사장에서」 등의 작품에서는 소멸의 아름다움과 그 소멸 뒤에 침묵으로 남고자 하는 시인의 태도도 살펴보았다.

그러나 시인의 정신은 오롯하게 살아남아 자유의지를 붙잡는다. 옆구리 터진 살에 석란(石蘭)을 기르는 「바위 섬」과 세찬 비바람에도 뽑히지 않는 '옹솔박이'와 '목줄기 핏소리를 맑히며 먼 우로(雨露)를 꿈'꾸는 '山 갈대'는 바로 시인이 추구하는 정정한 정신이다.

그렇다면 시인은 왜 애써 모든 것을 확정하지 않는 유보의 태도를 취하며 느림에서 소멸로의 과정을 감내하면서 자유의지를 생각하는 것일까. 이 이율배반적인 면을 어떻게 설명할 수 있을까. 한 몸이면서 두 개의 세계를 추구하고 있는 것은 아닐까.

더욱이 우리는 그의 시 작품의 궤적을 일별하면서 '흐름'이면서 동시에 '떠돌음'의 중간자적 유보의 세계, 느림의 미학을 추구하면서도 '전속력'을 담고 있는 세계, 소멸의 적막을 품고 있으면서도 滿積의 울림이 있는 兩價的 가치체계에 대해서도 살폈다. 이렇듯 있으면서도 없고, 없으면서도 가득 차있는 세계의 불가사의를 어떤 논리로 설명할 수 있을까.

모두에서 나는 김제현 시인의 작품이 禪的 아취를 보여준다고 지적한 바 있다. 이는 한 몸이면서도 두 개의 세계를 추구하고, 그들 각각은 양가적 가치체계를 담고 있는 모호성에서 비롯된 것인지도 모르겠다. 禪수행 방법의 하나로 간주되고 있는 것들 중에 四無量心(慈·悲·喜·捨)과 思念處(身·愛·心·法의 네 염처)가 있다. 대승불교에서는 이타(利他)의 정신에 입각한 행위로서의 성바라밀(禪波羅蜜)이 강조되어 선정이 능동적인 것으로 해석되고 있다. 이러한 점은 止와 觀이 동시에 수행되어야 한다는 점에 잘 나타나 있다.

시인의 작품에서 보게 되는 한 몸이면서도 두 개의 세계는 시인이 본래 지녔음직한 四無量心(慈·悲·喜·捨)과 '지'와 '관'의 양가적 세계를 함축적으로 보여준 것은 아니었을까.

사무량심(四無量心)은 무량한 중생을 대상으로 하여, 그들에게 무량의 복을 주는 利他의 마음이다. 우애의 마음, 고통을 같이 하는 마음, 행복을 보고 기뻐하는 마음, 원한의 마음을 버리고 평등하게 대하는 마음이다.

「외항(外港)에서」의 '빛 바랜 배 한 척', 「와우도(蝸牛圖)」에서의 '산달팽이', 「하우도(夏雨圖)」에서의 '황소', 「소재·6 - 겉장」에서의 '겉장', 「은사시나무」에서의 '텃새며 멧새들', 「지는 꽃」에서의 '어제의 꽃잎'과 '하늘', 「빈 공사장에서」의 '잡석들' 등이 모든 작품들에서 시적 대상을 바라보는 시인의 시선은 慈·悲·喜·捨의 무량으로 넘쳐나고 있다. 이들의 소멸과 그 소멸 뒤에 침묵까지 읽어 내려는 시인의 시각에는 '止'의 진정한 자아찾기가 보여진다. 원래 '지'는 선정을, '관'은 지혜, 즉 반야(般若)를 의미한다. '지'는 자리를 철저히 하는 것이며, '관'은 利他·교화의 활동을 철저히 하는 것이다. 전자에서는 소승적 선관을 답습하면서도, 후자에서 생사의 고해에 빠진 중생을 관조하여 大悲觀을 갖고, 그들을 구제하려는 誓願을 세운다.

옆구리 터진 살의 '석란(石蘭)'과 세찬 비바람에도 뽑히지 않는 '옹솔박이'와 '목줄기 핏소리를 맑히며 먼 우로(雨露)를 꿈'꾸는 '山갈대'는 이 서원의 푸른 의지가 아니었을까. 비록 그것이 해탈을 실현시키고자 하는 곳에까지 이르지는 못했다 할지라도, 그리고 탁발 수행의 이타에 적극적으로 뛰어들진 않았다 하더라도 신심일여(身心一如)의 실천적 본보기를 보여준 것이 아니겠는가.

그렇다면 느림에서 소멸로 가는 것은 '몸'으로서의 말하기이다. 결코 자신을 드러내지 않으려는 시인의 인생 태도와 무관하지 않다. 그러나 자유의지는 '정신'으로서의 말하기이다. 자신의 몸은 낮은 곳에 두되 그 정신만은 표표함의 끝에 나부끼는 깃발이고 싶은 것이다. 이 닿을 수 없는 것에의 순결의 격조를 시인은 희구하고 있는 것이다. 무위에서 사라짐으로 육신은 가벼이 하되 정신은 또렷이 살아 있어 자유정신을 현현하고 싶은 것이 이 시인이 추구하는 미의식의 요체다.

탄력의 미학과 순결의 정죄의식

박재두론

1. 들어가면서

마음이 아파온다. 몇 년 전 박재두 선생께서 쓰러지셨다는 얘기를 듣고 쓰시던 육필원고를 받아들고 그 빼곡하게 고친 흔적들을 보며 나는 많은 생각에 잠겼었다. 고치고 또 고쳐나간 노트에 담겨진 시인의 치열성이 나를 놀라게 하였으며, 단어 하나나 토씨 하나가 시를 얼마나 다르게 하는 지를 실감케 하였다. 선생은 발표하고 난 이후라도 작품이 맘에 들지 않는 것은 고치는 것을 멈추지 않았다. 원본을 확정하기 어려운 부분은 이 때문이었다. 몇 개월의 수작업으로 이것이다 싶은 것을 정본으로 추론하고 작업을 마친 뒤, 출판사에 보냈다. 태학사 우리시대 현대시조 100인선. 나왔으면 박재두 선생은 27번째일 것이다. 그러나 나오기 전 선생께서는 결국 세상을 떠나셨다. 그러니 마음이 아파온다. 살아 계셨을 때 나왔으면 좋았으련만. 내게는 지금 그 발간되지 않는, 조만간은 출간될 박재두 선생 시조집 『쑥뿌리 사설』이 들려있다. 나는 이를 토대로 선생의 그토록 치열하게 보여주려고 했던 시 정신이 과연 무엇이었으며, 그 정신이 어떻게 작품 속에서 형상화되고 있는 지를 살펴보고자 한다.

2. 탄탄한 서정성과 精緻의 미학

박재두 시인의 대부분의 작품은 탄탄한 서정성을 바탕으로 하고 있다. 그렇기 때문에 어떤 작품을 읽어도 시적 긴장감이 느껴진다. 이 긴장감은 대개 두 가지의 측면에서 성과를 거둔 결과라고 보이는데 하나는 언어를 극도로 절제하고 있다는 것이고, 다른 하나는 변화를 시도하는 시적대상과의 거리 조절에서 연유하고 있다.

기척 없어라
봄은 숨어 든 도둑고양이!

뽀얀 솔꽃가루
온통 뜰을 덮어도

속살은
파랗게 얼고
서릿발 싸느랗다.

—「꽃은 만발하여」 첫 수

"기척 없어라"라는 첫 句부터 시선을 잡아끈다. 무엇이 기척이 없고, 왜 기척이 없다는 것인가. 다짜고짜로 던지는 말에 어안이 벙벙해진다. 그러면서

두 번째 句에서 실체를 드러낸다. "봄은 숨어 든 도둑고양이!"라는 것이다. '봄'이 기척이 없다는 것인지 '도둑고양이'가 기척이 없다는 것인지, 하나의 시적대상을 지칭하지 않고 한 句밖에 의 여유 없는 공간에서 은유법까지를 동원하였다. 기척이 없는 것은 일차적으로 '봄'인데, 그 '봄'은 '도둑고양이'이니 '도둑고양이'도 기척이 없는 것이 된다. 말하자면 이 문장은 '봄은 도둑고양이처럼 기척 없어라'와 같은 뜻이다. 그러나 비교해보라. 이렇게 쓸 경우 시적 긴장감은 그대로 사라져버린다. 설명에 가까운 진술이 되고 있기 때문이다. 시인의 의도가 어디에 더 중점을 두고 있는지를 검토해보면 이 묘미는 더 확실해진다. 시인 일차적인 의도는 "기척 없어라"의 강조에 있다. 그러니 당연히 도치를 해서 앞으로 전진 배치를 한 것이다. 그것까지는 이해가 된다. 그런데 그 다음 부분이 의아하다. 왜 시인은 '도둑고양이처럼 숨어든 봄' 하지 않고 "봄은 숨어 든 도둑고양이!"라고 했을까. 다시 말해 이 작품이 봄에 관한 내용이니 당연히 봄이 뒤로 배치되는 것이 바람직하지 않을까. 두 번째 句의 무게 중심은 뒤에 있다. 명사로 끝나면서 그 명사에 집약되는 효과가 있기 때문이다. 그런데 시인은 '도둑고양이'를 강조하고 싶었던 것이다. 더욱이 '도둑고양이' 뒤에 느낌표까지를 삽입하고 있지 않은가. 그래서 봄을 '도둑고양이'에 비유하고, 그 비유적 이미지에 무게를 싣기 위해 뒤에 배치한 것으로 보인다. 뒤이어 중장에 나오는 내용들이 '도둑고양이' 속성과 관련을 맺고 있기에 더욱 이러한 배치가 더 적합하다고 여겼을 것이다. 또 하나의 이유는 시조의 형식과 관련된 것인데 '도둑고양이처럼 숨어든 봄'이라고 할 경우 한 句, 즉 2음보로 읽혀지기 힘들다. 이에 반해 "봄은 숨어 든 도둑고양이!"는 무리 없이 2음보로 읽혀진다. 보통의 경우 한 句는 다섯 자까지 수용이 가능하기 때문이다.

초장이 진술로 시작되었으니 당연히 중장 이후는 이 진술을 뒷받침하는 묘사가 뒤따라야 한다. 묘사를 하려면 시적대상과 비유대상의 공통적 요소를 가져와야 한다. 시적대상과 비유대상 사이의 외견상 거리가 멀면 멀수록 시적 긴장감은 더 강하기 마련이지만, ―우리는 그것을 이미 초장을 통하여 확인하였다― 둘 사이의 공통적 요소에 대한 묘사는 적절하지 않으면 효과를 제대로 발휘되기가 어렵다. 거리가 멀면 작위성을 띠며 억지가 되기 쉽고, 거리가 가까우면 선명성이 살아나기 힘들다. 말하자면 여기에는 고도의 창작기술이 발휘되어야한다. 이런 점을 염두에 두고 중장과 종장을 보면 시인이 쓰고 있는 표현이 얼마나 이 두 대상에 대해 고민했는지를 여실하게 느낄 수 있다.

중장에서 일단은 '봄'과 '고양이'의 일반화된 모습을 동시에 잡아낸다. 일반화된 이미지는 봄에 있어서는 화사하고 환한 모습이 잘 드러나야 하며, 고양이에 있어서는 윤기 흐르는 부드럽고 가벼운 털의 감각이 잘 살아나야 한다. 시인은 이를 "뽀얀 솔꽃가루"로 형상화 한다. 외양으로 보이는 고양이의 부드러운 털의 이미지와 봄의 꿈틀거리는 기운을 한꺼번에 처리한 것이다. 종장은 이와는 아주 반대의 이미지를 잡아낸다. 그래서 중장과는 전혀 다르게 '속살은 파랗게 얼고/ 서릿발 싸느랗다.'라고 한다. 봄에서는 꽃샘추위의 혹독한 이면을, 고양이에서는 '도둑'이 지니는 야성적인 요소들을 용의주도하게 포착하고 있는 셈이다. 이러한 언어의 절제성과 대상과의 거리 조절로 인하여 이 시는 팽팽한 긴장감이 느껴지게 되는 것이다.

한 자루 붓끝에 굴리는 생각의 빈 수레가

지구 끝까지 갔다 되돌아오는 새벽

담 밖에 수수밭 밟고 말을 모는 빗소리.

―「빈 수레」 전문

「빈 수레」라는 작품도 읽을수록 묘미가 느껴지는 작품이다. 초·중장에서는 창작 행위를 하는 고단함과 수고로움이 그려지고 있다. 그런데 종장에서의 "빗소리"는 시상의 전개와는 상당히 거리가 있는 것임에도 불구하고 친숙하게 느껴진다. 오히려 "붓끝에 굴리는 생각의 빈 수레"가 마치 "수수밭 밟고 말을 모는 빗소리"처럼 느껴지는 것이다. 그러나 표현의 정치함과 엄결성에는 '매화'를 소재로 한 다음의 작품이 단연 돋보인다.

눈도 못 뜰 진눈깨비 속 내맡긴 가슴팍
한 가닥 핏줄을 감고 손톱 밑에까지 와서
부르튼 살을 헤집고 토닥토닥 불티가 난다.

고추 타는 매운 연기 천한 눈물마저 짓이겨
기우고 꿰맨 누덕 그 거친 살갗에도
파랗게 불티가 난다. 한 점 뼈끝을 깨고…….

―「매화 눈 뜬다」 전문

목을 뽑아 내둘러도 희멀건 하늘만 벋어
찍어라. 피도 안 비칠 마른 살갗 위에
한 방울 봄비가 듣네, 아파라. 봄도 아파라.

회초리를 쳐라. 후리쳐 진눈깨비
어쩐 일이냐, 참말 이 어쩐 일이냐
핏빛 볏 꼭지에 달고, 내다보는 저 눈망울―.

―「매화, 아파라」 전문

각각 두 수로 된 이 작품들은 "매화"라는 소재를 통해 서정의 진수를 보여주고 있다. 특히 각 작품의 두 번째 수 종장의 표현들이 두드러져 보이는데 시인의 묘사가 예리하게 느껴진다. 매화꽃이 이제 갓 피어나는 장면을 "한 점 뼈끝을 깨고", "파랗게 불티가 난다"라고 표현하는 것이라든지, 눈 내리는 눈밭에서 피어난 매화를 "핏빛 볏 꼭지에 달고, 내다보는 저 눈망울"이라고 묘사하고 있는 것 등은 시인이 시적 대상 하나를 묘사하는데 얼마만큼 정치하게 노력하고 있는가를 보여주는 좋은 예라 생각된다. 이러한 精緻함이 잘 드러나고 있는 대목들을 대강만 추려보아도 이렇다.

곤두선/은회색 비늘/전신에 돋는 소름(「캄캄한 낮」 둘째 수 종장)

뽕밭이 바다 된대도/이젠 내 몰라라 몰라(「포도알 산조(散調)」 셋째 수 종장).

저 봄도 예쁜 거짓말, 한 밤 비에 흩어지리(「가는 봄」 종장).

상사라도 하고 싶던 스물 안팎 피 닳던 소망(「노을」 첫 수 중장)

더듬던 말도 막힌다, 도끼로도 못 찍는 가슴(「꽃피는 날」 둘째 수 종장).

일제히 솟는 불기둥 뒤집히는 색채의 폭발(「꽃밭의 모반(謀反)」 둘째 수 종장).

뉘로 하여 헐린 살점 여기 찍힌 못자국(「늪의 뇌임」 첫 수 초장)

청매화, 새 피가 돌아 숨소리도 고르겠다(「우수절의 시」 넷째 수 종장).

돌· 돌· 돌 실꾸리 풀듯 세상사는 안 풀리는가(「여울물에」 셋째 수 종장).

못다 푼 실꾸리 푸는 여울소리, 내 소리(「물소리」 넷째 수 종장).

　　이외에도 시인이 서정성에 상당한 비중을 두고 창작에 임하고 있는 사실
은 곳곳에서 확인된다. '허물도 다듬어 내면 우린 모두 꽃'임을 역설하고 있는
「찔레꽃 산조(散調)」, "그린 듯 수평선 밖에" 졸고 있는 섬을 그리고 있는 「갯
마을 풍경」을 비롯하여 섬과 바다의 이미지를 통해 아득한 그리움과 적막감,
사무치는 인정을 그려내고 있는 「파도」, 「섬을 보고」, 「갈매기」, 「다도해를 지
나면서」 등의 작품들과, 꽃을 통해 탄생과 살아가는 생의 아픔, 고뇌와 번민을
그리고 있는 「꽃의 묵시」, 「어떤 내란」, 「꽃과 찬양대·1」, 「꽃과 찬양대·2」,
「동백꽃이 피는 뜻」, 풀을 통해 삶의 "은밀한 이치(理致)"와 슬기를 형상화 시
키고 있는 「풀밭에서」, 「들풀같이」 같은 많은 작품들이 그 예에 해당한다. 시인
의 시적대상에 대한 세밀한 들여다보기가 시도되고 있으며, 밀도 있는 서정과
이로 인한 시적 긴장감이 동시에 획득되고 있는 작품들이라고 판단된다.

3. 수긍하는 삶, 정죄하는 삶

시인에게 삶은 어떤 것이었을까. 더러는 그 삶의 예리함에 다쳐 울기도 하고, 고뇌하며 번민하기도 한다. 박재두 시인의 경우 현실적 삶에 대해 대개 두 가지의 자세를 가지고 응전하고 있다고 판단된다. 하나는 수긍하는 삶이고 다른 하나는 정죄하는 삶이다. 다음의 두 작품은 그러한 이면을 잘 설명해주고 있다.

"그래, 그래, 그래" 소리도 기척도 없이
가랑비 옷 젖듯 몰래 드는 번민까지
그렇다 봄날 눈 삭듯 삭이고 살 만한 것을……

"알것다, 오냐, 오냐" 말썽도 어리광쯤
보채고 칭얼대는 어린 놈 잠재우듯
함박눈 내려 쌓이듯 덮어두고 살 만한 일…….

ㅡ「그래, 알것다」 전문

밤은 늦어 하마 깊이 잠들었을 시간인데
착 가라앉은 소리 "쉬이 쉿!" 말을 낮춘다

이마적
꼬투리 낚아
무슨 일을 꾸미나

이윽히 잠잠하여 한 시름 놓으려면
벼락 치는 소리 사금파리 쓸어내는 소리

이제는

드러내 놓고

사생결단 내나보다.

돌아앉아 이름 석 자 도마에 올려놓고

뜯고 씹어 발기고 입방아를 찧나보다.

내 죄상

낱낱이 들춰

난도질을 하나보다.

―「밤, 파도소리」 전문

자식이 구태어 말하지 않아도, 부모는 그 자식의 속내를 훤히 꿰뚫어 본다고 하지 않던가. 「그래, 알것다」에는 그러한 부모의 웅숭한 마음 같은 깊음이 배어 있다. 이렇게 살아가는 것이 시인의 삶은 아니었을까. 「밤, 파도소리」에는 파도소리를 통해 자신을 반성하고 성찰하는 시인의 결연한 자세가 엿보인다. 두 작품 다 구어체를 활용하고 있음이 주목된다. 시인은 적지 않는 작품에서 이 구어체를 표현들을 쓰고 있는데 이는 다른 시인들에게서는 잘 보이지 않는 경우다. 무슨 이유에서 시인은 구어체를 직접 작품에 도입하고 있는지 살펴보기로 하자.

우러러 높은 뜻도 절로 깨칠듯하고

"그렇다" 바람결에도 고개 끄덕여지는

―「가을 뜨락에서」 부분

톱밥 씹는 상전님 잔소리에 다 닳았다.

온통 방정맞은 헛바닥 탓이었다.
"지지리 못난 바보야!" 오장육부를 뒤집는다

"죽었나? 죽어 지내나! 아직 숨은 붙었나"
창살에 갇혀 앉아
빠꼼히 조각난 하늘이나 보고 사는 너와는
애당초 다른 하늘 밑, 나는 이리 자유롭다.

―「노고지리가」 부분

"암. 아무 일 없었어
날씨 쾌청하고……"
거짓말 같이 말끔히 지워진 하늘에는
눈 맑은
별빛 몇 톨이
눈 비비고 나온다.

―「아무 일 없는 날」 전문

'얼마를 더 가면 생길까? 빈자리는'
막아 선 방어벽인 손님들 어깨 너머로
행여나 행여나 하고 곁눈질로 살폈다.

―「자책(自責)의 먼지」 셋째 수

　　우선 이 구어체는 본문의 내용을 강조하는 역할을 하고 있다. 「가을 뜨락
에서」의 "그렇다"에서 보게 되는 경우가 여기에 해당된다. 둘째로 이 구어체는
본문의 내용을 전환시키는 기능을 하고 있다. 「노고지리가」에서, "지지리 못난
바보야!"라든지, "죽었나? 죽어 지내나! 아직 숨은 붙었나"는 전개 내용을 일시
에 뒤집는 역할을 수행하고 있다. 셋째 시의 주제를 축약해서 보여주는 기능을

하고 있다. "암. 아무 일 없었어/ 날씨 쾌청하고……"는 이에 해당되는 것으로 볼 수 있다. 마지막으로 서정자아의 내면을 독자들에게 들려줌으로써 시적 거리의 적절성을 유지하는 역할을 하고 있다. 서정자아의 혼자 생각을 담은 '얼마를 더 가면 생길까? 빈자리는'에서 보게 되는 경우다.

시조는 시와 달라 관념적인 표현을 쓰기가 쉽다. 형식장치의 제약으로 인해서다. 이를 타개하기 위한 중요한 방법으로 시인은 구어체를 즐겨 쓰고 있는 것으로 판단된다.

자신을 정죄하는 노력은 우선 자신의 죄를 들어 비추는 것에서부터 시작해야 한다. 앞의 인용시 「밤, 파도소리」에는 이 점이 잘 나타나고 있다. "돌아앉아 이름 석 자 도마에 올려놓고/ 뜯고 씹어 발기고 입방아를 찧"으며 자신의 죄상을 "낱낱이 들춰/ 난도질을 하"도록 하고 있는 것은 자신에게 좀 더 엄밀해지고자하는 의도를 가지고 있다고 보는 것이 옳다. 「수풀에 서리 내려」에서도 "한 고을 쩌렁쩌렁 울리던/ 허울뿐인 문무양반(文武兩班)/ 거슬러 팔대조(八代祖)까지 샅샅이 까뒤집어// 천한 피/ 종문서까지/ 다 파헤쳐 놓는다."라고 하여 자신의 가계까지도 숨김없이 다 드러내고 있다.

> 반눈이나 붙였던 잠을
> 황홀히 놀라 깨면
>
> 헐리고 도둑 맞고
> 찬바람 부는 벌판
>
> 희멀건 하늘 서럽다
> 바보처럼 웃는 꽃
>
> ─「개화기(開化期)의 시(詩) - 3. 다시 꽃핀 날에」 전문

「개화기(開化期)의 시(詩)」는 3수로 된 연작이다. 「꽃필 무렵」과 「꽃핀 날에」에 이은 이 작품에는 "헐리고 도둑 맞고/ 찬바람 부는 벌판"에서 보듯 빈 가슴으로 남은 자아의 쓸쓸한 심경이 토로되고 있다. 이는 이 연작의 앞에서 보여준 "너 달변(達辯)의 유혹(誘惑)/ 내 귀는 어둡단다"(「꽃핀 날에」에서)의 구절에서 암시되는 '자신의 몽매함'에 대한 결과로 해석된다. 그래서 자아는 "바보처럼" 웃을 수밖에 없는 자책을 하게 된다. 자신을 "바보"로 바라보는 생각은 현실을 애써 돌파하겠다는 의지의 결여로 보기보다는 현실을, 수긍하고 자신을 더 낮추고자 하는 자조로 받아들여진다. 이 자조의식은 그러나 「수풀에 서리 내려」에서 "소롯이/ 뼈만 남는다./ 눈이 부신 백소금"처럼 정제된 자아를 희구하게 되는데 우리는 그 전범이 될 만한 요소를 다음의 시에서 보게 된다.

한 오십 년 걸러 한 번쯤이라도
가시 막아 유혹에 엉겅퀴로 돋아나서
자주꽃
머리에 이고
다리 휘도록 섰더라면

손톱 찍을 자리도 없는
단단한 슬픔의 벽
입석으로라도 비집고 들어가서
실뿌리
바래지도록
까치발로 서봤으면

─「엉겅퀴 꽃으로」 전문

이 작품은 자아가 추구하는 곳이 과연 어느 방향인지를 잘 제시하고 있다. 특히 둘째 수에서는 어떠한 고통이라도 감수하면서 자신의 의지를 야성으로 견디고 싶어하는 서정자아의 심리가 촘촘하게 묘사되고 있다.

4. 민초정신에서 현실비판까지

　박진임 교수의 추모글 「아버지, 그리운 아버지」(『시조월드』 2004, 상반기)에
의하면, 박재두 시인의 가족은 통영시절을 참 가난하고 살았고, 진주에 옮겨간
뒤에는 살림이 좀 펴기는 했지만 여전히 가난한 것으로 회상되고 있다.

> 　…(전략)… 주눅든 내 모습도 일기에 보인다. 학교에서 전교 부회장 등을
> 맡았는데도 어머니가 학교에 찾아오신 적이 없었기 때문이었는가 보다. 구멍난
> 검은 색의 낡은 박쥐 우산을 들고가기 싫었지만 새 우산을 남동생이 가지고 가
> 버려서 할 수 없이 낡은 우산을 쓰고 갔다고도 씌어 있었다. 학교에서 실습을
> 한다고 닭고기를 가져가기로 되어 있었는데 돈이 없어서 달걀 두 개를 대신 가
> 져갔다고도 씌어 있었다. 줄어들어 몸에 딱 붙는 체육복을 입었다고 친구 하나
> 가 놀려서 분했다고 씌어 있기도 했다.
> 　아버지는 사람의 도리를 저버리고 얻는 부유나 풍족을 제일 경계하도록
> 가르치셨다.
>
> 　　　　　－박진임, 「아버지, 그리운 아버지」(『시조월드』 2004, 상반기,
> 　　　　　　　　　　　　　　　　사단법인 세계시조사랑협회, 151면)

　연보에 의하면 시인은 1951년 초등학교를 졸업하고 아버지의 뜻에 따라
농사일을 하다, 공부가 하고 싶어 몰래 뛰쳐나와 진학시험을 치고 통영중학을
진학, 자취를 하며 고학을 하는 등 어려움을 겪은 얘기들이 많이 나온다. 그렇
게 가난과 더불어 생활했지만 '사람의 도리'를 중시 여겼던 것 같다. 이 추모
글에도 사정을 알 수 있지만, 연보는 1960년 4·19 학생의거 때 죽은 김주열을

추모했다는 얘기도 나오고, 1970년에는 국가안보 혐의로 고생을 한 것으로 조사되어 있기도 하다. 이러한 시인의 인간적인 면모는 고향에 대한 사랑과 하층민에 대한 애정, 그리고 더 나아가 시대에 대해 비판의 소리까지도 아끼지 않는 작품들로 형상화 되고 있다.

> 풀죽은 이부자리 가난의 긴 그림자를 깔고
> 허리 접고 돌아누운 목이 흰 여인이여
> 아내여, 좁은 영토에 몸을 묻은 꽃가지여.
>
> 패물같이 아껴온 젊음 성으로 쌓았어도
> 꽃잎으로 지는 날 먼 산 뻐꾸기도 안 울고
> 멍에진 짐은 겨워도 부릴 곳이 없고나.
>
> 찬 바람 무늬지는 평 가웃 단칸 방에
> 까맣게 눈이 잘 익은 씨앗을 달고 앉아
> 대천지 한바닥에 뜬 낙도처럼 서러워라.

―「화병」 전문

작품 「화병」에는 곤고한 삶의 아픔들이 그대로 배어나온다. "풀죽은 이부자리", "좁은 영토", "멍에진 짐", "찬 바람", "평 가웃 단칸 방", "낙도" 등의 시어들은 이런 상황들을 설명하기에 조금도 부족함이 없다. 이 작품에서 주목이 되는 점은 제목과의 상관성이 아주 절묘하다라는 점이다. 꽃이 꽂혀있는 '화병'을 "평 가웃 단칸 방"에 비유를 하고, 거기에 꽂혀있는 꽃을 아내에 비유하고 있는 것이다. 그러니 아내를 "허리 접고 돌아누운 목이 흰", "좁은 영토에 몸을 묻은 꽃가지"와 동일시하고 있는 표현은 상당한 설득력을 얻고 있다. 그 가난과 설움을 잘도 견디고 있는 "까맣게 눈이 잘 익은 씨앗을 달고 앉"은 꽃의 모습은 그래서 차라리 서러움에 가까운지도 모를 일이다. 그렇다고 시인은 가난을 원망하지 않는다. "가난을 섞어 들면 찬물에도 맛이 든다."고 한다. "찬물로 씻은 듯이 말간 마당가에/ 이 빠진 장독 한 개 그 옆에 그린 듯 꽂힌/ 새빨간 맨드라미"처럼 "손 흔들고" 견디는(「가을 뜨락에서」) 존재로 그려낸다.

때로는 "귀밑이 벌겋도록 달아 오른 술기운에/ 구운 굼장어같이 뒤틀린 세태를 씹으며/ 죄없는 젓가락으로 울분을 두들"기기도 하지만(「포장집에서」) "뻐꾸기 타는 울음도 목이 잠긴 보릿고개.// 풋보리도, 봇도랑의 아지랑이도 타는" 보릿고개를 알기에(「보리 누름에」) 이를 감내하며 현실의 무게를 외면하지 않고 그대로 받아들인다. 그래서 가난은 시인에게 있어

> 가난도 때오르면 부귀(富貴)보다 사치롭고
> 한 고개 넘어서면 극락같이 열린 하늘.
> 그 하늘 별 뜨는 가난, 맨발로 우러러 서리.
>
> —「어떤 가난」 전문

"부귀(富貴)보다 사치롭고", "극락같이 열린 하늘."도 되는 것이다. 가난도 우러러 설 수 있는 당당함으로 인식하게 되는 것이다. 시인은 여기에서 한 발 더 나아가 현실을 날카롭게 바라보기도 한다.

> "지지배,
> 지배지배,
> 지지배배 지지배배"
> 미주알 고주알 낱낱이 뭐라 일러바치는
>
> 발정 난 노고지리에 봄하늘을 덮는다.
>
> "…… 친외세 반민중의 체제란 허깨비는
> 마구잡이로 마구잡이로 갈기갈기 찢어 발겨……

던져라!"
돌팔매 뜬다. 때맞친 종달새.

"어미 아비 발 뻗치고도 눈물 한 방울 비치지 않을
세상 모르고 자라난 철부지들은……

짓이긴 고춧가루다. 최루탄을 먹인다."

이렇게 오는 거란다, 아가야 민주의 봄은
철조망 바리케이드 개나리빛 노란연막

화염병
꽃불이 퍼져
온 광장이 벌겋게……

―「민주화로 오는 봄」 전문

　　일찍이 김수영 시인은 「푸른하늘을」이란 작품에서 자유에는 "피의 냄새"
가 섞여 있음을 얘기했다. 그는 이 시에서 "노고지리"라는 새의 특성을 십분
활용했다. 노고지리는 박아지의 「종다리」라는 작품에서도 드러나듯 혼신의 힘
을 다해 솟구쳤다가 그 절정에서 "돌처럼 떨어지는" 속성을 가진 새다. 그러니
낭만적인 새는 아니다. 악착같음이 있는 새다. 시인은 이 새의 속성을 명확하
게 간파했음 직하다. 이 점은 이 새를 소재로 한 다른 작품 「노고지리가」에도
잘 나타나 있다. "빠꼼히 조각난 하늘이나 보고 사는 너"라든지 "활짝 솟아 올
라보라."라는 대목에서 두드러지게 나타나고 있다. "최류탄"과 "개나리"의 색
감을 일치시킨 것도 시가 절정적인 효과를 얻는데 기여하고 있다. 이러한 현실
에 대한 인식은 사설시조인 「쑥뿌리 사설」에서도 잘 드러난다.

배배 꼬인 다리 헝클어진 실타래
오그린 무릎 겹겹이 개고 붙어 앉아
돌멩이 이불을 덮고 죽은 듯이 누웠다.

하루살이 날개만 스쳐도 쑤셔놓은 벌집 윙윙 바람개비 돌려 녹화되고 굴러가는 벌레소리까지 족집게로 찍어내는 도청 장치하는 둘레 8백 리에 뻗친 산맥을 떠받친 암반 밑 개미집 내어 청사진 떠서 밀실 차린 땅굴 속, 무쇠 솥뚜껑 씌워 눌러 덮은 극비문서, 집식군들 믿을 것가 은하계 안쪽에는 움직이는 좁쌀 낱도 하나 낱낱이 체크되는 고성능 최첨단 초고밀도 컴퓨터, 첩첩 위장막을 덮고 또 덮어도 한 점 봄 입김만 스치면 초록불꽃 터뜨릴 활화산 하나 환약으로 말아 쥐고 눈치만 살피는 뇌관 하나 구비구비 돌아든 밀실 바람 막고 구름 눈 감기고 귀신같이 숨어들어 명경알 같이 꿰뚫어 보고 귀 덮어도

말이야 바른 말이다. 감춘다고 모를 것가.

—「쑥뿌리 사설 · 2」 전문

「쑥뿌리 사설 · 2」는 현대의 첨단 과학으로 개인성이 말살되고 감시되는 세태를 겨냥한 작품으로 읽혀진다. '믿음'이 기초하던 세계가 붕괴된다고 하는 것은 사실 시인이 애써 지켜오던 모든 세계의 붕괴를 의미한다. 사설이 갖는 반복적 리듬을 살려서 '뇌관'처럼 위험한 현실을 샅샅이 훑어내고 있다. 이 작품에서 상징화 되고 있는 '쑥'은 '민초들의 정신'이라고 할 수 있는데, 이는 「쑥물 드는 신록」에서 "뼈마디 물러앉고도 못 벗은 징용살이/ 동자 깊이 박고 간 황토빛 타는 산천"으로 형상화 되고 있는 "식민의 피"를 거쳐 "3 · 1 만세" 까지로 이어져 오는 지워지지 않는 기층민의 정신을 기저에 깔고 있다.

「쑥뿌리 사설 · 1」에는 "3 · 1 만세 부르다 잡아 가둔 얼음 밑에서/ 그 길로 숨이 끊어져 다 삭은 줄 믿었더니/ 저 독한 조선 쑥뿌리 고스란히 살았고나." 죽지 않고 시대를 관통하며 살아 있는 민초들의 정신을 "쑥뿌리"에 비유

하고 있다. 시인은 이 작품에서 "물 머금은 실뿌리 들자락 산자락에 산발적으로 시위를 한다."라고 하여 쑥뿌리가 소멸되지 않고 끊임없이 벋어가는 정신을 80년 민주화 운동의 시위로 환치시키며 형상화하는데 성공하고 있다.

이 현실 지향의 시대정신은 이와는 관계없는 작품을 쓰는데도 원용되기도 하는데 이를테면 "그을린 살갗빛이 소말리아 난민같은/ 흰청이 많은 눈으로 멀건히 쏘아보는"(「고향 갔다가」둘째 수 초, 중장) 등의 표현에서도 찾아볼 수 있다.

현실에 대한 인식은 크게는 이념에 관한 것이 주류를 이루지만 여기에만 국한하지 않고, 점점 개인의 이기주의가 판치는 세상에서 멀어져가는 이웃들에 대한 섭섭함을 그리거나(「낯선 이웃」), 자리 양보를 하지 않는 노인 경시에 대한 아쉬움을 스스로 자책하고 있는 경우(「자책(自責)의 먼지」)나, 우유부단한 자기 자신의 자존심에 대한 경계 등(「참솔 생즙을 마시고」) 다양하게 나타나고 있다.

5. 나오면서

한 시인의 생애와 그 미적실현물인 작품을 따라가다 보면 어쩔 수 없는 상황들로 인하여 실제 구현된 작품이 왜곡되거나, 완성도 면에서 낙차가 큰 경우를 많이 보게 된다. 그러나 박재두 선생의 경우는 근대 격동기의 어려운 시대를 몸으로 건너면서 한결같은 진지함으로 삶과 작품에서 동시에 일관된 세계를 보여주고 있다고 판단된다. 작품을 마지막까지 수정하면서 나태해지는 자신을 늘 경계했던 시인, 그의 시에는 탄력적인 서정의 긴장이 흐르고 있으며, 삶을 수긍하면서도 늘 순결을 지향하는 정죄의식이 자리 잡고 있었던 것으로 보인다. 가난함 속에서 살면서도 여유를 가지려 했고, 민초들의 삶과 시대의식을 잃지 않으려고 노력했다. 그의 시조는 현대시조의 초창기를 거치면서 시조시단을 한층 탄탄하게 묶어주고, 대화체의 적극적인 사용 등을 통하여 단조로운 작시 풍토에 하나의 자장을 형성해주었다고 평가해볼 수 있겠다.

변혁과 생성의 시조

윤금초론

1. 내용과 형식의 다양한 변주

윤금초 시인의 작품 배경은 매우 다채롭다. 역사와 전통에 기댄 경우도 있고 실재적 그림을 소재로 하여 회화적인 상상력에 기대기도 한다. 그러면서 동시에 현실적인 문제들, 이를테면 정치와 사회의 민감한 부분에 칼날을 들이대기도 한다. 자유자재로 움직이는 내용의 변화도 변화지만 시조의 다양한 형태적 실험도 시도하고 있다. 중요한 것은 내용의 다양함만큼이나 형식의 다양함이 무작위적인 것이 아니라 시인의 주도면밀한 의식 속에서 발화되고 있다는 점이다. 이 글에서는 그의 의식 속에 변화되어온 세계관을 살펴보고, 이에 적합하게 변용의 그릇을 창출하고 있는 양식적 실험에 대해 살펴보기로 하겠다.

2. 역사적 사실과 상상력의 공간

1) 역사와 전통

윤금초 시인의 작품에는 역사와 전통에 기댄 작품들이 많다. 「주몽의 하늘」, 「해일」, 「백악기 여행」, 「중원, 시간여행」, 「빛살무늬 바람」, 「남도석성」, 「안부」, 「바람」, 「잠적」 등이 역사의식에 기댄 작품이라면 「하회탈양반의 눈웃음」, 「질라래비 훨훨」, 「청맹과니 노래」 연작 등은 전통에 기댄 작품들이다. 「안부」가 초기의 작품임을 감안해보면 윤금초 시인의 시세계는 시력 35년여 동안 줄기차게 역사와 전통의식에 상당한 무게 중심을 두고 있다고 볼 수 있다.

그리움도 한 시름도 발묵(潑墨)으로 번지는 시간

닷되들이 동이만한 알을 열고 나온 주몽

자다가 소스라친다, 서슬 푸른 살의(殺意)를 본다.

하늘도 저 바다도 붉게 물든 저녁답

비루먹은 말 한 필, 비늘 돋은 강물 곤두세워 동부여 치욕의 마을 우발수를 떠난다. 영산강이나 압록강가 궁벽한 어촌에 핀 버들꽃 같은 여인, 천제의 아들인가 웅신산 해모수와 아득한 세월만큼 깊고 농밀하게 사통한, 늙은 어부 하백(河伯)의 딸 버들꽃 아씨 유화여, 유화여. 태백산 앞발치 물살 급한 우발수의, 문이란 문짝마다 빗장 걸린 희디 흰 적소(謫所)에서 대숲 바람소리 우렁우렁 들리는 밤 발 오그리고 홀로 앉으면 잃어버린 족문 같은 별이 뜨는 곳, 어머니 유화가 갇힌 모략의 땅 우발수를 탈출한다.

말갈기 가쁜 숨 돌려 멀리 남으로 내달린다.

—「주몽의 하늘」에서

「주몽의 하늘」에는 삼국유사소재의 주몽 설화가 소재가 되고 있다. 단시조 한 수와 사설시조 두 수로 이루어진 작품으로 사설시조 중장의 생생함이 돋보인다. 이 생생함은 '떠난다', '탈출한다', '내달린다' 등의 현재형 문체에서 비롯되고 있는데 화석화된 신화를 방금 여기에서 벌어지고 있는 서사성을 띠고 있다. 아울러 종결형 어미보다는 명사형으로 이어가면서 돈호법과 반복법을 효과적으로 배치, 시적 긴장감을 고조시키고 있다. 바람소리를 '우렁우렁' 들린다고 하고 별을 '족문'으로 비유한 것도 사실감을 더해주는데 기여하고 있다. 역사적 사실이나 설화를 소재로 한 작품들의 경우 대개는 사건이나 내용을 밋밋하게 전개시켜 그 재미성이 떨어지는 작품들이 많은데 비해 윤금초의 작품들은 팽팽한 긴장과 박진감을 느끼게 한다. 사실 역사나 설화를 소재로 한 작품들이 그 의미만 강조되고 잘 읽혀지지 않는다면 시로 써야할 이유가 없는 것이다. 그러므로 이러한 작품들은 생생한 재현과 그 너머의 행간의 의미가 그래서 시작품에서는 무엇보다 중요하게 된다.

2) 회화적 상상력

회화적 상상력에 기댄 작품은 상당히 많은 양이다. 이들 작품은 「현상과 대비」, 「대치와 현상학」, 「사유와 운동」, 「연역과 귀납」, 「굴레와 해방」, 「질료와 정신」, 「대상과 공간」 등의 제목에서 암시하듯이 대개 양가치적 속성에 대한 본질적인 질문을 하고 있다. 그림을 소재로 했지만 그림에서 얻어지는 이미지와 정신력을 바탕으로 양가의 대립적인 구성요소를 잡아내고 있는 것이다.

　　가난한 양철공
　　치기 어린 아들로 자라
　　소금 한 톨, 좁쌀 한 줌
　　저울질한 문지기 세리(稅吏)

어느 날 굴레를 벗고
무위(無爲)로 온 소박파여.

농밀한 꿀을 바른
사육제의 팔레트……
지친 구름 두세 조각
저승엔 듯 둥둥 가네.
우리들 무거운 짐도
날라다 주게, 면세로.

─「굴레와 해방─루소의 「사육제의 밤」」 전문

그림에서 잡아지는 것은 '굴레'이지만 시인은 이 그림을 통해 '해방'을 희
원 한다. 그림의 표면을 읽는 것이 아니라 그 이면을 읽고 있는 것이다. '소금
한 톨, 좁쌀 한 줌/ 저울질한 문지기 세리(稅吏)'는 속세의 전형성을 가진 인물
이다. 그렇지만 그렇게 앗긴 고통의 무게를 '저승엔 듯' 둥둥 떠가는 구름처럼
벗어나고 싶은 것이다. 이면을 들여다보는 점은 그림을 소재로 한 거의 모든
작품에서 나타난다. '고흐의 「귀를 자른 자화상」'이란 부재가 붙은 「질료와 정
신」에서는 이 점이 더욱 극명하게 나타난다.

들녘을 쏘다니는 야생마 그것처럼
툭 툭 짧은 붓 놀림의 신들린 색채 분할.
억압된 격정의 불길, 활활 솟아 물결친다.

노란 보리밭이랑 까마귀떼 푸득이는,
꿈틀 꿈틀 나울치는 눈부신 풍광 속에
스스로 목숨을 끊고 문빗장을 거는구나.

─「질료와 정신─고흐의 「귀를 자른 자화상」」 전문

　　시인은 그림을 통해 색감이 파동 치는 것을 본다. 그것은 '툭 툭 짧은 붓 놀림'이면서 동시에 그 짧은 터치가 보여주는 격렬함에 주목한다. '억압된 격정의 불길'이라고 했다. '억압'은 무엇이고 '격정의 불길'은 무엇인가. 짧은 터치는 정상적인 이어짐을 끊어내는 역할을 한다. 말하자면 한 방향으로 나아가는 것을 제지하는 '억압'의 회화적 표현인 셈이다. 그러면서 그것은 동시에 '격정의 불길'이라는 것이다. '격정의 불길'은 '들녘을 쏘다니는 야생마'로 비유되듯 '억압'에서 일탈하고자하는 자유의 정신을 말한다. 몸은 갇혀있으면서도 끊임없이 탈출하고자하는 정신을 이렇게 함축적으로 잡아내고 있는 것이다. '노란 보리밭'과 '까마귀떼'는 질료이고 '꿈틀 꿈틀 나울치는 눈부신 풍광'은 정신이 되는 셈이다. 고흐가 귀를 자른 극단적인 행위를 보여준 것도 억압의 질료에서 자유의 정신을 얻고자한 눈물겨운 노력이 아니고 무엇이랴. 시인은 바로 이 점을 예리하게 잡아내고 있는 것이다. 루소의 「사육제의 밤」에서 굴레 속의 해방을 읽어내듯이, 극과 극의 모서리를 잡아 한 화폭에 펼쳐 보이고 있는 것이다.

　　　　색채는 꿀처럼 농밀하게
　　　　공간을 침투해 들어간다.
　　　　반쯤 열린 저 식당문
　　　　보라빛 색조 띠고
　　　　나른한 오후의 햇살,
　　　　에테르로 스민다.

　　　　경쾌한 리듬을 탄
　　　　자동기술 형상들이
　　　　식탁 위엔 과일 접시
　　　　화사한 꽃병으로 놓이고
　　　　환희에 가득 찬 선묘(線描),

시각 요람을 보겠네.

─「대상과 공간·2 ─ 보나르의 「식탁과 뜰」」 전문

시인은 그림의 화폭 속에서 식탁과 뜰을 본다. 식탁과 뜰은 물론 그림의 '대상'이 되는 것이고 아울러 시적 대상이 된다. 그런데 시인의 눈은 그 대상들이 놓여있는 공간으로 옮아가고 있다. 반쯤 열린 식당문, 비치는 오후의 햇살이 에테르로 스미는 공간. 시인의 상상력은 섬세하다. '경쾌한 리듬을 탄/ 자동기술 형상들'의 환희로 살아나고 있다.

3) 현실에 대한 비판과 풍자

회화적인 상상력이 관념에서 비롯된 것이라면 또 그것으로 일관된 시 세계라면 그 시가 아무리 빛나는 상상력으로 축조된 것이라 할지라도 많은 문제점을 내포하게 된다. 시는 무엇보다 사람의 얘기여야하고 생활의 부분이기에 그렇다. 시인은 상상력에서만 비롯된 손끝의 시가 아니라 삶의 리얼리티를 반영한 가슴의 시를 상당수 발표하고 있다. 역사나 설화적 상상력이 오늘의 현실과 만났을 때 시적 영역이 확대·변용되고 있는 것이다. 「엘리뇨, 엘리뇨」와 「인터넷 유머」 등의 작품이 이에 속한다.

들끓는 적도 부근 소용돌이 물기둥에
우우우 높새바람, 태평양이 범람한다.
엘니뇨 이상 기온이 내안 가득 밀린다.

날궂이 구름 덮인 심란한 나의 변방.
이름 모를 기압골이 상승하고 소멸하는……
엘니뇨 기상 이변이 거푸 밀어닥친다.

바닷가재, 온갖 패류, 숨이 찬 산호초에

우리 친구 물총새 끝내 세상 뜨는구나,

저마다 세간을 챙겨 브릉브릉 뜨는구나.

　　산업화의 물결 속에 환경오염의 문제는 인간의 생존을 위협하는 큰 문제
로 부각되었다. 90년대에는 시단 일각에서 녹색시 운동이 벌어지고 생명시 혹
은 생태 환경시가 80년대의 민중시의 공백을 메우며 문단의 중심문제로 떠올
랐다. 그러나 시조에서는 이런 움직임이 미미하기만 하였다. 그런 의미에서
「엘리뇨, 엘리뇨」는 현실문제에 무감하고 무력하기만한 시조단에 하나의 경종
을 울린 작품이라는 점에서 주목이 된다고 하지 않을 수 없다. 엘리뇨의 기상
이변은 결국 인간이 만든 재앙의 하나이다.'이름 모를 기압골이 상승하는' 불
확실한 지구에 모든 생물들이 세상을 떠나는 것에서 볼 수 있듯 자연이 파괴
된 자리에 인간이 존재할 수 없는 암담함이 예고되고 있다.
　　「인터넷 유머」의 연작에서는 보다 민감한 정치사회의 일면이 거의 독설
에 가깝게 직접적으로 비판되고 있다.

　　앞산도, 저 바다도 몸져 누운 국가부도 위기.

　　03 대통령 IMF 기사를 읽다가 임프! 임프가 뭐꼬? 묻는다. 경제수석 더듬
거리며 국제통화기금이라는 것입니다. 03 대통령, 누고? 누가 국제전화 많이 써
나라 갱제를 이 지경으로 맹글었노? 도대체 이번 사태까지 오게 된 원인이 뭐
꼬? 뭐꼬? 네네네 네, 여러가지 있습니다만 종금사 부실 경영이……. 03 대통령
탁자를 내리치며 도대체 종금사가 어데 있는 절이고?

　　이튿날 대중 대통령, 긴 한숨 내쉬며 언제 디카프리오(빚 갚으리오)

—「인터넷 유머/1 IMF, 정축국치」

　　항간에 나도는 정치 서적 베스트셀러

1위 「영구 집권은 없다」 박정희 지음, 2위 「쿠데타 길라잡이」 전두환 지음, 3위 「전두환 무조건 따라 하기」 노태우 지음, 4위 「예순 잔치는 끝났다」 전두환·노태우 공저, 5위 「대통령 1주일만 하면 노태우만큼 챙긴다」 전경련 지음, … 7위 「저는 떡값을 하나도 모르는데요」 김현철 지음, 8위 「조금만 받았다고 말하면 세상이 즐겁다」 김대중 지음, 9위 「20대의 쿠데타, 60대의 내각제」 김종필 지음, 10위 「벙어리 삼룡이」 최규하 지음.

이방원, 이 소문 듣고 "놀고 있네, 놀고들 있어!"

─「인터넷 유머/2 베스트 셀러」 전문

「인터넷 유머/1 IMF, 정축국치」에서는 국가 부도 사태에 직면한 위기의 심각성을 전혀 인식하지 못하고 있는 권력지배층에 대한 풍자를 '종금사'나 '디카프리오' 등의 언어유희(fun)를 통해 희화하고 있다. 「인터넷 유머/2 베스트 셀러」는 베스트셀러에 오른 책들의 제목이나 시중의 유통언어를 엇비슷하게 바꿔 정경유착과 권력의 비리를 통렬하게 비판하고 있다. 종장의 '이방원, 이 소문 듣고 "놀고 있네, 놀고들 있어!"'라는 대목에서는 전제적 왕권을 가진 이방원이, 그릇된 세상에 대한 분노를 가지고 있는 서민들의 편에 서있어 대리보상의 의미를 담고 있다. 마치 잘못된 세력을 다 쓸어버리겠다는 뜻으로 해석되어 흥미를 더해주고 있다.

4) 섬세한 서정성

윤금초 시인의 대부분의 작품은 역사나 설화 때론 민중의 아픔에 닿아 있기 때문에 상당히 거친 일면이 있다. 투박한 언어를 실감나게 부려쓰다 보면 자칫 시의 서정성이 떨어지기 쉽다. 그러나 초기 작품에 속하는 「내재율」 연작에는 섬세한 서정성이 잘 드러나고 있다.

석영빛 베동정의
썰렁한 소저 눈매,

아지랑이 곰실대는
부화의 봄 소동은

되살아 피 도는 감성,
챙기었네 새 세간을.

꾀꼬리 속깃 같은
명주실, 꿈오라기

그리움의 꾸러민가
고무래로 자아 올려

발돋움 미학을 짜는
앵두가슴, 그 손결이.

―「내재율 1」에서

  '되살아 피 도는 감성'의 일면을 아름다운 언어의 화폭으로 형상화시키고 있다. 세계의 명화를 만나 그림 너머의 상상력으로 발화되기도 하고, 역사적 사건을 만나 시적 긴장감을 일정하게 유지시켰던 힘도 따지고 보면 '석영빛 베동정'의 아름다움을 섬세하게 서정성의 힘에서 연유한 것이라 판단한다. 다소 거칠게 전개되던 시적 형상화가 최근의 작품들에서 다시 밀도 높은 서정성으로 복귀하고 있음이 주목된다.

해조음
자갈자갈 속삭이다
십년 가뭄 목마름의 피막 가르는 소리,
삼천년에 한번 피는
우담화 꽃 이울 듯
여자의
속 깊은 궁문(宮門)
날개 터는 소릴 냈다.

몇날 며칠 앓던 바다
파도의 가리마 새로

죽은 도시 그물을 든
낯선 사내 이두박근……

기나긴 적요를 끌고
휘이, 휘이, 날아간 새여.

―「땅끝」에서

　이 작품에서는 부드러운 감성이 느껴진다. 설화적인 소재를 가지고 쓰면서도 거칠지도 않고 억지스럽지도 않다. 감성이 묻어난다. '여자의 속 깊은 궁문(宮門) 날개 터는' 소리가 마치 잡힐 듯 다가온다. 미세함을 잡아내면서도 초기시의 서정과는 다르다. 초기시의 서정이 시적 배경과 어느 정도 틈새가 벌어져 있었다면 「땅끝」의 작품에서는 시적대상인 '새'와 시적 배경인 땅끝이 거의 완전한 일치를 보이고 있는 것이다.

5) 민초의 한, 맺힘과 풂

윤금초 시인의 연작시조 중 주목이 되는 작품이 장시조 「청맹과니 노래」
이다. 「청맹과니 노래」 연작은 청맹과니라는 어휘에서 느낄 수 있듯 보기에는
멀쩡하나 실지는 조금도 보지 못하는 무지렁이들의 노래다.

「1 쑥대머리」에서는 쑥대머리 애원성이 민초들의 일상임을 얘기하고 있
다. 돌아보면 세상은 오만 시름의 시궁인 것 우리들은 그 위에 핀 연꽃이다.

「2 私僮짓소리」는 노비해방을 위해 난을 일으키다 죽은 만적을 노래하고
있다.

> 조지고, 비비틀고, 직신작신 할퀸 세월.
> 더러는 혼을 챙겨 공출 나간 아수라장; 도솔천 차양을 드린 그 마름 야로
> 속에 모가지 얼레에 감긴 참혹한 생애던가.
> 어이어, 어여하 어이. 어이 어이 어여하.

모든 것을 앗긴 민초들의 아픔이 '모가지 얼레에 감긴 참혹한 생애'로 형
상화한다.

「3 비황정책」에서는 더욱더 신랄하게 아전들의 횡포가 비판된다.

> 아전님. 진액을 핧는 아, 송충이 아전님아.
> 날개 돋친 산 귀신의 시뻘건 머리칼에 구천그루 소나무가 단 손에 덜미 잡
> 힌, 기름 말라, 피가 말라, 뼈골마저 하비인 몸. 옴 딱지 이파리의 문둥병 줄거
> 리네.
> 아전님. 진액을 핧는 아, 송충이 아전님아.

「4 壬午野乘」에서는 임오군란의 배경이 된 '개떡'이고 '보리꺼끄러기 목
숨'들이 '이 빠진 바가지의 반쯤 비낀 배급품'으로 시달리는 아픔을 사실적으

로 그려내고 있다.

「5 고구마」에는

> 돌무지 사력질(沙礫質)의 척박한 밭이랑에
> 여린 순 잘린 심줄 새 살 돋아 여물었다.
> 오랏줄 포박의 끈에 고랑찬 듯 매달렸다.

에서 보듯 고구마를 '살아 생전 흙을 섬긴 천더기 목숨'인 '눈 멀고 귀도 먹먹 청맹과니 민초'에 비유하며 그들이 가지고 살아가는 아픔을 형상화하고 있다. '돌무지 사력질(沙礫質)의 척박한 밭이랑'은 부패할 대로 부패하고 가렴주구를 일삼는 지배세력에 의해 초토화된 이 땅을 대변하고 있다. 한 뿌리 줄줄이 매달린 고구마와 같이 '오랏줄 포박의 끈에 고랑찬 '민초들의 삶이 선명하게 그려지고 있다.

「6 개펄」에서는 유배지 무지렁 땅의 아픔을 「7 탈놀이」, 「8 사물놀이」, 「9 지노귀새남」에서는 탈놀이와 사물놀이, 진혼굿을 통해 민초들의 한풀이를 보여주고 있는 작품이다.

> 차릴 것 없는 적막강산 벌거숭이.
> 더러는 눈칫밥에 한뎃잠 설쳤기로, 논틀 밭틀 恨을 묻고 거리죽음 뜬쇠들아, 아픔의 응어리로 북을 때려 시름 푸는, 풍물잡이 시나위는 민초(民草)들 앙알대는 목소리다. 짓밟고 뭉갤수록 피가 절로 솟구치는, 투박한 그 외침은 뚝배기 태깔이다.
> 앙가슴 풀어헤쳐서 열두 발 상모를 돌려라.

1에서 5까지가 민초들의 아픔에 무게 중심이 실렸다면 6에서 9까지의 작품은 이 아픔을 달래는 것에 무게 중심이 실려있다. 한의 맺힘을 푸는 제의(祭儀)적 성격을 동시에 지니고 있는 것이다. 아무리 시대가 궁벽하고 부딪혀오는 현실이 핍박의 연속이더라도 민초들은 그 속에서 견디며 살아왔다. 고통을 견디게 하는 힘은 맺힌 한을 풀어내는데 있다. '아픔의 응어리로 북을 때'리고, '앙가슴 풀어헤쳐서 열두 발 상모를 돌'리며 시름을 풀어내는 것이다. '민초(民草)들 앙알대는 목소리'는 '짓밟고 뭉갤수록 피가 절로 솟구치는, 투박한 그 외침'으로 살아오지 않던가.

3. 형식의 창출, 변혁과 생성의 길

　　윤금초 시인의 시조에 대한 애정은 시조의 형식적 장치에 대한 끊임없는 실험정신의 실현으로 나타나고 있다. 평시조가 주정일변도로 치닫고 있음에 강한 불만을 제기하며 사설시조의 창작에 대해 남다른 애착을 가지며 많은 작품을 창작해 온 것이다. 뿐만 아니라 거기서 한 걸음 더 나아가 평시조와 사설시조가 한데 어울린 작품도 상당수 발표하고 있다. 스스로 '옴니버스 시조'로 명명한 이 작품들은 시조가 '고여있는 시'가 아니라 '움직이는 시'로 나아가는데 일조를 하였다. 물론 사설시조의 중요성과 주정 일변도의 세계관에 대하여는 일찍이 사봉 장순하 선생에 의해 주도된 바 있지만 이를 구체화 한 것은 서벌, 윤금초, 조오현, 박시교, 김상묵으로 이어지는 맥이라고 볼 수 있다. 이 흐름은 8,90년대로 이어지면서 시조단의 새로운 물길을 형성하였다.

　　그러나 중요한 것은 평시조와 사설시조, 그리고 옴니버스 시조의 형식은 내용과 어떤 상관관계를 가지고 있느냐 하는 점을 이제쯤은 생각해 볼 필요가 있다는 것이다.

　　　지난 밤 서리치듯 모랫벌 적신 달빛

　　　부용 사이 어지러이 눈발 날린 나비도 숨자

　　　으스스 꾀벗은 가지, 찬 풍진만 입었네.

풀빛 치렁한 목도리 등도 거둔 나의 몰골
바람 같은 눈요기며 오만 호사 접어두고
깃 털린 애정을 불러 으스러지게 포옹하네.

―「탐색·4」 전문

「탐색·4」는 첫 수에서 계절의 변화에 따라 변화하는 자연의 모습을 그리고 둘째 수에서는 그 헐벗은 자연에 조응하는 '나'를 그리고 있다. 자연이 벗으면 벗을수록 나의 마음은 추워져서 이윽고 '깃 털린 애정을 불러 으스러지게 포옹하'지 않으면 안 되는 것이다. 서사적인 내용도 없고 자연의 강팍함을 강조할 필요도 없다. 달빛과 나비와 꾀벗은 가지의 적절한 묘사만으로 가능하다. 나무가 옷을 벗듯 거둘 것이 없는 서정자아의 모습을 형상화하는 것으로 족하다. 평시조로도 충분히 내용을 제압할 수 있는 것이다.

몸 낮출수록 우람하게 다가서는 저 산빛

떡갈나무 잡목숲 흔들고 오는 문자왕 그의 호령 중원 고구려비 돌기둥 휘감아 도는데 들리는가, 산울림 우렁 우렁 일렁이는

찾찾찾찾자되찾자…… 기찻소리, 하늘의 소리.

―「중원, 시간여행」

「중원, 시간여행」은 이와는 좀 다르다. 이 작품을 만약에 사설시조로 쓰지 않고 평시조로 했다면 분위기는 사뭇 달라지게 된다.

몸 낮출수록 우람하게 다가서는 저 산빛
잡목숲 흔들고 오는 문자왕 호령 소리
찾찾찾찾자되찾자…… 기찻소리, 하늘의 소리.

　　내용으로만 보자면 원작과 크게 다를 바 없지만 적지 않은 의미의 반감이 있음을 알 수 있다. 우선 극적인 묘미가 사라지고 있다. 원작은 초장의 도입과 중장의 풀어나감과 종장의 맺음이 상당히 극적인 구성을 취하고 있는데 반해 고쳐본 작품은 전혀 그렇지 않다는 점이다. 고쳐진 작품은 필름이 돌아가듯 스쳐지나가 가버리지만 원작의 작품은 서정의 힘이 중장의 마지막 부분 '산울림 우렁 우렁 일렁이는'에 와서 걸린다. 그리하여 종장 '찾찾찾찾찾되찾자'에 와서 그 모아진 서정의 힘이 일시에 분출되고 있다. 당연히 시의 극적인 효과가 살아나게 되는 것이다. 다음으로 이 작품만이 갖고 있는 상황을 고려해보면 더욱 수긍을 하지 않을 수 없게 된다. 이 작품의 제목은 「중원, 시간여행」이고 그것은 특히 기차 여행으로 얻어진 시상이라고 할 수 있다. 그런데 기차 여행을 통해 볼 수 있는 차창 밖의 풍경들과 이 작품의 중장은 절묘하게 어울리고 있다. 떡갈나무 잡목숲 베어지듯 뒤로 넘어지고 그 사이사이 들려오는 문자왕 호령소리, 중원 고구려비 돌기둥 휘감아 도는 소리, 스치듯 지나가면서도 우렁 우렁 일렁이는 산울림이 유장하면서도 빠른 템포로 진행되고 있다. 이 움직임을 고스란히 이 작품은 잡아내고 있는 것이다. 중장이 길어지듯 기차가 길게 중원을 가로지르며 지나가듯 중장의 길어진 길이가 마치 산기슭을 돌아가는 기차의 꼬리와 기적처럼 느껴지기도 하는 것이다.

　　　　가로등 희미한 불빛
　　　　우수에 찬 홍색 시대.
　　　　기름 먹은 캔버스의
　　　　기호학 도상(圖像) 위엔
　　　　살육의 참혹한 무대
　　　　예비하고 있었다.

　　　　파피에 콜레기법의
　　　　가슴 섬뜩한 실제 상황.

작살 든 그 병사의
<안티브 밤낚시>처럼
우리네 검은 휘겡이
춤을 추고 날뛰었다.

타! 타타탕 …… 억장 무너진 그날 그 불의 거리.

너울너울 물결치듯 고꾸라진 생령들아. 치고 패고 할퀴어서, 직신작신 짓밟혀서, 청소차 상여 타고 이에 저에 끌려다닌, 꽃젖가슴 도려내진 풀빛 소녀 헌화가로 큐비즘 화면 속에 피의 역사 기록했나. 터럭발은 터럭발대로, 두개골은 두개골대로, 한뼘 땅 잠들 곳 없이 사대(四大) 각각 흩어진 채 생채기진 혼백들 항간을 떠도는데

납골당 차디찬 하늘, 유골들이 일어선다
　　　　　　　　　　　　－「상황과 인식·2 - 피카소의 「납골당」」 전문

천의 다리, 천의 팔이 비비꼬인 이 매듭을
재갈 물린 한 역사의 넌덜머리 이 결박을
실꾸리 가닥을 풀 듯 아, 아픔의 끈을 풀라.

우멍눈, 곰배팔이 방정맞은 굿패로다.
천더기 상민들의 울 일을 움켜쥐고, 주검보다 무서운 그 굴욕의 굴형 아래 무담시 도륙당한 비렁뱅이 식칼들아. 누거만석 아전님네 술찌끼로 흘러나온 얼간이 씨나락도, 두엄 속에 짓눌린 저 봉두난발 어릿광대, 토색질 손갈퀴에 으스러진 벙거지도, 부역꾼 등줄 같은 거적들아 일어서라. 치고 패고 차고 밟고, 노들강변 버들같이 휘휘낭창 구부려뜨려 매로 다스려진 몸이로다.
앗아라, 춤이나 추자. 미친 밤의 굿거리로

날라리 웅박캥캥 덧뵈기춤 신명 난다.
말뚝이, 비비양반, 취발이, 귀팔이야.
차라리 참혹한 정상을 탈로 가린 풍물잽이.

전라도 막막골의 개발코 주걱턱 탈
마른 모가지 여위어 궁항벽지 따오기 그것처럼
돌아라. 살풀이 장단, 관솔불도 휘돌아라.

구들장 불씨같이 자지러진 타령마당.
쥘부채 붉은 고깔 용트림 거드름의, 은하석경 머흔 길에 적토마 갈기를 잡
고, 난양공주 영양공주 결 고운 그 미색을 열두 두름 꿰미 채로 왁자히 수작하
는, 개가죽 용수관의 칡베 장삼 양반 보소.
마파람 높새바람에 어흐 몰라, 넉장거리.

―「청맹과니 노래 7 탈놀이」 전문

인용된 두 편의 작품을 살펴보면 시인의 의도를 더 명료하게 가늠해볼 수 있다. 두 편의 작품은 시인 스스로 명명한 옴니버스 시조로 평시조와 사설시조가 섞여있다. 「상황과 인식·2 - 피카소의 「납골당」」 작품은 그림을 소재로한 작품 중 유일한 옴니버스 시조이다. 다른 작품들이 전부 평시조로 창작되어졌는데 왜 시인은 이 작품만을 옴니버스 시조로 쓰지 않으면 안 되었을까? 그림을 소재로한 작품은 앞서 <나. 회화적 상상력>을 통하여 살펴보았다. 그림을 소재로 했지만 그림에서 얻어지는 이미지와 정신력을 바탕으로 양가의 대립적인 구성을 하고 있음을 알아보았다. 「굴레와 해방 - 루소의 「사육제의 밤」」에서 굴레 속의 해방을 읽고 「질료와 정신 - 고흐의 「귀를 자른 자화상」」에서는 억압의 질료에서 자유의 정신을 얻고자 눈물겨운 노력을 보여준다. 시인은 이들 작품에서 사설을 가져오지 않았다. 평시조로서도 얼마든지 양극의 모서리를 잡을 수 있었던 것이다. 그러나 「상황과 인식·2 - 피카소의 「납골당」」은

앞서의 작품들과는 조금 색다른 내용을 담고 있다. 첫 수의 배경은 사뭇 삼엄하다. '가로등 희미한 불빛'도 불빛이지만 '살육의 참혹한 무대'를 가 예비하는 음험함이 도사리고 있다. 둘째 수는 권력자나 그 하수인인 '작살든 병사'의 '가슴 섬뜩한 실제 상황'이 벌어질 것을 예고하고 있다. 셋째 수가 문제의 사설시조인데 여기에는 그 도륙의 실제상황이 기술되고 있는 것이다. '너울너울 물결 치듯 고꾸라진 생령들', '치고 패고 할퀴어서, 직신작신 짓밟혀서, 청소차 상여 타고 이에 저에 끌려다닌, 꽃젖가슴 도려내진 풀빛 소녀'가 생생하게 그려지고 있는 것이다. 시인은 피카소 납골당 작품을 통해 하나의 서사를 오버랩하고 싶었던 것이다. 우리에게도 있었던 '큐비즘'적 '피의 역사' 바로 오월 민주 항쟁의 생생한 기록을 얹어놓고 있는 것이다. 첫째, 둘째 수가 평시조이지만 셋째 수가 사설이 되지 않으면 안 되었던 분명한 이유가 여기에 있다.

「청맹과니 노래」 연작도 대부분 옴니버스 시조다. 민초들의 아픔을 생생하게 읽어내고, 거기에서 한 걸음 더 나아가 한풀이로서의 신명을 담아내는 데는 평시조로는 그 그릇이 부족하였던 것을 우리는 어렵지 않게 읽을 수 있다. 더욱이 판소리의 가락을 수용하는 데는 사설시조 이상의 운문적 그릇을 찾기 어렵지 않겠는가.

시의 내용이 형식을 창출한다는 말은 윤금초 시인의 작품을 읽을 때 비로소 느끼게 되는 명제다. 묘사 중심의 작품에는 거의 예외 없이 그는 평시조를 이용했고 서사 중심의 내용이나 생생함과 사실성, 신명나는 장단이 필요하면 그는 과감하게 사설시조를 불러오고 있는 것이다.

번뇌와 적멸의 아름다운 설법

조오현론

1. 天眞佛, 그냥 편안해지고 맑아지는

사람은 살아가는 동안 많은 인연을 만난다. 불가에서는 옷깃만 스쳐도 인연이라는데 나와 무산 조오현 스님과의 인연은 어떤 것일까. 오현 스님이 불호령을 내리면 주지고 상좌고 모두다 벌벌 떤다는데 나는 스님이 화를 내도 전혀 무섭지가 않다. 할 얘기가 있다 해서 찾아가 뵈면 언제나 스님은 밥걱정부터 하시며 따로 저녁을 챙겨주신다. 그렇다고 어려운 것이 다 사라지지는 않지만 아무튼 마음이 편안해진다. 때로는 멀리 어둠의 향기에 가리워졌다 또렷해졌다하는 불빛 같기도 하고 때로는 아주 가까이에서 내 허튼 낙서하는 것을 내려다보며 빙긋이 웃기도 하는 지극히 사소하면서도 일상적인 모습으로 내 언저리를 감도는 느낌. 그러다 갑자기 장난기 돌아 마구 눈 부라리며 휘집어 던지기도 할 자세지만 글쎄 나는 도무지 긴장이 되지 않는다. 어딘가 멀리 배회하다 고향집으로 되돌아가 툇마루에 앉은 느낌이라고나 할까. 지극히 편안해지고 그냥 맑아진다. 어디서고 나는 그런 느낌을 가진 적이 없다.

　　5.18이 남긴 상처이기도 했지만 죽어버린 문학의 씨앗을 살려야한다는 명분 아래 광주에서 『시와 사람』이란 시 계간지를 강경호 시인의 출혈과 신덕룡 교수, 고재종 시인과 같이 시작할 무렵 나는 여기에 하나 더 무거운 짐을 질 수밖에 없는 상황이 되고 말았다. 정말 支離滅裂해가는 시조를 위해 80년대가 뭔가를 해야 되지 않겠느냐는 悲憤慷慨(?)의 지리산 자락 마천 결의가 "그래도 할 사람은 대학교수인 자네가 해야잖겠나" 하는 요구와 협박으로 다가왔고 그래서 『열린시조』도 덩달아 창간하게 되었다. 그러나 생각과는 달리 정말 녹록한 게 아니었다. 97년 연말 보너스 월급을 통째로 털어 원고료를 부치고 나니 정말 맥이 빠졌다. 뭐 이런 미친 짓이 있나 싶었다. 그런데 어느 날 갑자기 오현 스님이 전화를 했다. "거 돈도 안 되는 잡지 하는데 을매 고생이 많노. 내 쪼깐 부친다마는 절대 내 이름은 밝히지 말그래이" 절대 이름을 밝히면 안 된다는 약조를 받고서야 전화를 끊었다. 나는 그때 스님의 함자 대신 '山中詩人'으로 적어서 공고를 하는 수밖에 없었다. 고맙다는 말도 제대로 하지 못했지만 그것이 나에게 엄청난 힘을 주었다. 그래 이왕 하는 거 끝까지 해보자 식이었다. 이어서 100권 시조집을 계획하였고 이 일은 바로 착수되어 현재 70여권 정도가 발간되게 되었다. 이제와 고백을 하지만 70권의 시조집을 내면서 내게 고생했다고 술값을 보내주신 단 한 분 역시 바로 오현 스님이다. 그래도 나는 고맙다는 인사를 하지 못했다. 스님이 주신 것을 나는 마음으로 받았고 언젠가는 되돌려 드려야한다는 생각을 하였다.

　　2002년 여름에 만해축전으로 백담사에 갔을 때 스님은 나에게 『萬嶽伽陀集』이라는 작품집을 하나 내 놓았다. "이거 다 어따 땡겨 버릴 수도 읍고……이래 하나 묶었어"하시며 여간 쑥스러워 하시는 게 아니었다. 시집이라고 하기에는 볼품이 전혀 없는 보통 복사용지 크기의 책이었다. 내가 그것을 넘기다 말고 그냥 워드로 쳐서 마스터 인쇄를 한 것이기에 "스님 제가 내드릴 것인데,

말씀하시지 않으셨어요?" 하니 "전에도 한 번 신세 졌는데 그 무슨." 하시면서 스님은 100인 시조집 발간 때를 또 들추어냈다. "시집이라는 게 그냥 한 번 보는데 의미가 있는 것이지, 쓰잘 데 없이 낭비하고 그럴 필요 무에 있노. 이래 읽어도 다 읽을 수 있는데. 그래도 그건 내가 꼼꼼히 교정을 다 봤어. 한 백 권 정도 아는 사람한테 한 권씩 줄려고 맹글었어." 나는 어안이 벙벙하여 더 말을 이을 수가 없었다.

나는 본시 천하 게으름뱅이였다. 예닐곱 살 때 서당에 보내졌으나 개울가에서 소금쟁이와 노느라고 하루해가 짧았고, 철이 조금 들어 절간의 소머슴이 되었으나 소가 남의 밭에 들어가 일년 농사를 다 망쳐 놓건 말건 숲 속의 너럭바위에 벌렁 누워 콧구멍이 누긋누긋하게 잠자는 것이 일이었다. 그랬으니 한 절에 오래 붙어 있지를 못했다. 이 절에서 쫓겨나면 저 절로 갔고, 거기서 쫓겨나면 또 다른 절을 찾아 나섰는데, 어느 사이 절집 안에서 '그 놈은 천하의 게으름뱅이'라는 사발통문이 돌아 결국 소 머슴살이를 할 절도 없게 되었다.

그토록 게을러빠진 놈이 어떻게 중이 되었는지 강당이나 선방의 명사(明師)를 찾아가 공부를 해야겠다는 발심이 일어날 리가 만무했다. 어느 때는 산에 살고 있는 자신이 우스워 시중에 나가 잡배들과 어울렸고, 어느 때는 잡배가 된 자신을 보고 놀라 백운유수(白雲流水)에 발을 담그고 일없이 한가한 사람(無事大閑人) 흉내를 내기도 하였다.

돌이켜보면 사내로 태어나 평생을 그렇게 허송했으니 중이라고 할 수도 없다. 오늘 망북촌(望北村)의 영마루에 올라 내가 나를 바라보니 어느덧 몸은 뉘엿뉘엿한 해가 되었고, 생각은 구부러진 등골뼈로 다 드러나고 말았다.

스님은 1999년에 역해(譯解)를 한 「벽암록」 서문에 이렇게 적고 있다. 스님은 시정에서 세상사의 아픔을 몸소 체감했을 것이고 흐르는 물에서는 욕망과 번뇌를 한 점도 남김없이 흘려보냈을 것이다. 그러니 사람 사는 고만고만한 일에 대해 그 사람 입장이 되어 읽어주는 넉넉한 품을 가진 반면 자신에 대하여는 더없이 인색해지고 엄격해진 것은 아닐까.

나는 지금 『萬嶽伽陀集』을 보고 있다. 대학가에서 서로 나눠보기 위해 복사를 해서 제본해 놓은 듯한 논문집 크기의 분량과 크기를 가진 아주 이색적인 시집을. 회색 표지에 투박한 글씨들. 하나의 기교도 부리지 않았다. 맨 뒤에 보니 '만악(萬嶽) 스님 약력'이라고 하여 적혀있는데

> 필명＝조오현(曺五鉉)
> 불명＝무산(霧山)
> 법호＝만악(萬嶽)
> 자호＝설악(雪嶽)
> 현재＝설악산 산감

이것이 전부다. 이 약력을 보다말고 나는 그만 피식 웃고 만다. 이게 스님의 모습이다. 성격도 그렇거니와 어디 한 군데 걸려 있기를 싫어하시는 모습이 눈에 어른거린다. 하고 있는 일이 얼마나 많은가. 불교방송 회장자리는 차치하더라도 불교종단에서 운영하는 어린이 집 5~6군데의 어려운 살림도 하나하나 다 챙기신다. 만해실천선양회 일만하더라도 스님이 아니면 그 누가 이렇게 규모 있는 축전으로 만들 수 있으랴. 그러나 스님은 정작 서야 할 자리에는 서지 않는다. 무슨무슨 직함 따위는 안중에도 없다. 중앙지 기자들이 취재를 하려고 해도 "내가 무슨 일을 했다고……" 하고는 일거에 더 이상 말을 못 꺼내게 한다. 남을 위해서는 부족함이 없이 밥 걱정, 차비 걱정 온통 걱정뿐이어도 자신을 위해서는 단돈 백 만원도 쓰지를 않는다. 『萬嶽伽陀集』을 받으면서 나는 너무 송구스러웠다.

언젠가 그럴듯한 시집을 하나 내드려야지 하는 생각을 했는데 의외로 기회가 빨리 왔다. 백담사, 신흥사, 낙산사의 사계를 배홍배 시인이 사진으로 찍어 도와주고 90년대 초, 중반에『시와 시학』에 연재했던 연작과 그 동안의 시를 추려『절간이야기』를 내게 된 것이다. 스님은 이 시집을 보고 "이게, 돈이 되겠나" 또 주머니 걱정을 하신다. "큰스님 너무 걱정하지 마십시오. 그래도 제가 서울로 와서 월급도 많이 받고 안 그럽니까." 나는 능청을 떨면서 슬픈 내색을 지우려고 애썼다. 작년 겨울 넋두리처럼 하신 말이 생각났기 때문이었다.

　　"이제 내가 살믄 을매노 살겠노. 죽기 전에 이 일들을 그래도 한 십 년 이상 해나갈 수 있도록 해야 할텐데……"

곡차를 드시고 스님은 "늙으면 얼른 죽어야 하는데……" 그런 얘기도 했다. 나는 그때 나도 모르게 스님 손을 잡았다가 눈시울이 뜨거워졌었다. 이제 스님은 돌아갈 자리를 생각하고 계시는 거다. 물론 '이 일'이라고 하는 것은 '만해실천 선양회'와 관련된 일들이다.『불교문학』,『불교평론』,『유심』도 다 눈에 걸린다. 막상 돌아갈 자리를 생각하니 벌려놓은 일들이 걱정이 되시는 게다. 스님이 건강하게 백수를 누린다면 더할 나위 없이 좋겠다.

(다음에 선보이는 작품론은 스님의 작품 이해에 도움이 되리라 생각이 되긴 하지만, 성긴 그물에도 걸리지 않는 바람과도 같은 스님의 시를 誤讀과 濫讀으로 더럽히지 않았을까 크게 저어되기도 한다.)

2. 작품론

1) 잔잔한 바람의 설법을 찾아

그의 시에는 늘 바람이 불고 있다. 낮은 곳에서 높은 곳으로 부는 바람이다. 때로 벽력(霹靂)같은 할(喝)의 꾸짖음이 생생하게 살아나기도 하고 때로는 죽비(竹)로 뒤통수를 내려치기도 한다. 그러나 대부분은 없는 듯 있는 듯 불고 있는 잔잔한 바람이다. 그것은 어떤 때는 울음소리의 촉촉함이 배어 있어 선방(禪房)의 고적함이 통째로 다가오기도 하고 구도자의 고뇌와 아픔이 겨울 숲에 낙과처럼 투둑 떨어지기도 한다. 혼탁한 마음을 정갈하게 씻어주는 설법의 물소리로 읽는 이의 모든 가슴에 흘러내린다. 자연스러우면서도 힘을 싣지 않는 목소리에는 이미 고졸의 경계에 가 닿은 노시인의 원숙미가 담겨 있다. 그러나 어느 일순간에 이러한 세계관이 형성된 것은 아니다. 이 글에서는 최근에 펴낸 『절간이야기』(도서출판 고요아침 간행, 2003)와 그의 시력 35년에 걸친 작품세계를 전체적으로 조망해 봄으로써 그가 걸어왔던 독특한 시세계를 살펴보기로 한다.

2) 담담하면서도 능청거리는 화법

『절간 이야기』는 32편으로 된 연작이다.

이 32편의 이야기는 무산 조오현 시인의 문학적 세계관이 그대로 배어 있다. 우선 그의 시적 대상에 대한 인식은 부유한 것보다는 가난한 자의 삶에, 자존의 엄연함보다는 이름 없이 쓰러져 없어지는 것들에 가 닿아 있다. 1에는 새벽 예불이 끝난 뒤 승방의 군불을 때는 부목처사의 3대에 걸친 이야기가 부목처사의 입을 통해 전달된다. 할아버지는 양산 통도사 극락교 그 큰 돌덩어리를 익산 미륵사지에서 혼자 야밤중에 들어다 놓았으며, 아버지는 밀양 표충사

대웅전 대들보를 짊어지고 왔다는 것이다. 짊어지고 오다 지게가지가 부러져 운명했다는 것이다. 아버지는 그렇게 운명하시면서도 스님들 말씀을 잘 들으라고 당부한다. 8에는 금릉 계림사의 일흔이 된 노 석수장이에 대한 얘기가 나온다. 11에서는 어머니에게 매를 맞고도 종아리가 아프지 않는 것을 한하여 우는 육상(陸常)의 이야기가 나오며, 12에서는 고창읍내 쇠전거리에서 대정(大釘)을 만들어 파는 늙은 대장장이, 15에서는 낙산사 원통보전 축대 밑에서 소주잔을 홀짝홀짝 거리는 여든 살의 촌 노인, 17에서는 주문진 앞 바다에서 만난 늙은 어부, 19에서는 자갈치 어시장의 '아즈매 보살', 20에서는 새벽 찬바람에도 불구하고 종 치기를 고집하는 종두(鐘頭), 21에서는 절에서 하룻밤 유숙한 어떤 촌유(村儒)와 절에 들어온 지 달포도 안 된 김행자(金行者), 22에서는 시충(屍蟲)까지 나오는 생면부지의 시신을 정성스레 염습(殮襲)하는 늙은 염장이, 27에서는 덕사의 산지기 등이 등장한다. 이들은 하나같이 미욱하고 어리석은 중생들이다. 작은 일에도 기뻐하고 슬퍼할 줄 아는 보통사람들이다. 시인은 이들 편에 서있다. 이들의 행동과 사고를 밖에서만 바라보는 것이 아니라 깊숙이 들어가서 그 이면에 놓인 고뇌와 슬픔을 모두 읽어낸다. 그렇지만 엄밀한 관찰자의 시각을 유지하고 있다. 고통에 일그러지고 아픈 상처투성이 슬픈 이야기를 아주 자연스럽게 억양을 높이지 않고 담담하게 들려준다. 어떤 면에서 보면 천연덕스럽기까지 하다.

　　　　운명하실 때 나무껍질 같은 손으로 날 부둥켜안고 "시님들 말씀 잘 듣거라이. 배고프면 송기 벗겨 먹으면 배부르다이."하고 갔니더. 시체를 가마니 때기에 돌돌 말아 다비장의 장작더미 속에 넣고 성냥을 드윽 그어 불을 지핀 주지시님이 "업(業)아, 네 집에 불났다! 업(業)아, 네 집에 불났다! 업(業)아, 네 집에 불났다! 어서 나오너라."하고 고래고래 소리쳤을 때 불덩어리가 된 장작더미가 몇 번이나 꿈틀거렸니더. 암 꿈틀거리고 말고 울아부지 울할아버지 닮아 힘이 천하장사였거든요 밥 열 그릇으로도 배가 차지 않았지만 행여 시님들이 밥 많이 먹는다고 쫓아낼까 싶어 언제나 물로 배를 채웠니더. 요즘은 밥도 많은데 그때는 와

밥이 없었능교? 그러나 저러나 주지시님 와 아직 안 돌아오시뇨? 어디 편찮으신가.

이렇게 구시렁구시렁 거립니다.

—『절간이야기 1』에서

진작 이야기는 지금부터인데, 말씀드리자면 그 주막에서 이만큼 걸어 나오다가 한 늙은 어부(漁夫)를 만났는데, 그 어부도 어디서 한잔 했는지 무슨 말끝에 "실례 말씀입니다만 시님은 수도하신지 얼마나 되시는지요?" 흔히 듣는 예사로운 말로 예사롭게 물어서 "한 40년 된 것 같습니다" 예사롭게 대답을 하고 늙은 어부를 쳐다보니, 반색을 한 탓인가 주기인가 검푸른 바닷물에 적조(赤潮)가 나타나듯 거무잡잡한 어부의 얼굴에도 적조가 나타나더니 "그럼 시님도 하마 산(山)을 버리셨겠네요?"하고 한 걸음 가까이 다가오자, 서울의 음객 한 분이 어부 앞을 막아서며, "보이소 영감님 큰스님에게 무례한 말씀을 하면 됩니까? 스님이 산(山)을 버리다니요?" 이렇게 정색을 하니, 어부의 얼굴에 나타난 적조를 바닷물이 차츰차츰 거두어들이는가 했더니, "지가 늙어 고명하신 손님들께 실언을 했네요…… 지는 아까 손님들께서 만경창파를 다 말씀하시고…… 그것보담은 지가 노도(櫓棹)를 잡은 지 30년이 지나던 해에 노도를 버렸기에 한번 해 본 것이니 오감을 들으실 것은……" 이러고는 "하늘에 새떼가 날아가나…… 흉어가 들라하나……" 혼자 군지렁거리며 도로 걸어가는 바로 그 모습. 그것이었습니다.

—『절간이야기 17』에서

그날도 자갈치 그 어시장 그 많은 사람사람 사투리사투리 물비릿내물비릿내 이것들을 질척질척 밟고 걸어 들어가니, 생선 좌판 위에 등이 두툼한 칼로 생태를 토막 내고 있던 눈이 빠꼼한 늙은 '아즈매 보살'이 무르팍을 짚고 꾸부정한 허리를 펴며 뻐드렁니 하나를 내어 놓았지요.

"요새 시님 코빼기도 본 사람 없다캐싸서 그마 시상살기 싫다캐서 열반에 드셨나 갰다캐도요. 오래 사니 또 보겠다캐도……."

이러고는 바짝 마른 스님의 손목을 거머잡는가 싶더니 치마 끝자락으로 눈꼽을 닦아내고, 전대에서 돈 오천 원을 꺼내어 곡차 값으로 꼭 쥐어 주고, 이번에는 빠닥빠닥한 일만 원 권 한 장을 흰 봉투에 담아 주머니에 넣어 주면서

"둘째 미누리 아아가 여태 태기가 없다캐도…… 잠이 안 온다캐도요. 둘째놈 제대 만기제대하고 취직하마 시님 은공 갚을끼라캐도요. 그마 시님이 곡차 한 잔 자시고요. 칠성님께 달덩이 머스마 하나 점지하라카소. 약소하다캐도 행편 안 그렁교?"

하고 빠꼼빠꼼 스님을 쳐다보자. 스님은 흰 봉투 속을 들여다보고는 선화(禪話) 하나를 만들었지요.

"아즈매 보살! 요새 송아지 새끼 한 마리 값이 얼마인줄 알고 캅니꺼? 모르고 캅니꺼? 도야지 새끼도 물 좋은 놈은 몇만 원 한다 카는데에 이것 가지고 머스마 값이 되겠니꺼?"

그러자 그 맞은편 좌판 앞에서 물오징어를 팔고 있던 젊은 아즈매 보살이 쿡쿡 웃음을 참다못해 밑이 추지도록 웃고 말았는데, 때마침 먹이를 찾아왔던 갈매기 한 마리가 그 웃음소리를 듣고 멀리 바다로 날라 갔는데, 그 소문을 얼마나 퍼뜨렸는지…….

그 후 몇 해가 지나 설봉스님 장례식 때는 부산 앞바다 그 수백 마리의 갈매기들이 모여들어서 아즈매 보살들의 울음소리를 흑흑흑…… 흉내를 내다가 눈물 뜸뜸 떨구었지요.

─『절간이야기 19』에서

『절간이야기 1』에서 '업'이라는 부목처사의 '물로 배를 채'운 가난의 애환이 담담하면서도 능청거리는 화법을 통해서 은연중 실리고 있다. 『절간이야기 17』에서는 늙은 어부를 통해 '고명하신 손님들'(?)에 대한 은근한 비양거림이 묻어나고 있는데 '하늘에 새떼가 날아가나…… 홍어가 들라하나…… 혼자 궁시렁거리며 도로 걸어가는' 것으로 방향을 바꾸면서 작가는 스스로의 의도를 희석화 시킨다. 힘을 교묘히 빼냄으로써 독자의 사유공간을 넓혀주고 있는 셈이다. 『절간이야기 19』에서는 질척거리는 시장통을 '사람사람 사투리사투리 물비릿내물비릿내'라고 묘사를 하는 것부터 재미를 느끼게 한다. 아즈매 보살과 노스님의 선화(禪話)가 웃음까지 자아내게 한다.

반면에 「절간이야기」 연작은 선경에 든 오롯한 오도(悟道)의 깨달음을 담고 있는 작품이 많아 어느 작품이고 쉽게 넘어가지 못하게 한다. 생이란 무엇이며 죽음이란 무엇인가. 어떤 삶이 과연 향기로운 것인가. 이런 질문들에 대해 직접적인 답을 우회적으로 들려준다. 거의 모든 연작시가 평면적으로 보이지 않는 이유는 바로 여기서 비롯된다고 할 수 있다.

어제 그끄저께 일입니다. 뭐 학체 선풍도골仙風道骨은 아니었지만 제법 곱게 늙은 어떤 초로의 신사 한 사람이 낙산사 의상대 그 깎아지른 절벽 그 백척간두의 맨 끄트머리 바위에 걸터앉아 천연덕스럽게 진종일 동해의 파도와 물빛을 바라보고 있기에

"노인장은 어디서 왔습니까?"
하고 물었더니
"아침나절에 갈매기 두 마리가 저 수평선 너머로 가물가물 날아가는 것을 분명히 보았는데 여태 돌아오지 않는군요."
하고 혼잣말로 중얼거리는 것이었습니다. 그런데 그 다음날도 초로의 그 신사는 역시 그 자리에서 그 자세로 앉아있기에
"아직도 갈매기 두 마리가 돌아오지 않았습니까?"

했더니

　　"어제는 바다가 울었는데 오늘은 바다가 울지 않는군요."

하는 것이었습니다.

―『절간이야기 2』 전문

　　『절간이야기 2』에서 초로의 신사는 어디서 왔느냐는 질문에 날아간 두 마리의 갈매기가 돌아오지 않음을 얘기한다. 그러나 정작 갈매기에 대한 오늘의 물음에 그는 전혀 엉뚱한 바다에 대해 얘기하고 있다. 선문답을 하고 있는 셈이다. 과연 초로의 신사가 얘기한 어제와 오늘의 답은 무슨 의미를 내포하고 있을까. 어디서 왔느냐는 질문에 날아간 두 마리의 갈매기가 돌아오지 않음을 얘기한 것은 '어디서 왔느냐'는 중요한 문제가 아니라는 의미일 것이다. 사람이 가고 오는 것은 인연법에 따르기 마련인 법, 쓸데없는 질문을 왜 하느냐는 것일 게다. 오히려 수평선 너머로 간 갈매기 두 마리의 안부가 중요한 것이라는 얘기다. 갈매기의 안부에 대한 물음에 바다를 얘기한 것도 마찬가지로 해석이 된다. 그런데 '어제는 바다가 울었는데 오늘은 바다가 울지 않는'걸까. 바다가 울고 있다는 것은 무언가의 빈 자리를 의식하는 것, 아마도 어제는 갈매기 두 마리의 빈 자리 때문에 바다의 울음에 마음이 쓰였을 것이나, 오늘은 그것도 저것도 없는 무념의 상태라는 것이다. 물론 이것 역시 필자의 자의적인 해석에 불과하다. 실제로 어제는 바람이 많이 불고 오늘은 잔잔해서 그랬는지도 모르고, 갈매기 두 마리가 소설『광장』의 그것처럼 누군가를 상징하고 있는 것인 지도 모른다. 중요한 것은 시의 내용이 파동을 치며 요란하지도 않는데 그 숨겨진 의미는 여러 갈래로 해석이 가능하다라는 것이고 그 어느 것도 명쾌한 답이 못된다라는 사실이다. 마치 우리들의 생이 그런 것처럼, 불자들이 성불을 위해 평생을 두고 답을 찾으려는 화두처럼.

　　그날 밤 대중들이 잠이 들어 달빛을 받은 나뭇가지들이 산방 창호지 흰 살결에 얼룩덜룩한 그림을 그리고 있을 때 김행자는 "본래면목(本來面目)이란 어떤 물건인가?"라는 의문 때문에 잠이 오지 않아 마당으로 나왔지요. 땅바닥에 무릎까지 쌓인 인경소리를 한동안 밟다가 거기 보타전 맞은 편 관음지(觀音池) 둑에 웬 낯선 사내가 두 무릎을 싸안고 앉아 있는 것을 보았지요. "이 밤중에?" 김행자는 머리끝이 쭈빗쭈빗 곤두섰지만 무엇에 이끌리듯 사내의 등 뒤에 가서 사내의 동정을 살피고 있었지요. 그런데 그 사내는 인기척을 느꼈는지 못 느꼈는지 괴이적적한 수면에 떠오른 달그림자만 뚫어지게 바라보고 있을 뿐 마치 무슨 짐을 몽동그려 놓은 것처럼 미동도 없었지요. 마침내 달이 기울면서 자기 그림자를 거두어 가고 관음지에 흐릿한 안개비가 풀어져 내리자 사내는 늙은이처럼 시시부지 일어나며 "그것참…… 물 속에 잠긴 달은 바라 볼 수는 있어도 끝내 건져 낼 수는 없는 노릇이구먼……."하고 수척한 얼굴을 문지르며 흐느적흐느적 산문 밖으로 걸어나가는 것을 다음 날 새벽녘에 보았지요.

—『절간이야기 6』 전문

『절간이야기 6』 역시 이러한 선경의 세계를 잘 보여주고 있는 작품이다. 김행자가 찾고자하는 '본래면목(本來面目)'의 세계는 낯선 사내가 건져내고자 하는 달이 아니었을까. 그러나 그 달은 볼 수는 있어도 끝내 건져낼 수는 없는 달이다. 그렇듯 '본래면목(本來面目)'이란 것도 볼 수는 있지만 건져내어 가질 수는 없다는 것을 작가는 얘기하고 싶었던 것은 아닐까. 그렇다면 결국 이것은 잡을 수 없는 존재라는 것이다. 잠시 보이다 사라지는 존재. 그러니 다들 '본래면목(本來面目)'을 얻고자 하나 모든 이가 얻지를 못하는 것인지도 모른다.

『절간이야기 25』라는 작품에도 물 위의 달을 이렇게 얘기한다.

나는 부처를 팔고
그대는 몸을 팔고
버들은 푸르고 꽃은 붉고……
밤마다 물 위로 달이 지나가지만
마음 머무르지 않고 그림자 남기지 않는도다　　　　—『절간이야기 25』

일본 임제종의 다쿠안(澤庵: 1573~1645) 선사가 찬(讚)한 여기에도 행간에 많은 의미가 내포되어 있다. 물 위로 달이 지나지만 거기에 마음이 머무르는가. 그림자가 남는가. 마음도 그림자도 그 어느 흔적도 남지 않는다. 다만 착시(錯視)에 불과할 뿐.

한나절은 숲 속에서 새 울음소리를 듣고
반나절은 바닷가에서 해조음 소리를 듣습니다
언제쯤 내 울음소리를 내가 듣게 되겠습니까

―『절간이야기 29』

우리 절 밭두렁에
벼락 맞은 대추나무

무슨 죄가 많았을까
벼락 맞을 놈은 난데

오늘도 이런 생각에
하루해를 보냅니다.

―『절간이야기 30』

또한 『절간이야기』 연작에는 29와 30에서 보게 되듯 스스로를 낮추는 구도자의 정신이 잘 나타나 있다. 구도의 길은 험난하며 또한 끝이 보이지 않는다. 내 울음소리를 내가 듣지 못할 리 없건만 '언제쯤 내 울음소리를 내가 듣게 되겠습니까'라고 묻는다. 거기서 더 나아가 자신을 벼락맞을 존재로 인식하고 있다. 바닥에서 다시 시작하는 곳에 늘 구도의 아름다움이 있지 않던가.

3) 우주적 질서와 고통의 언저리

반면 『절간이야기』 연작 이외에 다른 작품들에서는 서정자아의 번민과
그 번민 사이를 오가며 깨달아 가는 외로운 구도자의 모습이 동시에 아리게
잡혀 온다. 삶의 경계를 벗어난 듯 보이다가도 바보같이 소박한 사내의 모습이
보이기도 한다. 우주적(宇宙的) 초극의지(超克意志)가 보여 심오한 돈오(頓悟)의
경지에 들어갔는가 싶은데 어느새 시인은 그곳을 빠져 나와 고통의 언저리를
배회하고 있다. 이 양면성을 어떻게 설명해야 옳을까.

　　한 그루 늙은 나무도
　　고목소리 들을라면

　　속은 으레껏 썩고
　　곧은 가지들은 다 부러져야

　　그 물론 굽은 등걸에
　　장독들도 남아 있어야

―「일색변 2」 전문

　　무금선원에 앉아
　　내가 나를 바라보니

　　기는 벌레 한 마리가
　　몸을 폈다 오그렸다가

　　온갖 것 다 갉아먹으려
　　배설하고

알을 슬기도 한다

―「내가 나를 바라보니」 전문

  일색변(一色邊)은 유무색공 미오득실(有無色空 迷悟得失)의 이견대대(二見待
對)를 초월한 일색의 경계를 이름이다. '결구'까지를 포함하여 총 8편의 연작으
로 된 이 작품에서 시인은 바위와 고목과 사내와 여자, 사람 등 이를테면 자연
과 인간의 본연지성에 대해 적고 있다. 이를 바라보는 시인의 시각은 초연하고
엄숙하다. 득도를 한다는 것은 자기자리로 돌아가는 일일텐데 시인은 이를 힘
들여 얘기하지 않는다. 시적 대상을 꿰뚫는 혜안이 있기 때문이다. 시인은 '자
리'의 의미를 거창한 것에 기대지 않으며 오히려 작고 잘 보이지 않는 것들에
의미를 부여한다. 「일색변 2」 역시 그러하다. '한 그루 늙은 나무'라고 해서 다
고목이라 명명하지 않는다. '속은', '썩고', '곧은 가지들은 다 부러져야' 하는
것이다. 이것은 '고목'이 되는 기본이다. 그러면서 시인은 '고목'이 진짜 '고목'
다워 지는 자질을 '굽은 등걸'의 장독이라고 얘기한다. 이것은 온전히 시인의
시각이다. 구도의 안착점이 되는 셈인데 이 발견은 결코 거창한 것이 아니다.
지나치기 쉽고 지극히 사소한 것에 불과하다. 이 사소한 것에서 서정의 힘이
분출되고 있다. 사소한 것이지만 이것은 구체적이며 또렷하다. 시가 쉽게 빠지
기 쉬운 관념성을 보기 좋게 무너뜨리고 있는 것이다.

  「일색변 2」가 시적 대상에 견주어 구도자의 신성성을 그려낸 것이라면
「내가 나를 바라보니」는 삶 가운데 어쩌지 못하는 육신의 고통을 그려내고 있
다. '나'를 '벌레 한 마리'로 그려내는 시인의 시선은 정직하다. 가식의 옷을 껴
입지 않으며 차라리 참담함을 택한다. 자신을 낮추는 것이다. '온갖 것을 다 갉
아먹는' '배설하고 알을'스는 육욕의 존재인 것이다. 이는 의당 경건하고 진중
해야 할 구도자의 모습이 분명 아니다. 스님이라는 신분을 파탈하고 있는 것은
아닐까. 이 점을 보다 면밀히 검토해보면 이 글의 처음에 의문을 제기한 두 양
면성을 이해할 수도 있을 것이다.

「일색변 2」가 추구하는 정신세계를 편의상 Ⅰ군이라고 하고 「내가 나를 바라보니」에 내포된 고통을 Ⅱ군이라고 해보자. Ⅰ군의 정신세계를 표출하고 있는 작품들은 우선 「일색변」 연작을 비롯하여 「무자화」 연작, 「만인고칙 1」, 「만인고칙 2」, 「무설설」 연작 등이 해당된다. 이 시편들에서는 구도자의 길을 가면서 깨달은 삶의 경지를 담담하게 그려주고 있다. 뿌리는 밤하늘로 가지들은 땅으로 뻗은 오로지 떡잎 하나로 우주를 다 덮고있는 불가해의 존재에 대해 은근히 비판정신을 실어 보내기도 하고(「무자화 5」에서), 세상살이의 맛에는 매끄러움보다는 부황이라도 들어 '담장 밖으로' 말도 좀 내놓는 여유(「일색변 7」)를 강조하거나 한 티끌 겨자씨보다도 더 작을 마음의 중요성(「결구 8」)에 대하여 강조하기도 한다.

「만인고칙 1」, 「만인고칙 2」의 연작은 선사들의 어록이나 전해져 내려오는 일화를 바탕으로 하고 있다.

> 가사, 삼천대천세계의 그 칠보를 다 갖는다해도
> 풀먹인 살림살이 마삼근(麻三斤)도 빳빳했거늘
> 진실로 풀 그것까지 빨아내는 것만 할까
>
> —「동산삼근(洞山三斤)」 전문

「동산삼근(洞山三斤)」은 선적들 가운데 '종문제일서'로 알려진 『碧巖錄』 제12칙의 내용을 바탕으로 하고 있다. 12칙의 내용은 어떤 수행자가 와서 동산화상에게 "어떤 것이 부처입니까" 물었더니 화상이 "삼이 세근이다"라고 답했다는 내용이다. '부처'를 삼베 세 근에 비유한 것은 지나치기는 하지만 고귀한 것이 아닌 존재, 누구나가 무엇이든지 부처가 될 수 있다는 의미를 함축적으로 얘기한 것이라 볼 수 있는데 시인의 의식 역시 '삼천대천세계의 칠보'보다는 '풀먹인 살림살이 마삼근(麻三斤)도 빳빳'함에 더 큰 의미를 실어내고 있다.

> 벗어 들 헌 짚신 그 한짝도 없이

한 생각 일사천하, 일백일십성을 다 밟아보고
그 걸음 그 몸짓으로 밀뜨린 은산철벽

―「향상일로(向上一路)」 전문

「향상일로(向上一路)」의 작품 역시 「경덕전등록」, 「반상보적조(盤山寶積條)」
에도 나오지만 『벽암록(碧巖錄)』 제12칙의 내용 수시(垂示)에 '천성부전(千聖不
傳)'과 한 구를 이루며 나오는 말이다. '위로 향하는 유일한 길'이라는 뜻으로
절대의 모습, 근본 원인 등 다양하게 풀이될 수 있다. '향상일로(向上一路)'는 천
명의 성인도 전할 수 없으며 언어와 생각이 미치지 못하는 최상의 경지를 의
미하며, 종문(宗門)의 최종 목적지를 가리키는 말이기도 하다. 그러니 이 절대
의 경지는 '벗어 들 헌 짚신 그 한 짝도 없이', '은산철벽'을 밀어낸 일도집중
끝에서야 겨우 다다를 수 있는 곳이 아니고 무엇이랴.

    편의상 분류에 불과하지만 II군에 해당되는 작품은 <山日> 연작, 「무산
심우도」, 「재 한 줌」, 「내 삶은 헛걸음」, 「침목(枕木)」, 「보리타작 마당에서」,
「견춘3제」, 「고향 당 하루」, 「내가 쓴 서체를 보니」, 「일색과후」 등이다. 벼락
맞은 대추나무를 보고 오히려 벼락맞을 놈은 자신이라고 생각하고(「山日·1」에
서), 다비로 뿌린 재 한 줌뿐인 생명(「재 한 줌」에서)이거나 눈앞의 돌도 그냥 헛
보이며 흔들리는 대역 죄인이거나(「내 삶은 헛걸음」에서), 도리깨로 다스린다면
수십 가마쯤 될 죄의 쭉정이 이거나(「보리타작 마당에서」에서 중) 적당히 살아온
죄적만 같은 서체이거나(「내가 쓴 서체를 보니」에서), 새 울음소리는커녕 내 울음
도 못 듣는 존재(「일색과후」에서)이다.

    천 개 눈으로도 볼 수 없는 화살이다.
    팔이 무릎까지 닿아도 잡지 못할 화살이다.
    도살장 쇠도끼 먹고 그 화살로 간 도둑이여

―「무산 심우도 - 1. 심우」에서

이쯤 되면 풍자와 비판정신 정수를 보여준 연암의 『양반전』보다도 더 혹독한 비판정신이 가해지고 있는 것이다. 더욱이 제3자가 아니고 자신에 대한 화살이자 비난의 앞에 독자들은 의아해할 수밖에 없다. 여기에 몸 낮춤의 참 미학이 있다. 아는 체 하고 있는 체 하는 무리들을 역으로 공격하고 있는 셈이다. 兩價的이지만 결국 하나의 세계를 지향하고 있는 셈이다. 이는 『절간이야기』 연작에서 지적한 시적 특징과 결코 무관하지 않다. 삶과 우주적 질서의 돈오를 시적 대상의 생생한 묘사를 통해 무리하지 않고 자연스레 보여주는 것도 그러하지만 득도의 끝에서 가질 수 있는 시혜자적이며 고고한 것을 흠향하려는 관념적 시인의 태도를 버리고 진정한 몸 낮춤을 통해 스스로 고통을 껴안는 실천적 자세는 아름답지 않은가.

4) 자유정신의 현현

불교에서 말하는 진리는 여러 가지가 있다. 일체개공(一切皆空)이거나 제행무상(諸行無常), 혹은 일체유심조(一切唯心造) 등은 그 대표적인 명제라고 할 수 있는데 이 가르침은 실제로 하나로 통한다고 할 수 있다. 모든 것이 무상하고 실체가 없는 것처럼 보이지만 이 모든 것이 마음에서 연유하는 것이다. '착한 것도 마음이라 마음을 가지고 마음을 닦지 못하는 것도 마음이며 악한 것도 마음이라 마음을 가지고 마음을 끊지 못하'는 것도 마음이라 했다. 그렇다면 마음은 어떻게 얻어지는 것일까. 이것은 선을 통하여 가능하다고 불교에서는 보고 있다. 禪은 마음을 가다듬고 정신을 통일하여 무아적정(無我寂靜)의 경지에 도달하게 하는 정신집중의 수행을 말한다.

禪에서 흔히 十牛圖라 부르는 조그만 텍스트가 있다. 소를 잃어버린 목자가 야성(野性)으로 돌아가 있던 그 소를 다시 찾아내 길들임으로써 소와 하나됨을 실현해 나간다는 연속된 그림이다. 十牛圖는 열장의 그림과 각각의 그림에 대한 게송으로 짜여져 있다.

> 잃을 소 없건마는 찾을 손 우습도다
> 만일 잃을 시 분명하다면 찾은 들 지닐소냐
> 차라리 찾지 말면 또 잃지나 않으리라.

—한용운, 「심우장(尋牛莊)」 전문

만해의 이 작품에서 '잃을 소'는 무엇을 의미하는가. 잃어버린 참된 자기 혹은 본 마음이라 볼 수 있을 것이다. '찾을 손'은 소를 찾으러 나선 나그네가 머무는 곳이라는 '尋牛莊' 이라는 공간 설정에서 비롯된 것이며, '손'은 다름 아닌 시인 자신이라는 것을 알 수 있다. 심우도에서 자신은 '나는 누구인가?' 에 대해 묻는 것으로 시작된다. 나에 대해 묻는 것이 참된 나 혹은 나의 본 마음을 알 수 있는 출발이 된다.

일반적으로 나는 알 수 있는 나와 알지 못하는 무수한 나로 이루어져 있다. 그러나 우리 자의식은 늘 과잉상태라서 자기이해(自己理解)는 일단 자기오해(自己誤解)로 변질되어 있으며, 자각력 역시 일단은 무자각이라는 결핍 상태 속에 있다. 그러나 시인은 '잃을 소가 없'으며 '찾을 손 우습'다고 말한다. 십우도는 소를 찾아 집에 돌아와, 결국 소도 잊고(到家忘牛), 사람까지 모두 잊는(人牛俱忘) 단계까지 나아가 근원으로 돌아가는(返本還源) 구조를 가지고 있으므로 결국 참된 자기를 얻어내는 것이 용이하지 않음을 얘기하고 있다.

그러나 사람들은 모두다 자신들이 '소'의 존재를 가지고 있다고 생각한다. 참된 자기. 본 마음이 내게 있었던가. 시인은 그것을 다시 한 번 되짚어 묻고 있는 셈이다. '잃을 소가 없'다는 것은 그런 마음조차 처음부터 가지고 있지 못했음을 지적한 것이다. 그러나 시인을 포함한 대부분의 사람들은 없는 그 맘을 찾고자 무진 애를 쓴다. 그러니 우스울 수밖에 더 있겠는가. 설사 그 참된

자기가 있어서 잃어버린 것이 분명하다고 가정하여 보자. 그것을 찾는다 하여
도 지니고 다닐 수 있겠는가. 지닐 수 없다고 시인은 말한다. 무슨 이유에서인
가. 애당초 그것은 존재하지 않았기 때문이다. 아니 잃어버릴 것이 분명하기
때문이다. 역설적 묘미를 얹고 있는 것이다. 시인은 마지막으로 '찾지 말면 또
잃지나 않으리라'고 말한다.

찾지 않는다는 것은 초장에서 보듯 '잃을 소'가 없기 때문이니, 결국 잃지
않는 것이 된다. 그러나 여기서 다시 생각해보자. 그것은 정말 있어서 잃지 않
은 것인가. 그런 것이 아니다. 왜냐하면 '잃을 소'가 애초에 없었기 때문이다.
결국 이 「심우장」은 초·중·종장이 연쇄 고리를 물고 역설적으로 연결되어
독특한 묘미를 불러일으키고 있는 작품이다. 만해의 「심우장」이 십우도에 얽
힌 처음부터 끝까지에 얽힌 내용을 대표적인 단시조로 압축하여 보여주고 있
다면 십우도를 소재로 한 연작의 대표적인 작품으로 「무산심우도」를 들지 않
을 수 없다. 무산 조오현은 1978년 시조집 「심우도」를 펴냈거니와 「무산심우
도」는 십우도의 각 단계에 맞추어 10수의 연시조로 구성되어 있어 주목해 볼
만하다. 첫 단계의 「심우(尋牛)」와 두 번째 단계인 「견적(見跡)」에서 찾아가는
나와 본래의 나의 관계 설정이 자못 흥미롭다.

> 누가 내 이마에 좌우 무인(拇印)을 찍어 놓고
> 누가 나로 하여금 수배하게 하였는가
> 천만금 현상으로도 찾지 못할 내 행방을.
>
> —「1. 심우(尋牛)」 초반부

나는 죄인이며 동시에 죄인을 검거해야 하는 이중적인 성격을 지니고 있
다. 그러므로 죄인의 마음은 「견적」에서 보듯 '명의, 진맥으론/ 끝내 알 수 없
는 도심(盜心)'이 된다. 현상수배범을 쫓는 나는 '천개'의 눈을 가지고도 '팔이
무릎까지 닿아도 잡지 못'하는 화살처럼 그 흔적을 발견하지 못한다.

여기서 '소'는 법신(法身), 진여(眞如), 불성(佛性), 각체(覺體), 본심(本心), 한 손바닥의 소리, 무(無), 진아(眞我) 등 다양한 의미로 해석이 가능하다. 그러나 실제로는 문자를 가지고 쉽게 개념화할 수 없는 것이 마음소(心牛)이다. 현상에 대해 실제로도 보이고, 나에 대해 무아(無我)로도 보이고, 현실의 자기에 대해 이상의 자기로도 보이는 신령한 소(靈牛)이다. 끝내는 天·地가 한 손가락인 흰 소이다. 「무산심우도」 연작의 소 역시 궁극적으로는 같은 의미를 지닌다. 그러나 시인은 일차적으로 그것을 도심(盜心)으로 설정하고 있는 것이다.

> 명의(名醫), 진맥으론 끝내 알 수 없는 도심(盜心)
> 그 무슨 인감도 없이 하늘까지 팔고 갔나
> 낭자히 흩어진 자국 음담(淫談) 속으로 음담 속으로.
>
> 세상을 물장구치듯 그렇게 산 엄적(掩跡)이다
> 그 엄적 석녀(石女)가 지켜 외려 죽은 도산(倒産)이다.
> 그물을 찢고간 고기 다시 물에 걸림이어.
>
> ―「2. 견적(見跡)」 전문

'도심'이라면 구태여 찾을 필요가 없는 것이고 오히려 버려야 할 것인데 어찌하여 그것을 찾겠다는 것인가. 여기에 시인의 독특한 인식이 있다. 그 마음은 본래 그런 것이 아니라 누군가에 의해 좌우 무인을 찍어 수배하게 한 만들어진 마음인 것이다. 그러니 그것은 표면상 '도심'에 해당된다. 그렇지만 본래는 흰 소였을 것이다. 세상의 '음담'은 그를 도심으로 만들었지만 본래의 흰 소를 찾아가는 것이다.

> 어젯밤 그늘에 비친 고삐 벗고 선 그림자
> 그 무형의 그 열상(裂傷)을 초범으로 다스린다?
> 태어난 목숨의 빚을 아직 갚지 못했는데   ―「3. 견우(見牛)」 초반부

삶도 올거미도 없이 코뚜레를 움켜 잡고

헤맨 걸음 몇 만보냐 매어둘 형법을 찾아

죽어도 한뢰로 우는 생령이어, 강도여.

과녁을 뚫지 못하고 돌아오는 명적(鳴鏑)이다

짜릿한 감전의 아픔 복사해본 살빛이다

이 천지 돌쩌귀에 얽혀 죽지 못한 운명이어.

—「4. 득우(得牛)」 전문

「3. 견우(見牛)」와 「4. 득우(得牛)」에서 그것은 더 명징하게 드러난다. '그 무형의 그 열상을/ 초범으로 다스린다(?)'의 설의법 안에는 그 소는 죄도 없이 무고를 당한 자이며 피해자라는 인식이 놓여있으며, '매어둘 형법을 찾아/ 헤맨 걸음 몇 만보냐'는 물음에는 그 소가 애초부터 죄를 짓지 않았음을 보여주고 있다. 그렇다면 그 소를 '도심'으로 구태여 그리고자한 시인의 의도는 죄인으로 몰릴 수밖에 없는 세상의 추잡함을 드러내고자 하는데 있음을 시사해 주고 있다.

돌도 풀도 없는 그 성부(城府)의 원야(原野)를

쟁기도 또 보삽도 없이 형벌처럼 다 갈았나

이제는 하늘이 울어도 외박할 줄 모르네.

—「5. 목우(牧牛)」 전반부

「5. 목우(牧牛)」에는 다시 그 소를 기르는 것이 형벌처럼 원야를 가는 것으로 그려져 있다. 쟁기도 보삽도 없는 암담한 공간이어도 밖으로 도망치지 않는 순응의 자세가 놓여 있다. 이 순응에는 곽암 십우도 화송(和頌) 중의 하나에 보이는 '완숙하게 길들여져 절로 몸에 밴다면(通身) 티끌 속에 있더라도 오염되지 않으리(牧來純熟自通身 雖在塵中不染塵)'라는 인식과도 상통하고 있다.

「6. 기우귀가(騎牛歸家)」에는 '한 웃음 만발하여 실고 가는' 한때의 평화로움이 있다. 맑고 깨끗한 날을 배경으로 사람과 소가 하나이고(人牛一如), 자기와 타자가 평등(自他平等)와 주체와 객체가 둘이 아닌(主客等位) 상태를 나타내고 있다. 그러나 시인은 여전히 '죄적' 속에 시달리고 있다. '매혼'과 '도매할 삶'에서 보듯 진여의 자기에 이르지 못하고 있다.

「7. 망우존인(忘牛存人)」과 「8. 인우구망(人牛俱忘)」에서는 집에 이르른 후의 소를 잊어 가는 과정을 얘기하고 있다. 곽암의 서문에는 올가미와 토끼, 통발과 고기의 관계를 소와 사람의 관계로 비유하고 있다. 토끼와 고기를 잡으면 올가미와 통발은 잊는 것과 같이 '소'라는 방편이 더 이상 필요 없는 것이고, 결국에는 소와 사람 모두 비어 푸른 허공만 아득히 펼쳐져 있으리라는 것이다. 이에 대해 시인의 해석은 다소 색다르다.

> 과태료 백 원 있으면 침 뱉아도 좋은 세상
> 낚시를 그냥 삼킨들무슨 걸림 있으리까
> 살아온 생각 하나도 어디로 가 버렸는데……
>
> —「7. 망우존인(忘牛存人)」 전반부

> 약없는 마른 버짐이 온 몸에 번진거다
> 손으로 짚는 육갑 명씨 박힌 전생의 눈이다
> 한 생각 한 방망이로 부셔버린 삼천대계여.
>
> —「8. 인우구망(人牛俱忘)」 후반부

「7. 망우존인(忘牛存人)」의 종장에 나타난 인식은 마음소를 잊어버렸다고 보는 보통의 경우와 동일하다. 그러나 '과태료 백원 있으면 침 뱉아도 좋은 세상'과 '한 생각 한 방망이로 부셔버린 삼천대계여'에서 보듯 시인의 생각은 비판적이며 상당히 과격하다. 과격함은 '忘'이라는 것에서 연유하고 있다. 잊혀진다는 것은 옆에 둘 필요가 없어지는 것에서 연유하고, 필요가 없다면 최소한 존재로 남아있기 마련이다. 7에서 소는 잊혀졌지만 사람만이 존재하므로 사람을 통제할 최소한의 법만이 필요한 것이다. 세상의 집으로 돌아왔지만 세상은 조금도 나아지지 않았다. 침을 뱉고 싶을 정도이다. 생각도 마음의 소도 가버린 세상은 '좌우 무인을 찍어 놓고' 나를 '수배하게 하였'던 곳과 같다. 그러나 다시 도둑의 누명을 써서는 안 된다. 침을 뱉고 싶은 세상이 요구하는 과태료 정도는 지녀야 하는 것이다. 세상에 대한 비판은 한 걸음 더 나아가 사람마저 잊어버린 단계에 이르르면 '방망이로 부셔버린 삼천대계'에서 보듯 중생, 국토, 오음(五陰)의 세상 모든 것을 한 순간에 날려보내는 이탈의 정점에 서게 된다.

일거에 한 방망이로 삼천대계를 부수는 시인의 의식은 분명 과격한 구도의 포기처럼 보인다. 그러나 이는 이탈과 포기가 아니다. 생각(마음)과 사람(몸)마저도 잊어버림으로써 비로소 얻는 '자유'에 초점이 모아져 있기 때문이다. 어느 것에도 매이지 않는 자유정신의 현현은 「무산심우도」 연작을 관통하는 정신이다. 이점은 마지막 단계에서 더욱 분명하게 나타난다.

> 생선 비린내가 좋아 견대肩帶 차고 나온 저자
> 장가 들어 본처는 버리고 소실을 얻어 살아볼까
> 나막신 그 나막신 하나 남 주고도 부자라네.
>
> 일금 삼백 원에 마누라를 팔아먹고
> 일금 삼백 원에 두 눈까지 빼 팔고
> 해돋는 보리밭머리 밥 얻으러 가는 문둥이어, 진문둥이어.
>
> —「10. 입전수수(入廛垂手)」 전문

「무산 심우도(霧山尋牛圖)」의 대미는 어떤 것에도 연연하지 않고 표표하게 흐르는 자유의 삼매를 보여준다. '마누라'와 '두 눈'으로 대표되는 속세와 물질과 연을 끊으며 부상(扶桑)의 출발지에서 새롭게 떠나는 구도자로 그려지고 있다. 참에의 도달은 끝이 아니라 시작임을 보여주고 있다. 그리고 중요한 것은 그것이 산중 홀로 그윽한 곳에 존재하는 것이 아니라, '견대 자고 나온 저자'의 삶과 탁발의 고행 속에 있음을 보여주는 것이다.

5) 길 없는 길, 탁발의 萬行

지금까지 무산 조오현의 시세계에 대해 살펴보았다. 비교적 초기의 작품으로 보이는 「몽상」, 「앵화」, 「할미꽃」의 작품에는 고향과 어머니, 외할머니 등 속세의 가난한 인연에 대한 연연함이 엿보인다. 아마 이 연연함이 앞서 살펴보았듯 자신의 존재를 한없이 낮추며 고통의 언저리를 맴돌고 있는 모습으로 나타나기도 했을 것이다. 그러나 시인은 여기서 한 걸음 더 나아가 「일색변」과 「만인고칙」, 「무산 심우도」의 세계를 얻었으며, 『절간이야기』의 고졸의 세계로 나아가고 있는 것이다. 「일색변」과 「만인고칙」의 세계는 걷어낼 것은 다 거두어낸 무미의 깨달음이라고 보아도 좋다. 구도의 본래 모습인 득도의 지난함과 그 끝에 홀연히 깨닫게 되는 법문과도 같은 진지한 성찰이 우리의 옷깃을 여미게 한다. 「무산 심우도(霧山尋牛圖)」에는 부상(扶桑)의 출발지에서 새롭게 떠나는 구도자의 표표하게 흐르는 자유의 정신이 살아 숨쉬고 있다. 『절간이야기』에는 일상사 가운데서 만나는 절 주변의 얘기를 산문시를 통해 담담히 혹은 능청거리는 화법을 통해 들려주고 있다. 그러나 여기에서도 시인은 자신을 드러내지 않는다. 노 석수장이이거나, 쇠전거리 늙은 대장장이, 혹은 오갈데 없는 여든 살의 촌 노인, 늙은 어부, 자갈치 어시장의 '아즈매 보살', 늙은 염장이, 산지기 등의 입을 통하여 그들의 어법으로 우리들에게 어떻게 살아가는 것이 정말 바른 길인지를 은연중 깨우치고 있다. 이들의 얘기가 곧 우리들의 삶이며 우리가 늘 고민하는 문제가 아닌가. 이는 「무산 심우도(霧山尋牛圖)」 연작이 산중 홀로 그윽한 곳에 존재하는 것이 아니라, '견대 자고 나온 저자'

의 삶과 탁발의 萬行 속에 있는 것과 같은 동궤의 인식에서 비롯된 것임을 다시 한 번 확인해주고 있음에 다름 아니다.

겨울, 그 순백(純白)의 칼날 의지

박시교론

박시교 시인은 정적의 겨울 뜨락과도 같은 시인이다. 화려함보다는 내밀함을 사랑하며, 타자(他者)에게 내 쏟는 몸부림보다는 응혈 진 가슴, 온유의 숲을 거느리기를 즐겨한다. 그러나 겨울 뜨락이 그러하듯 봄을 예비하는 뜨거움과 초극의 의지를 가지고 있다. 그리하여 잔설 위에 내리는 아침 햇살처럼 사고의 눈은 차고 빛나며 예리하다. 이것이다라고 내세우지 않았음에도 칼날의 시선이 느껴지고, 힘주지 않았음에도 行間에서 탄력적인 긴장에 휩싸이는 이유도 바로 여기에서 연유한다. 박시인의 이러한 시적 특징을 잘 보여주고 있는 작품이 바로 「겨울 광릉에서」와 「빈 손을 위하여」이다.

세상일 문닫아 버린 겨울 광릉에 가서
발목 잡는 눈에 갇혀 한 마리 짐승 되면
마침내 마음의 귀로 듣게 되는 산우는 소리

내 몸을 내리치는 그것은 칼바람소리

이 순백(純白)의 계절에 홀로 남루한 자, 곧은 의지(意志)의 생명들 앞에
더없이 비굴한 자의 상심(傷心), 아아 눈숲에 엎드린 작은 나의 짐승이여.

타는 듯 핏빛으로 번지는 내 안의 갈증이여.

「겨울 광릉에서」 전문이다. 광릉이 역사적 장소이기에 더욱 평범하게 느껴지지 않는다. 그러나 시인은 그 역사적 장소마저도 세상일 모두를 문닫아 버렸다고 얘기한다. 세상일이란 작게는 시인과 시인 주변의 삶이며 넓게는 현대인의 복잡다단한 日常, 더 나아가 현재 진행형의 역사이리라. 문닫아 버렸음은 仙境志向의 고고한 자세라기보다 일상성의 거부와 저항의 몸짓으로 해석된다. 그렇다면 왜 겨울 광릉은 日常性을 거부하는가. 行間에는 많은 의미들이 함축되어 있다. 그러나 분명한 것은 그 日常이 우리 삶의 바르고 곧은 志向으로서가 아니며 그 현재 진행형의 역사가 正道의 펼쳐짐이 아니라는 것이다. 그러기에 시인은 자신의 삶과 오욕의 역사를 거부하는 장소에서 한 마리 짐승이될 수 밖에 없는 것이다. 눈 내린 뜨락에서 처절하게 맨몸뚱아리로 적어도 이순간만큼은 순수한 자연의 일부가 되고 싶은 것이다. 그러므로 '발목을 잡는눈'에 의해서가 아니라 실로 자신의 모두가 순수의 눈 속에 갇혀있기를 스스로 원하고 있는 것 아닐까. 결국 시인은 결코 육신의 귀나 눈으로 확인할 수없었던 '산 우는 소리'를 '마음의 귀'로 듣게 된다. '산'은 광릉 뒷산의 실체적좁은 의미가 아니라 넓고도 깊은 대지, 어머니와도 같은 존재로서의 山이다. 그것은 正道의 역사이며 진리이며 진실이다. 산이 우는 것은 그러므로 예삿일이 아니다. 왜곡과 모순과 부정의 삶을 질책하는 울음이며 통곡이다.

그 울음은 이어서 육신을 마치 칼로 내려치듯이 시인의 잘못을 응징한다. 시인의 삶은 '남루'와 '비굴'의 삶이었다. '순백'과 '곧은 의지'가 아니었다. 현실적 이익만을 좇는 때 묻고 더럽혀진 그래서 너덜너덜해진 왜소한 삶이었으

며, 온난한 것만을 추구하는, 추위와 정의 앞에 당당하지 못한 유약(柔弱)한 삶
이었다. 이에 대한 처절한 뉘우침은 타는 듯한 갈증의 한마리 작은 짐승으로
형상화되고 있다. '갈증'은 순백의 정신과 곧은 의지의 실천을 향한 간절한 희
구이지 않겠는가.

　　광릉이 남양주 직접면 부평리에 소재하는 조선 7대 세조와 정희왕후 윤씨
의 능이라는 사실에 주목하여 본다면 다른 의미로도 해석이 가능하다. 즉, 세
조를 우리는 부도덕성의 표본으로 지목하기도 하는데 이 역사적 장소에서 잘
못된 역사와 잘못 진행중인 역사를 동시적으로 비판하고 있는 것으로써 말이
다. 그러나 이것은 무리가 따르기도 하고 오히려 의미가 반감되기도 하여 구태
여 '광릉'이라는 장소에 무게 중심을 실을 필요는 없을 것같다.

　　이 시는 外形上 4연이지만 1연이 평시조 1수이고 2, 3, 4연이 사설시조로
써, 이는 시인이 「시조, 내 삶의 영원한 테마」에서 밝혔듯이 시조의 형식적인
면에 관심을 가지면서 '혼합 또는 복합을 시도한 작품'임을 알 수 있다. 이는
자유로운 형식을 지향하려는 조심스러운 실험의식의 결과로 생각된다. 조심스
럽다라는 이유는 이렇게 혼합을 시도한 작품이 의도적이고 작위적인 것이 아
니라, 필연성을 내포하고 있다는 말이다. 사실 그의 작품 전체로 보아 '혼합 또
는 복합을 시도한 작품'의 양은 그리 많지 않다. 인용시의 시상의 전개와 흐름
에 주목해 보면 이 시인이 이에 대해 적지 않는 고민을 했음을 알 수 있다.

　　　　1연－시적 대상에의 접근-시적 자아의 전환(짐승)--外面
　　　　2연－시적 자아에 대한 질책과 自省------------------內面
　　　　3연－시적 자아의 확산-시적 자아의 아픔----------外面
　　　　4연－시적 대상과 자아의 불일치----------------------內面

　　각 연은 外面과 內面의 교차 구조를 보여주고 있으며, 이러한 교차는 그
냥 평면적인 뒤바뀜이 아니라 시적 대상과 자아의 불일치로 인한 아픔의 자각
을 극대화하는 쪽으로 나아가고 있다.

산 우는 소리 → 칼바람 소리 → 상심 → 갈증으로 이어지는 시적 자각이 이를 예증해 준다. 그렇다면 혼합을 시도한 필연성이란 어디에서 연유하는 것인가. 혼합은 3연에서 일어나고 있는데, 왜 하필이면 3연에서 일어나고 있는가? 이점이 규명되어야만 우리는 필연적이라고 얘기할 수 있을 것이다.

3연에서는 앞서 살폈듯이 '시적 자아의 확산'과 '시적 자아의 아픔'이 일어나고 있다. 여기에서 확산이란 시적 자아의 일 개인의 사유가 넓어졌다는 것과 동시에 그러한 시적자아집단(詩的自我集團)으로의 횡적인 확산까지도 의미하는 것이다. '순백(純白)의 계절에 홀로 남루한 자'나 '비굴한 자'로의 자각, 다시 말해 시인 자신의 몸을 내리치는 산우는 소리로부터 연유하는 자괴감(自愧感)의 폭이 外形과 精神에로까지 확대되었음을 의미하는 동시에, 그러한 행동 반경으로 살아올 수밖에 없었던 민중 기층으로의 확산을 의미하는 것이다. 시인은 결국 이 확산이 일어나는 부분에서 사설을 이용하였다. 확산은 그냥의 밋밋한 서술구조보다는 반복이나 열거의 수법이 자연스럽게 혼융됨으로써 강조되거나 효과가 극대화 될 수 있다. 시인은 이를 간파하였다고 볼 수 있고 이러한 확산이 시적 다양성이나 주제를 드러내기에 적합하도록 중장이 길어지는 사설을 쓸 수밖에 없었다고 판단된다. 결정적인 부분에서 시인은 혼합을 시도한 것이다.

그렇다면 2, 3, 4연을 한 수의 사설시조로 보았을 때 시조의 형식장치상 3연, 즉 중장이 길어진 구조로 볼 수 있는데 논란의 여지로 남는 것은 과연 그 늘어남이 적당한가의 문제다. 이는 매우 중요한 의미를 지닌다. 왜냐하면 현재 쓰여지는 사설시조의 형식에 관해서는 어느 누구도 이렇다할 이론적 전개를 보여주고 있지 못하기 때문이다.

필자의 지금까지 연구해본 바를 종합해 보건대 이 작품의 2, 3, 4연은 전형적인 사설시조의 구조 안에서 설명될 수 있다고 생각된다. 왜냐하면 중장이 늘어난 3연은 그냥의 늘어남이 아니라 다음과 같은 걸음걸이를 갖고 있기 때문이다.

① 이 순백(純白)의/ 계절에/ 홀로/ 남루한 자,/
② 곧은/ 의지의/ 생명들 앞에/ 더없이/ 비굴한 자의/ 상심(傷心)
③ 아아 눈숲에/ 엎드린
④ 작은 나의/ 짐승이여(/표시는 필자)

그냥 의미 없이 늘어난 것이 아니라 그 의미상 네 마디로 나누어지고 있으며, 더욱이 각 마디 안에서는 4-6-2-2의 짝수 걸음으로 이루어지고 있음이 주목된다(이 점은 필자가 「광복 50년, 현대시조 50년」(1995. 8월 광주)에서 사설시조의 형식에 관한 세미나 주제 발표시에 주장했던 사설시조의 가장 보편적인 형식장치와 일치한다. 필자는 이 발표에서 사설시조 역시 의미상 네 마디로 나누어지며 각 마디는 우리말의 구조상 짝수 걸음이 가장 안정적이며 바람직함을 실제의 작품을 예로 들어 주장한 바 있다). 이런 점을 종합해 볼 때 「겨울 광릉에서」의 작품은 사설시조의 구조를 잘 살리면서도 이 시인이 추구하는 시적 세계-칼바람 속의 고뇌와 아픔이 순백의 차고 예리한 의지로 잘 형상화된 작품이라 볼 수 있겠다.

또 한 번 쓰러지기 위해 나는 일어선다
나뭇잎 죄다 떨군 겨울나무의 의지처럼
시작은 언제나 그렇게
힘겹고 쓸쓸했다.

등불을 밝히듯이 모든 사유들을 닦지만
남루한 모습은 끝내 지울 수가 없구나
지나온 우수의 길 위로
불 지피는 저녁놀.

아름답다, 삶의 처연한 상처까지도 아름답다
곧이어 어둠의 깊은 장막은 내려질 것이고

마침내

그 무대 뒤에서

혼절할 한 사람.

「빈 손을 위하여」 전문이다. 이 작품의 주제 또한 「겨울 광릉에서」의 연
장선 위에서 살필 수 있다. '힘겹고 쓸쓸함 → 남루한 모습'에의 자각은 삶의
처연한 상처까지도 아름답게 껴안음으로써 극복된다. 언뜻 보기에 이 작품의
분위기는 스산하여 '어둠의 깊은 장막'으로 은유되는 죽음의 이미지를 담고 있
는 것처럼 보인다. 그러나 시적 자아의 마지막 지향점은 '등불을 밝히듯이 모
든 사유들을 닦'아내는 자기 성찰에 있고, 나뭇잎을 죄다 떨구어 냈으나 맨몸
으로도 굳게 살아남은 '겨울나무의 의지'에 있다. 이점은 앞서의 작품에서 나
타난 '순백의 희고 차고 예리한'과 상통한다. 純白의 칼날 끝에 기꺼이 서고자
하는 의지를 지향하고자 노력! 그러나 시인은 번번이 여기에의 도달이 실패했
음을 스스로 인정하며 괴로워한다.

　　지금까지 살핀 두 편의 작품은 일관된 주제의식을 표출하고 있는 점에서
유사하지만, 또 한편으로는 겨울이라는 동일한 시간대에서 시상이 전개되고
있다는 점에서 주목된다. 겨울이라는 시간적 공간에 박시교 시인은 유달리 애
착을 가지고 있다. 멀리는 등단 첫 작품인 「온돌방」에서부터 최근의 작품인
「행복만들기」와 「쓸쓸한 초상」, 연작 「바람집」과 「무미」에 이르기까지 겨울의
시간적 공간이 폭넓게 자리잡고 있다.

　　① 아껴 누릴 유산인가

　　　지친 육신 쉬는 자리

　　　절약의 문틈마다

　　　가득한 햇살이여

오늘은 밀알 더 익는
따사로운 이 은총

-「온돌방」에서

② 오늘 이 아픔들을 말로 다 못할 것이라면
　무심히 그냥 그렇게 겨울강을 가보아라
　은밀히 숨죽여 우는 겨울강을 가보아라

-「겨울강」에서

③ 청진동 막소주집
　자네 몫의 빈 잔엔
　철철 넘치게 가득가득 채워지는 한 잔의 바람
　아 바람, 미처 못다 부른 「청보리의 노래」여

-「바람집 1」에서

④ 겨우내내 솔잎 닮아 청청히 산다지만
　돌문 앞을 서성대는 바람의 허세거나
　제풀에 녹아지듯 한 눈발 그것 아닌가

-「무미 1」에서

⑤ 그리하여 저 겨울나무의 견고한 고독 닮은
　내 모습을 찾을 수는 없을까.
　오, 진정 그럴 수만 있다면

　내 생의 희열까지도 작파해 버리겠다.

-「행복만들기」에서

그에게 겨울은 여러가지 모습으로 다가왔다. 구태여 색깔에 비유하자면 노란색(①), 회색(②), 녹색(③), 흰색(④, ⑤)쯤 되리라. 이 작품들은 이 색깔이 함유하고 있는 이미지도 동시에 동반하고 있는데 따사로움(①), 울음(②), 청춘(③), 관조(④), 고독(⑤)의 심상들이라고 생각된다. 약관의 젊은 시대로부터 서른 해 가까이 지난 知天命의 시대에 이르기까지 그 색깔과 이미지가 조금씩 다르게 나타나고 있는 것이다. 그러나 그 커다란 줄기는 이제 한 방향으로 곧게 나아가고 있으며, 이는 앞서 살핀 두 작품의 형상화된 주제의식을 통해 잘 드러나고 있는 것이다.

노드롭 프라이(Northrop Frye)의 『비평의 해부』(Anatomy of Criticism)에 의하면 일년의 주기 중 봄·여름은 로만스와 순진무구의 아날로지인 반면, 가을·겨울은 경험과 리얼리즘의 아날로지이다. 그는 이 네 개의 영역에 존재하는 문학양식을 희극, 로만스, 비극, 아이러니와 풍자라고 보았는데 이 점을 구태여 원용하지 않더라도 그의 시는 대부분 리얼리즘에 기초하고 있으면서도 그 배면에 결코 손쉽게 넘어가지 않는 긴장감을 유지하고 있다.

이 긴장감은 언어절제와 시적 전개의 치밀성에서 연유하고 있지만 쉽게 세계와의 화해를 하지 못하는 시적 자아의 비판정신에서도 연유한다. 이런 점을 감안해보면 N. 프라이가 말한 문학양식 중 아이러니와 풍자에 속하다고 볼 수 있겠다.

마찬가지 측면에서 물의 주기의 네 가지 양상(비, 샘, 강, 바다나 눈) 중에서 이 시인은 비(雨)나 샘과 관련된 봄과 여름 미토스보다는, 「너의 강 1」, 「너의 강 2」, 「겨울강」서의 江과 「겨울 광릉에서」, 「무미 1」에서의 눈과 관련된 가을과 겨울 미토스에 친화력을 갖고 있음이 또한 주목된다. 이러한 쪽으로의 친화 경향은 앞으로 그의 시의 방향이 나아가야할 바람직한 방향을 예시하고 있다고 생각한다. N. 프라이의 견해를 주목하자면 비극과 아이러니·풍자라고 생각되는데 필자의 생각으로는 비극보다는 아이러니와 풍자 쪽의 방향이 더 바람직하다고 생각된다. 왜냐하면 앞서서 얘기했듯 세계와의 불화, 그 틈새에서 시적 자아는 자신에게로 끊임없는 비판을 가하고 있기 때문이다.

죽음의 한 끄나풀로 저승 난간에 동여매어지더라도 '놀 밖에 온몸의 피가 물파래쳐 오는'(「무미 9」에서) 역류(逆流) 정신과 '속살을 달아오는 숯불 같은 뜨거움'(「무미 11」에서)의 젊은 시정신으로 세계와의 부단한 싸움을 계속해 주기를 기대해 본다.

절망과 희망의 아름다운 균형

유자효론

1. 들어가며 – 시와 시조의 경계

　시와 시조의 경계는 무엇일까. 시조의 제약된 형식장치 말고 이 둘은 다른 변별요인이 크게 있는 것일까. 무엇이 이 둘을 완고하게 갈라놓은 것일까. 시와 시조를 동시에 창작하는 사람은 극소수다. 70년대 이전까지를 보자면 박재삼, 이근배, 유재영, 김만옥, 임홍재 그리고 지금 얘기를 시작하고자하는 유자효 시인 정도일 것이다. 시인들은 왜 시조를 쓰지 않는 것일까. 몇 안되기는 하지만 시조를 쓰다가 아예 시만 쓰는 경우도 있다. 시조 얘기를 하면 고개를 흔든다. 시인으로만 기억되기를 바라는 것일까. 시인들이 시조시인들을 보면 자기보다 더 열등한 장르에 몸담고 있다고 생각하고 자기들과는 다른 부류의 동떨어진 사람들로 여긴다. 어느 시 전문잡지는 시조를 아예 싣지도 않는다. 한국문학을 대표한다는 순수 종합문예지에도 그 지면이 없다. 시조는 정말 시보다 열등한 장르인가. 그렇다면 그렇게 신봉하는 시는 어디에서 왔는가. 시는 시조의 영향을 전혀 받지 않았는가. 시조는 사라진 장르인가.

　　그러나 시조는 사라지지 않았고 시보다 열등한 장르도 아니다. 단언하건대 좋은 시조는 좋은 시를 능가한다. 좋은 시는 좋은 시조를 능가할 수 있을까. 반드시 그렇지는 않다. 물론 대부분의 시인들은 결코 이 말을 수긍하지 않을 것이다. 그러나 한국의 명시를 보라. 명시치고 시조의 리듬에서 자유로운 작품이 있는가를. 시조를 더 이상 홀대하지 않았으면 좋겠다. 가급적이면 시인들은 적어도 시조를 쓸 줄 아는 소양을 지녔으면 좋겠다. 좋은 시를 쓰는 시인들이 시조 쓰는데 관심을 가져준다면 그 경계는 큰 문제가 되지 않을 것이다. 유자효 시인의 작품론을 쓰면서 이런 생각을 한 것은 이 시인이 시와 시조의 경계에서 남모르게 겪었을 고뇌와 망설임을 읽게 되었기 때문인지도 모른다. 아울러 그가 용케도 이 둘의 경계에서 나름대로의 시적 성과를 일구어내고 있다는 점이 시와 시조의 경계를 생각해 보게 하였다. 유자효시인은 1967년 『신아일보』와 1968년 『불교신문』, 1972년 『시조문학』을 통하여 등단했다. 그동안 『성수요일의 저녁』(1982년, 평민사), 『짧은 사랑』(1990년, 전예원), 『떠남』(1993년, 문학수첩), 『내 영혼은』(1994년, 삶과 꿈), 『지금은 슬퍼할 때』(1996년, 시와 시학), 『데이트』(2001년, 태학사), 『금지된 장난』(2002년, 포엠토피아) 등 6권의 시집과 1권의 시조집을 내었다. 작품량만을 기준으로 보자면 시에 편중된 면이 없지 않지만 단시조에서 보여준 미학적 완성도와 연시조에서 보여준 시조의 리얼리티는 새로운 시조의 가능성을 열어주고 있다고 판단된다. 물론 이것은 시에서 오랫동안 갈고 닦은 활달한 언어구사력과 거침없이 휘저어가는 활달한 시상의 전개 방법 등에서 비롯되고 있다. 이 글은 유시인의 시와 시조 작품을 통하여 그동안의 문학적 성과를 찾아보고 그가 집중력 있게 추구해온 일련의 작업들이 어떠한 의미를 지니고 있는지를 살펴보고자 한다.

2. 단시조의 중장과 전(轉)의 효과적 배치

'하늘'하고 불러보면
하늘 하늘 하늘의 옷

여름의 꽃과 나비
어디 갔나 했더니

하늘서 살고 있다가
이 겨울에 내리네.

ㅡ「눈」 전문

　「눈」이라는 작품을 살펴보면 단시조의 묘미가 잘 살아나고 있다. 우선 초
장에서는 눈이 내리는 모습을 그려내고 있는데 이를 눈이 내린다고 하지 않고
하늘과의 은밀한 대화로 그려내고 있음이 흥미롭다. 하늘을 불러보니 하늘은
대답대신에 자신의 옷자락을 보여주는데 그 옷자락이 하늘하늘 하다는 것이
다. 하늘의 동음이의어를 통해 눈이 내리고 있는 정태까지를 절묘하게 잡아내
고 있는 것이다.

　중장의 분위기는 사뭇 다르다. 초장을 이어서 그 이미지를 구체화시키거
나 설명하지 않고 전혀 다른 새로운 내용을 가져온다. 초장의 눈 내리는 모습
의 감각적 첫 인상과는 전혀 다른 시간과 공간대에서 여름의 꽃과 나비 얘기
를 하고 있으니 이 무슨 내용인가. 독자들은 여기에서 당혹하지 않을 수 없다.

　그런데 종장에 와서야 이 내용의 전말을 알게 되고 아 그게 그렇구나, 라
는 느낌을 받게 된다. 눈이 내리는 것은 그냥 자연 현상이 아니라 여름의 꽃과
나비가 하늘로 올라가 살고 있다가 모든 것이 황막해진 겨울에 눈이 되어 내
린다는 것이니 얼마나 재미있고 아름다운 발상인가.

다정함

좀 쓸쓸함

슬프지 않고

멍들지 않음

사랑은 먼 사랑

소리는 저녁 빛깔

전율이 스쳐간 고장의 언덕에서 서성임.

—「행복론」 전문

　「행복론」의 작품 구성 방식 또한 「눈」의 작품과 유사하다. 초장에서 행복의 개념을 좀 쓸쓸하지만 그러나 슬프지 않는 것이라고 전제하는 방식은 「눈」의 그것보다 직접적이긴 하다. 그러나 중장은 여전히 초장과 연계 고리가 끊어져 있는 느낌을 받는다.

　　사랑은 먼 사랑

　사랑도 먼 사랑이 있고 가까운 사랑이 있는가. 그러나 정작 누군가를 사랑하고 있을 때를 생각해보면 ‘먼 사랑’의 실체를 파악할 수 있다. 사랑에 빠진 사람은 사랑의 본래 모습을 알지 못한다. 그의 단점도 보이지 않고 완전자로서의 모습을 볼 뿐이다. 다시 말하면 ‘자연인으로서의 그’를 보고 있는 것이 아니라 ‘이데아로서의 그’를 보고 있는 것이다. 그러나 한 발 물러서서 바라보면 그의 실체가 보인다. 냉정하게 물러서서 바라보았을 때 그라는 존재가 그래도 사랑이라는 이름으로 남았다면 그것이 바로 ‘행복’이라고 시인은 말하고 있는 것이다.

이라고 했다. 소리는 '낮'이나 '아침'의 빛깔이 아니라고 했다. 우리의 시사를 살펴보면 종종 빛과 어둠의 상징체계를 시의 세계로 이입시킨 경우가 있다. 비운의 모던이스트였던 片石村 김기림은 1930년대 『태양의 풍속』이라는 시집을 통해 '태양'의 세계에 경사된 사고를 보여주었다. 태양과 유사한 세계에 놓여 있는 즉 '오전', '낮', '정오', '빛'의 세계를 희원하였으며 이를 이론으로 체계화시켜 「오전의 詩論」을 주장하기도 하였다. 우리가 잘 알고 있는 박두진의 「해」라는 작품도 김기림의 '태양'과 유사한 이미지를 가지고 있다. 그러나 한하운의 「전라도길」이라는 작품에서는 "천안 삼거리를 지나도/ 쑤세미같은 해는 서산에 남는데// 가도 가도 붉은 황톳길/ 숨막히는 더위 속으로 쩔름거리며/ 가는 길……"이라고 하여 쑤세미의 꺼끌한 이미지와 해를 연결하여 오히려 빛이 고통이라는 점을 형상화하였다. 김기림은 1920년대 감상주의와 니힐리즘으로부터 일탈을 위해, 박두진은 자연의 싱싱한 생명성을 표현하기 위해 한하운은 문둥이라는 천형의 고통을 이고 살아가야하는 아픔을 표출하기 위해 같은 대상을 두고도 서로 다른 표현을 한 셈이었다. 여기 유자효 시인은 소리를 '저녁 빛깔'에 비유한다. 일차적 의미는 밝고 선명한 색깔이 아니라 어둡고 은은한 빛깔을 말하고 있다. 이 인식은 바로 위의 '사랑은 먼사랑'에서 살펴볼 수 있듯 가까운 사랑이 아니라 먼 사랑이라는 인식과 상통한다. 그러나 여기서 한 걸음 더 나아가 살펴보면 이 표현의 묘미가 여기서 그치지 않고 있음을 알게 된다. '소리는 저녁 빛깔'에서 '는'이라는 조사에 주목해보자. 아마 지금까지의 인식이라면 당연히 그 조사는 '는' 대신에 '도'를 써야 옳다. 사랑은 멀리서 보면 더 그리워지듯이 소리도 은은한 속삭임으로 다가와야 그것이 행복이 아니겠냐는 뜻이니 말이다. 그렇지만 그 조사를 '는'으로 쓴 이유는 그와는 반대되는 의미를 얹고 싶은 의도가 아니었을까. 그것은 '소리'가 갖는 특수한 성질, 곧 낮이나 아침에는 다른 것에 가려 잘 들리지 않던 소리가 저녁이면 보다 또렷해지고 명징(明澄)해지는 것에서 연유하고 있다. 그러므로 '소리는 저녁 빛깔'이라는 표현 안에는 빛깔도 빛깔이지만 그보다는 '저녁'이라는 의미도 함께 무르녹아 있는 것이다. 그리하여 이 표현의 내재적 의미는 어둡고 은은한 소리, 강렬하지는 않지만 도렷하게 잘 들리는 소리라는 양가적 가치를 가지고 있는 것이다.

　유자효 시인은 단시조 작품들에서 극도의 절제화된 언어 구사를 보여주고 있다. 그런데 주목해 보아야 할 점은 왜 유독 중장에서 180도로 다른 내용으로의 전환을 꾀하고 있느냐라는 것이다. 주지하다시피 시조의 중장은 초장과 종장의 연계에 불과하고 더욱이 초장을 이어서 더 부연하는 역할을 수행하는 점을 상기해보면(양장시조를 생각해보라. 중장은 대부분 있어도 그만 없어도 그만이라는 인식이 이러한 형식을 낳았다) 유자효 시인의 단시조에 대한 독특한 창작방법은 보다 면밀한 검토가 요구된다 하겠다.

　　　　천상의 베를 짜듯
　　　　소리를 어울린다

　　　　영혼이 만나야만
　　　　더욱 좋은 소리가 된다
　　　　여음의 그 순간까지
　　　　가야한다
　　　　하나로.

―「화음」 전문

들리는가? 영혼을 잠깨우는 위대한 포효.
바다가, 하늘이, 육지가 허옇게 속을 내놓고 뒤집어지는 몸부림과 울부짖음.
엄청난 혁명의 소용돌이에 오직 진실로 맞서게 하라.

―「태풍」 전문

「화음」, 「태풍」이라는 작품에도 중장의 역할에 대해 주목을 해보면 앞서 기술한 내용과 크게 다르지 않다는 점을 어렵지 않게 알 수 있다. 「화음」에서 중장은 핵심적인 내용을 담고 있다. 좋은 소리는 물질이나 몸으로 만나는 소리가 아니라, 정신과 영혼으로 만나는 소리임을 힘주어 말하고 있다. 「태풍」의 작품은 중장이 길어진 사설시조인데 태풍의 구체적 모습이 생생하게 그려지고 있다. 역시 시상을 끌고 가는 중심적인 역할을 하고 있다. 말하자면 유시인의 경우 많은 작품에서 중장의 역할이 다른 시인들과는 판이하게 다르다는 점을 알 수 있다. 이에 대한 해답을 우리는 다음의 작품에서 보다 명확하게 추론해 볼 수 있다.

범종 소리에 서서히 어둠이 밀려 나가면
열차는 방금 죽은 여인을 싣고
저 멀리 하늘 끝을 달리고 있다.

—「새벽」 전문

이 작품 역시 초, 중, 종장의 역할은 앞서 인용한 다른 작품과 유사하다. 초장이 새벽이 오는 장면을 단적으로 보여줌으로써 시상을 일으키고 있는데 반해 중장에서 우리는 당혹스럽게도 '방금 죽은 여인을 싣고' 달리는 기차를 만나게 된다. 방금 죽은 여인이 뜻하는 바는 밤이 주는 이미지를 극화한 표현이라고 볼 수 있다. 그리하여 종장에 이르러서야 우리는 죽음의 암울함을 건너 번하니 동이 터오는 하늘 끝의 '새벽'과 만나게 되는 것이다. 중장은 전혀 다른 이야기를 끌어온 것이다. 기승전결의 구조로 말하자면 전(轉)의 역할을 하고 있는 것이다. 시조의 삼분 구조를 한시의 사분 구조와 구태어 견줄 필요는 없지만 시조의 발생 자체가 한시와 무관치 않음을 감안하여 양자의 구조를 상호 연계시켜 본다면 지금까지 시조는 대개 한시의 전(轉)이 소외되거나, 종장의 첫 구가 그 역할을 수행했다고 볼 수 있다. 중장에서 일어나는 경우는 거의 없었다고 해야 옳다. 그런데 유자효 시인은 일부러 그것을 의도화하고 있는 것이다. 무슨 이유에서인가.

시조는 초, 중, 종장의 세 장으로 구성되고, 그 구성 기법도 일으키고, 풀어내고, 맺는 아주 안정적인 구조임에는 틀림없다. 그러나 사실상 이 구조는 너무 안정적이어서 새로움을 더하지는 못한다. 다시 말해 시적 긴장이 크게 느껴지지 않는다. 그런데 유자효 시인은 지금까지 살펴보았듯이 이 긴장을 중장에서 유도하고 있는 것이다. 중장이 전(轉)의 역할을 하고 있으므로 당연한 결과가 아닐 수 없다. 요컨대 유시인은 단시조를 창작할 때 무미해지기 쉬운 중장에 새로운 시상을 전개시켜 시적 긴장을 늦추지 않게 하였을 뿐만 아니라 이 전(轉)의 사고를 종장에서 초장과의 연계 속에서 효율적으로 마무리함으로써 시조의 묘미를 독특하게 살려내고 있는 것이다. 이것은 분명 단시조에 대한 새로운 창작방법을 제시하고 있는 것이라 판단된다. 왜냐하면 무미하게 전개되기 일쑤인 중장을 가장 경제적인 가치를 가진 구조로 바꾸고 있기 때문이다. 중장이 종장에 못지않은 중요한 역할을 수행할 수 있도록 시적 효과를 극대화시킬 수 있는 구성방법은 시조단의 발전을 위해 필요한 작업 중의 하나이고, 시적 긴장을 팽팽하게 유지시켜 주는 전(轉)의 여할 부여는 어느 모로 보나 하나의 훌륭한 대안이 될 수 있지 않겠는가.

3. 풍자와 해학 너머의 희망

유자효 시인의 대표작은 「부산 1953」이다(이는 1998년 겨울호 『열린시조』에서 기획한 「70년대 시인들」 특집에 자신의 대표작으로 이 작품을 들고 있고 이번 특집의 자선 10편에도 이 작품이 들어 있다). 이 작품은 10편의 단시조로 이루어진 연작시조이다.

「부산 1953」은 서사적 내용을 담고 있는데 그 얼개를 살펴보면 다음과 같다.

아버지가 국군인 나는 초등학교에 다니고 있다. 아마 아버지는 전선에서 돌아가셨을 거다. 왜냐하면 어머니가 밤만 되면 우시니까. 순이는 내 친구인데 순이 아버지는 아편쟁이다. 순이 아빠가 아편을 하게 된 건 "내레 강원도 산골짜길 지내올 때 였시오. 까마귀 떼같이 몰려오는 비행기 서레 죽는 줄 알았디 뭐요. 걸어도 걸어도 사람 하나 못보다가 해질 때 겨우 하나 만났는데, 나무에 기대 입을 벌리고 웃고 있디 않았갔시오. 내레 반가워 어가니 웬 녀자가 나무에 묶인채 타 죽어 있디 않았갔시오."에서 보게 되듯 죽음에 대한 공포 때문이다. 순이 아버지는 무능력자일 수밖에 없고 순이어머니는 (술집에 돈 벌러 나가기 위해) 밤마다 화장을 한다. 국제시장 아이들은 레이션을 잘 먹고, 얘들이 양아치라 놀려대는 나는 남포동 광복동에서 구두닦이를 한다. 비가 오는 날은 학교가 쉬고 유네스코와 운크라의 원조를 얻어 펴낸 책과 마운틴 크레용, 톰보우 연필 등 원조물품으로 공부를 한다.

1953년 부산이라는 시대적 공간에 대해 새삼스레 언급할 필요는 없을 것이다. 다만 이 시간과 공간 속에 버려지고 있는 서민들의 군상이 어떠했는가를 이 작품은 잘 보여주고 있다. 시조가 아닌 시를 통해 시인 스스로 이 시기를 이렇게 얘기하고 있다.

> 우리의 유년은 전쟁의 상처와 함께 있었다
> 쇠갈쿠리 손을 휘두르던 상이군인에 대한 공포와
> 여자들을 유난히 좋아하던 미군들에 대한 호기심과
> 판자집, 깡통, 꿀꿀이 죽, 깡패, 점장이, 아편장이
> 자욱한 먼지 속에서 숨바꼭질을 하고
> 천막 교실에서 공부를 하고
> 유난히 조숙했고, 그래서 많은 죄를 지었고
> ―「고향」 초반부(시집 『금지된 장난』 포엠토피아, 2002)

오늘날의 시조가 그 형식적 장치의 제약으로 인해 관념 일변도로 치닫고

있는 정황을 감안해보면 이 작품이 지닌 서사구조는 상당히 음미해볼 가치가 있다.

시에 있어서 서사구조의 편입 필요성은 일찍부터 있어왔다. 김동환의 「국경의 밤」이 대표적이거니와 월북 시인 이용악은 1930년대 「낡은 집」, 「전라도 가시내」 등의 작품을 통하여 탁월한 서정성을 지니면서도 당대의 시대적 삶이 얼마나 가열한 것인가를 우리에게 잘 보여준 바 있다. 그러나 정작 시조에서는 이와 같은 노력이 거의 전무했다고 볼 수 있다(송선영 시인의 「하늘눈」, 「화랑소고」의 연작 등이 있을 뿐이다). 더욱이 이 작품은 당대의 시대를 날카롭게 비판하는 풍자성을 함께 지니고 있어 흥미롭다.

6

할로 쪼코레뜨 기부미 오케이?
언니는 좋겠네.
형부가 코가 커서
언니는 좋겠네.

지프에 치인 돌이는
과자 많아 좋겠네.

7

국제시장 아이들은
레이션도 잘 먹고요

남포동 광복동은
구두닦이 괜찮아요

날더러 양아치래요

난 그런 거 몰라요.

8

비오는 날이면 학교가 쉬었다
책상 이고 이사가는 여름 방학 다음 날엔

뜯어낸 마루 바닥 위로
지렁이만 기었다.

9

회충약 먹은 날은
하늘까지 누랬다

마운틴 크레용, 톰보우 연필
이 책은 유네스코와 운크라의 원조를 얻어
여러분의 공부를 위해 펴낸 것입니다

누런 색 국어 셈본 사생 자연
음악 미술 누런 색.

—「부산 1953」 중에서

　　작품 「부산 1953」의 6에는 당시 미군정 하에서 기생하는 기지촌의 정황이
적나라하게 그려지고 있다. 초장에는 '할로 쪼코레뜨 기부미 오케이?'라는 외
국어가 여과없이 남발되고, 중장에서는 양공주를 비아냥거리는 새타이어가 원
색적으로 드러나고 있다. 종장에는 먹을 것이 곤궁해 미군 차에 부러 뛰어들었
음직한 돌이를 통해 다친 몸보다는 먹을 것이 많아 좋으리라는 것을 천연덕스
럽게 얘기하고 있다. 이는 마치 이용악의 「낡은 집」에서 '송아지래두 불었으면

팔아나 먹지'라고 동네 아낙들이 자탄하는 말속에 드러난 새로 태어난 인간의 생명이 동물보다 더 비하될 수밖에 없는 위악적이고 험악한 현실 드러내기와 맥락을 같이하고 있다. 아무튼 세 정황은 당시의 시대를 축소해서 보여준 일상인 셈인데, 전쟁의 상흔으로 인해 정신의 표표함은 사라진 물질 만능시대의 우리 궁핍한 자화상이 날카롭게 비판되고 있는 것이다. 7에서도 이 상황은 그대로 이어지고 있으며 8에서는 파괴된 현실의 열악한 환경이 '뜯어낸 마루 바닥 위로' 기어가고 있는 '지렁이'로 선명하게 나타나고 있다. 9에서는 미국의 원조에 의해 국민 건강과 국민 교육이 이루어지고 있는 열악한 현실을 스크랩하여 보여주고 있다. 마치 이것은 김기림이 『기상도』라는 시집을 통해 당대의 시대를 비판한 것과 매우 유사하다. 그러나 이 『기상도』라는 작품마저도 송욱에 의해 '쪼각난 시'로 평가될 정도로 많은 문제점을 내포하고 있었다. 그런데 여기 「부산 1953」은 시로도 펼치기 어려웠던 현실 비판을 그것도 단시조의 연작을 통해 무리 없이 생생하게 형상화하고 있는 것이다.

    10
    봄이 오기 전에
    불이 먼저 찾아와

    소리치며 뛰어들던
    상인들은 더러 죽고
    더러는 뿔뿔이
    떠나기도 했지만

    바다는 울지 않았네
    철이 든 아이처럼.

—「부산 1953」 끝부분

「부산 1953」은 이와 같이 끝나고 있다. '불'로 상징화된 당시의 어지럽고 피폐한 시대상황 속에서도 '바다'로 상징화된 세계는 견고하게 우리를 지켜주었음을 얘기하고 있다. 현실을 비판하되 낙관적 전망을 포기하지 않고 있는 것이다. 요컨대 전후의 부박한 우리 문학사에 생생한 리얼리티를 확보하며 이야기시의 전범을 마련해주고 있다는 점에서 「부산 1953」작품은 우리 시사에 기억될만한 기념비적 작품이라고 하지 않을 수 없다(북한이 전쟁 상황을 직서적으로 그릴 뿐만 아니라 전쟁을 확산하고 승전의식을 고취시키는 데까지 적극성을 지니고 있었던 반면 우리 남한의 시단은 전쟁현장이나 그 피폐함을 그려내는 데는 상당한 취약점을 안고 있었다. 대개 전쟁으로 인한 허무주의나 리리시즘적 경향이 농후하였다. 참고 이지엽『한국 전후시 연구』, 태학사, 1997).

4. 저항과 휴머니티정신의 구현

최근의 시집『금지된 장난』에는 현대사회를 살아가는 우리들의 부조리와 왜곡된 모습들이 세밀한 묘사를 통하여 그려지고 있다.

> 많이도 죽고 죽였지
> 죽은 이들의 살과 피는 썩어 흙이 되고
> 뼛조각만 간신히 남아있을 즈음
> 화해의 손을 내밀고 손을 잡는다
> 살아남은 자는 너무 늙었고
> 기억의 끈도 삭아갈 즈음
> 조심 조심 열렸던 문
> 시간은 증오도 녹일 수 있는 것이지
> 평화만 보장된다면

평화만 보장된다면
까짓것, 한이야, 한 쯤이야
꿀꺽 삼키고
먼 하늘 쯤 바라보고 가는 것이지

그러나, 정말 그렇게 될까?

—「한국 2000년 1」 후반부

'IMF는 끝났다'
고 정부는 발표했다
그러나,
IMF를 얻어맞은 내 매제는 죽고
누이는 남매만 끌어안은 채
길바닥으로 내동댕이쳐졌다
화랑을 하던 여류 시인은 강도를 당하고
병원에 드러 누웠다
오늘도 서울역엔 노숙자들이 들끓고
무료 급식소엔 행렬이 끊이지 않는다

—「한국 2000년 3」 전반부

다음날 똥과 함께 나온 비닐 속의 돈으로 한 몇 달 다니며 잘 놀다가 다시
두만강을 건넜다 했다
　이번엔 돈을 벌면 아예 군인들에게 미리 돈을 좀 주고 들어갈거라 했다
　왜 자꾸 돌아가려 하느냐고 물으니 새까만 눈동자로 나를 빤히 바라보았다
　몇 푼의 돈을 주니 꾸벅 인사하곤 돌아서 가는 북조선 아이
　부러진 팔 하나가 어깨서부터 흔들거렸다

—「꽃제비」 후반부

「한국 2000년」 연작시는 이의 모음집이라 할 만한데 1에서는 민주화과정 속에 더는 참지 못하고 부조리와 결탁하는 화해아닌 화해가 '문'이라는 상징을 통해 드러나고 있다. 망각 속에 흔들리는 현대인의 나약한 정신이 역사를 외면하고 있지만 그러나 시인은 그렇게 되지만은 않을 것이라는 의도를 은연중 드러내고 있다. 같은 연작 3에는 말로만 끝난 IMF 여파를 견디는 소시민들의 애환과 고통을 그리고 있는데 그것과는 전혀 상관없이 전시행정에만 급급한 정부에 일침을 놓고 있다. 그리하여 시인은 '살아남은 자만이 더 강해지고 패배한 자는 거지가 되'는 '성공한 자들의 천국 실패한 자들의 지옥 오! 대한민국'이라고 좌절의 탄식을 보내고 있는 것이다. 「꽃제비」라는 작품에는 우리 조선족들이 많이 거주하는 연변 어디쯤에서 마주쳤을 북한 소년과 나눈 얘기를 담고 있다. 그 소년은 그렇게 힘든 고초를 겪으며 왜 또 북으로 돌아가려 하는 걸까. 그 소년을 붙잡는 것은 무엇일까. 조국일까 민족일까. 가족애일까. 빤히 바라보는 그 소년의 새까만 눈동자가 끝까지 우리 시야를 어른거리며 아프게 한다.

인용된 작품과 같은 현실의 환부를 내밀하게 들려다보는 작품들은 부지기수다.

거대한 문명까지도 일시에 없애버리는 인간의 파괴성을 그려낸 「그리운 화성인」, 쉴 새 없이 달려야하는 속도의 시대를 희화한 「광속시대」, 고통이 무엇인지도 모르고 죽음을 기다리는 눈곱 낀 눈자위의 병든 개를 그려내고 있는 「개」, 통치권이라는 미명 아래 짓눌린 법의 나약함을 그려낸 「법」, 생명의 경시 풍조를 나무라고 있는 「금지된 장난」, 현대 도시 소시민의 기적없는 삶을 그려내고 있는 「불운」, 늙고 병든 사자를 먹어치우는 하이에나를 통해 힘의 논리가 재편되는 과정을 아이러니컬하게 보여준 「정글의 법칙」 등이 다 여기에 속하는 작품들이다.

그러나 시인은 그러나 인용시에서도 드러나듯 현실의 모습에 결코 수긍하려 하지 않는다. 다시 말하면 저항의 자세를 가지고 있다고 봐야 옳을 것이다. 그 의도가 직접적으로 드러나게 되면 자칫 잘못 작품의 완성도를 떨어뜨릴 수 있음을 시인은 잘 알고 있다. 「한국 2000년 1」의 끝처리는 바로 이 점을 염려한 결과다. '그러나, 정말 그렇게 될까?' 정도의 스침을 통해 그렇지 않다는 것을 강력하게 시사하고 있는 것이다. 더 나아가 시인은 인간애의 따뜻함을 형상화시키는데 상당한 비중을 두고 있다.

> 10층 아파트 집에서 불이 나자 아버지는 여섯 살 난 딸을 품에 안고 뛰어내려 딸은 살리고 아버지는 숨졌다.
> 일본에 유학간 한국 청년이 선로에 떨어진 일본인을 구하려다 전철에 치어 함께 숨졌다
>
> 2001년 서울과 도쿄에 부처님이 살고 계셨던 것을 우리는 그들의 입적 후에야 알 수 있었다
>
> —「서울의 부처」

「서울의 부처」를 보면 시인의 시적지향이 어디를 향하고 있는지를 잘 보여준다. '진실은 멀리 있으나/ 사라지지 않는다// 외로움이 굳어지면/ 깨어지지 않는다'(시조 「별」 전반부)라는 것을 시인은 믿고 있으며, 의리가 아무리 현실적인 욕구를 좇는다하더라도 '떠나간 손길들의/ 뽀오얀 기억을 따라// 트이는 저 먼 숲으로/ 다시 길을 나'세게 되는(시조 「벌목림에서」 후반부) 희망을 포기하지 않는 것이다. 시인이 이르고자 하는 곳에는 그러므로 언제나 '텁텁한 사람 냄새'가 있다.

> 시장통에 주저 앉아 순대국을 먹는다
> 들깨 듬뿍 고기 듬뿍 인심이 후하다
> 노동의 훈김이 물씬 가슴으로 밀린다.
>
> 순대국엔 돼지 귀에 파가 들어야 제격이다

마늘에 된장에 깍두기가 곁들인다
뚱뚱한 순대 아줌마는 빙긋 웃을 뿐 말이 없다.

검붉은 얼굴들이 수시로 나고 들고
때로는 쐬주 한 잔에 고성도 오가지만
그토록 그립던 냄새 텁텁한 사람 냄새.

―「순대를 먹으며」 전문

‘순대국엔 돼지 귀에 파가 들어야 제격’인 것처럼 ‘마늘에 된장에 깍두기가 곁들인’ 보통 사람들, 소시민에 대한 더운 신뢰와 희망이 담담히 그려지고 있는데 이점이 바로 유시인의 시 바탕에 면면히 흐르고 있는 휴머니티의 정신이라고 보여진다. 이 인간성회복에 대한 기원은 꿈과 희망의 시학의 줄기를 형성하고 있다.

이 꿈과 희망은 ‘신이 살지 않는 땅에서 받은 신들의 간절한 신호’를 그려낸 「은하계 통신」이나, 꽁꽁 언 세상을 녹여주는 「봄의 세상」, 혹은 ‘한 포기 풀잎’에서라도 생명의 힘을 만나고 싶어하는 간절함을 그려내고 있는 「새해를 위한 기도」, 각박한 세상을 웃음으로 딛고 넘어서서 명랑함으로 채워지기를 바라는 「웃음 공화국」 등의 작품을 통해 구체적으로 형상화되고 있다.

5. 나오며 ― 생의 유연함을 위하여

유자효 시인의 작품에 드러난 그의 문체는 마치 물이 흐르는 듯 유연하다. 거침이 없이 활달하다. 그러면서 정서의 흐트러짐이 그리 심하지도 않다. 이 점은 다음과 같은 시조를 음미해보면 확연하게 드러난다.

유리창에 비치는 새초롬한 프로필
속상한 내색은 결코 않는 자존심
늦어도 만나 좋은 걸 이제 그만 용서하지.

배밭에 드러누워 배를 깎는 손을 본다.
심줄 돋은 여자의 손
품에 넣고 살고 싶다.
귀로에 코스모스는 왜 저리 출렁일까?

가을비에 젖으며 헤매다 조우하다.
신열이 있음인가? 발그라니 상기한 볼
새처럼 떠는 어깨에
무너지는 가슴 가슴.

풀잎은 떨고 있다.
시들지 않을까?
끝내 말없이 일어나 돌아서다.
바람만 휘파람 불며 사라지는 텅빈 들.

네가 젊고 싱싱하여 목숨을 잃지 않으면
내 속에서 피어나는 꽃이 아니어도 좋아.
그러나 늦장마 비는 가슴으로 흐르네.

―「데이트」 전문

시처럼 자연스럽게 읽힌다. 시조가 시조다우려면 맺고 끊고 이어가는 삼분 구조에 충실해야한다. 사실 그렇게 정격적인 작품일수록 답답한 인상을 지우기 힘들다. 그러나 엄밀하게 짚고 넘어 가보자. 시조 시조다워야 하는 논리에는 모순이 없는가. 이 말은 시조 안에서만 통용되는 논리가 아닌가? 시조를 시 아닌 특수한 것으로만 생각하려는 지나친 자기애(?)는 혹 아닌가. 나는 시조가 시를 능가하려면 우선 시조가 시조다워야 한다는 논리로부터 자유로워져야 한다고 주장하고 싶다. 시조는 일차적으로 시다워야 한다. 잘된 시처럼 자연스럽게 읽혀져야 한다. 그렇다고 형식장치를 무시하라는 얘기는 결코 아니다. 박재삼시인의 시조처럼 자연스러운 시조가 왜 오늘의 시조단에 그렇게 보기 드문지를 생각해 보아야한다.

유자효 시인의 시조는 자연스럽게 읽힌다. 마치 시처럼. 시조 「데이트」는 좋은 본보기가 된다. 「데이트」는 전통적인 시조 쓰기에서 벗어나 있다. 읽다보면 시조에 자주 보이는 매듭이 보이지 않는다. 시간과 공간이 한 곳에 고정되어 있지 않다. 둘째 수와 넷째 수가 펼치는 상상력의 공간은 남자와 여자의 만남이라는 약속시간에 늦은 데이트의 주된 얘기를 끌어가고 있는 첫째 셋째, 다섯째 수의 제한된 공간을 무한대로 넓혀주는 구실을 하고 있다.

유자효시인의 시조가 자연스러운 것은 그의 시쓰기와 밀접한 관련이 있는 것처럼 보인다. 막힘이 없이 활달하게 전개되는 시의 문체에서 비롯되고 있는 것이다. 작품 「은혼」도 이러한 결과물 중의 하나라 판단된다. 유연스러움 뒤에 다 우려내고 남은, 더 이상의 해설조차도 필요 없는 한 편의 시를 만날 수 있으니 시조단에도 이러한 가편이 머지않아 나타날 수 있으리라는 기대를 가져보며 글을 맺고자 한다.

늦가을 청량리
할머니 둘
버스를 기다리며 속삭인다

"꼭 신설동에서 청량리 온 것만 하지?"

―「인생」 전문

물빛 '그리움', 혹은 햇빛 '따사로움'의 길

유재영론

1.

작자미상 옛그림 다자란 연잎 위를
기름종개 물고 나는 물총새를 보았다
인사동 좁은 골목이 먹물처럼 푸른 날
일곱 문 반짜리 내 유년이 잠겨있는
그 여름 흰 똥 묻은 삐닥한 검정 말뚝
물총새 붉은 발목이 단풍처럼 고왔다

텔레비젼 화면 속 녹이 슨 갈대밭에
폐수를 배경으로 실루엣만 날아간다
길없는 길을 떠돌다 되돌아온 물총새

　　유재영 시인의 대표작이라 할 만한 「물총새가 관한 기억」이 가지고 있는 시적 구성은 정밀하다. 각 연은 독립을 유지하면서 또한 유기적인 통일을 이루고 있다. 1연의 시간적 공간은 '현재'의 '인사동 좁은 골목'이다. 서정자아는 작자 미상의 오래 된 그림을 보고 있다. 연잎 위를 기름종개를 물고 나는 물총새. 유유자적하게 자연과 더불어 자연이 된 듯한 그 새의 비상이 아름답다. 그러므로 걸어가는 인사동 좁은 골목도 푸르름으로 넘쳐나리라. 그 푸르름은 곧이어 2연에서 보게 되듯 시적 상상력의 세계로 나아가게 한다. 그 상상은 관념화나 추상화 되지 않은 시인의 체험과 관련된 구체성을 지닌다. 시간적으로는 과거의 유년이며, 공간적으로는 '흰 똥'마저도 정겹게 느껴지는 농촌이다. 물총새의 붉은 발목과 물든 단풍의 유사성을 통하여 시인은 오염되지 않는 건강한 자연을 보여준다. 3연은 크게 전환 된다. 서정자아는 지금 TV 앞에 앉아 있다. TV 화면 속에서는 '갈대밭'이 배경으로 잡힌다. 흩날리는 갈대는 녹이 슨 듯 느껴지고 그 옆에는 악취가 풍겨나는 폐수가 흘러간다. 물총새가 마음 놓고 내려 앉을 자리가 없는 도시적 공간이다. 이 시의 각 연이 독립적이라는 점은 그 시간과 공간대가 각각 다르다는 점에서 확인된다. 현재 - 도시(1연), 과거 - 농촌(2연), 현재 - TV(3연)으로 나타난다. 어찌 보면 인사동의 좁은 골목과 유년의 검정 말뚝과 폐수의 실루엣은 전혀 무관한 소재들이다. 각 연의 의미체계가 독립적이라는 점은 이 무관함에서 연유하고 있다. 그러나 각 연의 내면 풍경은 유기적 통일성을 이루고 있는데 그 연결 매체가 바로 '물총새'인 것이다. 이 독립성과 유기적인 통일성은 막스 블랙(Max Black)이 얘기했듯 상호작용을 하여 이미지와 주제의식을 심화 시킨다.

　　'좋은 시'란 무엇일까? '좋은 옷'과 '좋은 맛'처럼 그것도 보거나 맛볼 수는 없을까. 그러나 때깔과 상쾌함으로만 숨겨진 아름다움과 묘미를 다잡을 수 없듯이 '좋은 시' 역시 보여지는 이미지의 산뜻함으로만 얘기할 수 없는 노릇이다. 인용시는 2연 종장의 감각적인 표현을 제외하고는 그렇게 특이한 상을 이미지화하고 있지는 않은 평범한 작품이다. 그러나 이 시는 커다란 울림을 동반하고 있다. 그 울림의 진원지는 각 연의 무관한 병치(Diaphora)와 '물총새'로 유사화되는 환치(Epiphora)의 유기적 통일성에서 비롯된다. 이 울림은 그러므로 하나의 의미있는 울림이다. 이미지는 각 연에서 '푸르름(1연) - 붉음(2연) - 거무튀튀함(3연)'으로 다르게 나타나고 있지만, 결국 이 다른 이미지들은 시의 주제를 극명하게 보여주는 데 기여하고 있다. 이 시의 주제야말로 이 시를 '좋은 시'의 반열에 우뚝 서게 한다. 이 점에 대하여는 보다 자세한 논의가 요구된다.

한국의 현대 시문학은 70년대의 굴절과 왜곡된 사회현실 속에 적극적인 응전의 자세를 보여주지 못했다. 그러나 80년대로 접어들면서 민주화에 대한 열망과 사회적 욕구의 분출은 사회 문화 각 층위의 변화를 가속시켰다. 이 변화의 주축 세력이 우리의 시문학이 된것은 그리 이상스런 얘기가 아니다. 잘 알다시피 우리의 시문학은 사회적 전변의 회오리 속에서도 끊임없이 자생력을 보존하여 왔고 80년대는 민중시나 해체시, 도시시의 양극화된 물줄기가 줄기차게 이 변화의 흐름을 주도하였다.

그런데 90년대는 해체시나 민중시 진영의 불만과 욕구가 일시에 해결됨으로써 한국시는 새로운 활로를 모색하지 않으면 안 되기에 이르렀다. 욕망과 죽음의 문제가 다른 무엇보다 문학의 중심에 서게 되었고, 이에 대한 가장 적절한 대안의 하나로 생태학적 상상력이 시의 저변에 폭넓게 자리 잡기 시작했다(물론 해체시는 장르의 이탈 현상을 가속화시킨 포스트 모던한 경향으로 심화되어 생태시와는 확연히 다른 하나의 특정적 국면을 형성하고 있지만 글의 논지를 위하여 여기서는 논외로 하기로 하겠다). 생명시 또는 생태시, 공해시, 환경시, 생태학적 문명비판시 등 다양하게 명명되는 시의 흐름이 민중시의 빈자리를 비우면서 시대적 요구에 부응하기 시작했던 것이다.

그러나 이러한 경향의 시는 이미 1974년 3월 성찬경 시인의 작품에서 "지구 전체가 폐결핵의 말기 증상을 보이며 객혈하고 있다."(「그대 가슴 속의 시인을 깨우라」에서) 등의 충격적인 메시지를 전함으로써 시작되고 있었다. 이어 80년 김지하는 인간 생명의 존엄을 「생명」 등의 시편과 '생명사상'을 통하여 구체화하기에 이르렀고 90년대에 접어들면서 김규동·신경림·이동순·김명수·고형렬·김신용(이상은 '민중적 생태지향시' 분류는 최동호, 『21세기를 향한 에코토피아의 시학』『21세기와 한국문화』, 나남, 1996. 참고), 이형기·성찬경·이건청·이수익·이문재·박용하·허수경(이상은 '전통적 생태지향시'), 정현종·이하석·김광규·최승호·장정일·유하(이상은 '모더니즘 생태지향시') 등에 의하여 폭넓은 하나의 흐름을 형성하게 된 것이다. 여기에서 장황하게 자유시의 생태환경시 경향을 구태여 얘기하는 이유는 시조 쪽에서는 이러한 움직임이 너무도 미미하다라는 점에서이다. 유재영의 인용시 「물총새에 대한 기억」의 시사적 의의는 시조단에 생태환경시의 전범을 훌륭하게 보여준 점에서 마땅히 찾아져야 할 것이다.

앞서 살폈듯 각 연의 각기 다른 색깔 이미지는 결국 "녹이 슨 갈대밭"과 "폐수를 배경으로"한 회색적 이미지로 귀착되고 있다. 그러므로 1연의 "푸른 날"과 2연의 "붉은 발목"은 3연과 대비를 이루면서 환경파괴와 이로 인한 자아상실의 주제 의식을 선명하게 드러내 보여주고 있는 것이다. "길없는 길"을 떠도는 물총새는 환경파괴로 생존권마저 위협받는 우리 자신들의 쓸쓸한 자화상이 아니고 무엇이랴.

2.

유재영 시인은 목적시가 흔히 갖게 되는 생경함까지도 섬세한 서정성으로 잘 갈무리하고 있다. 앞서의 「물총새에 관한 기억」 역시 오늘의 가장 중심되는 문제를 다루고 있으면서도 격조 높은 서정성을 유지하고 있다는 점에서 더욱 주목된다 할 것이다.

이 서정성은 어디에서 연유되고 있는 것인가. 이를 유의하여 살펴보면 대개 두 가지의 이미지 즉, '물빛'과 '햇빛'의 이미지에서 확장 변용되고 있음을 알 수 있다. 이 두 이미지는 각각 '따사로움'과 '그리움'의 정서를 바탕으로 하고 있다.

섬진강 물소리가 평사리를 지날 때

소린없고 빛만 남아 마른 들을 적시더라

은어도 하늘빛 닮아 반짝이는 이런 날

지리산 어린 바람 오던 길로 달아나고

비 개인 대숲으로 맑게 트인 산새 울음

초록빛 오, 저 사투리 화두처럼 듣는다.

―「그 여름의 명상」 전문

아가위 열매 익자 가만 휘는 무게여

잎사귀 뒤에 숨은 고 열매 빛깔까지

벌레에 물린 가을이 가랑잎처럼 울었다

보랏빛 여운 두고 과꽃으로 지는 하루

오늘은 한종일 햇살들이 놀러와서

마른 풀 남은 향기가 별빛처럼 따스했다

―「햇살들이 놀러와서」 전문

　　두 편의 시는 '물빛-그리움'과 '햇빛-따사로움'의 세계를 잘 보여주고 있다. 우선 「그 여름의 명상」을 주목해보자. 섬진강 물소리는 평사리를 지나면서 완만한 흐름을 지니게 된다. 그러므로 물소리는 죽게 되고 그 물빛만이 남아 마른 들을 적신다. 평사리는 대하소설 「토지」의 무대이기도 하거니와, 여기서의 "마른 들"은 이제는 쇠락해가는 여느 농촌과 다름없는 공간을 상징하고 있다. 그 물빛의 반짝임에는 그리움이 묻어난다. 회귀하는 은어도 하늘의 마알간 빛을 닮아 반짝인다. 지리산에서 갓 생겨난 바람은 차마 이 광경에 눈이 부셔 훼방을 놓지 못하고 달아난다. 고요하고 적적한 들. 그러나 물빛 고요가 깔린 들. 여름비가 잠시 후득이고 마악 지나간 들은 청량감으로 울려난다. 산새 울음의 초록빛을 화두처럼 새김질하고 있는 시인의 모습이 한 장의 그림처럼 잡혀 온다. 물빛의 번져감과 그 먹물처럼 번지는 그리움을 시인은 누구보다 사랑하고 있다.

> 덩쿨 손/ 긴 봄날이/ 흘림체로/ 쓰여지고/ 산뻐꾹/ 울음소리에/ 번져가는/ 푸
> 른 적막/ 못 이룬/ 지상의/ 꿈이/ 메꽃으로/ 지고 있다
>
> ―「이 순간」 전문

> 한 줄의 줄글처럼 누워 있는 해안선
> 경사진 생각들이 외등처럼 밝아지고
> 바람은 흘림체로 와 은종 하나 흔든다
>
> ―「추억에서」에서

> 눈물도 아름다우면 눈물꽃이 되는가
> 깨끗한 슬픔되어 다할 수만 있다면
> 오오랜 그대 별자리 가랑비로 젖고 싶다
>
> ―「깨끗한 슬픔」에서

그래서 시인은 '고딕체'의 강직함보다는 '흘림체'의 유려함을 가까이 하려 한다. 그 공간은 "산뻐꾹 울음소리"에 잠긴 "푸른 적막"이거나, 한 줄 글씨처럼 가지런하면서도 아기자기한 "해안선"이거나, "가랑비로 젖고" 싶은 자리이다. 그러나 시인은 이러한 고즈넉함 속에 자신의 감정을 죄다 부려 놓지는 않는다. 「이 순간」에서는 "못이룬 지상의 꿈"을 희원하며, 「추억에서」는 매몰되지 않는 생각을 "외등"으로 밝히며, 「깨끗한 슬픔」에서는 지고지순의 순수함을 열망하기도 한다. 감정의 노출을 제어하면서도 그러나 "푸른 적막"의 사고 언저리에는 "은종 하나"의 흔들림까지도 읽어내는 섬세함이 늘 함께 자리하고 있다.

그의 시를 일독해보면 이 '물빛' → '그리움'의 이미지와 정서를 바탕으로 한 시들이 주종을 이루고 있다. 이 물빛 이미지는 햇빛과는 달리 어둠과 등불의 이미지와 쉽게 어울려지는 친화력을 보이는데 "억새에 베인 바람 우우우

몰려가고/ 초롱꽃 이운자리 멀리가는 향기"(시 「익명의 등불」에서)와도 통하고 "화려한 적막처럼 서쪽으로 달이 한 채/ 호올로 피고지는 환각 같은 명상"(시 「무채색 사내」에서)과도 쉽게 만난다. 월정리를 소재로 한 시에서는 "별똥별"과 "등불 켜는 작은 집"과 "대숲"과 "갈대꽃"과 "목이 쉬는 저문 강"의 어둠과 등 불 이미지가 물빛에 섞여 차분하게 가라앉은 그리움의 정서를 잘 보여주고 있 다. 여기에서도 시인은 투명하게 떨어지는 별똥별과 "작은 집"의 등불이 켜지 는 모습을 이별의 장면으로 묘사하는 감각의 탁월성을 유감없이 보여주기도 한다.

> 투명한 기척으로 별똥별이 지고 있다
> 길 숨진 잡목립 너머 등불 켜는 작은 집
> 어느 마을 누군가 이별을 하고 있나
>
> ―「그해 가을 월정리」에서

3.

이 '물빛' → '그리움'의 이미지와 정서 반대편에 '햇빛' → '따사로움'의 이미지와 정서가 놓여있다. 앞서 인용한 「햇살들이 놀러 와서」에서 보듯 햇살 들이 놀다 간 "마른 풀" 위에는 별빛처럼 따스한 향기가 남아있다. "저 경이(驚異)"와 "햇빛시간"의 연작시편, 「여울목 한나절」 등의 작품들이 햇빛 따사로움 을 건져올리고 있다.

> 봄은 며칠 동안 햇빛만을 키웠다
> 어깨 넓은 나무와 창 밝은 집도 한 채
> 하늘엔 연기 한 줄기 단음절로 떠 있고……

털갈이 마악 끝낸 부리 연한 새 두 마리
불현듯 피어난 저 驚異를 보고 있다
그 시간 형용사처럼 날아가는 나비 한 쌍!

—「저 경이(驚異) - 김상유 '花開'」에서

「저 경이(驚異)」는 한 순간의 감각적인 인상을 형상화한 작품이다. 그 순간은 "털갈이를 마악 끝낸" 어린 새가 꽃이 피는 한 장면을 보고있는 찰나이다. 새로운 탄생의 기쁨이 새의 털갈이와 꽃의 피어남으로 은유되어 있다. 그 공간은 풍만함으로 가득 차있다. "어깨 넓은 나무"와 "창 밝은 집"의 햇빛이 살아 넘치는 공간. '물빛' 이미지의 공간과는 근본적으로 다른 공간이다. 생명의 탄생, 그 경이의 순간으로 모든 사유는 집중된다. 맨 마지막 행의 "그 시간"으로의 집중인 셈이다. "형용사처럼 날아가는 나비 한 쌍!"에 시인의 시선은 머문다. 제목에서 시사하듯 꽃의 개화도 아니고, 새 두 마리도 아닌 나비 한 쌍에 왜 시인은 시선을 멈춘 것일까? "경이"로운 사실은 문맥상 분명 꽃의 개화에 있는 데도 말이다. 시인은 그러나 그 너머를 보고 있다. "형용사처럼 날아가는" 저 가볍고 투명함! 바로 거기에. 이 가볍고 투명한 사유야말로 '햇빛' 이미지의 온전한 건져 올림 아니겠는가.

「저 경이」가 한 순간으로의 시간 집중을 보여주듯 '햇빛' 이미지는 대개 시간성을 동반하고 있다. 「햇빛 시간」의 연작은 제목에서 보여주듯 시간의 개념을 동반하며 상상력의 공간을 넓혀 가고 있다. 과거의 시간들이 현재적 시간으로 자연스레 동화된다.

종이배 등 떠미는 어린 바람 한 나절
아직도 일곱 살 때 헤어진 물소리가…
삘기꽃 목마른 언덕 은빛 새가 와서 운다

—「햇빛 시간·2」에서

　　시인은 "일곱 살 때 헤어진 물소리"를 현재적 공간에서 자연스레 만나고 있다. 이는 「햇빛시간·4」에서 과거의 청매미 울음소리가 지워지지 않고 오늘의 쑤꾸기 울음으로 후렴처럼 울려나는 마을을 그려내려면서 결국 "유년의 시간들이 지금 막 종이배 한 척 하얀 닻을내"리는 즉, 과거와 혼용된 현재적 공간을 창출 해내고 있는 것과 흡사하다.

<blockquote>

빨강머리물총새가

느낌표로

물고가는

피라미

은빛 비린내

문득 번진

둑방길,

어머니

마른 손 같은

조팝꽃이

한창이다

</blockquote>

―「햇빛 시간·5」에서

　　이 시에는 "물총새"의 공간과 "둑방길"의 공간이 어울려 있다. 그러나 보라. 전혀 어울릴 것 같지 않는 공간이 얼마나 자연스럽게 연결되고 있는가를. 과거의 공간이 현재적 삶의 공간으로 옮겨오고 있는 것이다. 물론 이 매개 역할을 하고 있는 것은 "은빛 비린내"이다. 아무리 여윈 어머니의 "마른 손"일지라도 조팝꽃이 한창인 '햇빛' 이미지에 비유되는 있는 것은, 가장 고통스러운 것까지도 가볍고 투명한 것으로의 차오름을 간절하게 소망하고 있기 때문이리라.

　　유재영 시인이 펼쳐보이는 '물빛'-'그리움'과 '햇빛'-'따사로움'의 세계.

어둠과 등불과 슬픔의 이미지와 가볍고 투명한 것으로의 차오름을 그는 사랑
하고 있다. 그러나 이 두 세계는 유리된 것이 아니다. 「물총새에 관한 기억」의
시를 검토할 때 각 연의 무관계성과 작품 전체의 유기적 통일성을 함께 하나
의 작품에서 이루어냄을 보았듯 그는 이 두 가지의 상반된 세계를 자유자재로
넘나든다. 가장 슬픈 것이 가장 아름답다고 했던가. 외견상 어둠과 밝음으로
이 두 세계는 나누어지지만 한 개인의 삶에 고통과 즐거움이 함께 하듯 한 몸
에서 자연스레 섞이고 있는 것이다. 그의 시에서 느끼는 차분하면서도(물빛 이
미지) 톡톡 튀는 신선함(햇빛 이미지)은 바로 이 두 세계의 자유스러운 넘나듦에
서 연유한다 할 것이다.

　아직까지는 나뉘어 있는 '물빛 - 햇빛' 세계이지만 이 다음의 단계에 그는
분명 새로운 변신을 시도할 것이다. 그것이 물빛으로의 침잠일는지, 햇빛으로
의 완전한 차오름일는지, 물빛 - 햇빛의 경계를 넘어뜨릴 무시간 속일는지 잘
은 가늠이 되지 않지만, 그를 떠받치는 탄탄한 서정의 힘과 미세한 떨림이 이
제 꿈틀거리는 굵은 線과 굽이치는 맥박으로 새로운 경지를 개척해 나가줄 것
을 기대해 본다.

직립과 능청거림, 혹은 경계 지우기

서우승론

1. 「카메라 탐방」 연작의 의미

서우승 시인은 1946년 경남 통영시 산양읍 야솟골에서 태어나 1973년 서울신문 신춘문예에 시조 「카메라 탐방」이 당선되어 등단을 했는데, 이후 줄곧 이를 제목으로 한 연작은 시조단에 많은 화제와 반향을 불러 일으켰다. 이의 결산이라 할 수 있는 1982년 상재한 「카메라 탐방」은 이후 태학사 100인선 표제로도 쓰였다. 시인의 문학적 지향점을 살피는데 이 연작의 의미를 파악하는 것이 도움을 줄 것이다.

「카메라 탐방」이 가져온 화제와 반향은 다음 몇 가지로 측면으로 요약될 수 있다고 생각된다.

첫째는 주정 일변도의 시조단에 사실적이면서도 주지적 사고에 관심을 갖도록 환기를 불러일으켰다는 점이다. 그렇다고 「카메라 탐방」의 연작이 인간풍정의 둘레를 크게 벗어나고 있다는 것은 아니다. 인간과 사물의 풍정을 사실적이고도, 지적으로 탐구해 나갔다고 보는 것이 온당할 것이다.

> 미꾸라지에게 깃대 들려 웅뎅이를 다 설겆고
> 눈만 껌벅 껌벅 용을 쓰던 참게란 놈
> 헝클린 한 판 북새통에 두 엄지를 벌린다.
>
> —「카메라탐방 - 필름·71」 전문

인용 작품에서 주목되는 것은 시적 대상을 감정이입 없이 객관적으로 서술했다는 점이다. 냉정하리만치 그려내는 사실적 필치는 당시 시조단을 크게 각성시키는 계기가 되었다.

둘째로 순간 포착의 카메라 기법을 통해 기층민의 현실을 형상화하고 있다는 점이다. "누구냐 빼꼼히 넘보는 어둠 속의 저 눈망울"(「카메라탐방 - 필름·11」)이라든지 "희끗, 누이의 새치 한 올 들킵니다"(「카메라탐방 - 필름·48」)라는 표현들은 순간 포착을 통해 시적 긴장을 고조시킨다. 이를 포함하여 앞서 인용한 「카메라탐방 - 필름·71」에서 드러나듯 중요한 것은 사실적 화폭이라도 그것이 선택의 문제를 결코 간과하고 있지 않다는 점이다. 선취된 사실이 기층민들의 삶과 밀접한 관련을 맺고 있다.

셋째로 연작시의 새로운 가능성을 열어주었다는 점이다. 「카메라탐방」은 연작의 형태를 취하면서도 각각의 작품이 독립되는 독특한 구조를 가지고 있다. 스냅 형태의 필름을 통하여 다양하고도 실제적인 삶의 모습을 충일하게 담아내고 있어 그들의 파노라마가 곧 당대 삶의 바로미터가 되고 있는 것이다.

마지막으로 「카메라탐방」은 시조를 창작하는 후배들에게 하나의 전범으로 여겨질만한 텍스트를 제공했다는 점이다. 이후 80년대 시인들이 강도 높은 실험정신을 가지고 다양한 형식 실험을 하게 되는데, 이들에게 영향을 미친 몇 권의 시집 중 하나가 바로 「카메라 탐방」이었다라는 점은 이를 잘 설명해주고 남음이 있다.

「카메라탐방」 이후 서우승 시인의 시세계는 어떻게 변모되고 있는가. 한 시인의 시적 사유가 사회적·개인적 특별한 動因 없이 변모하는 것은 아니므로 직간접적으로 앞서의 특징들과 무관하지는 않겠지만 여기서는 시조집『생각도 단풍들면』을 중심으로 살펴보기로 하겠다.

2. 직립의 시학

서우승 시인이 근본적으로 추구하는 미학은 직립의 시학이다. 주저앉음이나 안주가 아니라 솟구치는 생의 열원을 담고 있는 것이다. 이 점은 「카메라탐방」 연작의 시각, 곧 시적 대상을 감정이입 없이 객관적으로 서술하는 사실적 필치와 무관하지 않다. 하잘 것 없이 마모되고 녹슨 것들에서도 그는 이들이 가지고 있는 자존에 대해 주목한다.

어느 새
저물었구나,

서둘지는
마시게

새로
돋는
한 생각

단물 들 때
기다리며

까치밥
함께 한 감잎

깡바람
견디느니.

─「저물 무렵의 명상」 전문

　홍시 까치밥에 대한 미더운 인정을 보내는 시편들을 찾아보기란 그리 어렵지 않다. 그러나 인용 작품은 "까치밥"이 아니라 "함께 한 감잎"에 대한 애정을 담고 있다. 까치밥이 단물들 때까지 "깡바람"을 홀로 견뎌내는 감잎의 자존에 대해 시인은 뜨거운 신뢰를 보내고 있는 것이다. 여기에 서우승 시인의 시적대상을 보는 깊이가 있다. 아무도 주목하지 않는 아웃사이더나 언더그라운드의 삶에 애정을 가지고 있는 것이다.

어차피 눈밖에 났던
지난 시대의 오기 하나
인적 끊긴 바다에 거품 물고 앉았더니
저 홀로
높아졌다가
깊어져도 보더니.

서슬 푸르던 분노도
절망으로 길이 들고
그마저 결이 잘 삭아 휘파람이 된 지금
수만 겹
파도를 거느리는
목동으로 서 있다.

─「낙도(落島)」 전문

「낙도(落島)」에도 이러한 점은 잘 형상화되어 나타난다. 더 나아가 이 자존은 시인 자신의 자화상을 그려내고 있는 것으로 해석된다. 늘 변경에서 외로운 詩作活動을 하고 있는, 그렇지만 세상의 질곡을 무심코 넘기려 하지 않은 시적자세를 "어차피 눈밖에 났던/ 지난 시대의 오기 하나"로 형상화한 것이 아니겠는가. 이후로도 살피겠지만 직립의 사유 안에 늘 유연함을 간직하려는 자세를 "서슬 푸르던 분노도/ 절망으로 길이 들고/ 그마저 결이 잘 삭아 휘파람이 된 지금"으로 그려내고 있는 것으로 판단된다.

「못 이야기」에도 "그 어떤 장도리로도 뺄 수 없는 만패불청의 저승에 품고갈 못은/ 녹도 슬지 않는다."라고 하며 지워지지 않는 상처가 나타난다. 「길·1」에서는 "다 비운 채/ 피나게/ 기다려도 봤느냐/ 지름길 성취 끝에/ 벼락 같은 깨우침을 얻어/ 재수(再修)의/ 백의종군 길/ 묵묵히 가던 이"에 대해 주목하며, 「이름」에서는 "무명씨(無名氏)로 전해오는/ 작가 미상 작품이거나/ 익명의 선행을 두고 우리가 무릎 칠 때/ 상상이/ 날개를 달아/ 경의에까지" 이를 수 있음을 얘기하고 있다. 그러면서 "내 안엔/ 나를 겨냥한/ 죽창 하나 늘 깨어있다."고 말한다(「이름」 후반부). 이처럼 늘 깨어있는 직립의 사고들이 부조리한 역사와 현실을 만나게 되면 강한 현실인식을 갖게 됨은 아주 당연한 일이다.

> 할머니가
> "이 웬쑤야" 하고
> 할아버지 가슴을 치니
> 원수라는 단어도 홱, 연인으로 바뀝니다
> 남북이
> 만나자 와락,
> 반세기를 끌어안을 때.
>
> ─「반세기를 끌어안은 날」 초반부

이산가족의 상봉을 보면서 시인은 눈시울이 뜨거워진다. 시인 누구나가 이런 유사 경험을 가지고 있지만 이것을 잘 형상화시키는 데는 이르지 못한다. 그만큼 목적의식이 강하기 때문인데 서시인은 이러한 목적에 그리 힘을 주지 않는다. 오히려 "분단은,/ 이념은 또 뭡니까?/ 통곡밖에 없는 것을"이라며 이들의 아픔에 비하면 "분단"이나 "이념"을 앞세운 거창한 담론이 거추장스런 것임을 강조한다. "이 웬쑤야"라는 단어가 갖는 함의에는 담론을 넘어선 진솔한 생활적 언어의 생생함이 살아있다.

징검다리 같은
줄임표를 물고 있지 싶다
다들 꽃 피울 때
뭐했나 뭐했나 누가 따지리
돌아와
말 잃은 사람들
빠개젖힌 가슴같은,

무화과를 보면
정신대가 겹쳐지네
꿈에서나 이를 갈다가
에스오에스도 치다가
눈 뜨면
목석이 되어
울음도 삼킨 역사 같은.

—「무화과를 보면」 전문

「무화과를 보면」이라는 작품은 시인의 심안이 얼마나 정교한지를 보여주는 단적인 예에 속한다. 시적대상의 특징과 속성에 시적 상상력을 눈부시게 담아내고 있는 점이 두드러져 보인다. 무화과의 자잘한 씨를 "징검다리 같은/ 줄

임표"라고 읽어내는 것도 그러하지만 "돌아와/ 말 잃은 사람들"="정신대"로
보는 것도 이채롭다. 그것은 무화과가 여자로 상징되는 '꽃'을 피우지 않기 때
문에 가능한 인식이기도 하다. "말 잃은 사람들"은 역시 언더의 삶이다. 누가
이들에게 "뭐했나" 따질 수 있겠는가. 역사나 현실로 시인의 상상력이 확대될
때 자칫하면 빠지기 쉬운 관념과 작위적 태도를 시인은 지극히 자연스러운 서
정의 육화를 통해 그려내고 있는 것이다. 이점은 같은 시적대상의 이전 작품
인 「정신대 원혼의 아리랑」을 보더라도 시인의 한결같은 작시 태도라는 점을
쉽게 확인해볼 수 있다. 5수로된 이 작품 역시 시대의 질곡을 다루고 있지만
생경하고 낯선 표현은 물론 분개일변도의 국수주의적 태도 또한 보이지 않는
다. "꽃도 열매도 못 본 채 멎어버린 나이테라"나 "지우고 또 지우는/ 이름 속
에 나를 묻으며/ 혼잣말이 취미일 뿐"이라는 표현 등은 서정의 육화를 위해 시
인은 상당한 노력을 기울이고 있음을 알 수 있는 대목들이다.

　「땅의 비밀」에서는 "길을 내면 길 되어 주고 강을 내면 강 되어 주"는 땅
의 속성을 통해 말뚝과 철조망을 치는 분단 현실을 얘기하며, 「한산섬」에서는
"승전고 북채가 내 등을 토닥일 것 같아/ 도처에 숨은 신명들도/ 불쑥불쑥 튀
어 나올 것 같"은 신명에 젖었다가도 최근 민감해진 독도의 문제를 건드리기
도 한다.

　　　　근자에 한산섬 너

　　　　안색이 왜 그러냐

　　　　독도가 발을 뻗쳐 네 발을 집적인다더니

　　　　갈매기 나는 형용도

　　　　암호체로 바뀌었다더니.

ー「한산섬」 마지막 수

　이 작품에서도 시인은 작위성을 드러내는 것을 지극히 경계한다. 사람들
보다는 독도를 의인화하고, 갈매기의 형용을 끌어들인 것은 육화되지 않는 서

정이 얼마나 거부감을 불러오는 가를 잘 알고 있기 때문일 것이다. 「졸부들에게」라는 작품에서는 현대판 졸부들이 가졌을법한 날개에 비유하여 "접는 법/ 아예 못 배운 데다/ 숨을 곳은/ 더욱 모르니"라며 희화하기도 한다. 이 역사나 현실의식은 직립의 자존에서 비롯된다. 곡선의 대비되는 개념으로서의 직립이 아니라 사물의 본질을 꿰뚫고 그 이면에 놓인 아픔과 상처에 대한 질문을 늘 자심에게로 돌리는 자존으로서의 의미이다. 그러나 시인은 역사나 현실의식을 얘기함에서도 서정성을 놓치지 않고 있듯이 경직화되어 가려는 사고들을 유연하게 바꾸려는 노력도 줄기차게 보여주고 있다.

3. 능청거림의 재미

유연함 안에서 가장 주목되는 것은 다양한 소재의 변주를 통하여 연출되는 딴전 피우기다. 진지한 것을 앞에 두고도 정작 그것을 희화해버리거나 무시해버린다. 그런데 이러한 '딴지'도 따지고보면 그것들을 업신여겨서가 아니라 그것들의 이면에 놓인 애환이나 슬픔에 대해 너무 잘 알고 있기 때문으로 판단된다. 시적 대상에 딴죽을 걸어 재미성을 얻고 그로 인해 발랄한 생의 윤기를 얻을 수 있다면 충분히 한편의 시로서 소임을 다한 것이 아니고 무엇이랴. 이 능청거림의 바탕 또한 보잘 것 없는 삶에 대한 애정으로부터 시작한다.

> 저녁 놀빛 받으며
> 팝콘 하나 굴러갑니다.
>
> 무심코
> 밟으려던
> 발이 아찔!

허공에 뜹니다

일당(日當)을
목숨껏 끌고가는
개미님의 귀가길입니다.

—「팝콘을 보다가」 전문

　　바쁘게 일상을 살아가는 도시인들에게 이 작품은 시사해주는 바가 크다. 어느 누가 개미가 끌고가는 먹이에 대해 시선을 주겠는가. 그러나 시인은 "일 당(日當)을/ 목숨껏 끌고가는/ 개미님"이라고 존칭어까지를 부친다. 언뜻 보기 에는 과장이다 싶으면서도 시인이 발을 헛딛으며 놀라는 표정을 하고 있을 것 을 생각하면 재미있어진다. 사실 이 능청거림의 시학은 정적 상황보다는 동적 움직임을 통하여 시의 긴장감을 고조시키는 묘미가 있어야 제 맛을 낼 수 있 다. 시인은 무엇보다 이 점을 잘 포착해내고 있다. 예를 들어 비교적 정태적인 풍광을 통해 내면화를 시도할 법한 사찰을 대상으로 한 「가을 운문사(雲門寺)」 같은 작품에서도 스님들의 모습을 "사태난 감나무들/ 도열해 선 길을 끌고 와/ 청도 명찰(名刹) 운문사 경내에 들어서니/ 스님들/ 울력 풍경이/ 굴렁쇠로 굴러 오구나."로 생기있게 그려낸다. 그러기에 시인은 이 지상을 살아가는 것이 소 풍 나온 아이쯤으로 생각하기도 한다.

산이며
바다며
두루 쏘다닌 소풍이었네

비도
눈도 맞고
햇볕도 쬐인 소풍이었네

오는 길
주저앉고 마네,
벼락치는 숙제 생각에.

―「개학을 앞두고」 전문

　　"벼락치는 숙제 생각"이 아마 그에게 전술한 직립의 생각을 갖게하고 자
존의 의미를 곱씹게 한 것일 게다. 그래도 여전히 그는 여전히 "산이며/ 바다
며/ 두루 쏘다닌 소풍"의 재미와 여유로 우리를 끌고 다닌다.

"저 달 곱잖아요"/ 아내가 말하기 무섭게/
"골키퍼 없으니 차면 골인이제" 했겠다/
그 순간/ 팔짱이 풀렸다
퓨즈가 끊기듯.

―「틈·1」 첫수

산행 중/ 소피 보다가/
바위틈의 꽃에게 들켰네//
숨겨둔/ 피붙이/ 만나는 생각하는데//
그 생각/ 낌새를 챈 듯/ 까르르르 흔들어 대네.

―「꽃이 날 놀려」 전문

천하를 제패한/ 찰나가 영원되다//
새끼꼬기형 체위에/ 남색 땀띠/ 꽃도 피우고//
저 짓에/ 생애를 건 듯//
한몸 얼추 되어가니.

―「등나무 이야기」 전문

인용 작품들은 더 설명할 필요 없이 시인의 기질이 시적 재미와 발랄함에 놓여있음을 짐작하게 해준다. 유머와 재치가 번뜩인다. 그러면서도 시인의 품격에 전혀 손상을 주지 않는다. 금기시되다시피 한 性 문제를 다루면서도 거리낌 없이 툭 쏟아내는 비유적 언어에는 세상의 이면이 무르녹아 있다. 이 유들하기까지 하면서도 직립으로 서는 말부리기는 서우승 시인의 개성을 가장 잘 보여주는 미학이라고 판단된다.

4. 경계 지우기

서우승 시인의 시적 대상에 대한 성찰은 유연함을 지나 이제 보다 원숙한 경지에 들어서고 있는 느낌이다. 경계에서 양자의 차이를 지우는 일을 부지런히 하고 있는 점이 그러한데, 말하자면 이분법적 사고보다는 그 경계에 놓인 의미에 관심을 집중시키고 있는 것이다. 갑년이라는 연륜의 무게가 새삼 무심치 않게 느껴진다.

다들 벗으니/ 마침내 정직하구나
별의별 치장으로 가리웠던 저 진실들
더러는/ 훈장만 같은/ 흉터로/ 편력도 읽고.

다들 벗으니/마침내 평등하구나
빈부가,/ 상하가,/ 헛기침이,/ 조아림이,
증기 속/ 한데 어울려/ 세상과도/ 화해하네.

―「목욕탕에서」 전문

인용 작품에서 시인은 마침내 이루어진 평등의 세상을 바라보고 있다. 빈

부와 상하가 구별 없는 평등한 세상, 그것은 정직한 세상이고 진실한 세상이
다. 그러니 세상과의 불화가 있을 리 없다. 시집의 표제작 「생각도 단풍들면」
의 "뭇 생각도 단풍들면/ 고요 쪽으로 기우는 법"에 내포된 함의가 이 작품에
는 직접적으로 그려져 있다. "강은 달라도 물소리는 통"하는 조용한 세계, 시
끄러운 소리가 죽고 얼룩도 지워진 세계를 시인은 희원하고 있는 것이다. 그러
나 그 세계가 그냥 얻어진 것은 아니라는 점에 우리는 주목할 필요가 있다.

1.

겨울이 봄을 만날 때
선뜻 몸을 섞지는 않는다.
간직된 첫눈의 소슬함
반추해 본 연후에야
연두빛 유혹에 빨려
한 생애를 완성한다.

2.

한 켠엔 관(棺)이 놓였고
한 켠에선 잔을 따르고
유명(幽明)을 갈라놓은
벽이 된 저 병풍의
묻지도 않은 높이를
자벌레가 재고 있다.

3.

묻는 소리와
답하는 소리 사이
귀 먹은 스님 한 분

염주알을 굴리나니
만나는 메아리들도
선문답이 되고 있다.

4.
땅과 하늘이
태초부터 한통속인 줄
찰나를 영원에 걸치는
무지개를 보아 알겠네
환생도 꿈꿀 수 있으니
소멸 어찌 두려우리.
경계(境界)의 시

―「경계(境界)의 시」 전문

이 작품에는 시인이 가지게 된 경계의 시학적 자세가 그저 단순하게 얻어진 것이 아니라는 점이 잘 나타나 있다. 이 시에는 이항대립적인 사고가 교차하고 있다.

겨울/ 봄, 첫눈의 소슬함/ 연두빛 유혹, 관(棺)/ 잔, 유(幽)/ 명(明), 묻는 소리/ 답하는 소리, 땅/ 하늘, 찰나/ 영원, 환생/ 소멸 등이 바로 그것이다. 이 대립적 요소들은 시에서 얘기하듯 "선뜻 몸을 섞지는 않는다." 서로의 탐색과 숙의를 거친 뒤에야 비로소 한 몸이 되는 것이다. 아무리 미천한 미물들이라도 감동해야(자벌레가 벽의 높이를 재야) 이승과 저승이 한 몸으로 통하고, 바깥의 온갖 소리를 차단해야 문·답도 메아리로 합해질 수 있다는 것이다. 그러니 서로의 경계를 지우는 일이 결코 녹록치 않음을 알 수 있지 않은가. 시인은 이 양자의 대별적인 세계를 이제는 기꺼이 허물고자 자청하고 있는 것이다. 이를 우리는 정반합의 원리로도 바라볼 수 있을 것이다. 그러나 시인은 이 둘의 관계를 正과 反으로 획일화하고 있지는 않아 보인다. 어쨌거나 시인은 이 양가의 가치체계

를 조화시키는 조정자로서의 역할을 통해 '흰 눈밭'의 세상을 만들기를 기대하
고 있는 것이다. 「눈 오는 날의 명상」 연작은 이러한 노력의 결과물이라 판단
되는데 시인은 '눈'의 통해 자연과 인간, 인간의 내부와 외부에 놓인 길의 경
계 지우기를 보여주고 있다. 「벚꽃 이미지」에서는 피는 벚꽃의 이미지(천년 내
란 다스리고/ 개선하는/ 저 길목)과 지는 벚꽃의 이미지(치다 만/ 박수 소리들은/ 패잔병
이듯/ 깔리고)를 동일선상에서 그려내기도 한다. 물론 시인은 이 화해에 끝에 얻
게 되는 "머릴 치"는 깨달음에 무게를 두고 있어 그 울림은 다음의 시처럼 독
자들의 가슴에까지 한 순간에 와 닿는다.

포장도로 상처마다 돋아나는
생명의 힘!

그 생명 짓밟힐 때의 초록 진물
비명의 힘!

끝이 곧
시작 아니냐며
알암이 툭,
머릴 친다.

─「생멸에 관하여」 전문

우리는 지금까지 서우승 시인의 작품세계에 대해 살펴보았다. 서우승 시
인이 근본적으로 추구하는 미학은 직립의 시학이다. 솟구치는 생의 열원을 담
고 있는데 이는 따지고 보면 순간 포착의 카메라 기법을 통해 인간과 사물의
풍정을 사실적이고도, 지적으로 탐구하면서 기층민의 현실을 형상화하고 있는
「카메라탐방」 연작 시절부터 연유되고 있다고 봐야 옳다. 곡선의 대비되는 개
념으로서의 직립이 아니라 사물의 본질을 꿰뚫고 그 이면에 놓인 아픔과 상처

에 대한 질문을 늘 자신에게로 돌리는 자존으로서의 의미이므로 시인은 역사나 현실에 대해서도 육화된 서정을 통하여 얘기한다. 한편 경직화되어 가려는 사고들을 유연하게 바꾸려는 노력도 줄기차게 보여주고 있다. 다양한 소재의 변주를 통하여 연출되는 딴전 피우기가 그것인데 시적 대상에 딴죽을 걸어 재미성을 얻고 그로 인해 발랄한 생의 윤기를 얻어내고 있는 것이다. 또한 이항 대립 위에 이 양자를 화해시키려는 시학적 태도를 보여준다. 시인은 이 양가의 가치체계를 조화시키는 조정자로서의 역할을 통해 정직하고 진실된 세상을 열어가길 염원하고 있는 것이다. 이 경계 지우기의 노력은 당분간 시인의 화두가 될 것이다. '흰 눈밭'의 세상 다음은 무엇이 올 것인가. 아직 속단하기는 이르지만 분명 시의 마지막 단계로 일컫는 고졸의 미학에까지 이를 수 있지 않을까. 은근히 기다려진다.

섬세한 서정성과 시대정신

이우걸론

1.

1973년 『현대시학』을 통해 등단 후 1977년 『지금은 누군가 와서』와 1981년 『빈 배에 앉아』, 1988년 『저녁 이미지』, 1996년 『사전을 뒤적이며』의 4권의 시집과 1984년, 1989년 『현대시조의 쟁점』, 『우수의 지평』 등 두 권의 시조 평론집을 낸 이우걸 시인. 사실 그만큼 작품으로서나 평론으로서나 현대 시조단을 활발하게 이끌어온 사람은 없다. 후배를 사랑하고 이끌어 주는데도 남다른 정열을 가지고 노력해 주었으며 특히 시조의 현대화에 일획을 긋는 작업을 실천적으로 해주었다고 말할 수 있으리라. 이러한 문학 내외적 성과에도 불구하고 그가 어떠한 문학적 지향점을 가지고 오늘에 이르르고 있는가에 대한 본격적 시인론 하나가 없었다라고 하는 것은 부끄러움의 차원을 넘어서 참으로 민망한 일이다. 그러나 시조단에서 볼 수 있는 것이 어찌 이러한 시인론 하나에

서 뿐이겠는가. 바른 비평이 不在하니 작품도 시들하고 누구 하나 크게 의욕
을 갖는 이가 드물다. 현대시사 속의 시조의 위상은 애써 부인하려 하여도 장
르의 변두리를 크게 벗어나지 못하고 있다. 이 점에 관해서는 나 자신도 크게
경계하며 스스로의 마음을 질책하고 있다. 시간이 되는 한, 체력과 정신이 되
는 한 현대 시조사를 엮어나가 볼 작정이다.

2.

　한 시인의 문학적 정신사를 꿰뚫어 보는 것은 그리 쉬운 일이 아니다. 이
우걸 시인의 경우는 더욱 그러하다. 그의 시는 지극히 섬세하면서도 동시에 대
범성을 지니고 있다. 자연과 세계에 대해서 우호적인 따뜻한 시선을 가지고 있
으면서도 또한 금속성이 스치는 듯한 싸늘함과 독설을 준비하고 있다. 본류가
어느 것인지는 보다 자세한 읽기가 요구된다.

> 빗질한 하늘을 이고 새로 맑은 뜰에 서보면
> 감처럼 감빛이 되고 사과처럼 사과로 익는
> 우리 맘 능수버들엔 단풍물이 드는갑더라
>
> —「단풍물」에서

> 한마리, 두마리, 세마리, 네마리,
> 결 고운 창호지 볕을 원고지에 옮겨 심다가
> 잊었던 문득 가을날 귀뚜라미 소릴 듣는다.
>
> 연실처럼 꿈을 쫓으며 가꿔 온 아내의 하늘
> 七旬을 산같이나 말 없으신 어머님 이마

그 속을 감싸 흐르는 그러나 텅 빈, 나의 목소리……

드디어 붉은 채찍이 한 남자를 열고 들어와
건조한 철제 신경의 복부를 흔드는 동안
철 없는 뼈마디들도 귀뚜라미 소리로 운다.

―「겨울 신경통」 전문

　　이 두 편의 작품은 제 1시집 『지금은 누군가 와서』(학문사, 1977년)에 실려
있다. 두 편 다 서정시이면서도 이를 형상화 시키는 방법이 사뭇 다르다. 「단
풍물」이란 시는 가을이면 비로소 갖게 되는 마음 한 편의 여유로움을 투시하
고 있다. 그 여유로움은 "생활을 눈감고 부는 바람에 흔들리"는 망중한과 "낮
달 쉬엄쉬엄 말없이 흘려보내는" 망연함과 낭창낭창하게 이리 저리 흩날리는
"능수버들"의 유연성에서 오는 것이다. 우리의 가슴은 여름을 지나면서 다 보
타지고 찌그러졌지만, 시인은 그러한 가슴을 촉촉하게 젖게 한다. 그만큼 사물
을 인식하는 시인의 태도도 젖어 있다. "안보일 만치는"의 부피감이라든지 "소
리로도 정이 드는" 청각적 이미지를 보면 쉽게 가늠이 된다. 이 부드럽고 촉촉
한 이미지가 「겨울 신경통」에 오면 달라진다. 첫 수는 물론 도입부에 해당된
다. 결고운 창호지에 비쳐드는 겨울볕을 원고지에 옮겨 심으려는 서정자아의
자세는 진지하다. 그러나 그 진지함은 곧 자아에 대한 자성으로 이어진다. "아
내"나 "어머님"은 묵묵히 기다려온 것이다. 아내는 언젠가 생활이 펴리라 생각
하고 꿈의 연실을 잡아당기고 어머님은 늘상 침묵의 기다림으로 인내하고 있
지만 서정자아는 양자의 기대에 부응하지 못한 채 텅 비어있다. "붉은 채찍"이
자아의 의식 안으로 밀고 들어온다. 그래서 무감하기 짝이 없는 "건조한 철제
신경의 복부"를 흔들어 댄다. "붉은 채찍"과 "건조한 철제" 등의 어휘는 생경
하고, 딱딱하기 그지없는 단어들이다. "붉은 채찍"은 문맥상 신경통의 통증이
나 신경조직의 파괴를 은유하는 단어일 것이다. 시의 주제와 관련되어 있는 핵
심어에 해당되는 것이다. 핵심어에 해당되는 만큼. 평상적인 언어로는 이를 극

대화시키지 못하는 것을 시인은 잘 알고 있다. 그래서 그만큼 강렬성을 내포한 언어를 대담하게 끌어옴으로써 주제를 효과적으로 표출하고 있는 것이 아닐까. "결고운 창호지 볕을" 옮겨오는 섬세함과 "붉은 채찍"의 대담성이 어우러져 강렬한 인상을 심어주고 있는 것이다. 다른 예를 들어 보기로 하자.

<blockquote>

섬길 이 없어도 고운
한나절 그 봄날을
하늘엔 구름처럼 둥둥 구름이 가고
햇볕은 가지에 닿아
천사의 얼굴을 한다.

어쩌면 이것들은 어젯밤 꿈이었을까
바람이 무심히 와서 나뭇잎을 흔들어도
이 강산 뼈에 사무친 칼 소리가
걸어나오네

―「어쩌면 이것들은」 중에서

새는 날아서 하늘에 닿을 수 있고
무성한 벽들은 어둠 속에 빛날 테지만
실로폰 소리를 내는
가을 날의 기인 편지

―「비」 중에서

</blockquote>

인용시들은 1981년 제2시집 『빈 배에 앉아』에 수록된 작품인데, 여기에서도 "사무친 뼈에 칼소리"와 "실로폰 소리를 내는/ 가을 날의 기인 편지"에서 보게되듯 강도 높은 날카로움과 섬세한 서정성이 교차하고 있다. 이러한 양면성은 세 번째 시집 『저녁 이미지』에서도 잘 드러난다.

가난한 식구를 위해 두 손을 모은 할머니
주기도문 몇 음절이 문틈으로 새어나가는
그 작은 불빛을 향해
아이들은 오고 있다.

―「저녁 이미지」에서

이 비누를 마지막 쓰고 김씨는 오늘 죽었다
헐벗은 노동의 하늘을 보살피던
영혼의 거울과 같은
조그만 비누 하나

도시는 원인모를 후두염에 걸려 있고
김씨가 쫓기며 걷던 자산동 언덕길 위엔
쓰다둔 그 비누만한
달이 하나 떠 있다.

―「비누」 전문

「저녁 이미지」라는 작품에서는 할머니의 간절한 소망이 문틈 사이의 불빛으로 구체화 되면서 다가올 미래의 희망에 무게 중심을 놓고 있다. 그러나 「비누」라는 작품에서는 후두염에 걸린 도시가 등장한다. 달도 노동자 김씨의 쓰다만 비누로 비유되고 있다. 두 작품에서 각기 다른 두 개의 대립된 이미지가 교차되고 있는 것이다. 이 온유성과 날카로움의 이중성은 이우걸 시인의 작품이 어느 하나로만의 치중에서 오게 되는 밋밋함이나 단조로움을 긴장의 서늘함 속에 놓게 하는 구실을 하고 있다. 동시에 중층적 사고관을 형성하여 복잡하기 이를데 없는 오늘의 상황에 응전하는 적극적 자세를 갖고자 하는 노력으로 읽혀진다. 중층적 사고나 시대 응전의 적극성은 온유성의 시보다는 날카로운 이미지 추구의 시들에서 두드러지게 나타난다. 「겨울 신경통」, 「어쩌면

이것들은」,「비누」 등의 작품이「단풍물」,「비」,「저녁 이미지」 등의 작품보다
는 시대의 가슴앓이나 고통 쪽에 훨씬 더 경도되고 있는 것은 이점을 극명하
게 보여주고 있다 하겠다.

이 점은 시인이 일단 열린 의식을 갖고 있음을 의미한다. 등단 초기부터
일관되게 견지해온 자아 밖의 세계에 대한 인식 태도인 셈이다.

작은 웃음 보이며, 맑게 맑게 반짝이며

노을 속에 서 있는 산 개울가의 너는

장님이 데리고 가던

어느 딸애의 살결 같은 꽃

—「달맞이 꽃」 전문

총칼을 맨 병사가 오지는 않았지만

마산은 언제나 후두염을 앓는 도시

번화한 어느 거리에도 병든 문명이 섬짓하다.

—「마산」

1996년에 발간된 시집『사전을 뒤적이며』에도 섬세한 서정성과 시대정신
이 각각 잘 드러나고 있다. 주목되는 점은 일관되게 견지해온 그의 시정신이
제4시집에 와서는 처음의 양자 분리보다는 합일화 되어 섬세한 서정성과 시대
정신을 동시에 내포한 작품들이 두드러지게 많이 보이고 있다라는 점이다. 이
점은 분명 이 양자 사이의 고뇌에서 마침내 시인이 독자적으로 터득하게 된
창작방법이라 할 수 있으며, 그냥은 얻어지지 아니하는 그야말로 깊이 있는 생
의 통찰에서 연유한 것이라 판단된다.

젖은 어깨 위에 하늘이 쌓여 있다.

아무도 그의 이름을 말하려 하지 않는다.

풋나무 잎사귀 같은

권세가 지고 있다.

―「노을」 전문

전병같이 둥글고 따스한 봄을 기다리며

물관부는 겨울에도 역사의 피를 옮겼다.

마침내 어둠을 찌르는

저 一劍의 초록이여

―「잎」 전문

　「노을」이라는 작품에서 '노을'이라는 자연현상은 낭만적으로만 읽혀지지 않는다. 서민들의 어깨 위에 얹혀 있는 권력자이거나 부패한 사회 단면의 한 모습으로 노을이 그려지고 있기 때문이다. 그러한 모습이기에 누구도 그의 이름을 말하고 싶지 않은 것이다. 풋나무 잎사귀 같이 그렇게 빨리 떨어지는 허망한 권세, 이렇듯 독특한 시각으로 노을을 보고 있는 것이다. 「잎」에서 봄을 예비하는 수액 속의 흐름을 <역사의 피>를 옮기는 것으로 본 것 또한 독특하다. 이는 마치 가열찬 자유에의 의지를 물밑에서 끊임없이 추구하는 정신작용을 일컫는 비유가 아니겠는가.

　그의 시인적 따뜻함은 때로 망설임으로 많이 나타나고 있다. 「아홉시의 뉴스를 보며」에서 "저 곡필의 역사 앞에 잠못드는 혼령이 있나니/ 이 세상 흐린 날에는 마음의 창이나 닦을 일"이라고 하여 현실적 삶에서 슬며시 한 쪽 발을 빼고 있는 자세를 취한다든지 「못」에서는 더욱 직설적으로 "머뭇대고 망설이는 내 삶의 꼴이 미워서" 아내가 기를 쓰고 못을 박는 장면을 노출시켜 늘 결정적인 대목에서 자신있게 펴 보이지 못하는 우유부단함을 비판하고 있는 자세 등이 그러하다. 이러한 드문드문한 우유부단함 위에 "어둠을 찌르는 저 一劍의 초록"과 같은 용기와 결단성이 이제는 합일되어 함께 돋아나리라는 기대를 가능케하고 있다. "어둠을 찌르는 저 一劍의 초록"의미는 상당한 깊이와 울림을 갖고 있다. 온갖 불의의 세력들과의 항거를 통한 확고부동한 의지의 표명이요, 부조리한 세력들과 맞서는 강렬한 열망의 표출이라 볼 수 있기 때문이다. 이우걸 시인의 독보적 시 쓰기는 바로 이 점에 있다고 생각된다.

그러나 창을 떠나 시로서 정착하지 않을 수 없게 된 오늘날에 와서 현대시조는 보다 개성적이고 보다 육화된 서정을 요구하게 되었다. 아울러 결정론적 세계관을 배격하고 보다 열려있는 의식의 창을 통해서만 바라볼 수 있는 언어의 꽃이기를 희구하게 되었다.

이제 시조는 보편적 서정성의 획득을 위한 형식이라는 그릇과 그 보편성으로 획득할 수 없는 철저한 개성이 동시에 조화를 이루어야 현대시조로서의 또다른 향기를 지닌다는 결론에 도달할 수 있게 되었다.

―「노래시의 갈등과 극복」 중에서

그가 펴낸 시조 평론집 『우수의 지평』(동학사, 1989년) 중에서 그의 시조관을 여실하게 들여다 볼 수 있는 대목이다. 이 글에서 그는 시조의 두 가지 전제 조건을 내세웠다. ① 보편적 서정성을 위한 형식과 ② 철저한 개성적 세계관이 그것이다. 물론 후자를 위해서는 ① 개성적이고 보다 육화된 서정과 ② 열려있는 의식을 강조하였다. 열려있는 개성적 목소리! 지금까지 그의 시를 통해서 살펴보았듯 그의 목소리는 시대정신에 열려있으며, 그만큼 독특한 개성을 지니고 있다. 그는 오롯이 이 조건을 충족시키는 작업을 끊임없이 해 온 셈이다. 그렇다면 처음에 문제제기한 양면성은 쉽게 이해될 수 있다고 보여진다. 섬세하면서도 대범성을 지니고 있고, 따뜻한 시선을 지니고 있으면서도 싸늘함과 독설을 예비하는 면은 시대에 열려있는 개성적 목소리를 지니기 위한 그의 시관에서 비롯되고 있는 것이다.

이우걸 시인의 시 세계의 구조를 논할 때 또 한 가지 주목되는 점은 형식 장치에서이다. 그가 「노래시의 갈등과 극복」이라는 글에서도 얘기했듯 "보편적 서정성의 획득을 위한 형식이라는 그릇"에 있어서 나름대로의 자유로움을 잘 터득하고 있는 것으로 판단된다. 그는 사설시조를 거의 쓰지 않는다. 그가 사설시조를 쓰지 않는 이유에 대하여 구체적으로 밝힌 바는 없지만 사설시조를 일탈된 형식으로 간주하는 보수주의에서는 결코 아니다. 그는 사실 사설시조에 관한 평문을 많이 썼으며 한편으로 애정도 갖고 있다. 그의 작품을 읽다 보면 그가 왜 사설시조를 거의 쓰지 않는가를 쉽게 가늠해 볼 수 있다.

구인 벽보판을 빗방울이 때리고 있다
광포한 빗방울들이 자모를 때리는 동안
무노동 무임금주의의
깃발이 지나간다

— 「비」 전문

변기를 아시나요, 짐승의 아가리 같은
엉덩이를 받쳐 드는 저 백색의 질 속에서
오늘의 욕망이 피고
그 욕망이 지는 것을.

타협하기 위하여, 진정하기 위하여,
배설하기 위하여, 변절하기 위하여
변기는 놓여져 있다
필생의 테마처럼.

삶을 채근 당하는 거리의 발자국들도

햇빛을 피해 다니는 익명의 얼굴들도

한 모금 안식을 얻어 재기의 칼을 가는 곳.

―「변기」 전문

우선 그의 작품을 대할 때 시조라는 생각이 들지 않을 정도로 자연스럽게 읽힌다. 이점은 매우 중요하다. 자유시의 분방한 행배치나 언어구사에 비하면 시조는 그 형식에서 정제된 틀과 통일적 시상을 은연 중에 요구하고 있다. 그래서 우리는 판에 박히고 조여 오는듯한 시조작품을 수도 없이 보아왔다. 그러나 이우걸 시인의 작품에는 그 걸음에서 여유로움이 느껴진다. 물결치는 파도의 잔등같은 자유스러움이 느껴진다. 더욱 시상으로 잡기 힘든 복잡 미묘한 오늘날 삶의 중심부를 다루는 데도 그는 평시조로 충분히 표현 해버리고 있다. 인용시 「비」는 초기 시에도 나왔던 소재이지만 초기 시의 "실로폰 소리를 내는/ 가을 날의 기인 편지"에선 볼 수 있는 녹아드는 잔잔한 서정성과는 사뭇 다른 현실과 역사를 동시에 수반하는 <비>이다. 이 <비>에는 구인 벽보판이 나붙은 도시의 일상이 있고, 무노동 무임금주의의 노동문제가 가로놓여 있다. 쉽게 그것도 단시조로 처리할 수 있는 문제가 아님에도 그는 자연스럽게 단 넉줄의 화폭에 옮겨오고 있는 것이다. 초장의 첫걸음을 부담 없이 두 자로 배치하고 중장에서 걸음 배합의 완급을 조절(3-5-3-5)하고 있는 점은 그가 얼마만큼 능란하게 가락을 타고 있는 지를 보여주고 단적인 예증이다. 이점은 「변기」에서도 거의 유사하게 나타난다. 이와 같은 상황을 종합해보면 그에게 있어 구태어 사설시조가 필요치 않을 것이라는 추측은 쉽게 짐작이 가는 일이다. 형식을 일탈하지 않고도 내재적 틈새와 여유로움을 갖는 것은 그의 시적 구조의 또 다른 특징적 면모다. 그의 시에서 느껴지는 남다르게 탄력성과 서정성은 바로 이점에서도 연유하고 있다고 보아야 할 것이다.

사랑, 그 부재의 아름다운 견딤

김영재론

1. 흰 속살의 사랑

문학을 포함한 모든 예술적 행위의 영원한 테마는 무엇일까? 오늘날의 시인들은 무엇을 쓰며 어떤 사유를 하고 있는 것일까? 태어남과 살아 있다는 것과 죽어가는 일 사이에서 무엇이 이들에게 쓰게 만들며 고민하게 하는가. 삶과 죽음 사이에 놓인 생 가운데 아마 가장 절실하게 다가오는 자각이 있다면 살아있다는 것일 것이고 그 살아있다는 존재의 확인은 사람마다 다르긴 해도 사랑이 아니겠는가. 사랑은 그러나 홀로 오는 법이 없어서 아픔과 환희를 동시에 동반한다. 시인은 고민을 하고 그 고민이 시를 낳고 시는 또 고민을 낳으리라.

김영재 시인도 사랑을 노래하고 있다. 그 사랑의 빛깔은 어떠한가. 누가, 무엇이 그에게 사랑을 노래하게 하는가.

당신의 겨울산의 속살이고 싶습니다

당신의 속살이 되어 내리는 흰눈을 쓰고

눈 내린 시간을 지키는 등불이고 싶습니다

강물을 가로질러 날아오르는 철새처럼

나 또한 철새 되어 당신의 가슴으로 날아올라

칼바람 날개로 버티는 사랑이고 싶습니다

―「겨울 별사」 전문

　　시인이 희원하는 사랑은 '겨울산의 속살'이다. 미지근한 사랑이 아니라 희고 차가운 사랑이다. '눈 내린 시간을 지키는 등불'의 사랑이다. 어둠으로 캄캄하게 마주하는 사랑이 아니라 무언가를 기다리며 자신을 밝히는 등불의 사랑이다. '강물을 가로질러 날아오르는 철새'의 사랑이다. 수만리를 날아와서 잠시 앉았다 가는 사랑이다. 이처럼 허망한 일이 어디에 있을까. 수없는 기다림으로 견디어온 사랑 앞에 시인은 어떠한 말도 하지 못한다. '내 그대를 사랑하므로 나의 사랑을 받아달라'고 하지도 못한다. 오로지 "칼바람 날개로 버티는 사랑"의 자세를 보여줄 뿐이다. 아픔으로 견디는 사랑이요, 고통을 건너는 사랑이다. 이 지고지순한 사랑은 어디서 오는 것일까? "가물어서 여위어 가는 섬진강을 따라가면/ 살아서 속삭이는 나직한 목소리들"에도 있고 그 "강 언덕 먼 발치에서 산수유 피는 소리"(「겨울 섬진강」에서)로부터 오기도 하고 "섬진강, 그 가난한 마을 속 밤기차"와 "마지막 버스"와 그것을 기다리는 "어머니"(「추석 전야, 어머니」에서)로부터 오기도 한다.

섬진강, 그 가난한 마을 속으로
밤기차가 지나간다

섬진강, 그 가난한 마을 속으로
마지막 버스가 지나간다

내 설움,
여기쯤에서 그만둘 걸 그랬다

─「추석전야, 어머니」 전문

　　우선 그것은 '가난'으로부터 길들여진 사랑이다. "마지막 버스"를 타고 귀
가하는 사람들에겐 늘 삶의 파도는 높은 법이다. 막차를 떨리고 삼사십 리는
일도 아니게 걸어서 귀가하는 사람들에겐 삶의 아픔은 이미 아픔이 아니다. 그
설움을 시인은 애써 끌고 다녔다. 그만 끝장을 내고 싶은데 그것을 애지중지
안고 여기까지 온 것이다. 그래서 시인에게 친숙한 것은 오히려 '막막함'이거
나, '외로움'이다. 작품 「절벽」에서는 "우리 앞을 가로막는 절벽은 있어야겠다"
라고 시인은 얘기하면서 "사정 없이 후려치는 바람에게 뺨 맞고 쓰러져 기댈
수 있는 막막함 있어야겠다"라고 말한다. 건너 뛰어 넘는 대상으로서의 '절벽'
이 아니라 기대는 '막막함'으로서의 '절벽'을 얘기하고 있는 것이다. 어쩐지 눈
물겹지 않은가. 이 시인에게는 그러므로 "은행잎 제 무게 못 이겨 지고 있는
가을 깊은 밤"에 외로움마저도 위안이 되지 못하고 있는 것이다(「가을 깊은 밤」
에서).

매미는 미련 없이 제 허물 벗고 나와

푸르른 한 생애를 울음 울다 가는데

나는 왜 허물을 지고 울지도 못하는가

—「허물」 전문

「허물」이라는 작품에는 세계에 대한 시인의 의식이 어디로 향하고 있는가를 잘 보여주고 있다. 매미가 마음껏 제 울음을 우는데 시인은 울음마저도 마음대로 되지 않는다는 것이다. 그 울음은 결국 자아에 대한 아픈 자각으로 꽂히고 있다. 바깥으로 새어나오지 못하는 시인은 속울음을 울고 있는 것이리라. 이렇듯 그의 사랑은 드러나지 않고 오로지 자신을 향하고 있다. 자기애가 아닌 데도 그 애정이 얼마나 곡절하면 타자나 세계를 향해 쏘아 올리지 못하고 내부로만 응축되는 것일까. 응축되어 피가 도는 것일까.

너, 멀리 길 떠나고 나는 비에 젖는다
물가에 앉으면 물이 되고
숲속 거닐면 잎으로 흔들리던 너

비 오는 강가에 앉아
흐르는 사랑 만진다

너 없는 시간에 물 속에 손을 담그면
하늘이 시리게 내려와
파랗게 베어든다

내 몸이 자꾸 서럽게
물푸레나무로 서 있다

—「물푸레나무 사랑」 전문

「물푸레나무 사랑」 역시 시인의 사랑이 분출되지 못하고 시인의 가슴으로 '파랗게 베어'들고 있는 아름다운 시다. 헤어짐은 그리움으로 남기 마련이지만 비가 내리듯, 강물이 흐르듯 사랑은 시인의 손끝에 만져진다. 어찌 손뿐이랴. 마음도 그러하며 마침내 몸 전체가 서럽게 물푸레나무 한 그루가 되어 비를 맞고 있는 것이다. 그가 울고 있는 속울음은 빗소리에 젖어 그대로 하나의 풍경이 되고 있다. 그러고 보니 비도 울고 강도 울고 시인도 울고 물푸레나무도 울고 있다. 나직하게 울고 있는 한 폭의 풍경화. 그러나 얼마나 조용한가. 얼마나 평화로운가. 그러나 이 조용함과 평안함에 쉽게 들키지 않으려는 시인의 힘과 정신이 들어 있다.

2. 맑고 깊은 어둠, 그 고독의 행간

자아 밖의 세계에 대한 사랑이 조용함과 평안함으로 귀결되는 데에는 시인의 견디기 방식이 남다르다는 점에 있다. 폭발해버릴 것 같은 뜨거움이 감지되는 데도 그 지점 바로 직전에 자신을 거두어들인다. 자기 통제나 자기 수면일 터인데 그것은 지극히 맑고 투명하다.

사랑을 버리고 싶다
버릴 사랑
어디 있느냐

백담사
구비 오름길
어둠이
참 맑다

스님은

혼자 서 있고

산은

여럿 모여 산다

―「참 맑은 어둠」 전문

'사랑을 버리고 싶다'고 시인은 말한다. 왜 버리고 싶지 않겠는가. 시인은 사랑을 끊임없이 갈구했지만 얻지 못했기 때문이다. 아니 사랑은 어느 순간 다가왔지만 그냥 놓아 보낸 것이리라. 그러나 시인은 자신을 낮춘다. "버릴 사랑 어디 있느냐"고 말한다. 이 말은 중의적으로 해석된다. 그 하나는 아예 마음의 본 바탕에 사랑 같은 것이 없었으니 버릴 사랑이 없다는 뜻이다. 사랑이 없다니! 그렇게 시인을 괴롭혀 오고 기다리게 하고 견디게 한 것이 '사랑'이었는데 그 '사랑'이 없다니. 그러나 돌아서서 생각해보면 누구를 사랑한다는 것은 부지불식간에 그 사랑의 실체는 아득히 사라지고 막연한 그리움의 안개나 허명을 좇는 일이 아니었던가. 사랑이라는 말은 이미 내뱉으면 그 신비감이 사라지지 않던가. 그렇게 절대적으로 사랑했다고 믿었던 대상도 어느 순간 다 사라지고 비어있지 않던가. 아마 시인은 그렇게 생각했는지도 모를 일이다.

또 다른 하나의 의미는 사랑은 있으되 간직해야 하므로 놓아 보낼 수 없다는 뜻이다. 사랑은 적어도 버려져야할 만큼 가치 없는 것은 절대로 아니라는 것이다. 버려지는 사랑은 사랑이 이미 아니라는 것이다.

이 중의적 의미는 이 작품의 묘미에 기여하고 있다. 깊이 있는 울림을 동반하고 있다. 그 여진은 그대로 다음 행으로 연결된다. 백담사 구비 오름길에서 시인은 어둠을 만난다. 그런데 그 어둠을 맑다고 얘기한다. '참 맑은 어둠'이라고 말한다. 백담사로 오르는 길은 '백담'이 암시하듯 고운 물줄기가 잠시 쉬어가는 물웅덩이가 많다. 그 물의 흐름과 고임이 어둠 속에서도 도렷하게 드러난다. '참 맑은 어둠'일 수 있다. 그러나 그 뿐일까.

그러나 앞의 얘기와 연결해보면 이 작품의 심층적 묘미가 희부윰하게 잡혀져 온다. 사랑이 있는 줄 알았는데 그것이 사랑이 아니라면 얼마나 마음이 허전하랴. 그러나 자연은 어둠 속에서도 맑음을 간직하고 있는 것이다. 비어서 고요한 마음 위에 그 맑음이 조용히 내려앉는다. 허전함을 다 메워줄 정도로 그 맑음은 오히려 평안한 마음을 불러오는 것이다. 그러나 그것이 아니고, 시인이 아무리 하찮다 하더라도 자신의 사랑을 애써 껴안고 있는 것이라면 그 또한 어둠 속에서 적이 위안을 받지 않으랴. 왜냐하면 어둠도 맑음을 그렇게 애써 지키고 있기 때문이니 말이다. 어둠도 그러하듯 자신의 사랑도 사랑 아닌 미움까지 애써 지키고 있기 때문이다.

시인의 시선은 스님과 산으로 시선을 옮긴다. "스님은/ 혼자 서 있고/ 산은/ 여럿 모여 산다"고 말한다. 언뜻 생각하기에 '스님은 여럿 모여 살고 산은 혼자 서 있다'라고 할 법 한데 시인은 바꾸어서 말하고 있다. 암자라면 몰라도 절에는 아무리 작은 절이라도 스님이 여럿 있기 마련 아닌가. 그리고 어느 산이더라도 산의 명칭이 하나이듯 산은 홀로 서야 제 맛이 난다고 생각해오지 않았던가.

그러나 이렇게 생각하는 우리의 관념은 얼마나 잘못되어 있는가. 스님은 여럿 있어도 늘 혼자다. 각자가 자기 마음의 정처를 지니고 용맹정진하기 때문이다. 스님은 각자의 마음속에 다 각자의 산 하나씩을 지니고 산다. 그러나 산은 홀로 서 있는 것처럼 보이지만 홀로 있는 산은 거의 없다. 작은 봉우리와 봉우리가 연결되어 굽이굽이 흘러내린다. 작은 봉우리는 무슨무슨 산이라고 명명하지만 않았을 뿐이지 그 역시 산이지 않던가.

사랑이 나에게 본시 없다하더라도, 아니 나에게 사랑이 있되 그 못난 사랑이라도 떠나보내지 못하고 걸어가는 산길. 백담은 어둠 속에서도 맑음을 안고 저리 깊네. 이렇듯 자연은 극과 극이 통하여 한 몸인데 외로운 것은 늘 사람의 일. 스님은 우두망찰 혼자서 마음속의 산을 세우는데 산은 굽이굽이 그 외로움을 둘러싸고 있네. 나도 그 외로움에 깊어져서 산이 되네. 옹기종기 산들이 모여 외로워도 외로워하지 않고, 내 정신 어둠 속을 헤매어도 그 둘레 맑은 빛이 이네. 아마 이 정도의 뜻을 담고 있는 것은 아닐까.

연꽃은
아무 곳에서나
함부로
피지 않는다

초록잎 위에
흙탕물 뿌려져도
은구슬 굴리는 걸
보면 안다

진흙 속
두 발 담그고
즐거워하는
아,
즐거워하는

―「연꽃」 전문

　「연꽃」이란 작품도 같은 맥락에서 읽혀진다. 주위 환경과는 전혀 상관없이 의연한 연꽃. 진흙 속에 몸을 두고서도 아름다운 웃음을 선사하는 연꽃은 사랑에 대한 시인의 자세가 아니고 무엇이겠는가. 고통과 좌절과 외로움과 기다림의 연속이더라도 오히려 생의 찬란한 환희로 바꾸어 놓는 긍정적 삶의 태도 안에 그의 사랑은 자리잡고 있는 것이다.

3. 두 개의 문, 절정의 죽음과 몸 낮춤의 탄생

그러나 따지고 보면 시인 역시 사람이다. 모든 것을 초탈하기가 어렵다. 사랑도 사람의 일이고 보면 사랑이 많은 시인들에 의해 왜 중심 테마가 되어 왔는지를 쉽게 가늠할 수 있게 된다. 세계에 대한 사랑이 없는 시는 시가 아니다, 라고 말할 수 있는 것도 그것이 증오든 분노든 편애든 모두가 사랑을 전제로 한 것이기 때문이다. 그 사랑은 때로 목숨을 위협하기도 하는데 그에 대한 절창의 시 한 편을 여기서 만난다.

단풍도 처음에는 연초록 잎새였다

너와 나
사랑으로 뒹굴고 엉클어질 무렵

목이 타

붉게 자지러져

숨이, 탁!

끊긴다

—「단풍」 전문

목이 타서 그냥 숨이, 탁! 막힐 것 같은 시다. 모든 것은 처음에는 미약하기 마련이다. 사랑도 역시 그러하다. 그러나 사랑에 눈이 멀면 목숨도 국경도 초월하기 마련인 법. 시인은 단풍나무를 통해 이를 극적으로 승화시키고 있다.

이 시조는 동시에 단시조가 가지고 있는 극적 구성을 극대화하고 있음이 주목된다. 초장은 한 줄, 중장은 두 줄, 종장은 네 줄로 되어 있다. 그러나 줄 수와는 역으로 시간의 흐름은 나중으로 갈수록 촉급해진다. 다시 말해 초장의 '연초록 잎새'는 동면에서 깨어나는 '봄', 중장의 '사랑으로 뒹굴고 엉클어질 무렵'은 여름, 종장은 가장 순간적이면서도 일시에 깊어 가는 가을이다. 봄은 밋밋하게 흘러지나간다. 그러니 한 줄로 족하리라. 중장은 두 줄로 처리했는데 이채롭게 호흡을 첫 걸음 다음에서 끊었다. 그러나 보통의 경우처럼 '너와 나 사랑으로/ 뒹굴고 엉클어질 무렵'으로 했다고 치자. '너와 나'의 주체적 의미가 훨씬 반감된다. 시인은 주체적 존재로서 '나' 뿐만이 아니고 '너'를 포함한 우리를 강조하고 있는 것으로 해석된다.

시인이 가장 비중을 둔 곳은 물론 종장의 네 줄이다. 그런데 가장 순간적인 것을 초, 중장보다 더 많은 네 줄로 처리하고 있음에 우리는 주목하지 않을 수 없다. 네 줄의 각 각은 함축적인 의미를 내포하고 있다. '목이 타'는 갈증은 갈증대로, '붉게 자지러'지는 단풍 본래의 특성은 특성대로 사랑의 아픔과 희열을 나타내고 있다. '숨이, 탁!'은 절정에 다다른 모습이고 '끊긴다'는 죽음에 온전히 이르는 사랑의 마지막 모습을 극명하게 보여준다. 이 각각의 독립적 의미 때문에 시인은 네 줄로 한 것이다. 그런데 정작 이 네 줄은 독립성을 지니면서도 빠르게 읽힌다. 순간적인 시간의 흐름을 예리하게 잡아내고 있기 때문이다.

요컨대 이 작품은 한 줄인데도 완만하게 읽히는가 하면, 네 줄인데도 촉급한 호흡을 유도함으로써 시적 긴장을 극대화하고 있다. 단시조의 미학을 치밀한 구성과 내용의 전개를 통해 유감없이 보여주고 있는 아름다운 작품이다.

강을
건넜으면
나룻배를 버려야 하듯
당신을

만났으니
나를 버려야 했습니다
내 안에
자리한
당신
바로 나이기 때문입니다

―「내 안의 당신」 전문

때로는
어둠 속 길도
내 몸과 같아서

무턱대고 발 대딛기보다는
헛기침이라도 한번 해주면

발 아래
깔리는 낙엽 되어
따스한 힘이 되리

―「어둠 속의 길」 전문

「내 안의 당신」이나 「어둠 속의 길」을 보면 어떻게 「단풍」같은 절창과 극한의 사랑을 탄생시켰는지 이해가 된다. 「내 안의 당신」에서 나라는 존재는 당신이란 존재를 받아들이는 순간부터 없어지고 만다. 사랑이라는 것을 자각하는 순간에 사랑은 없어지고 만다. 사랑의 부재. 사랑은 없어진다. 당신이 곧 나이기 때문이다. 이타 안에 들어가 온전히 하나가 되는 사랑. 주체는 사라지고 객체만 남아있는 사랑. 강을 건너는 것은 바깥에만 머물렀던 당신이란 존재가 내 안으로 비로소 걸어 들어오는 것으로 풀이된다. 설사 그 '강'을 건너지 않았더라도 시인의 가슴속에 넘치는 사랑을 어쩌겠는가. 「어둠 속의 길」에서 보듯 "무턱대고 발 대딛기보다는 헛기침이라도 한번 해주면" 족한 것 아니겠는가. 그 기척이 나에게는 무한한 용기를 주고 생명으로 돋아난다. 기꺼이 "발 아래 깔리는 낙엽 되어 따스한 힘이 되"리 라고 다짐하게 되는 것이다. 시인의 사랑은 이처럼 아름답다. 말하자면 시인이 서있는 배경은 늘 그 사랑의 물결이 쉼 없이 파도치는 바닷가이거나 낙엽 깔리는 숲이다. 이 공간에서 결국 시인은 온전히 타자와 한 몸이 되는 사랑을 꿈꾸고 있는 셈이다.

이 사랑의 행로 속에 산행의 길이 놓여 있다. 그러므로 산행 속에 얻어진 많은 시편들도 이 사랑이 바탕을 이루고 있다. "두 발 든든하게 받쳐주는/ 땅 힘과 눈 맞추고/ 마음을 낮추고 낮춰/ 쉼 없이 걸어"(「산 오르기」에서) 가는 그의 산행은 만행(萬行)이라 불러도 좋을 만하다. "산이 거기 있어/ 나를 몸살나게 한다/ 밤 깊은 시간에도/ 소리 없이 찾아와/ 그리움/ 뜨거운 그리움이/ 무엇인지 사무치게 한다"(「그 산」에서)라는 구절을 읽어보면 미루어 짐작할 만하다.

> 지금도 그곳 가면 내 친구 억식이
> 흙 먹고 살고 있는지 아니면 내 친구 아닌
> 아버지 동무 억식이 똥짐 지고 살고 있는지
>
> 나는 알 수 없지만 지도에 나온 동네
> 비 오는 날 맨발로 걸어걸어 찾아간다
> 억식이 이름만 들어도 눈물날 것 같은
>
> 할아버지의 할아버지 꼭 닮았을 억식이
> 아버지 친구의 친구 딱 한번 언뜻 뵈었을
> 억식이 억식이 동네 깊은 산에 살고 있었네
>
> —「억식이 동네」 전문

　　"억식이 동네"는 시인의 소개를 빌리자면 경북 상주시 화남면 소재한 화령재에서 갈령 사이의 백두대간 구간에 있는 자연 부락 이름이다. 산행의 과정 속에 얻었음직한 이 작품은 시인의 서정성이 질박한 가운데 잘 무르녹아 있다. 억식이는 내 친구이기도 하고 아버지 친구이기도 하며 할아버지의 할아버지이기도한 인물이다. 지지리도 못난 무식한 사람들과 촌 냄새 풀풀 풍기는 동네일 것만 같은 "억식이 동네". 문명과는 아예 동떨어진 암담한 곳을 시인은 '비 오는 날 맨발로 걸어걸어 찾아간다'. "비 오는 날 맨발"이라야 그들에게 다가갈 수 있기 때문이다. 시인의 세계에 대한 사랑은 이러한 몸 낮춤에 있다. 문명의 이기 속에 편리함을 추구하는 우리들은 얼마나 많은 것을 잃어버리고 살아가는가. 이름만 들어도 눈물이 날 것 같은 "억식이 동네"는 몸낮춤의 사랑을 아는 사람들만이 드나들 수 있는 동네다. 거기 우리가 잊고 지내온 아버지가 있고 할아버지가 있고 할아버지의 할아버지가 있다.

　　지금까지 살펴보았듯 시인의 사랑은 수없는 기다림으로 견디어온 사랑이다. 사랑한다 말하지 못하고 오로지 "칼바람 날개로 버티는 사랑"의 자세를 보여줄 뿐이다. 아픔으로 견디는 사랑이요, 고통을 건너는 사랑이다.

　　또 시인의 사랑은 참 맑은 어둠과 같은 사랑이다. 산이 산과 어울려 살아가듯, 어둠이 맑은 빛을 품듯 시인이 정신이 어둠 속을 헤매어도 그 둘레 맑은 빛이 이는 사랑이다.

　　그러니 주위 환경과는 전혀 상관없이 진흙 속에 몸을 두고서도 아름다운 웃음을 선사하는 연꽃의 사랑이다. 고통과 좌절과 외로움과 기다림의 연속이더라도 오히려 생의 찬란한 환희로 바꾸어 놓는 긍정적 사랑이다.

　　때로는 목이 타서 그냥 숨이, 탁! 막힐 것 같은 죽음에까지 미친 척 달려가는 사랑이다. 죽음의 사랑이다. 이타 속에 들어가 온전히 하나가 되는 사랑이다. 죽음을 통과한 사랑은 '억식이'처럼 바닥을 아는, 바닥의 아픔을 공유하는 몸 낮춤으로부터 다시 탄생한다. 이 두 개의 문을 시인은 자유자재로 드나든다. 그러므로 시인에게 사랑은 있되 영원히 잡지 못할 이데아일지도 모른다.

그렇다하더라도 결코 그는 절망하지 않으리라. 부재의 허무를 이미 견디는 법을 알고 있으므로. 오히려 그 사랑의 부재가 그에게 사랑을 불러오고, 사랑 아닌 것도 사랑으로 변환시키는 힘을 지니게 하지 않겠는가. 영원하라. 고독하더라도 아름다운 시인이여, 사랑이여.

존재와 의미의 긴장

김일연론

1. 존재인가, 의미인가

시는 존재하는 것인가 아니면 의미하는 것이어야 하는가. A. 매클리시는 "시는 감촉할 수 있고 묵묵해야 한다"라고 말한다. "구형의 사과처럼 무언(無言)이어야 한다"라고 말한다. 그래서 그는 슬픔의 모든 역사를 표현함에 "텅 빈 문간과 단풍잎 하나"면 족하고, 사랑을 말함에는 "기운 풀과 바다 위의 등대불들"이면 충분하다고 말한다. 존재의 시를 말함이다. 그러나 그것으로 정말 가능한가. 뜨거운 심장을 지닌 행동파 시인이라면 이 말에 수긍하기 힘들 것이다. 뭇새들의 비상처럼 시는 움직이는 것이어서는 안 되는가. 건드리기만 해도 좌르좌르 쏟아지는 깨알 같은 것이어서는 안 되는가. 내가 너를 의미하고 너는 퍼렇게 질리는 메아리를 의미하는 것이어서는 안 되는가. 의미를 말함이다.

사실 시에 있어 존재냐, 의미냐 하는 것은 달걀이 먼저냐, 닭이 먼저냐 하

는 것처럼 난해하다. 그러나 물러서서 바라보면 지극히 당연한 곳에 그 답이
있다.

　　　　　불 꺼진 얼굴로
　　　　　문둥이의 몸뚱이로
　　　　　지쳐우는 사랑은
　　　　　사랑이 아니다

　　　　　먼길을 날아온 새는
　　　　　고요 속에 깃든다
—「빈들의 집」 첫 수

　　　　　흙비가 내리면 흙비의 세례 받고

　　　　　만년설산 골짝에 시린 등을 비비며

　　　　　언제나 떠나왔기에 돌아갈 곳 있으리
—「서역(西域)가는 길」 마지막 수

　　김일연 시인의 첫 시조집 『빈들의 집』과 두 번째 시조집 『서역(西域)가는
길』의 표제작을 인용한다. 「빈들의 집」에서 시인은 사랑에 대해 자신의 생각
을 독특하게 펼쳐 보인다. 절망한다고, 괴로워한다고, 사랑은 오는 것이 아니
라고 말한다. 느낌이나 생각, 혹은 처한 상황들을 숨김없이 다 드러낸다고 사
랑은 아니라는 것이다. 사랑은 "먼길을 날아온 새"가 "고요 속에 깃"드는 것이
라고 말한다. A. 매클리시가 슬픔의 모든 역사를 "텅 빈 문간과 단풍잎 하나"
면 족한 것처럼, 아무리 절절한 사랑이라도 "빈들의 집"이면 족하다는 것이다.
존재로서의 시를 말하고 있는 셈이다. 「서역(西域)가는 길」에서의 시적대상에

응전하는 시인의 사고방식 또한 여기에서 크게 벗어나지 않는다. 환경으로 주어진 것을 그대로 수용하겠다는 자세가 그대로 배어있다. 언제나 떠나온 곳이 있으면 돌아갈 곳이 있다는 믿음을 버리지 않을 뿐 시인은 스스로의 신념을 애써 웅변하거나 예리하게 드러내지 않는다.

2. 사랑과 그리움의 화해정신 - 존재의 시

소리 내어 드러내지 않으면서 단정하게 세계와의 화해를 모색하고 있는 방식은 이번의 시집에도 그대로 이어지고 있다. 가장 많이 드러나는 시적 주제는 앞서의 시집에서도 줄기차게 추구해오고 있는 사랑과 그리움이다. 그 중에서도 김 시인의 시세계는 그리움의 정서가 잘 형상화되어 있다. 말하자면 김 시인의 시적 출발점이면서 바탕이 바로 그리움인 셈이다. 그것도 시의 제목으로도 나타나고 있듯 「깊은 그리움」이다. 마치 바다가 해저 만리에 "조가비 산호초"와 "향유고래 화석"을 키우듯 그런 그리움의 자세를 늘 견지하고 있다.

자잘한 가지 사이 나도 한 땀 가지되어

손끝 발끝 아슬아슬 뻗어본다 자벌레로

이토록 나무가 된다

네가 된다

어둠이여.

—「사랑」 전문

이 그리움은 어디에서 오고 있는가. 어둠마저도 기꺼이 다가가 불꽃을 피우는 지순함에서 비롯된다. 지순하다는 것은 너에게로 가 닿는 방법이 어떠한 것인지를 유념해보면 쉽게 수긍이 간다. 너의 실체는 어둠이다. 그 어둠은 밖에서는 도저히 가늠할 수 없는 미지의 세계다. 아무리 다가가도 보이지 않는 불가해의 세계. 그 어둠에 닿기 위해 시인은 "손끝 발끝 아슬아슬 뻗어"보는 것이다. 심지어 몸을 가지 끝에 매달아 한 마리의 자벌레가 되어보는 것이다. 자벌레가 가지 끝을 이어준다면 그 물리적 길이가 얼마나 될 것인가. 그만큼 어둠 속에 들이민다고 어둠이 손을 잡아줄 것인가. 그러나 그것이 다른 것이 아니고 하나밖에 없는 목숨이라면 어쩔 것인가. 에밀레 종에 얽힌 설화를 통해 보듯 진실은 가끔 천지귀신을 감동케하는 힘이 있다. 내가 너에게 닿고자하는 간절함이 이 시의 요체다. 온전한 자기희생이 그 기저자질인 셈이다. 그렇다고 자신을 알아주라고 읍소하지도 않는다. "이토록 나무가"될 뿐이다. 말하자면 "다가가볼까/ 만져볼까" 그러나 시인은 "그냥 바라만 본다"(「봄눈」) 이게 시인의 사랑 방식이다.

하늘과 땅의 거리 꽃가지와 가지 사이

행성과 행성 사이에

운행의 거리가 있듯

그대와 내 사랑에도 그만한 거리가 있다

살찐 흙덩이 위에 빽빽이 난 근대 싹

넉넉히 자리 보아 솎아내는 봄날

파릇한 어느 싹 하난들 뽑아 아깝지 않으랴

김매고 물 대며 마음 밭에 가꾸는

상처 많은 작은 별

어둠 깊은 빛일수록

공들인 어느 꿈 하난들 욕심나지 않겠느냐

마성서 새말 가는 구름과 구름 사이

발왕산 자작나무들 외롭지 않게 서 있는

놓고도 가만 잡아주는

그만한 거리가 있다

―「운행의 거리」

　우리들 마음에는 늘 빽빽하게 웃자란 욕망이 있기 마련이다. 그 빼곡한 욕심이 늘 일을 그르치기 일쑤이지만 그것을 솎아내는 일에는 인색하기 마련이다. 그러나 시인은 "하늘과 땅", "꽃가지와 가지", "구름과 구름", "자작나무들" 그 사이의 거리를 생각한다. "외롭지 않"을 만큼 서있는 사이의 미학을 눈여겨 바라본다. 가까이 가면 불에 타 죽고 너무 멀리 있으면 얼어 죽는다고 했던가. "놓고도 가만 잡아주는" 미학적 거리가 시인에게는 있는 것이다. 존재의 시를 생각하고 있는 것이다.

끊임없이 값어치를 무게로 재고 있는

도살당한 축생들과 일용하는 양식들

먹기를 삼백 예순 닷새 거른 날 하루 없네

생각하면 뜨거움만으로 사는 것은 아닌 것

온몸으로 피었듯이 온몸으로 지는 잎

잎 다진 목숨들 안고 인내하는 겨울 산

헐벗은 무얼 다해 가고 있나 너의 허울

끊임없이 값어치를 맑기로 재고 있는

이 새벽 생수 한 잔이 뼈 속에 차갑다

―「경건한 슬픔」 전문

「경건한 슬픔」에서 시인의 의도는 둘째 수에서 드러난다. "생각하면 뜨거움만으로 사는 것은 아닌 것"이라는 시인의 해석적 진술이 강하게 드러나고 있기 때문이다. 그렇다고 이 작품을 의미의 시로 보는 것은 문제가 있다. 따져볼 초점은 그 의식이 어디에 있느냐는 것인데 시인의 중심은 분명 "잎 다진 목숨들 안고 인내하는 겨울 산"에 있다. 다시 말해 인생이라는 것이 의미보다는 존재에 있다는 것을 역설적으로 보여주고 있는 작품이라 볼 수 있다.

아홉 마리 삼천 원에 떨이로 산 꽁치를

소금 뿌려 차곡차곡 갈무리해 얼려놓고

작은 놈 한 마리 구워 저녁상을 보신다

어둠 내려앉으면 원양(遠洋)같을 열네 평

같이 먹잘 이도 없이 한 벌 수저 소리만

어머니, 적막강산이 바다를 잡수신다

―「꽁치 한 마리」 전문

「경건한 슬픔」과는 다르게 이 작품은 시인이 스스로의 심중을 얘기하지 않는다. 그렇지만 무엇을 어떻게 해달라는 요구보다 더 강렬한 아픔과 고독이 배어나온다. 시인은 제시하고 있을 뿐이다. 시적대상과의 엄밀한 거리가 느껴진다. 이 거리에서 오는 싸늘한 여운이 이 작품이 지니고 있는 미학의 요체다. 바로 시적 긴장이다. 존재의 시는 이렇듯 긴장의 미학을 추구한다. 그러면서 이 긴장은 아이러니와 결합하여 한층 차원 높은 질문을 던지기도 한다. 아이러니는 그 속성상 존재의 시라기보다는 의미의 시 경향을 띠게 된다.

3. 방외인 의식과 소멸의 겸양정신 – 의미의 시

점원인가 하고 마네킹을 바라본다

마네킹인가 하고 점원을 바라본다

누군가 날 바라본다 사람인가 하고

점원인가 하고 마네킹에게 말을 건다

마네킹인가 하고 점원을 지나친다

인생이 날 지나친다 마네킹인가 하고

—「옷가게에서」 전문

점원과 마네킹의 관계는 살아있는 것과 죽어있는 것의 관계다. 내가 점원을 마네킹으로 착각하는 것은 점원의 실체를 인식하지 않는다는 것을 의미하고, 그것은 나의 입장에서 보자면 희극이지만 점원의 입장에서 보면 비극적인 것이 된다. 이 양자의 차이가 말하자면 아이러니 시가 가지고 있는 특성을 잘 보여준다. 그러나 문제는 그렇게 간단한 것이 아니다. 힘센 알라존(Alazon)이 이 희극의 표면을 이끌어 왔지만 실제 의도는 마지막 행에서 에이런(Eiron)이 등장하면서 반전되고 있다. 내가 인생의 무대에 서 있는 점원이고 아마 神이 나를 마네킹으로 알고 지나친다면! 그런 인생을 내가 살고 있다면 나의 노력과 의지가 무슨 소용이 있겠는가. 공허하기 이를 데 없는 쓸쓸한 인생이 아니겠는가.

부추를 다듬다 손을 베인다

대자연 거니는 양 고요히 가는 달팽이

초록빛 예리한 날에 가슴을 깊게 베인다

여리디 여린 더듬이 어둠 밝히며 간다

폐 한 쪽이 무거워 더 숨 가쁜 지구

힘겹게 밀고 가는 빛

등에 업힌

무거운 통증

―「달팽이」 전문

이 작품에서 시인의 심중은 마지막에서 드러나고 있다. 아마 종전의 작법에 충실했다면 시인은 4행 정도에서 마무리를 했을 것이다. 그렇지만 "등에 업힌/ 무거운 통증"을 시인은 못 본 체 할 수 없었던 것이다. 시적 대상에 대해 뭔가를 말하지 않으면 안 될 정도로 갑갑증을 느꼈던 것이리라. 마치 지구가 "폐 한 쪽이 무거워 더 숨 가쁜"것처럼. 지구는 신음하고 있다. 환경은 파괴되었고 채소 한 단을 마음대로 먹을 수 없는 지경으로 몰리고 있다. 그런데 달팽이가 있다는 것은 그만큼 자연이 건강하다는 것이 된다. 그러니 달팽이가 밀고 가는 빛이 얼마나 힘겹겠는가. 등에 얹힌 집의 무게가 그대로 시인의 통증이 되는 것이다. 시인의 마음이 드러나 있되 그러나 이 인식은 이런 亞流의 시들이 상투적으로 가지고 있는 작위성을 내포하고 있지 않다. 독자에게 전혀 거부

감정을 주지 않고 자연스레 다가온다. 이 점에 유의하며 다음의 작품을 보자.

> 그대 말하지 마셔요 내 벌써 알았습니다
>
> 사랑한다는 것은 이별로 완성되는 것
>
> 큰 물 진 여름 들판이 저 혼자 일어서는 것
>
> 별 하나
> 너 하나
> 그리고 검은 우주
>
> 진실로 빛나는 것은 어둠으로 완성되는 것
>
> 어둠에 찢긴 상처를 돌아앉아 껴안습니다

―「송별」 전문

이 작품에도 "사랑한다는 것은 이별로 완성되는 것"과 "진실로 빛나는 것은 어둠으로 완성되는 것"이라는 강한 해석적 진술이 나오고 있다. 전자의 진술이 부분적이라면 후자의 진술은 전체적이다. 이 진술이 크게 작위적이 아니라는 점은 '이별'이나 '어둠'이라는 단어 대신에 이에 대립되는 단어 '만남'이나 '빛'을 그 자리에 넣어보면 쉽게 알 수 있다. 이것은 진술의 경우도 낯설게하기의 기법이나 병치은유의 기법이 여전히 효과를 발휘한다는 것을 말해주는 단적인 예라 할 수 있는데 시인은 이 원리를 너무도 간명하게 보여주고 있는 것이라고 볼 수 있다. 아울러 이 진술을 뒷받침하는 상황의 설정이 큰 효과를 발휘하고 있다는 점이 주목된다. "큰 물 진 여름 들판이 저 혼자 일어서는 것"이라든지, "별 하나/ 너 하나/ 그리고 검은 우주"라는 묘사가 갖는 힘은 진술을

공허한 것으로 만들지 않고 견인하는 역할을 함으로써 시적 긴장을 유지하게
한다. 이 묘사의 근저에 시인의 화해정신이 있다. 화해 정신은 자신을 낮추는
자세며 이것은 곧 시인이 지녀야할 자세이기도 하다. 이 작품을 통해 시인이
드러내고자 하는 것은 어둠이나 상처와 함께 가는 정신이야말로 가장 위대한
힘을 만드는 원천이라는 것이다.

담쟁이덩굴 덩굴손이 담벼락을 움켜잡고

목숨 줄인 양 움켜잡고 땀 흘리고 있는데

바람과 햇볕의 길을

홀연히 날아온 나비

한 순간 허공에 피어나는 만다라

스모그 뚫고 가는 숨찬 네 가슴에

꿈인 듯 입 맞추었네

아,

부신 하늘!

—「서울 나비」 전문

그러기에 시인이 인식하는 현대인의 자화상은 이 작품에서 드러나듯 도
시의 스모그 속에서 죽음과 입 맞추는 존재일 수밖에 없다. "야위신 두 손을

들고/ 눈물로 서 계신/ 나무"(「서울 예수」)같은 존재이거나, "구둣발들 어지러운/ 보도블록 블록 사이/ 짓눌린/ 몸부림 같은/ 비명소리"를 지르고 있는 「위험한 풀잎」같은 존재에 불과할 뿐이다. 「비탈에 서다」의 비탈에 서있는 나무 같은 존재이며 더 나아가 우리의 삶과 현실인 "모래와 안개의 집들" 모두가 "아스라이 비탈에" 서 있는 존재들일지 모른다. 이 소멸의 의식들은 "허공의 연꽃송이"나 "너와 나 무심코 만난/ 미소(微笑)의/ 환한 여백"으로 나타나기도 하고 (「겨울 가지」), "목덜미 소매 끝은 낡아 올올 환"한 낡고 오래된 옷(「빨래를 개며」)이나, "아버지 보내드린" 맨발의 길로(「맨발의 길」)로 나타나기도 한다. 「저물 무렵 꽃잎 몇 점」연작시도 이에 해당된다고 할 수 있는데 이 연작에 나타난 소재들 예를 들어 '초승달', '야윈 해', '겨운 저녁 강물', '가는 비', '여린 상추', '먼 풍경(風磬)' 등은 이러한 시인의 심상을 잘 투영해주고 있다. 이들 연작에 나타난 비유적 이미지 역시 시인의 소멸의식을 명료하게 보여주고 있다.

'낡은 손수건 같이 물려있는 먼 등불'(「저물 무렵 꽃잎 몇 점2」)

굽은
꽃가지에
떨어질 듯 꽃잎 몇 점(「저물 무렵 꽃잎 몇 점2」)

수숫대 그늘같이
서걱이는 그대 그림자(「저물 무렵 꽃잎 몇 점3」)

저며진 살점 그 슬픔을
연둣빛 수의로
가리고(「저물 무렵 꽃잎 몇 점5」)

4. 대지와 우주의 여성성을 위하여

김일연 시인의 작품 세계는 사랑과 그리움의 화해정신이 있으며, 방외인 의식과 소멸의 겸양정신이 있다. 전자는 존재의 시를 지향하고, 후자는 의미의 시를 지향한다. 말하자면 존재의 시학에서 존재와 의미의 시학으로 변모되고 있음이 감지된다. 오늘날 우리가 처하고 있는 매우 복잡다단하고 다양화된 사회적 욕구와 여기서 파생되는 문제점들에 대해 고민한 결과일지 모른다. "해도 달도 별도, 바람과 그늘과 어둠도 내 집처럼 들어와 쉬었다 가는 단단하고 아름답고 편안한 집. 그대와 새소리 들으며 깊고 은은한 우전차 한 잔 나눌 수 있는 시원한 대청마루가 있는 집이었으면 좋겠다."는 시인의 자서처럼 안팎이 내통하는 서늘하고 격조있는 시세계를 이미 보여주고 있는 셈이다. 여기 주목되는 작품을 인용하며 마무리를 하고자 한다.

이무기 뒤채고 있다
칠흑보다 검은 밤

당산나무 부엉이도 자취를 감추었다

둥, 둥, 둥 흙의 가슴이
뛰고 있다
부풀고 있다

생솔가지 비린내 차오르는 대기(大氣)

잉태한 여왕 위해 해산의 자리를 펴듯

어머니, 호롱을 닦고
심지를 올리신다

불을 댕겨라 활, 활
머리부터 발끝까지

오십년 묵은 달집 불덩이가 되어라

받아라, 불덩이 속에서
휘영청
산이 솟는다

―「달집 태우기」 전문

이 시집의 표제작이기도한 「달집 태우기」는 다소 전통적인 소재임에도 불구하고 시인의 미의식이 크게 변모하고 있음이 주목된다. 강렬하면서도 약동하는 젊음이 느껴진다. "댕겨라", "받아라"의 명령형도 그렇지만 "둥 둥 둥"이나 "활, 활" 등의 의성어, 의태어의 적절한 삽입도 여기에 기여를 하고 있다. 그리고 무엇보다 수동적인 낮은 자세가 아니라 도저한 여성성의 수용적 자세가 엿보이는 문제작이 아닐 수 없다. 외양으로 치달아 생경함을 주는 들뜬 작품이 아니다. 이는 시인이 그동안 쌓아온 내공의 힘이 분출되고 있는 것이라는 믿음을 갖게 한다. 이제 김 시인은 존재와 의미의 시학을 넘어서 대지와 우주의 여성성의 태반을 이루는 거대 담론에 대해 승부수를 띄울 차례다. 아직도 부박하기 그지없는 한국 여성시단에 휘영청 솟아나는 큰 산이 되어주길 바라는 마음 간절하다.

서정의 격조와 치열한 자유정신의 서사

오승철론

오승철 시인은 1957년 7월 7일(음) 제주도 남제주군 남원읍 위미리에서 태어나 1973년 서귀농고 재학시절 시인 정인수 선생을 만나 시조공부를 하게 되고 1976년에는 『정방문학』 동인으로, 1977년부터는 『시림』 동인으로 활동해오다, 1981년 동아일보 신춘문예에 「겨울 귤밭」, 같은 해 『시조문학』 여름호에 「항아리」가 천료되어 등단, 1982년 서귀포시청에 근무를 시작으로 아직까지 제주도를 떠나 살아본 적이 없는 제주 토박이다. 등단한 지 25년이 되었지만 그동안 1988년 『개닭이』, 2004년 『사고 싶은 노을』 등 2권의 시조집만을 가질 정도로 과작이다. 성격의 과묵함만큼이나 작품에서도 완벽주의를 추구한다. 그의 겸손함은 태학사 우리시대 100인 시조집에 적힌 연보를 보면 일단을 알 수 있다. "2000년 금요문학모임인 <정드리> 회원으로 참여하고 있음." 사실은 제주에 시조문학이 오늘처럼 융흥하게 된 계기를 만든 장본인이면서, <정드리> 문학회원들의 작품지도는 물론 정신적 사부 역할을 하면서도 그는 "회원으로 참여"하고 있다고 얘기한다. 작품 이외에는 나서기를 한사코 싫어하기 때문이다. 계간지 『다층』이나, 『서귀포 문학회』 등에서 그를 편집주간이나 회장을 시키려고 해도 한사코 거부하며 뒤에서 묵묵히 후원자를 자처한다. 그의 작품을 대할 때마다 나는 엄숙함을 갖지 않을 수 없다. 한 작품의 소재를 두고 숙고에 숙고를 거듭하고 그것을 어김없이 작품 속에 투영해내고 있기 때문이다. 이 글은 오승철 시인이 작품 속에서 견지해온 기저자질과 정신세계를 분석해보는데 초점을 두고자 한다.

1. 가락의 유연성과 서정의 격조 문제

시조가 갖는 형식 미학을 단순히 3장 6구 45자 내외로 생각하는 사람들이 많다. 이것을 충실하게 지키면 시조의 가락이 저절로 생긴다고 믿는 경우가 대부분이기 때문이다. 그러나 가락의 유연성은 그리 단순하지가 않다. 오승철 시인의 작품에는 각 장과 각 수의 연결에서 많은 변화를 시도하고 있는데 이는 시조의 가락에 보다 유연성을 주면서 주제를 심화시키려는 고민의 결과로 이해된다.

귀한 것일수록
버리는 마음가짐

눈 내린 날은 장끼도
터를 잡고 우는데

외면코 등을 돌리면
하늘 끝에 머무는 노을.

머물지 못하는 세월
나뭇잎 흔들고 갔다.

바다 가까운 담 밖에
지치도록 쳐든 가지

오늘밤 뉘 무덤가에
별빛 한창 푸르겠다.

―「겨울 귤밭」 전문

우선 「겨울 귤밭」 작품을 보기로 하자. 이 작품은 가락의 유연성이 지극히 자연스럽다.

이 자연스러움은 3장 6구를 충실히 지켜서인가. 결코 그렇지 않음을 알 수 있다. 이 작품을 율독해 보면 볼수록 그 자연스러움은 다른 곳에서 연유하고 있음을 알 수 있다. 각 장의 마지막 구를 주목해 보자. 모아주면서도(마음가짐, 노을, 가지) 풀어주는(우는데) 적절한 언어 배치를 하고 있음을 알 수 있다. 마치 파도를 타는 듯한 율동미와 탄력을 불러일으키고 있다. 대부분 종결어미가 단정적이기 쉬운 약점이 있는데 "흔들고 갔다"와 "푸르겠다"라는 경과와 미래 추측을 가미시킨 점도 조임을 풀어주는 역할을 하고 있다.

누가 점지했나
삼백예순 제주오름

가을엔 나도 잠시
생명을 놓고 싶다.

물음도 대답도 없이

섬에 뜬

헛 봉분들……

-「고추잠자리 · 10」 전문

「고추잠자리 · 10」에서도 이 점에 유의 해보면 언어의 탄력적 운용에 시인은 상당한 노력을 기울이고 있음을 알 수 있다. 각 장에서 대부분은 조여주고 있지만 이를 완화시키기 위한 조치를 하고 있는 점이 주목된다. 이를테면 초장은 완전 조임인 반면, 중장은 이의 완화를 위하여 '~싶다'는 희망을 담아내 긴장을 약화시키고 있으며('생명을 놓는다'로 바꾸어보면 이 점은 확실해진다) 종장은 말줄임표를 삽입하여 여운을 남기는 효과를 얻고 있다. 각 장 내에서의 변화도 흥미롭다. 초장을 어순 도치해보면 '삼백예순 제주오름/ 누가 점지했나'가 되는데 이는 언뜻 보기에는 '제주오름'을 강조한 것처럼 보이지만 드러나는 효과는 인용 작품의 배치가 훨씬 이 내용을 강조하는데 적합하며, 동시에 그 이미지가 모아지는 역할을 하고 있음을 알 수 있다. 중장과 종장에서 전구와 후구가 이완 → 긴장으로 연결되고 있는데, 종장에서는 보다 복잡한 변화를 시도하고 있다. 종장 전구는 '~도'의 반복을 통해 언어의 질감을 순화시키며 시적 율동을 얻고 있고 후구는 두 음보가 대등하게 강조되는("섬에 뜬"과 "헛 봉분들") 효과를 거두고 있다. 오승철의 시조는 가락의 유연성을 살려내면서도 이처럼 시의 내용을 충분히 담아내고 있다.

오승철의 작품에서 가락의 유연성과 더불어 격조 있는 서정성을 논하지 않을 수 없다. 앞서 인용된 작품들에서도 이 점은 잘 형상화되고 있다. 이 격조 있는 서정성은 어디에서 연유하고 있는가.

시조의 아취를 얘기하는 자리에서 우리는 흔히 절제의 미학을 얘기하곤 한다. 아마도 절제는 시조의 형식 장치가 제한된 틀 안에서 이루어지기 때문에 관습적으로 굳어져 온 감이 없지 않다. 격조 있는 서정성을 유지하기 위해서는 우선 시적 대상에 대한 형상화가 잘 되어야 하고, 둘째로는 독자가 사유할 수 있는 공간을 충분하게 가질 수 있도록 해야 한다. 시적 대상에 대한 형상화는 시의 보편적인 방법에서 크게 벗어나지 않는다. 그러나 둘째 요건의 경우는 시에서 요구되는 것과는 조금 다르게 가는 것이 좋다는 게 필자의 생각이다. 둘째 요건은 '시적거리'라고 볼 수 있는데 시론에서는 '적절한 거리'를 유지하라고 충고한다. 그런데 시조에서는 '적절한 거리'와 '먼 거리'의 중간쯤에 두는 것이 보다 더 효과적이라고 판단된다. 왜냐하면 시조의 형식 장치는 시 보다는 훨씬 더 제약적이고 그러니 행간 사이에 독자의 사유 공간을 더 넓혀주는 게 바람직하기 때문이다. 서정의 격조는 당연히 이 넉넉한 공간을 통해서만 독자들의 정신적 충족에 화답한다. 이 점을 염두에 두고 앞서 인용한 「겨울 귤밭」을 보면 우리는 각 장 사이에 놓인 시적 거리에 주목하지 않을 수 없다. 시인은 우선 초장에서 "귀한 것일수록/ 버리는 마음가짐"이라는 진술적 표현을 덥석 던진다. 밑도 끝도 없이 던진 이 말은 도대체 무슨 뜻을 담고 있는가. 대개는 시의 일반적 구성법을 따르면 진술적 표현 다음에는 묘사가 따르기 마련이나 결정적인 답을 보여주지 않는다. 이어지는 중장은 초장과 연결된 듯 하면서도 다른 쪽으로 상을 흩트리고 있다. 종장의 '외면코'는 중장을 이어 받아 나가고 있지만 후구인 "하늘 끝에 머무는 노을"은 또 앞서의 것들과는 상당한 거리를 가지 있다. 결과적으로 첫수에서 우리는 결국 초장의 진술적 표현의 내막을 온전하게 찾아낼 수 없다. 둘째 수에서의 각 장의 시적거리도 적절한 거리를 넘어서고 있다. 그렇지만 둘째 수 종장에서 우리는 시적 상상력이 죽음의 문제에까지 이르고 있음을 알 수 있고, 초장에서 "머물지 못하는 세월"이 지나간 제주의 역사 혹은 개인 삶의 무상과 밀접한 관련이 있음을 알아차리게 된다. 이 작품은 몇 번을 읽고서야 그 내용이 희미하게 이렇게 잡힌다. 누군가 죽어갔고, 그래도 그와의 소중한 기억을 버려야 하는 법, 장끼마져 그 슬픔을 알아차리고 우는데 나는 그래 애써 외면하여 먼데를 바라보니 거기에 노을이 걸리는구나. 세월은 무심히도 흐르지만 변하지 않는 저 겨울 귤밭 그 푸름처럼 무덤가에는 별빛도 푸르겠다. 대충은 이렇지만 그러나 분명하게 선을 그을 수 없다. 시적 대상과의 거리 때문이다. 첫 수 초장의 진술 역시 죽음과 관련된

것이라고 추정할 수 있지만 그것이 개인사적인 것인지 제주가 지니고 있는 역
사인지는 분명하지 않다. 이 분명하지 않음에도 불구하고 시의 격조는 조금도
격하되지 않는다. 오히려 신비로움이 점증되고 있다. 이 신비로움에서 시의 격
조는 연유하고 있는 것이다.

> 지다 못한 한 송이는
> 물밑을 굽어보네.
>
> '자꾸 빨려들었어, 참말. 귀를 열고 기차도록 바다소리에 귀를 열고, 달님
> 훌훌 구름자락 비켜서면 발갛게 달아오른 알몸을 보다가 문득 입맞추려 했더니
> 몰라, 몰라, 난 몰라.'
>
> 요것아
> 빈 바다 두고
> 저편 어인 꽃등 켰니.

—「섬동백·3」 전문

「섬동백·3」은 가락의 유연성을 살려 사설시조의 미학적 특성을 잘 드러
내고 있는 작품이다. 시인의 시적 상상력은 동백꽃의 마음까지도 꿰뚫어 그 나
르시즘의 일면을 세밀하게 잡아내고 있다. 다소 치기에 어린 듯한 어조를 구사
한 것도 작품의 성격을 고려한 것으로 보인다. 그의 이러한 가락의 활달한 운
용과 밀도 있는 서정으로의 형상화는 역사와 서사를 담아냄으로써 그만의 독
특한 시 세계를 여는 데 결정적 역할을 하고 있는 것으로 판단된다.

2. 역사와 서사 사이, 제주 정신

제주에서 참았던 눈
일본에 다시 온다.
삽자루 괭이자루로
고향 뜬 한 무리가
대판의 어느 냇둑길
황소처럼
끌고 간다.

파라, 냇둑공사 다 끝난 땅일지라도
40여년 <4·3땅>은 다 끊긴 인연일지라도
내 가슴 화석에 박힌 사투리를 쩡쩡 파라

일본말 서울말보다
제주말이 더 잘 통하는
쓰루하시, 저 할망들 어느 고을 태생일까
좌판에 옥돔의 눈빛 반쯤 상한 고향 하늘

'송키 송키 사압서' 낯설고 언 하늘에
엔화 몇 장 쥐어 주고
황급히 간 내 누님아
한사코
제주로 못 가는
저 노을을 사고 싶다.

—「사고 싶은 노을」 전문

오승철 시의 진면목은 「사고 싶은 노을」 등에 나타난 역사성과 서사성에 있다. 역사와 서사를 구태여 구분하는 이유는 역사적 의미를 강조하는 시의 경우 서사성을 일반적으로 담고 있기는 하지만 그 서사가 일반에게 널리 알려진 것이 대부분이어서 공감을 얻는데 실패하는 경우가 많다. 이에 반해 오승철 시인은 역사성은 물론 흔치 않은 서사를 담고 있어 탄탄한 시적 구조를 가지고 있다. 「사고 싶은 노을」에 등장하는 서사적 공간은 일본 대판에 있는 쓰루하시(鶴橋)로 해방을 전후한 시기에 제주 도민들이 <평야천> 공사를 위하여 노역을 갔다가 집단적으로 모여 사는 곳이다. 해방을 전후한 시기이니 이를 반드시 4·3과 연결할 필요는 없지만 시인은 "내 가슴 화석에 박힌 사투리를 쩡쩡 파라"고 자기 주문을 내고 있다. 그러나 무엇보다 주목이 되는 것은 이러한 역사성을 앞서 얘기한 서정성을 바탕으로 형상화시켜 내고 있다는 점이다. 고향을 그리는 마음을 "제주로 못 가는/ 저 노을을 사고 싶다."라고 하여 노을에 기대어 그 절실함을 나타내고 제목을 절묘하게 설정하고 있는 점은 이를 잘 설명해주고 있다.

4·3은 오승철 시세계를 관통하는 하나의 화두이다. 그는 4·3에 어떤 수사도 부치기를 거부한다. '항쟁'이니 '사건'이니 하는 수사를 붙이기에는 너무나 가슴이 아프기 때문이리라.

> 따라비, 좌보미, 비치미 오름 건너
> 높은오름, 동검은이, 용눈이 끼고 돌면,
> 하늘에 여왕의 치맛자락 턱 하니 걸려 있다.
>
> 다랑쉬, 이삿날 슬쩍 내다버린 저 놋화로
> 불 한 번 토해놓고 잠시 쉬는 분화구여
> 화산탄 날아간 자리, 증언하라. 꽃향유
>
> 증언하라, 그 자리 오로 숨던 다랑쉬동굴*

소개령 끝난 반세기 댓잎들은 돌아와도
4·3의 '4'자도 금했던 역사는 갇혀 있다.

왕릉이 아니라데, 피라밋도 아니라데.
무자년 솥과 사발, 녹 먹은 탄피 몇 개
한 마을 이장해가듯, 고총 같은 동굴이여.

—「다랑쉬오름」 전문

　이 작품은 1948년 12월경 4·3의 참화를 피해 이곳에 숨었다가 숨진 11구의 유해가 1992년 4월에 발견된 내용을 담고 있다. 다랑쉬오름이 바라보이는 들판 평지에 작은 동굴(동굴이라기 보다는 성인은 도저히 들어 갈 수 없는 작은 구멍)에 11명이나 되는 부녀자와 아이들이 숨어들었는데 소개령에 의해 구멍 양쪽에 불을 놓아 이들은 질식해 죽은 것으로 발표되었다. 이 발표는 많은 충격을 불러 일으켰다. 질식해 죽은 사람들은 4·3과는 전혀 관계없는 부녀자와 아이들이었기 때문이었다. 도저히 인간의 사유로는 용납되지 않은 일이 시인이 가장 사랑하는 고향에서 버젓하게 자행되었으니 그 아픔은 무엇으로도 치유되지 못하리라. 시인은 중산간 마을이 모두 없어진 이 시기의 아픔을 "무자년 솥과 사발, 녹 먹은 탄피 몇 개/ 한 마을 이장해가듯, 고총 같은 동굴이여."라고 탄식한다.
　오승철 시인이 그리고 있는 인물들은 그래서 한결같이 역사 속에서 한 발 비켜서있는 풀뿌리 민중이다. 1932년 일제의해산물 수탈에 항거 해 1천여 명의 해녀들이 연일 시위를 벌였던 <제주해녀항일운동> 때 3인의 주동자 가운데 한 사람을 그리고 있는 「옥련이」는 이러한 시인의 정신을 잘 표상화하고 있다. "영도의 한 귀퉁이/ 청춘의 한 귀퉁이/ 발목을 잡힌 수평선, 사투리로 살고 있"는 모습을 "작살 하나 쥐지 않은 순배기꽃 한 무리가/ 바람에 자맥질"하는 "숨비소리 저 비명소리"로 시적 상상력을 모은다. "나는 어디서 왔고, 무엇이며, 어디로 가는가"라는 질문을 던지고 있는 「방선문 딱따구리」에서는

어느 해부터인가 꽝꽝나무 자잘한 꽃들을
연신 숟가락으로 공양하듯 퍼내는 여인
불치병 자식을 위한 자갈돌도 져 나른다.

깨트려라, 2대 독자 몸 속의 몹쓸 병을
순순히 하류로 못 가 나뒹구는 저 자갈돌들
방선문 딱따구리여, 따악, 딱 깨트려라.

—「방선문 딱따구리」 후반부

불치병 자식을 위해 자갈돌을 져 나르는 한 여인의 삶을 담아내고 있다. 제주
시 칠성통길에 "흩뿌린 밥알들 같은 바람꽃"을 피우며 지게를 지고 거지처럼
돌아다니는 울보를 그리고 있는 「로타리 울보」나, "산에서 이어도 봤다는",
"거덜 난 사진작가 김영갑을" 그려내고 있는 「송당 쇠똥구리·5」도 이에 속하
는 작품들이다.

　　오승철의 작품이 의미를 더 지니는 것은 이러한 역사성과 서사성이 제주
의 향토정신으로 이어지고 있기 때문이다. 국제화바람이 불어오기 시작하면서
관광도시로 크게 탈바꿈해가는 제주는 외양과는 다른 제주만의 정신을 아직도
오롯하게 가지고 있다. 결혼 풍습으로는 식전 일주일 전부터 며칠씩 진행되는
가문(家門)행사가 대표적이다. 일가친척은 물론 동네 주민들을 초대하여 서로
를 축하해주는 이 행사는 지역민의 연대감을 끈끈하게 이어가는 바탕이 되고
있다. 화장실에 가면 "조냥 정신"을 잊지 말라는 아주 낯설은 문구를 간혹 보
게 되는데 어렵고 힘든 시기를 견디어나가라는 경구적 메시지를 담고 있다.
'조냥'은 '저장'한다는 뜻으로 아무리 배가 고파도 종자가 될 씨앗은 먹지 않
고 미래를 위해 저장하는 것을 일컬음이니 근검과 인내의 정신이라 할 수 있
다. 본토와는 멀리 떨어져 있어 모든 것으로부터 소외될 수밖에 없는 척박하기
이를 데 없는 땅은 제주 지역민들에게 강한 야성을 갖도록 했다. 오승철 시인

의 작품에는 이런 제주 정신이 바탕에 자리 잡고 있다.

이대로 끝장났다 아직은 말하지 마라
대가리에서 지느러미, 또 탱탱 알 밴 창자까지
한 소절 제주사투리, 그마저 삭았다 해도.

자리라면 보목리 자리, 한 일년 푹 절여도
바다의 야성 같은 왕가시는 살아 있다.
딱 한 번 내뱉지 않고 통째로는 못 삼킨다.

그렇다. 자리가 녹아 물이 되지 못하고
온 몸을 그냥 그대로 온전히 내놓는 것은
아직은 그리운 이름 못 빼냈기 때문이다.

—「자리젓」 전문

「자리젓」은 이러한 제주 정신을 잘 보여주는 작품이다. "딱 한 번 내뱉지 않고 통째로는 못 삼"키는 "바다의 야성 같은 왕가시" 정신을 소중하게 생각한다. 그의 과작이나 작품에 대한 완벽성 추구는 바로 이 정신을 소중하게 여기는 것과 결코 무관하지 않다.

1
바다도 지우지 못한
슬픈 마을이 있다.

먼 산 장끼가 우는 날이면,
갯바위마다 다닥다닥 붙어 있는 늙은 해녀들의 눈빛 속에서 잡풀이며, 바위부스러기며, 무성한 한이며, 쇳소리로 긁어대는 칠월의 하루해만 길어라.

한평생
자맥질에도
못 다 재운 호미 끝.

2

돌상 무렵 내 고향은
바다에도 아니 든다.

해마다 칠월 초닷샛날은 수평선만
바라보는 마을 사람들.

물 봉봉
드는 바닷가,
돌아오지 않는 주낙배들.

3

친구여, 우리가
부르지 못한 그 이름들이

이 저녁 제삿집마다
불빛으로 돈는다해도

한사코
바다소리만
무너지는 마을 한 끝.

—「개닦이」 전문

이 작품이 첫 시집의 표제작이기도 한 이유도 그가 '왕가시' 제주 정신을 얼마나 사랑하고 이를 계승시키고자 노력하는지를 보여주는 단적인 예에 속한다. '개닦이'는 해녀들이 각종 해조류가 돋아날 수 있도록 1년에 한 두 차례씩 갯바위의 잡풀과 바위부스러기 등을 호미로 긁어 닦아내는 작업을 말한다. 앞서의 작품들에서도 이점은 확인되지만 이 제주의 삶을 딱딱하게 전달하지 않고 서정적 화폭으로 녹아들게 하기 위하여 시인은 상당한 노력을 쏟고 있다. "한평생"이나 "한사코"라고 말할 수밖에 없는 막막한 생활의 변경(邊境)은 "못 다 재운 호미 끝"이나 "무너지는 마을 한 끝"의 예리함과 쓸쓸한 풍경으로 자리잡고 있는 것이다. "세상에 문패 한 번 달아본 일없어도/ 박살난 노을 이끌며 간다."라고 읊고 있는 「신구간(新舊間)」이라는 작품도 제주의 풍속을 잘 보여준다. 신구간은 대한 닷새 뒤부터 입춘이 되기 전 삼사 일까지의 기간으로 제주의 18,000신들이 사람의 행적을 적어 옥황상제께 올라가 잠깐 자리를 비우기 때문에 제주 사람들은 아직도 그 풍속에 따라 이 기간에만 집중적으로 이사를 한다는 것이다. 아직도 생활의 이면에는 신화가 존재하고 있는 것을 보여주는 한 예에 속한다고 볼 수 있다. 이 작품 역시 신화적이면서도 딱딱한 주제임에도 시인은 "집요한 신의 간섭 얼핏 풀린 시간의 틈새/ 첫사랑, 첫사랑이 아른대는 봉분들도/ 세상에 이사를 다시 가고 싶은 그런 날."이라는 서정성으로 육화해낸다. 가락의 유연함과 격조 있는 서정성이 발현되고 있는 것이다. 당연히 그의 시에는 우리가 전혀 접하지 못한 제주 방언이 많이 등장한다.

1
'가메기 모른 시께' 있었다는 뜻일테 주
숭눙 묻은 밥티 몇 점 얻어먹고 가는 길에
이 세상 인연의 뱃도롱, 끊지 못한 붉은 취기

2
따져보면,

오름들도 헛봉분이 아니던가
리사무소 스피커가
혼 부르듯 하는 날은
천지간 외로운 사랑 딱 한번만
하고 싶다.

―「엉겅퀴」 전문

이 작품에서 가메기 모른 시께(까마귀 모른 제사)나 뱃도롱(배꼽)도 그 한 예에 속한다. 탐라 천 년의 발상지인 산지천을 배경으로 하고 있는 「산지천 멀구슬나무」에서는 "메께라"라는 의성어를 쓰고 있는데 이는 제주여인들이 황당한 일을 당하거나 황당한 모습을 봤을 때 은연중에 나오는 소리로 이 소리를 신화의 발상지의 "멀구슬나무"에 빗대어 쓰고 있는 것도 흥미롭다. 송키(반찬거리의 제주어)나, '솔개'의 제주말인 '똥수레기'를 "똥수레기 같은 바람"으로(「고추잠자리·8」) 살려 쓰고 있는 노력 등은 소중하게 생각되는 대목이다. 그가 심혈을 기울이고 있는 「송당 쇠똥구리·5」 연작은 그가 줄기차게 밀고 온 이러한 제주 정신의 결산적 의미를 담고 있다.

아, 섬과 섬 사이, 저 오름과 오름 사이
대명천지 이 봄날, 누가 나를 격발擊發하라.
삘기꽃 낭자한 터에, 소리라도 굴리고 싶다.

청정지역에만 존재하는 멸종위기의 쇠똥구리를 통해 시인은 풀리지 않는 아픔과 상처를 "누가 나를 격발擊發하라"고 한다. 어떠한 역사적 굴욕에서도 쓰러지거나 기대지 않는 '왕가시'의 자유정신인 제주의 정신을 얼마만큼 사랑하고 있는지를 역설적으로 보여주는 佳句가 아닐 수 없다. 지금까지 그가 보여준 세계가 치열한 자유정신의 탐구였다면 앞으로 펼쳐줄 세계는 오름이 안고 있는 유연한 품새와 넉넉한 사유의 바다 정신이 아닐까라는 기대를 가져본다. 이 기대는 시인의 가슴 속에 "아직은 그리운 이름 못 빼냈기 때문"(「자리젓」)
에 가능한 것이고, "천지간 외로운 사랑 딱 한번만하고 싶"은(「엉겅퀴」) 절실함
때문에 신뢰할 수 있는 것 아니겠는가.

재미성의 미학

문무학론

1. 들어가며

좋은 시는 어떤 시를 말하는 것인가. 진정성이 있는 시, 감동이 있는 시, 쉽고도 깊은 시. 말로는 하기 쉽지만 과연 그런 시가 있기는 있는 것일까. A. 매클리시는 「시학」에서 "시는 비등해야 하며 진실을 나태내지 않는다"라고 말했다. 그리고

슬픔의 모든 역사를 표현함에
텅 빈 문간과 단풍잎 하나
사랑엔
기운 풀과 바다 위의 등대불들

이라고 말했다. 시는 거기 풍경처럼 존재해야 한다는 것이다. 그러나 그렇다고 그것이 정말 좋은 시라고 한 치의 의심 없이 말할 수 있을까. 문무학 시인의 시세계를 살피기 전에 모두에 '좋은 시'에 대해 의문을 제기해보는 것은 그가 「똑또기 시론」에서 이에 대한 자신의 소신을 펴고 있어서일 것이다. 그러므로 이 글은 두 가지 목적에서 씌어진다. 하나는 문무학 시인의 작품세계를 살펴보는 것이고, 다른 하나는 「똑또기 시론」이 그의 작품 속에 드러나는 양상을 살펴보고 이를 통해 과연 그것이 갖는 의미망이 무엇인가를 규명해보는 일이다.

2. 역사성

내처서 삼천리를 다 못가고 마는 땅

…　 …．　 …　 …．

가다가 뚝 끊긴 길 끝에 이념만이 선명한.
—「중장을 쓰지 못한 시조, 반도는」 전문

물러설 한 치 땅도 절규의 공간도 막혀
치욕을 깨무는 이 뿌리 아프지만
하얗게 걸린 체념이 뼈빛보다 더 빛난다.
—「피카소의 6·25」 일부

이미지가 선명하면서도 뚜렷하게 주제의식을 잘 형상화시키고 있는 두 작품은 시인의 역사인식이 어디를 향하고 있음을 잘 보여준다. 「중장을 쓰지 못한 시조, 반도는」이라는 작품은 "통일이 되면 반도의 허리도 내 시조의 허리

도 온전해질 것이다"라는 시인의 해설이 아니더라도 지구상 유일한 분단국가
인 우리의 역사 현실을 시조라는 장르가 갖고 있는 구조를 민족사의 분단비극
으로 치환시키고 있는 극명성을 보여준다. 피카소의 "메사끄레 앙 꼬레"(한반도
의 대학살)에 부쳐진 시조 「피카소의 6·25」에도 한국전쟁으로 인한 답답함과
분노가 선명하게 드러나고 있다. 이 선명성은 시각적 이미지를 시인이 효율적
으로 활용하고 있는 점에서 발현되고 있다. 전자는 중장을 말줄임표로 과감하
게 처리해서 시각적 효과를 극대화하고 있고, 후자는 추상성 위에 구체성 개념
을 가미하여 그 선명함을 극대화하고 있다. 딱딱한 역사나 이념의 문제를 다루
는데 있어서도 부담감을 주지 않고 자연스러우면서도 그 이미지가 선명한 점
은 그의 시가 탄탄한 서정성을 바탕으로 하고 있다는 것을 말한다.

　　미전향 장기수로 34년을 감옥에서 보내다 북으로 송환시킨 이인모 씨를
대상으로 한 사설시조 「어떤 이력」에도 경직화의 논리는 보이지 않는다. 「남
이(南伊), 훈, 나미, 남이」는 "열여덟에 헤어져 일흔둘에 만난 자매"의 혈육간의
정을 그리며, "치욕의 역사"와 "짓밟히는 아픔"을 구체적으로 형상화하고 있다.

　　시인의 역사인식은 현존하는 문제만이 아니라 고전에 대한 관심으로부터
시작하고 있다. 이를테면 「암각화(巖刻畵) 앞에서」라는 작품에서 보이는 "그 옛
날 누구의 것이 아닌 지금 나의 것이다"라는 인식이 기저에 놓여있는 셈이다.
제목에서도 알 수 있듯 「회소곡(會蘇曲)」(신라 유리왕), 「우륵(于勒)」, 「칙령(勅令) 제
519호」(일본의 '여자정신근로령')는 이런 인식 아래 창작된 작품들로 보인다. 이 작
품들에도 각각 "육각 둘레 고치걸면 생을 감는 물레가락"이나, "돌팍새 뿌리내
려 물 먹은 오동남ㄱ에" 혹은 "서러웠단 그 말로는 근처에도 못간다"라는 표
현들의 유연성과 서정성이 바탕이 되고 있다.

　　이러한 고전에 대한 관심과 민족사적 비극의 형상화는 현실문제에 당면
해서는 비판적 안목을 가지는 것은 지극히 당연해 보인다.

　　　요새 우리나라 건설업체 몇 군데는
　　　절약의 미덕을 앞장서서 실천하느라

다리랑 아파트들을 꽤나 자주 무너뜨린단다.

—「착시도(錯視圖)」 부분

이 작품은 건설업자도 물론이지만 국회의원과 교통순경, 선생님, 산부인과 의사, 오렌지족, 대학 등 사회 거의 모든 요소에서 저질러지고 있는 비리들을 가차 없이 고발하고 있다. 부조리한 현실을 좌시하지 않는 것이 그의 시 특징이기도 하지만 대부분의 경우는 부정적보다는 긍정적으로 삶의 이해하는 입장에 서고 있다. 일상성에서 오는 느낌들을 그렇게 모나지 않는 시각으로 감싸 안는 포용력을 가지고 있는 것이다. 그의 시세계를 지탱하는 중요한 기저자질인 셈이다.

정말이지 굳이 보고자 한 건 아니었다
신호 기다리다 고개 돌렸는데
그 여자 화장하는 게 눈에 들어왔다.
…(중략)…
루즈는 언제 바르나, 다음 신호에서
연동제 비끄러지면 그냥 가야 하는데
그곳에 이르기 전에 끝내기나 하려나.

—「그 여자」 부분

날아갔다면 누군가의 머리가 터질만한 돌
수수한 그 여자가 바쁘게 치우고 갔다
아무도 그 돌로 하여 피 흘리지 않겠다

그 여잔 걸어가고 나는 차로 지났다
얼굴 한 번 보고 싶지만 지나칠 수밖에 없다
갑자기 뜨악했던 도로 차를 내려 걷고 싶다

—「그 여자(2)」 부분

두 작품은 연작 형태로 보이지만 전자는 『벙어리뻐꾸기』에 실려 있고, 후자는 『풀을 읽다』에 실려 있는 것으로 보아 두 작품의 창작 시기는 약간 거리가 있는 것으로 보인다. 그럼에도 시인의 인식은 크게 변하지 않는 것으로 보아 이는 시인이 본래적으로 가지고 있는 시적태도라 할 수 있다. 두 작품 다 어찌 보면 지극히 사소하고 가벼운 일상의 부분이지만 거기에 보태어지는 시인의 시선은 따뜻하다. 미미한 움직임을 그대로 보여주면서 화자의 심리를 여과없이 진솔하게 보여주고 있다는 점에서 작품에 신뢰를 갖게 한다.

3. 재미성

문무학 시인의 '꽃'에 관한 연작시는 재미성을 가지고 있다. 이 재미성은 몇 가지 방법으로 나타나는데 「비비추에 관한 연상」에서 보듯이

만약에 네가 풀이 아니고 새라면
네 가는 울음소리는 분명 비비추 비비추
그렇게 울고 말거다 비비추 비비추

백합과 다년생 산초인 비비추를 새 울음소리로 환치시키는 상상력을 보여주고 있다. 이 재미성은 성적인 것과 연결되면서 한층 더 질박해지는 경향을 보여주고 있는데, 최근의 시집 『풀을 읽다』(만인사, 시인선10, 2004)에는 '꽃'에 관한 연작이 한 부(2부, 25편)를 차지할 정도로 상당한 비중을 차지하고 있다.

호들갑 떨지 마라
사람에겐
관심 없다

내 생애

단 한번만

허락된

정사(情事)를 위해

감출 것

다 드러내놓고

부끄러

죽을 판이다

—「꽃이 말하다」 전문

사람들이 꽃을 보고 감탄을 하며 그것으로 치장하고 선물을 하고 야단법석을 피우지만 그것은 꽃 자신과는 상관없는 일일 터. 꽃은 생애 단 한 번만 정사를 위해 발가벗고 있다는 것이다. 바람이나 나비에 의해 꽃가루가 옮겨짐으로써 꽃은 열매를 맺는 것이니 실은 따지고 보면 '정사'일 수 있는 것이다. 그러나 꽃이 피는 것을 꽃이 정사하기 위한 것으로 보는 엉뚱함에는 시인의 사물을 인식하는 시각이 결코 평범한 곳에 있지 않음을 보여주는 좋은 실례가 아닐 수 없다.

주렁주렁 매달리고 휘-익 구부러져

주머니 까발려서 거시기 딱 꺼내놓고

이 같은 세상이라며 너스레를 놓고 있다

일렬 횡대 혹은 종대로 쭈욱 늘어서서는

장쾌한 오줌 줄기 쏴 쏴 쏟으며

시치미 뚝 떼고 서서 야릇하게 웃고 있다.

—「금낭화」 전문

얄미운 그 가시나
암팡진 그 가시나

부풀대로 부풀고
붉을대로 다 붉어서도

입 한 번
벌리지 않고
서리 맞는
가시나

―「꽈리」 전문

「금낭화」나 「꽈리」의 작품에도 성적인 부분이 꽃의 특성과 관련되어 나타나고 있다. 보여주는 것으로 더 이상의 설명이 필요하지 않을 이 작품들은 시인의 시관이 그대로 배어있다. 시인은 『풀을 읽다』라는 시조집 말미의 「똑또기 시론」에서 한 편의 시를 '똑또기' 터트리는 것과 비유하고 있는데 이 논리에 따르면, 좋은 시는 '똑또기'를 터트리는 것처럼 시각, 촉각, 청각을 지녀야한다는 것이다. 다시 말해 이미지의 시를 강조하고 있는 셈이다. 시를 이루는 중심축을 묘사와 진술로 본다면 묘사시를 강조하고 있는 셈인데, 묘사는 신선함이 무엇보다 시의 성패를 가늠하는 중요한 요소가 된다(시인은 이 묘사시의 장점이 "무엇인가 보이지도 않고 만져지는 것도 없으며 또 들리는 것도 없다면 무슨 재미로 읽겠는가"라고 하여 그 '재미성'에 두고 있다). 시인은 또 "시가 철학이어야 하고 윤리여야 하고 그런 것은 아닐 것이다. 시는 어디까지나 예술이고, 예술은 미를 창조하거나 표현하는 것이다. 시에게 너무 큰 짐을 지우려고 힘쓰고 있지 않은가 하는 생각이다."라고 하면서 시가 갖는 교술적 기능보다는 예술성에 중점을 두고 있다. 새로운 얘기는 아니지만 시조단으로 국한하여 본다면 상당히 의미 있는 얘기가 될 수도 있다. 사실 오늘날 시조의 경우 많은 작품이 지나친

교술적 기능이나 주제 의식의 강조로 재미성을 잃어가고 있다. 우선 읽혀지는 맛이 있고, 그 맛의 매력이 다시 시조를 찾게 해야 하는데 실상은 그렇지 못하고 있다. 물론 시 한 편의 완결성 측면에서 보자면 이미지시나 묘사시의 강조는 시의 깊이를 간과하는 심각성을 내포하고 있다. '생활시조'나 '경시조'가 가질 수밖에 없는 한계점을 지니고 있는 것이다. 그러나 그럼에도 불구하고 그 재미성이 감칠맛 나는 것이고 재음미할 수 있는 여지가 있다면 의미 있는 작업이라고 할 수 있지 않겠는가.

이를테면 「가시연꽃」이라는 작품에서

불끈
솟아오르는
男根 같은 꽃 대궁
온 몸 터럭 끝을
꼿꼿하게 세워서
제 살갗
찢고 차 올라
그 붉은
문
열어 젖히는……

끊어질 듯 하면서도 이어지는 호흡도 호흡이지만 그 역동적인 움직임이 시선을 떼지 못하게 한다. 노골적인 성 묘사이면서도 비루하지 않다. 오히려 신선하게 느껴진다. 읽는 재미를 느끼게 한다. 이 시에서 심사숙고하며 그 배경을 보려고 한다면 의미 없는 일이다. 보여주고 느끼는 그것으로 이 시는 임무를 다한 것이 된다. 두고두고 읽어서 묘미가 느껴지는 시라면 더 좋겠지만 모든 시가 그렇게 정숙함을 가질 필요는 없다는 시인의 지론이 그대로 반영된 작품이라 할 수 있다.

이 재미성을 위하여 시인은 종종 구어체나 독백체의 문장을 그대로 가져 오기도 한다.

"에끼 이년 밥 퍼다가 저 혼자 다 처먹네"(「며느리밥풀꽃」)
순해 빠진 것아, 그건 오만이야(「범의귀」)
그래, 동자들아 너희들 떠나게 한 건(「동자꽃」)
그냥/ 잡것들이여/ 지랄 같은 것들이여(「채송화」)
"에라, 모르겠다."// 그래, 바람 드는가(「홀아비바람꽃」)

구어체나 독백체는 그 친숙성으로 인하여 쉽게 읽히며, 쉽게 와 닿는다. 시조는 제약된 짧은 형식장치 때문에 부지불식간 관념화되기가 쉽다. 그 관념화를 벗어나는 효과적인 방법 중의 하나가 이와 같은 구어체와 독백체를 쓰는 것일 게다. 독자의 시선을 한 곳으로 모으기도 하며, 화자의 심리를 짐작케 하는 이중적 효과를 거둘 수 있기 때문이다.

4. 실험성

문무학은 전통 정서를 뿌리를 두면서도 끊임없이 자기 변혁을 꿈꾼다. 『벙어리뻐꾸기』(우리시대 현대시조 100인선60, 태학사, 2001)에도 이점은 확실히 드러난다.

내가설사거기까지혼신으로갔다해도너는또그만큼을

물러서서바라보며팽팽한거리를두고영원하는신기루

ㅡ「지평선」 전문

「지평선」은 일부러 두 줄 처리하고 있다. 시조의 형식을 파괴하고 있다는 비난을 감수하며 시인은 왜 두 줄로 변화를 모색하고 있는가. 일반적으로 보편화된 세 줄로 하지 않고 띄어쓰기까지 하지 않은 이유는 무엇일까. 여기에는 분명한 이유가 있는 것으로 보인다. 1행과 2행은 '지평선'을 각각 상징하고 있다. 1행이 '화자'의 지평선이라면 2행은 상대방의 지평선인 셈이다. 1행과 2행을 상당한 거리를 두며 대척적으로 처리한 것도 이를 반증한다.

띄어쓰기를 하지 않는 이유는 "혼신으로" 달려가는 것을 한달음에 읽도록 의도한 결과이거나, '지평선'의 직선 개념이 주는 효과를 극대화하기 위해서였을 것이다. 시인의 의도는 충분히 짐작이 된다하더라도 시조의 한 수를 의도적으로 절반으로 나누는 것이 정당화될 수 있는가는 여전히 논란의 대상이 될 수 있다. 시인은 시조이론을 연구하는 학자이기도 하기 때문에 이런 점을 충분히 숙고하였을 것이다. 시조의 새로운 형식 창출에 남다른 강력한 소신을 갖고 있는 것으로 판단되며, 이를 포함한 시조의 형식 허용 범주를 시조단 전체에 문제 제기하고 있는 것으로 보인다. 다음의 작품에는 포말리즘적인 수법이 더 명료하게 드러난다.

한번도 거꾸로 서 본 적
없다

佛
타
미
아
무
나

—「탑」 전문

'탑'이 실제적으로 거꾸로 선다면 아마 이런 모습일 것이다. 그것을 임의적인 행배치를 통하여 보여주고 있다. 더구나 이 작품은 종장으로만 한 수를 구성하고 있다. 하이꾸가 5, 7, 5로 17자에 세계관을 다 담아내니 시조의 한 장으로 한 수를 구성할 수도 있지 않겠는가. 시조 종장의 넘다듦을 고려하면 하이꾸보다 훨신 더 묘미있고 재미있게 구성할 수도 있을 것이다. 「탑」이란 작품은 본래의미를 파악하자면 거꾸로 읽어야한다. 그랬을 경우 "없다"는 "나무아미타佛"과 "한번도 거꾸로 서 본 적" 양쪽에 다 걸린다. 이를 독립된 한 행으로 처리한 것을 보면 이 양쪽으로 읽으라는 것이 시인의 의도인 셈인데, 이는 상당한 묘미를 준다. '아무리 염불을 해봐라, 거기에 뭐가 있나'라는 의미와, '그래봤자 기껏해야 한 번도 거꾸로 서 본적이 없잖니?'의 의미를 동시에 갖고 있다. 중요한 것은 '탑'에 대한 묘사가 아니라 독자들에 대한 警句로 해석된다는 점이다. 그냥 씌어진 순서로 읽으면 1행과 2행은 '탑'에 관한 묘사로 읽히는 반면, "佛타미아무나"는 "아무나"라는 방임적 어휘로 인해 1~2행의 진지함과는 사뭇 다른 효과를 나타낸다. 마치 「파도」라는 작품 "맹추야/ 한껏 부딪혀봐라/ 허연 피만/ 쏟아지지"에서 보듯 우직함이나 경건함을 일시에 무너뜨리는 경쾌함이 공존하고 있는 것이다. 실험성을 내포하면서도 재미성까지를 고려하고 있다는 얘기가 된다.

5. 맺는 말

문무학 시인의 시 세계는 역사성과 재미성과 실험성이 공존하고 있다. 그런데 이 세 가지의 특성은 따로 존재하는 별개의 것이 아니라 혼재되어 나타나고 있는데 그중 무엇보다 중요한 문무학적 특성은 재미성에 있다고 판단된다. 역사적인 작품에도 이 재미성은 간섭하고 있는데 그것이 이데올로기의 궤적을 따르는 거대한 문제이거나 아니면 아주 사소한 일상 가운데의 작은 심리적 변화이거나 간에 심각함보다는 가벼운 신선함으로 비교적 쉽게 문제를 풀어나간다. 실험성이 짙게 나타난 작품에서도 이 재미를 가미하려는 노력은 빈번하게 확인된다. 이 점이 다른 시인들과의 크게 다른 그의 시세계의 특징이라 할 수 있다. 좋은 시는 '똑또기'를 터트리는 것처럼 시각, 촉각, 청각을 지녀야 한다는 「똑또기 시론」 역시 이를 뒷받침하고 있는 것으로 보여진다. 문무학 시인의 이 특징적 요소는 우리 시조시단이 처하고 있는 문제점들에 적잖은 시사를 하고 있다고 판단된다. 우리의 시조시단은 너무나 오랫동안 관념의 틀 안에 화석화되어 왔으며, 도덕적 경건함으로 굳게 무장되어 왔기 때문이다. 갑갑한 집안의 배치를 새롭게 하고 더러는 창문을 열어 햇빛과 바람이 상통하도록 해야 하며, 더러는 바람이 햇빛과 장난질을 치더라도 눈감아 줄 수 있는 품이 필요하다. 그렇다고 집이 무너지고 비가 새겠는가.

이제 문무학 시인에게 남겨진 과제가 있다면 가벼워서 혹시 날아 가버릴 수도 있는 사소함의 한 쪽을 어떻게 지긋이 눌러두고, 더러는 가벼운 멀미를 느끼게 했던 것처럼 독자들의 시선을 오래도록 붙잡아 두느냐의 문제일 것이다.

서정의 두 힘, 로고스와 파토스

박영식론

1. 로고스*(logos)*적 경향의 시

시에서 서정의 힘은 무엇일까. 이성에 호소하는 경우도 있으며, 감정에 호소하는 경우도 있다. 대부분의 시인들은 이 중 하나의 경향을 취하기 마련이다. 그것이 시인의 기질이나 개성과 연결되는 경우가 많기 때문이다. 그러나 박영식 시인의 작품에는 이 두 가지가 공존하고 있다. 어떻게 보면 아주 다른 양상으로 나타나고 있는데 이는 박 시인의 남다른 특징이기도 하다. 이를 어떻게 설명하는 것이 좋을까. 우선 그 중 하나의 경향을 보기로 하자.

> 서울의 5월은 꽃가루와 함께 온다
> 만리나 떠나갈 듯 물소리를 일으키는
> 물비늘 반짝거리며 파닥이는 미루잎새.

서울의 5월은 최루가스로 시작된다
스크럼 짠 스타워즈 처벅이는 군화발소리
겁먹은 빌딩숲들도 움찔움찔 물러선다.

서울의 5월은 미인과 함께 걷고 있다
다리목이 쑥쑥 빠찐 훤칠한 가로수와
속살을 반쯤 드러낸 살냄새의 아가씨와.

―「서울 五月」 전문

그물로 끌어올린 감귤빛 햇덩이를 배경으로
갯내음 화면 가득 괭이갈매기 날아오른다
두 손에 흥건히 받쳐드는 세상의 모든 아침.

물미역처럼 싱싱한 활자들이 기사를 물고
밤새 쿨룩이던 사건들을 토약질 한다
휩뜨는 고리눈빛이 줄무늬에 걸린다.

잠겼다 다시 오는 U.R의 높은 파고
검은 밤 희게 씻어 외풍을 막는 억센 손들
야적된 근심 하나는 부표처럼 떠있다.

누가 저 겁먹은 동공을 데워줄 것인가
지구촌 황톳길로 봇짐 메고 가는 행렬
아사의 운명 앞에서 조장(鳥葬) 서두는 독수리떼.

염원 실은 민들레 꽃씨 웃음 피울 환한 둘레
녹슬어 삭은 철조망 동토조차 풀려나면

초록불 지필 새봄은 물소리로 앓고 있다.

―「朝刊을 펼치며」 전문

인용한 두 편의 시를 통하여 우리는 시인의 뚜렷한 시관 하나를 읽어볼 수 있다. 당연히 그래야할 현실이 그렇지 못함으로써 여기에서 상충되는 자아의 갈등이 드러나는 작품군이 이라고 할 수 있다. 「서울 五月」에는 '오월'이 갖는 생명성(첫 수)에 비해 "스크럼 짠 스타워즈 처벅이는 군화발소리"의 폭력에 짓눌린 상황이 아이러니하게 동시적 공간에서 연출되고 있다(둘째 수). 이 아이러니는 "속살을 반쯤 드러낸 살냄새의 아가씨"까지(셋째 수)를 동시적 공간에 설정함으로써 그 극적 효과를 더욱 고조시킨다. 「朝刊을 펼치며」에도 첫 수에서 설정되는 낙관적 공간과는 다르게, 둘러싸고 있는 현실은 믿기지 않는 사건들이 난무하고, "U.R의 높은 파고"가 몰아치는 그래서 "아사의 운명 앞에서 조장(鳥葬) 서두는 독수리떼."로 은유할 수밖에 없는 삭막한 공간으로 설정된다. 말하자면 시인은 펼쳐지는 위악적인 현실 앞에서 이성의 고리를 놓지 않고 응전하고 있는 것이다. 우리는 이것을 로고스적 경향의 시라 부를 수 있다. 로고스(logos)는 주지하다시피 사물의 존재를 한정하는 보편적인 법칙, 행위가 따라야 할 준칙, 이 법칙과 준칙을 인식하고 이를 따르는 분별과 理性을 뜻한다. 정의에 의하여 파악되는 사물의 '본질적인 존재'인 셈이다. 그래서 로고스는 사물의 '성립(physis: 자연·본성)'을 규정하고, 각 사물을 각각 고유하고 일정한 것이 되게 하는 '모양(eidos: forma, 本質構造)'이다. 헤라클레이토스는 여기서 만물은 하나의 로고스에 의하여 지배되고, 이 로고스를 인식하는 것 안에 지혜가 있다고 하였다. 파르메니데스(Parmenides)는 로고스에 의해 파악되는 사물의 존재는 감각에 나타나지 않는다는 사실을 근거로 로고스와 감각의 구별을 강조하기도 하였다.[1]

---

[1] 그렇다고 해서 박 시인의 로고스적 경향의 시들이 감각과 무관한 것은 결코 아니다. 시는 철학과는 달리 감각이 바탕이 되기 때문이다. 그러나 감각 보다는 지성적인 판단에 호소하는 현실 응전 노력이 더 우세하기 때문에 '로고스적'이라고 볼 수 있다.

박 시인의 현실 응전은 한 부분에 집중되기 보다는 다단한 생활사의 배면
에 자리잡은 거의 모든 소재에서 이루어지고 있다. 그것은 때로 현실에 대한
역동적인 힘이나 희원을 느끼게도 하고(「2002 꼬레아 월드컵」, 「새아침에 붓을 들며」
등) 전통에 대한 애착과 경도(「古屋秋情」, 「曲玉을 보며」, 「한가위 산조」, 「에밀레 鍾」,
「感恩寺址」 등)로도 나타나며, 민족에 대한 자긍 의식을 고취하게도 하지만(「亂
中日記」 등), 많은 부분은 현실에 대한 비판 의식으로 연결된다.

> 공단의 담을 헐고 밀어붙인 안개정국
> 철조망 못에 찔려 피흘리던 줄장미는
> 뭉게진 삶을 배경으로 악의 꽃을 피워냈다.
>
> 깃털 몽땅 뽑힌 채 추락한 노동비둘기
> 구구구 떼거리로 지하공간 또는 역광장
> 두려운 눈빛 감추며 무료급식 덮쳐갔다.
>
> —「아름다운 절망 - '98 앵글의 고뇌」 2, 3수

> 개는 혓바닥으로 그릇을 잘 닦는다
> 나는 혓바닥으로 접시를 잘 닦는다
> 얼마나 현실적인가 혓바닥의 극치.
>
> —「습성」 전문

전자의 작품에는 IMF 정국과 관련되어 일자리를 잃은 노숙자의 문제를
다루고 있다. 장미꽃과 비둘기로 비유한 부분이 이채롭다. 눈여겨볼 부분은 이
현실을 시인은 되도록 객관적인 시각을 유지하고 있다는 점이다. 이 객관성이
상실되면 그 감정은 사변화 되면서 로고스적 성향을 잃게 된다. 시적 대상에
대한 객관성 유지는 당연히 시적 거리와 관계되는 문제이다. 적당한 시적 거리
를 확보함으로써 대상에 매몰될 위험성을 피해가고 있다는 얘기다. 후자의 작

품을 보면 보다 확실하게 이점을 알 수 있다. 후자의 작품은 전자의 작품에 나타난 현실 가운데 놓였음직한 자신을 '개'와 동일시하여 희화시키고 있다. 시적 대상과의 거리를 유지하기 위하여 시인은 자신의 존재까지를 바닥으로 끌어내리고 있는 것이다.

"절망보다 높은 장막 바다 한 가운데 가둬놓"은 "가혹한 천형의 땅"을 그리고 있는 「小鹿島 別曲」이나, "와초(瓦草) 우거진 반 남은" 고가(古家)를 통해 "버려져 빗물 고인 물독에 구름 몇 장"의 고독을 그린 「古屋秋情--龍岡書社에서」 등의 작품에서도 이 객관적 거리는 유지되고 있다. 사물의 존재에 대한 시인의 인식이 생태학적인 관심으로 범위를 확장하는 것은 그런 의미에서 당연하게 받아들여진다.

근육질이 풀린 활어선 벌건 녹물 흘리고 있다
게임의 현주소로 파고만 거세진 동경 1백28도
회항(미航)을 꿈꾸던 꽃게 은갈치는 명분을 잃어갔다.

―「남항(南港) 스케치」 첫 수

석유냄새 확 풍기는
무지개빛 갯벌 위로

조그만 삼지창 같은
꼬마 물떼새 예쁜 발자국

무언가
마땅찮아서 한참
서성대다 갔을까.

―「메시지 (1) - 갯벌」 첫 수

이 작품들은 생태환경시의 특징적 면모를 잘 보여주고 있다. 생태환경시는 더 말할 필요 없이 21세기를 이끌어갈 문학 담론 중 가장 중요한 부분 중의 하나라고 할 수 있다.[2] 인간의 무한한 욕망과 속도의 추구는 더욱더 우리의 환경을 파괴할 것이기 때문이다. 인용한 두 작품은 그 배경이 바다가 되고 있는데 이는 시인이 현재 거주하고 있는 지역과 밀접한 관련을 지니고 있다. 「남항(南港) 스케치」에서는 "활어선 벌건 녹물"로 환치되어 나타나고 있다. 물고기가 아니라 "슬로우 모션으로 추락한 노을 한 자락 경매"할 수밖에 없는 지역 경제의 피폐함 속에 한때는 주요 생활 수단이었던 것마저 방치되면서 그 오염은 점점 심각해져가고 있음을 시사하고 있는 것이다. 이 점은 「메시지 (1) - 갯벌」 "석유냄새 확 풍기는 무지개빛 갯벌"에서 "꼬마 물떼새 예쁜 발자국"과 대비되면서 더욱 극명하게 나타난다.

2. 파토스적 경향의 시

그런데 박 시인의 작품 세계는 로고스적 경향의 시―객관적이며 사실적인 경향과는 달리 감성적이고 육감적인 경향을 보여주는 작품들이 상당수 있다. 전혀 다른 모습으로 이 작품들은 다가온다. 이 특질이 잘 드러나는 작품을 보기로 하자.

가뭇해진 성감대를
살살 좀 그래그래 바람아

---

2) 21세기의 새로운 시 쓰기의 주요 담론으로 문명비판의 정신사적 몸부림, 솟구치는 생명력에의 경의・생태환경시, 소시민의 건강한 일상성, 대지적 여성성・존재적 성찰, 반구조・탈중심주의 등으로 살핀 바 있다. 이지엽, 『현대시 창작 강의』(고요아침, 2005) 507~544면 참조.

아아아아… 눈감기는 칠흑 땅 속
환각으로 몰려오는 빛 빛 빛

발 저린
하얀 순결을, 지 지금
터 터뜨리고 싶어.

―「목련 필 때」 전문

새하얀 A4지를 장장이 꾸깁니다.
예쁜 뺨 적셔가며 푸른 편지 쓰는 봄밤
몇 줄은 뒤채는 이웃의 뼈아픔도 눕습니다.

돌아보면 지난 삶이 무척이나 짧습니다
빛처럼 다가왔다 뚝 떨구는 꽃잎같이
누구나 그런 한 생이 찰나임을 모릅니다.

백열등 필라멘트가 갑자기 퍽! 나갑니다
더는 쓸 수 없는 가슴앓이 사연 앞에
생멸(生滅)은 과연 무얼까 골몰하게 됩니다.

―「목련편지」 전문

목련을 소재로 한 인용 작품에서 시인은 유감없이 폭넓은 서정성을 선보인다. 「목련 필 때」에 나타난 서정성은 에로틱하기까지 하다. 바람과 빛에 반응하는 목련의 모습을 여성화자에 비유하면서 관능적인 차원으로 육화시키고 있다. 각 장의 연결이나 시상의 전개도 자연스럽다. 각 장이 전통적인 보법에서 한 걸음 정도 늘어나 있음에도 이상하지가 않다. 이를 시조의 보법에 짜 맞추기 위해 조음에 해당되는 "그래그래"나 "아아아아……"를 생략했다고 보자.

본래의 유연함이 다 사라지고 만다. 박시인은 이점을 분명 고려했을 것으로 보인다. 보통의 경우 박시인은 시조의 보법을 벗어나는 형식적 실험을 전혀 허용하지 않기 때문이다. 가락의 유연함과 시상의 극대화를 위해 필요한 경우 신축적인 자세를 취하는 것은 그가 시조가락을 운용하는 데 있어 적지 않은 신경을 쓰고 있음을 짐작케하는 대목이다.

「목련편지」는 새로움이 돋보이는 작품이다. 목련이 피는 것을 "새하얀 A4지를 장장이 꾸"긴다고 해석하는 시인의 눈은 이채롭다. 치환은유이면서도 의외성이 엿보인다. 흔히 무생물을 생물적인 경우로 치환하는 경우는 있지만 그 반대의 경우는 흔하지 않기 때문이다. "뚝 떨구는 꽃잎"을 "백열등 필라멘트가 갑자기 픽! 나"가는 것으로 보는 경우도 마찬가지다. 자연현상의 변화 앞에 시인이 반추하는 '생멸(生滅)'의 의미를 묘미 있게 보여주고 있는 수작이 아닐 수 없다.

이 작품들은 사회적 규범과 분별, 이성이 강조되는 로고스의 세계와는 다른 파토스적 경향을 띄고 있다. 파토스(pathos)는 원래 철학상의 용어로 정념·충동·정열 등으로 번역되며 로고스와 상대되는 말이다. 이성의 판단과는 다른 원천으로부터 오는 것이며 '쾌(快)', '고(苦)'의 정(情)이 기본이 되고 고전윤리학에서는 쾌·고의 정을 이성의 판단에 따르도록 하는 것을 '덕(德)'이라고 하였다. 파토스는 종종 이성의 명령에 반항하기 때문에 스토아학파에서는 이것을 병(病)이라고 하였다. 파토스는 각성적 의식보다도 의식하의 근원충동에 더 관계를 가지고 있는 것이며 인간 존재의 표층적 또는 근원적 존재상황을 대표하는 것으로서 인간 존재의 근원성을 나타내는 것이라고 할 수 있다. 이에 속한다고 생각되는 작품들도 상당수 있다.

정적을 깨뜨리는 초가을 밤 꼬마 야경꾼

또르륵 호각 불어 불면을 검문하는

누이들 가슴앓이를 긴장으로 몰고 간다.

―「귀뚜라미」 전문

갓맑은 백금 햇빛

쟁그랑 부셔내고

얼비친 빛무리도

말끔히 가신 알몸

다소곳 명상에 젖어

하얀 이를 내보인다.

—「사발」 초장

풀여치 가을 속을 포로록 뛰어든다.
달빛 밤 정(釘)으로 쪼아 축대 허무는 귀뚜리

바람은 고운 잎새를 따 빗소리를 뿌린다.

—「가을 소나타」 전문

　이 작품들에도 뛰어난 서정성이 잘 드러나고 있다. 이 서정성을 이끌고 있는 것은 주로 이미지에 의해서 인데 「귀뚜라미」에는 청각적 이미지가, 「사발」과 「가을 소나타」에는 시각적 이미지와 청각적 이미지가 어울려 쓰이고 있다. 이 이미지들로 인해 이 작품들은 투명하고 탄력적인 느낌들을 준다. 정열적인 회오리나 격정에까지 이어지는 경우는 거의 보이지 않지만 이 파토스적 경향의 작품들은 로고스적 경향의 작품들에 비해 훨씬 정적이고 감각적인 성향을 보여주고 있다. 이 섬세한 서정성이 동심으로 확대되고 있음이 또한 주목된다.

작설 뜻 무어냐고
아빠 졸라 여쭸더니

짹짹짹 수다쟁이

참새 혓바닥 이래요

작설차
자주 마시면
수다 떨까 걱정돼요.

—「작설차」 전문

'작설'에 대한 뜻을 묻는 아이와 이에 답하는 아버지의 정겨운 대화가 바로 옆에서 들려오는 듯한 착각이 들 정도로 선명하게 그려진 작품이다. 동시조라고 할 수 있는데 박 시인이 동시조까지 범위를 확대해서 서정의 폭넓은 경지를 개척하고 있다. 「아가 눈빛」에서는 "세상의 어떤 티끌도 걸러지"는 "까만 산머루 닮은 싱그런 아가 눈빛"을 그려내고 있으며, 「해바라기처럼」이란 작품에서는 "태양을 품은 열애 다진 슬픔 씨앗 여물 듯/ 문명의 꿉꿉한 삶 마음볕에 잘 말려서/ 차르르 알곡을 쏟듯 사는 재미 쏟아보자."라고 하여 그 특성을 잘 형상화하고 있다. 「그 여름」, 「부처님」, 「청소」, 「방귀」, 「겨울 잠자리비행기」, 「자전거를 타고서」, 「나팔꽃」, 「단풍놀이」, 「자전거를 타고서」 등 적지 않는 작품들에서 우리는 세계에 대한 시인의 순진무구함과 천진성을 확인해볼 수 있다.

3. 대지적 여성성을 위하여

한 시인에게서 이렇듯 대별되는 시적 경향을 볼 수 있다는 것은 박시인이 그만큼 폭 넓은 사유 세계를 가지고 있다고 볼 수 있다. 그러나 그것이 어떤 경향이든 한 시인의 시적 지향점을 한 사물에 대해 판단할 때 이분법적으로 보여주는 모습은 바람직하다고 보기 어렵다. 왜냐하면 로고스냐, 파토스냐 하는 것이 우리 생의 목적이 될 수 없기 때문이다. 그렇다면 이 양자의 교합점이 필요하다고 볼 수 있고, 그 교합점을 우리는 "대지로서의 어머니"에 둘 수 있다고 생각된다. 이 사유는 넓고도 깊어 두 세계를 아우를 수 있는 큰 그릇이 될 수 있기 때문이다. 그런데 아주 바람직한 것은 박 시인의 시에서 이러한 아우라를 읽어낼 수 있다는 점이다. 그것은 일차적으로 가족사적인 것에서 출발하고 있다. 「遺品」에서는 "마지막 목숨의 불빛, 운학(雲鶴)무늬 서돈 금반지/ 내 손을 꼬옥 감싸며 눈감으신 어머니."의 애틋함으로 나타나기도 하고, 「우리 어머니」에서는 "입 떡 벌린 항아리 닮은 와룡골에 태어나서", "글 한 줄 깨치지 못"했고 "가난도 빚 안지우려 쟁기손이"되었으며, "목숨을 저당잡힌 두 번 전쟁 난리통에도/ 꺼져가는 생명의 불꽃 너 내 새끼 가리지 않고/ 어미닭 알을 품듯이 부활시켜" 수난사로 나타나기도 한다. 작게는 한 개인의 어머니일 수 있지만 넓게는 우리 근대사의 질곡을 넘어서 억척스레 이 땅을 살아온 모든 어머니들의 대변자로서 의미를 담고 있다고 보아야 할 것이다. 이것은 「母情佛心」에서는 어머니의 미소를 "無量壽殿"에 비유되기도 하고 「에밀레鐘」에서는 "너와 나 마음의 벽"을 허물고 돌아가는 성소로서 나타나기도 한다.

　　냇물에 몸 푸는 별들이
　　석등마다 불을 켠다.

―「通度寺 가는 길」 마지막 수 종장

　　생동감과 활력
　　허이 야. 땡그랑 땡, 위판장 선소리에
　　떡 벌린 아가리들이 신새벽을 베어문다.
　　청어빛 눈부신 아침이 푸득푸득 일어선다.

―「자갈치」 둘째 수

　　찌르릉 山품 여는

번뜩이는 도끼소리

深山 깊이 숨쉬는

흙비늘도 따라 튀고

물레에 살아서 오는

오지그릇 질그릇.

―「겨울 옹기막」마지막 수

비 멎은 도심 뒤안 화면이 밝아 온다

버려진 나무등걸 녹물 씻어 켜든 꽃등

이 탁한 세상 맑히는 저 초록손 착한 동심.

새벽 머리맡엔 뻐꾸기 풀빛 목청

맺힌 한(恨) 찬 응어리 그대 품에 남았다면

길 여는 물소리 따라 시름 모두 풀릴 거다.

―「초록앞에서」1, 3수

이 인용 작품들은 박시인의 "대지로서의 어머니"로의 시적 지향을 가늠케하는 작품들로 매우 폭넓게 시인의 사유체계 안에 무르녹아 있음을 볼 수 있다. 그러므로 그의 작품적 경향을 로고스와 파토스 경향으로 나누어 본 것은 하나의 도식적 분류에 지나지 않을는지 모른다. 중요한 것은 이 둘의 경향이 얼마만큼의 조화를 이루며 시인의 총체적 지향으로 나타나느냐 일 것이다. 최혜영 교수는 『그리스 문명』(살림지식총서 115)에서 그리스의 비극이 개인의 감성(파토스)을 사회적 필요(로고스)와 결합하여 신화(미토스)로 접목시킨 그리스 문화의 종합체라고 보고 있다. 반드시 그럴 필요는 없겠지만 사회가 더 혼탁해질수록 고통보다는 건강함을, 죽음보다는 삶을, 질시보다는 사랑으로 껴안은 화해와 희망의 시학이 더 바람직하다 할 것이다. 그래서 로고스적 경향이든 파토스적 경향이든 박시인에게서 찾아볼 수 있는 "대지로서의 어머니"로의 시적 지향은 그의 시 세계에 이 양자를 아우르는 중요한 하나의 담론으로 자리 잡을 수 있으리라는 믿음을 가질 수 있는 것이다.

순수와 화해의 시학

김민정론

1. 순수의 이미지스트

김민정 시인은 이미지스트다. 대부분의 이미지스트가 그러 하듯이 김 시인의 시 세계는 순수하고 아름답다. 그의 작품에는 편편마다 시각적·청각적 이미지와 자연친화적이고 부드러운 비유를 통하여 순수의 정점에 도달하고자 하는 시인의 희원이 잘 형상화 되고 있다.

하르르 무늬바람
하르르 무늬물결

그대 향기 하도 짙어
숨이 막혀 오는 날은

속눈썹 타들어가며
불 지피는 나의 연가

—「음악을 위하여」 부분

물결소리 바람소리
산새소리 들려오고
내 사유의 뜨락에도
하얀 달빛 밤새 내리는
오, 푸른
종소리 같은
그대편지 오실까

—「가을 편지」 부분

　「음악을 위하여」나, 「가을 편지」는 그 대표적인 작품이라고 할 수 있다. 「음악을 위하여」에는 "하르르"의 의태어가 바람이나 물결의 부드러움을 형상화 시키는데 일조를 하고 있다. "무늬바람"이나 "무늬물결"은 얼마나 아름다운 단어인가. 바람이나 물결이 무늬를 이루면서 "하르르" 다가오는데 시인은 이 풍경을 통해 그대의 "향기"를 느끼며 숨까지 막히고 종국에는 눈썹까지 타들어가고 있다. 시각이 후각으로, 후각이 다시 촉각으로 바뀌고 있는 것이다. 말하자면 이 시는 철저하게 이미지를 통해 서정자아의 심리 상태를 그려내고 있는 셈이다. 「가을 편지」는 어떠한가. 이 작품은 물결과 바람과 산새의 청각적 이미지와 "하얀 달빛"의 시각적 이미지가 접합되면서 "푸른 종소리 같은 그대 편지"의 청각적 이미지를 만들어 내고 있다. 이미지는 종류나 표현에 따라 그 느낌이 다르기 마련인데 김 시인의 시에서는 자연 친화적이고 부드러운 느낌이 지배적이다. 이에 대한 이유는 우리가 살펴보아야할 문제 중 하나지만 이미지로만 국한해보자면 청각이나 촉각 등 다른 이미지보다는 시각적 이미지가 지배적으로 많이 쓰이고 있다는 점과 무관하게 보이지는 않는다. 예를 들어

「그리움의 빛깔은」에는 "눈부시게/ 쏟아지는/ 저 무량의 가을 햇살"과 "나비처럼/ 팔랑이는/ 저 노오란 은행잎", "불처럼/ 타오르고 있는/ 저 빠알간 단풍잎"이라고 하여 모든 시적 대상이 회화적으로 그려져 있다. 김 시인은 거의 대부분의 작품에서 이미지나 비유의 묘사에 상당한 비중을 두고 있다.

하이얀/ 그리움의 피돌기/ 순교의 절창이 빛난다(「눈사람」)

수련보다 더 고운/ 아련한,/ 연분홍 그리움이라는 걸 알았습니다(「연꽃 만나러 가는 길 1」)

푸르른 하늘을 향해/ 싱싱한 꽃대궁을 밀어올리는(「연꽃 만나러 가는 길 1」)

잔잔한 수면을 향해/힘차게 솟아오르는 푸른 잎과(「연꽃 만나러 가는 길 2」)

보드라운/ 느티 속잎/ 푸드득 날개 펴면// 저것 봐/ 저것 좀 봐/ 천지간의 초록 물결// 생명 그/ 만발하는 무지개(「남산의 봄」)

분수처럼 솟구치는/ 하늘하늘/ 아지랑이/ 온 서울을 휘감더니---연초록/ 고운 바람이/ 사운대고 있잖아(「남산의 봄」)

남해 통영/ 달아 공원/ 이름 봄의/ 청매 향기(「남해 봄빛」)

촉촉이/ 양수 터트려/ 푸른 봄을 낳고 있다(「봄비 2」)

보오얀/ 꿈을 꾸는/ 아가의/ 솜털 같은// 고요한/ 햇살 속에/ 터지는/ 초록 함성//팽팽히/ 부풀어 오르는(「오, 눈부신」)

우체국 앞 하얀 목련/ 이영도를 닮았을까// 푸른 말/ 울음소리에/ 노을이 또 타고 있다(「유치환론 青馬거리」)

잣나무 가지 끝의 푸름으로 일렁이며 ---별빛 담은 눈빛들이 싱싱한 풀빛들이(「진달래 필 무렵이면」)

그리운/ 그대 얼굴 같은/ 강변 하얀 갈대꽃(「작별의 한때」)

물감처럼/ 풀어놓은// 연보라빛/ 그리움이// 송이송이/ 등 밝히고(「등꽃 피는 날」)

맑고 깊게/ 울리는/ 선율처럼/ 부드럽다// 익을수록 의연해져/ 스스로 둥글어져(「가을 박」)

맑고 환한/ 얼굴의/ 형형한 가을 눈빛// 투명히/ 피어오르는/ 저/ 눈부신 사랑 눈 오는 아침(「사루비아」)

　여기에 인용하지 않은 작품도 상당수에 이른다. 문제적 작품이라 할 수 다음의 작품 시인의 의도는 더 분명하게 드러난다.

저 길 을
따
　　라
　　　서
가 을 이
오고　있다

저 길 을
따
　　라
　　　서
가 을 이
가고　있다

오 가 는
길
　　은
　　　하
　　　　나
　　　　　다
시 간 들 이
다 를 뿐　　　　　　　　　　　　　　　　　　　－「저 길을 따라서」 전문

이 작품에서 보여주는 포말리즘의 기법도 시인이 얼마나 이미지를 중시 여기고 있는가를 단적으로 보여주는 한 예에 속한다. 물론 이 형태를 통해 시인은 "저 길"의 모습을 독자들에게 시각적으로 보이고자 했을 것이다. "저 길"은 구불구불 하지만 그 길로 가을은 또 오고 가고 있다. 가고 오는 길은 시인은 "하나"라고 말한다. "시간"들이 다를 뿐이라고 말한다. 그러니 여기서 "길"은 시간을 초월하여 영원한 길이라고 할 수 있다. 시인은 이 "길"의 존재를 찾고자 노력한다. 그러나 시인은 이미지스트이기 때문에 이 영원한 길에 대해 욕심을 가지지 않는다. 그냥 보여줄 뿐이다. 보여주는 것으로써의 임무를 충실하게 수행한다. 그러기에 시인은 "영혼의/ 젖은 음색/ 갈피갈피 부리면서// 추억처럼/ 추적추적/ 가을비가 내리는 밤// 기다림/ 등불을 켜고/ 만리 밖을 비추네"//(「가을비 내리는 밤」 부분)에서 보듯 청각적인 요소도 시각적 요소로 바꾸어 서정자아의 심경을 투명하게 보여준다. 그럼에도 우리는 다음의 작품들에 주목하지 않을 수 없다.

겨울성 가장자리
성가퀴로 돌아나면
그 높은 새둥지에도
등불 하나 걸리고
팔팔팔
끓는 백비탕에
녹아드는 한 생애

—「설야」 부분

은은히 울리면서
빛이 되어 흐르는

천년보다 더 긴 세월

영혼의 기침소리

가파른

생의 계단을

이 밤 누가 오르는가

―「종」 부분

이 작품들 역시 이미지 중심의 시이긴 하지만 단순히 이미지로만 설명할
수 없는 깊이가 느껴진다. 그 점은 어디에서 연유하고 있는가. 「설야」를 먼저
검토해보면 이 작품 역시 초장과 중장은 다른 작품과 같이 변화가 느껴지지
않는다. 겨울 "높은 새둥지"에 "등불 하나"를 내거는 모습이니 쉽게 그림을 그
릴 수 있지 않은가. 그러나 문제는 바로 다음이다. "팔팔팔/ 끓는 백비탕에/ 녹
아드는 한 생애"에서 이 시는 의미심장하게 바뀐다. "팔팔팔/ 끓는 백비탕"이
라고 눈 오는 밤을 묘사한 새로움도 새로움이지만, 여기까지 형상화된 이미지
를 일시에 "녹아드는 한 생애"로 바꾸어 놓고 있기 때문이다. 다시 말해 시의
표현기법이 이미지 중심에서 인생관 중심의 주제로 무게 중심이 옮아갔기 때
문이다. 이 점을 유념하고 「종」이란 작품을 보면 이 작품의 깊이가 어디에서
연유하고 있음을 알 수 있다. 이 시 역시 무게 중심이 초·중장에서 형상화된
시각적 이미지("빛")와 청각적 이미지("영혼의 기침소리")가 인생관 중심의 주제의
식("가파른 생의 계단")으로 환치되고 있다. 이들 작품들은 김 시인의 시가 앞으로
변모를 모색하고 증거로 보아도 좋을 듯싶다.

2. 화해의 시학

앞서 우리는 김 시인의 작품세계가 자연친화적이고 부드러운 세계를 형
상화 하고 있다고 보았다. 이는 자아 밖의 세계를 대결과 긴장으로 인식하지

않고 화해를 추구하는 정신에서 비롯되고 있다고 할 수 있는데 실제의 작품을
통해 이것이 어떻게 구현되고 있는 지를 살펴보기로 하자.

　　기다리던
　　꽃소식에
　　마음이 온통 달아

　　찻잔으로
　　가는 손길
　　그도 한참 뜨겁더니

　　비로소
　　꽃 한 송이가
　　내 안에서 벙근다

ㅡ「기다리는 마음」 전문

　　비울 것 다 비워낸 가벼운 몸짓으로

　　가지 사이 이는 바람

　　그도 모두 보내놓고
　　비로소

　　맑은 하늘 한 장

　　펼쳐드는

저 선사(禪師)

—「지상의 꿈 - 용문사 겨울은행」 전문

주지하는 바와 같이 서정시의 가장 큰 장르적 특성은 동일화의 원리를 추구하고 있다는데 있다. 인용한 이 작품들은 이 동일화의 원리를 잘 수용하고 있다. 「기다리는 마음」에는 동일화의 방법 중 '동화'의 기법이 「지상의 꿈-용문사 겨울은행」의 작품에서는 '투사'의 기법이 쓰이고 있는 것이다. 동화는 자아 밖의 세계가 자아로 들어오는 것이고, 투사는 자아가 세계 속으로 투영되는 것이니, 자아와 세계는 한 몸이 되는 것이다. '투사'든 '동화'든 동일화의 기법은 근본적으로 세계와의 화해를 모색하기 마련이다. 이 시인의 작품이 전반적으로 따뜻하고 부드럽게 느껴지는 것은 바로 여기에서 연유하고 있다.

긴장과 대결의 현실인식이 그러면 김 시인의 시에는 과연 없는 것인가. 그러나 그렇지 않다. 김 시인의 시에는 고독과 그리움의 공간이 자리 잡고 있다. 언뜻 보기에는 이 두 개의 공간은 엇비슷하게 보이지만 김 시인의 작품에서는 이 두 공간이 상당히 상반된 모습으로 형상화 되고 있다. 말하자면 김 시인이 추구하는 화해의 시학으로 나아가는 과정들이 그리 간단치만은 않다는 점을 보여주고 있는 것이다.

먼저 고독의 공간을 보기로 하자. 김 시인에게 고독의 의미는 「파도」, 「정동진에서」, 파도 등의 이미지로 육화되고 있다. 「파도」에서는 "발돋움하다/ 발돋움하다/ 혼자 가만 불러보는// 철썩이다/ 철썩이다/ 아픔으로 피멍드는// 그리운/ 이름 하나를/ 끝내 묻지 못하는" 안타까움과 그리움의 대상으로 나타나고 있다. 이 고독은 자신으로부터 치밀어 오른 것이라기보다 외부 세계로 오는 요인이 더 크다고 생각된다. 이를테면 「어떤 실직」에서 보듯 현실은 "선술집/ 유리창에/ 희미하게 번져나는/ 질펀한/ 생의 우수"이거나, "갈 곳 없는/ 시간들"이기 때문이다. 「올가」에서는 그렇기 때문에 "무책임한 인재 앞에/ 해해마다 겪

는 난리"를

> 그의 눈빛 스쳐간 자리
> 참혹해라 아, 몰골
> 둥둥둥 황토수 위를
> 떠다니는 저, 주검

으로 끔찍하게 재현해내기도 한다. 「평화의 댐 가는길」에서는 6.25 때 전사한 수만의 젊은이들의 아픔을 대변하기도 한다. 「서울의 밤」에서는 "거대한/ 바퀴를 달고/ 굴러가는/ 서울, 밤"을 읽어내기도 한다. 그의 현실인식은 이처럼 진실 쪽에 서있다. 그렇다고 해서 강도 높고 날카로운 목소리로 비판하지는 않는다. 오히려 「고독의 순도」에서 보듯 고독의 절정과 빛깔과 침묵의 "그 뜨거운 파문"에 가 닿고자 하는 시인의 열원을 읽을 수 있다.

다른 한편 그리움의 공간은 대개 가족사와 유년에 대한 경도로 이어지는데 「영동선 철로변에」의 연작이나 「꽃피는 봄날에」 등의 작품에서 형상화되고 있다. 「어린 날의 동화」에서는 "내유년의 뜰 안을 재재대던 어린 새떼"의 이미지로 나타나기도 하고 "싹 틔울 눈 키워가는/ 겨울나무 벗하면서/ 빛나는/ 미래를 꿈꾸는" 산정호수나(「산정호수」) "마음속에/ 등불 하나/ 고요히/ 밝혀"든 "용문산(「겨울행」)으로 나타나기도 한다. 그러나 이 그리움의 공간에 놓인 작품들은 진실보다는 감성에 가닿아 있다고 볼 수 있다.

이 고독과 그리움의 상반된 의식을 통하여 시인이 이르고자하는 종착지는 어디일까.

> 푸른 꿈을 꿀 자유와
> 싱그러운 자존 위해
> 파아란 하늘 받친 숲 속의 나무처럼

튼튼한 뼈대 하나를 마음속에 세운다

제각각의 속도와
제각각의 방향으로
튕겨지고 달아나는 우리들의 삶이지만
희망은 망각 속에서 새눈 뜨는 초록별

—「뼈대를 세우다」 전문

　　"튼튼한 뼈대 하나를 마음속에 세"우며 "망각 속에서 새눈 뜨는 초록별"에서 우리는 시인의 문학적 지향점이 어느 곳인지를 감지해낼 수 있다. 그곳은 "귀뚜라미 울음소리"에도 "생이 반짝 빛"(「귀뚜라미 내 가슴에 우는 밤」)나고 있는 세계며, 「낙엽이 지다」에서의 "아, 다시// 몇 번의 노래로// 흔들리며 서는 언덕"이다. 삶에 대한 고뇌와 뉘우침과 한숨과 망설임 속에서도 시인은 희망을 보고 있는 것이다. 이 공간은 곧 사랑의 공간이다. '달'과 '별'이 빛나고 '꽃'과 '새'가 있는 행복의 공간이다(「행복의 나라」). 동시에 "다사로운 하늬햇살/ 싱그러운 하늬구름"의 빛나는 공간이며(「푸른 신호등」), 푸른 색의 이미지가 지배하는 공간이다. 「음악을 위하여」에서는 "슬픔이 풍덩풍덩/ 그대 늪에 던져질 때// 그대 안에 자라나는/ 아, 푸르른 그리움// 어둠을 밝히는 고요/ 깊은 그대 삶의 탄주"로 나타난다. 같은 그리움이라도 이것은 동화적인 세계나 가족사적인 그리움의 세계가 아니다. "비 내려도/ 바람 불어도/ 꺼지지 않을/ 불씨 되어// 언제든 어디서든/ 그대 향해 활활 타오를// 가슴"을 가지고 있으며 그 가슴에 "불잉걸 하나/ 간직하"려(「불꽃이고 싶은」) 애쓰는 화해의 공간이다.

　　이 공간에 도달하기 위해 시인은 자신에 대한 존재를 가볍게 하려고 노력한다. 사랑의 무게를 측량해보는 「존재의 가벼움-사랑의 무게」에서는

별이 되어
반짝이는

기다림조차
날개를 단다

제 무게를
털어내는
장자(莊子) 꿈 속
나비처럼

가볍게
날아오른다
우화등선을
꿈꾼다

"우화등선"을 꿈꾸는 가벼움을 추구하고 있다. 욕심이 없다. 세계와의 대결은 어느 곳에서 생기는가. 욕망의 충돌에서 생긴다. 욕심이 없는데 어떻게 대결이 있을 수 있겠는가. 그러므로 시인은 "끊임없이 반복되는/ 출렁이는 삶의 무늬/ 물결에/ 지치지 않는/ 씻고 씻긴 삶"을 지향하며, "테 두르지 않아 좋은/ 마음 조릴 것도 없는/ 낯익어 향수 같은/ 투명한 저녁노을/ 그렇게/ 하루를 닫는/ 조용한 삶"(「가을에는」)이기를 간구하고 있다. 그러니 염려할 필요가 없다.

시인의 말에 나타나 있듯 그녀의 시가 "生으로의 긴 긴 여행"을 지나와 "천 년을 넘나드는 저 깊은 바람을 뚫고", "휘파람 불며" 이 세상을 건너갈 수 있으리라는 것을 우리는 의심할 필요가 없기 때문이다.

화해와 웅전, '오름'의 시학

오영호론

1. 자아성찰과 화해

오영호 시인의 작품에서는 제주 오름의 유연한 품새가 자리 잡고 있다. 그러나 제주 오름을 오른 사람이라면 그 오름 안에 아픈 속내를 담고 있음을 알 수 있듯 보기와는 다르게 그의 시에서는 아픔이 배어나온다. 속으로 아픔을 간직하면서도 부드러움을 갖고 있는, 대지적 여성성의 오름. 그 오름의 이미지를 오영호 시인은 생래적으로 갖고 있는 것이다.

「참, 이상한 인사말」이란 작품에 나타나듯 시인은 4·3때 형을 잃고 그 주검도 못 찾고 6.25에 철갑이 삼촌도 행방불명된 역사의 질곡을 겪었다. 그러나 4·3이 결코 지워버릴 수 없는 질곡의 역사라 할지라도 이제는 화해와 용서의 시선으로 바라보고 있다.

> 바람이 쓰러뜨리고 바람이 일으키는
>
> 무자년 그 핏빛 음성 빈 들판 서성이며
>
> 한 사발 맑은 넋으로 불신의 벽 헐고 있다
>
> ─「3월 들판에는」 부분

> 날 세운 푸른 잎이 하늘 한 장 베어 물고
>
> 모진 비바람에도 꺾임 없이 휘날리며
>
> 순한 귀 열어놓고 사는 백수(白手)이고 싶다
>
> ─「억새꽃, 너를 보면」 마지막 수

전자의 작품에는 참혹했던 무자년이 "핏빛 음성"으로 은유되어 있다. 3월의 들판이니 4·3의 전주곡이 지배했던 공간이다. 불어오는 것이 모두 "바람"일 수밖에 없는, 그리고 그것이 모든 것들을 "쓰러뜨리"기도 하고 "일으키"기도 하는 상황이 연속되었던 공간이다. 그러므로 여기서의 "바람"은 無所不爲 절대 권력의 상징으로 나타나고 있다고 볼 수 있다. 그 공간에 현재적 자아는 서있다. "바람"도 물러가고, 이제 더는 쓰러뜨릴 것도 일으킬 것도 없는 평온하기 그지없는 공간에서 과거 그 "핏빛 음성"을 떠올린다. 그 "핏빛 음성"이 이제는 "한 사발 맑은 넋"으로 돌아오고 있는 것이다. 모든 것을 불신하지 않으면 안 되었던 시대. 그러지 않으면 자신이 언제 죽을 지도 몰랐던 암울한 시대. 그 "불신의 벽"을 허물고 있는 것이다. 그 현재적 자아는 「억새꽃, 너를 보면」에서는 불신으로만 치닫던(이 작품은 4·3 때 132명 민간인이 무차별 학살되어 묻힌 대정지역을 배경으로 하고 있다) 시대를 접어두고 이제는 "순한 귀"만 열어두려 한다. "백수(白手)"로 살아가고 싶다고 한다. 시인은 정말 이제는 과거의 참혹한 역사 깨끗이 잊고, 건들거리며 유유자적(悠悠自適)하고자 한 것일까. 그러나 잊는다고 어찌 그것이 다 잊힐 수 있는 일이랴. 다만 시인이 "순한 귀"를 열어두려 하는 것은 과거 역사와의 화해를 시도하고 있는 것으로 해석해볼 수 있다. "백수(白手)" 또한 '빈손'이라는 축자적(逐字的) 의미를 담고 있다고 보아야할 것이다.

> 갠지스는 인도의 마음
> 바라나시 돌계단 밑
>
> 얼마나 흘렀을까 어둠에 묻혀 있는 수면을 밝히며 피어오르는 화장하는 불빛 아래 똥오줌이 섞이고 시신을 태운 재가 꽃잎과 함께 떠내려가는 강물에 목욕하고 먹는 순례자에게 '그렇게 더러운 물을 어떻게 마실 수가 있느냐고?' 코리언이 묻자. 강물로 머리를 적시던 중년의 코 큰 남자 빤히 쳐다보며 하는 말 '당신의 몸은 똥오줌으로 가득 차 있으면서 깨끗한 척……' '쯧쯧' 혀를 차는 소리
>
> '등신아, 까불지 마라'
> 확 타오르는 나의 얼굴.

─「까불지 마라, 등신아」 전문

시집의 표제작이 되는 「까불지 마라, 등신아」에 나타난 시인의 의식 역시 자아의 성찰 위에 놓인다. 고고한 척 하지만 실은 모순과 부조리에 가득 찬 자신의 과오에 대해 자조의 목소리를 스스로에게 던짐으로써 그 부끄러움을 드러낸다. 그러나 이러한 자아 성찰의 시들은 일차적으로 시인 자신의 내부를 향하고 있으면서도 거기에 그치지 않고 현대인들이 간과하기 쉬운 일상의 잘못들을 잔잔히 일깨워 주고 있다는 점에서 보다 큰 의미를 지니고 있다고 할 수 있다. 이는 시인의 첫 시집에서 보여 주었던 4·3의 역사성을 일상성으로 가져왔다는 것을 의미한다. 다시 말해 부끄러움에 대한 성찰은 넓게는 4·3에 그 근원을 두면서 단지 역사성으로만 묻혀있는 화석적 존재가 아니라 이 의미의 확장, 변용된 삶의 줄기로 볼 필요가 있다.

심지어 오름을 오르면서도 "내 발길 이끄는 대로// 참회하며// 가는 죄인."

(「오름에 오르다」에서)이라고 자책하기도 하고, 「백중날 바다에 발을 담그고」에서
는 "탁족(濯足)이니 세심(洗心)이니 그 너머 영혼까지 수만 번 씻고 씻어 봐도
부질없는 일"이라고 술회하기도 한다. 그러기에 시인은

> 육신을 즐겁게만 끌고 온 탐욕의 눈과 귀
> '오늘 이 순간만이라도 참회하라, 참회하라'
> 불타는 나뭇잎들이 야단법석 한창이다.
>
> —「석굴암의 가을」 둘째 수

에서 보듯 가을에 단풍든 나뭇잎만을 봐도, 그 요란한 치레가 자신의 잘못을
나무라는 것으로 생각한다. 「우울한 전화」에는 易地思之를 하지 못하는 자신
에게 화살을 돌리며 "와장창 깨부수고 싶은/ 그래, 그래 내 잘못이야."라고 자
신을 책망하고 있는 것이다.

2. 현실에의 응전, 그 객관적 거리

4·3에 대해 그렇다고 해서 시인이 현실에 방관적 태도를 취하는 것은 결
코 아니다. 시인의 현실인식은 크게 나누어 보면 농촌 현실에 대한 인식, 사회
문제에 대한 인식, 생태 환경에 관한 인식 등으로 압축해볼 수 있다. 이를 잘
반영하고 있는 작품을 부분 인용해보기로 하자.

> 뽀오얀 하늘 아래 살진 귤밭마다/
> 아프가니스탄 언덕 위로 터지는 폭탄처럼/
> 불면의 허수아비들이 뚝뚝 지는 노란 눈물
>
> —「11월의 꿈」 초반부

구조조정 눈보라에 멀쩡한 성목들이/

쓰러져 생피 뚝뚝 질펀한 반도의 길/

닦아도 닦이지 않는 내 안경의 뿌얀 눈.

—「백수(白手) 김씨」 후반부

유년의 반딧불이 호박꽃 초롱 들고 조무래기들과 같이 놀던 반딧불이 찾아 밤새 헤매어도 반딧불이는 보이지 않고 밭 구석마다 뒹구는 다이옥신 빈 병,// 어디로 날아가 버렸나/ 꽁지에 불붙은 채.

—「반딧불이」 후반부

「11월의 꿈」에는 제주의 지역 특산물인 귤밭이 이제는 더 이상 주요 생계 수단이 되지 못함을 함축적으로 보여주고 있다. 얼마나 그 심정이 애탔으면 '아프가니스탄 폭탄'으로 그 고통을 비유했을까. 「검정콩 타작을 하며」에는 "더럽고 메스껍고 구린내 나는" 세상 것들을 후려쳐도 "꺼져가는 불을 지필 수" 없는 농촌 현실을 농부 화자를 통해 형상화 되고 있으며, 「귤을 따며」에는 귤밭 농사를 하는 양씨 부부의 고단한 삶이 제주도 방언을 활용하여 실감 있게 묘사되고 있다. '뭘 해 먹고사나. 그래도 이것뿐인데' 양씨의 한숨 섞인 넋두리와 '좋은 밭도 억새밭 되어 보는 사람들이 웃을 생각하면 이러지도 저러지도……' 못하는 현실을 푸념하는 아내. 그러나 시인은 이것에 대한 원망이나 분노를 싣지 않는다. 객관적 거리를 철저하게 확보하고 있는 것이다. 그 거리 확보를 위해 이 부부의 타는 마음과는 아무 상관없이 귤나무 사이를 날아다니며 잘 익은 상품(上品)만 골라 콕콕 쪼아먹고 있는 동박새 한 쌍의 모습으로 마지막 처리를 하고 있는 것이다. 「겨울, 감귤나무가 하는 말」에서는 상품(上品)만 출하해도 했는데 "새 천년의 꿈 텅 빈 가지 끝에 피 빛 노을" 밖에 될 수 없는 현실을 그리고 있다. 시인은 이 작품에서도 객관적 거리를 유지하기 위해 이 참담한 현실을 "세기말/ 살얼음 한파/ 동사하는 풀뿌리들"에 비유하는 수법을 활용하고 있다.

「백수(白手) 김씨」는 현재 우리 사회에 몰아치고 있는 IMF 후폭풍과 관련된 문제를 다루고 있는 작품이다. 감원 등의 구조조정을 겪으면서 우리 사회는 멀쩡한 근로자들을 사회 밖으로 내몰았다. 이들은 우리 사회를 받치고 있던 기둥들이었다. 아버지들이었다.

「아버지는 슬프다」에서 보듯 그 아버지들은 "하얀 장미꽃 향기 속" 눈부신 5월 햇살에도 삼무공원, 긴의자에 앉아 아카시아 꽃 꿀을 따는 일벌들 노동의 날개짓을 보면서/ 오늘도/ 고개를 못 드는" 슬픈 아버지들이다. 「진눈깨비」에서는 "서울역 배고 자는/ 노숙자 김씨 얼굴"을 "겨울에 떨고 있는/ 소나무"에 비유하고 있고, 「술(酒) 小考」에서는 "달동네 김씨네 연탄마저 떨어진 난세의 아픔"을 그리고 있으며, 「시누대숲」에서는 "4.13 총선 깃발 아래 반도 화합의 풀잎소리"를 듣고 싶지만 오히려 분열만을 극심하게 드러난 사회까지 그 범위를 확장하고 있다.

「반딧불이」는 생태학적인 관심을 보여주는 작품이다. 편리함을 추구하는 인간의 가없는 욕망은 우리의 자연을 얼마나 황폐하게 만들고 있는가. "반딧불이는 보이지 않고 밭 구석마다 뒹구는 다이옥신 빈 병"의 상태인 것이 우리나라 농촌의 현실이다.

"술 취한 개들이 헉헉거리며 뱉어 놓은 깨진 술병과 버려진 안주"가 오염시키고 있는 상황을 "고향은 있어도 고향을 잃은 바닷가 게들"로 비유된 화자가 자신의 물어 뜯는 것으로 형상화 시키고 있는 「탑동 소고(小考)」, "콘크리트 고급 닭장만 높이높이 솟아올라" 스모그로 가득 찬 도시의 삭막함을 그려내고 있는 「별을 보고 싶다」, 골프장에서 쓰는 "카이져, 벤벨" 등으로 환경이 오염되어 새들과 숲이 사라지고 있는 현실을 증언하고 있는 「그리운 숲」, 토종민들레의 위태로움을 고발하고 있는 「개민들레」 등이 이에 속하는 작품들이다.

이렇듯 시인의 현실 인식은 우리 사회가 당면하고 있는 여러 문제를 정면으로 응전하고 있다. 그런데 더 주목이 되는 것은 농촌 현실에 대한 인식이 나타나는 작품을 언급하면서 밝혔듯 시적 대상과의 거리를 객관화시키고 있다는 점이다. 사실 이런 종류의 고발시들이 안고 있는 문제점에 대하여 우리는 적잖은 회의를 느껴왔다. 이들 고발시들은 자칫하면 시적화자의 감정에 매몰되는 실수를 범하기 때문이다. 그렇게 되면 자연 시적 긴장과 탄력이 떨어지게 되고 독자들도 쉽게 공감하지 못하게 된다. 오 시인의 작품들은 대부분 이런 위험성으로부터 벗어나 있다. 시적 대상과 적당한 거리를 유지하면서 사회 현실이나 상황을 서정적 화폭에 담아내고 있기 때문이다. 이는 오 시인이 서정성에 얼마만큼 신경을 쓰고 있는가를 살펴보면 쉽게 수긍이 가는 문제다.

3. 섬세한 서정성

의상대// 바닷길 따라// 서 있는 *종현 시비//
일출도// 파도와 맞짱 뜨며// 배지기로 넘어갈 때//
홍련암// 좌불 밑으로// 붉은 연꽃// 손 내미는

―「홍련암」 전문

색이 선을 그리고
선이 색을 칠하는

맑고 참된 숨결 철철 넘치는 얼굴

치켜 든 하얀 꼬리 끝에
노을이 타는 순한 눈

―「이중섭 3 ― 흰 소」 전문

매달린 감꼭지 하나 무심코 쪼아대던
수척한 산새 한 쌍 산 숲으로 날아가고

떨어진 깃털 하나가 봄의 열쇠 푸는 소리.

―「입춘 무렵 감나무를 보며」 전문

인용한 작품들은 어렵지 않게 찾아본 것들이다. 이 작품들에는 섬세한 서정성이 무르녹아 있다. 「홍련암」에는 일출의 자연 현상을 인간사의 것으로 환치시키는 묘미가 있다. 「이중섭 3 ‑ 흰 소」는 그림을 보고 느낀 인상적인 부분을 잘 포착하고 있다. 소의 '눈'을 "노을이 타는 순한 눈"이라고 본 것은 시적 대상의 특성을 핀셋으로 정교하게 뽑아낸 佳句다. 「입춘 무렵 감나무를 보며」에서는 "떨어진 깃털 하나"에서도 시인은 봄의 기운을 읽어낸다. 시인은 서정성의 새로움을 읽어내기 위하여

무자년 아픈 산에
누가 먼저 불을 놓았나
태우고 또 태워도
타지 않는 블랙박스

원혼들
산골 누비며
키보드만 두드리고

―「가을 산행 4」

"블랙박스", "키보드" 등의 시어도 적절하게 구사해낸다. 자연적인 소재에 과학적이거나 무생물적인 요소를 활용하는 것은 잘 용해되지 않기 마련인데 그의 시는 그러면서도 자연스럽다.

발 담근 둥근 낮달이 힐금힐금 쳐다 볼 때(「백중날 바다에 발을 담그고」)
순백의 뼈대 하나 꼿꼿이 세우지 못한/ 우둔한 목숨 하나 끌고 가는 목선

위에(「백중날 바다에 발을 담그고」)

　　날 세운 푸른 잎이 하늘 한 장 베어 물고(「억새꽃, 너를 보면」)

　　저녁 상(床)/ 구수한 자리젓/ 목젖 밑이 따갑다(「자리돔젓」).

이 표현들에도 시인의 서정성은 살아있다. 앞서 살폈듯 성찰적 자세를 지니고 현실에 대해 정직함을 지니고 있지만 그의 시가 탄력을 유지하고 있는 것은 날렵하면서도 섬세한 서정성을 지니고 있기 때문일 것이다.

4. 시조 형식에 대한 다양한 시도

오영호 시인은 또한 시조 형식에 대해 다양한 시도를 하고 있다. 적지 않게 선보이고 있는 사설시조는 그러한 저간의 노력들을 충분하게 읽어볼 수 있는 대목이다. 시인이 시조 형식에 대해 고민하고 있는 것을 잘 보여주는 작품이 「가을 산행」이다. 이 작품은 사설시조와 평시조가 혼합된 8수로 된 작품이다. 각 수가 연결되면서도 독립되게 1, 2, 3으로 구분하고 있다. 이 작품을 보면 시인이 시조 형식에 대해 다양한 시도를 하고 있음이 주목된다. 4와 8만 동일할 뿐 모두 형태가 다르기 때문이다.

　　1. 중장이 길어진 사설시조, 3연으로 구성

　　2. 초장 1행, 중장 2행, 종장 2행, 3연으로 구성

　　3. 1행 1연으로 구성

　　4. 초장 2행, 중장 2행, 종장 3행, 3연으로 구성

　　5. 초장 1행, 중장 1행, 종장 1행, 1연으로 구성

　　6. 초장 2행, 중장 1행, 종장 1행, 3연으로 구성

　　7. 초장 2행, 중장 2행, 종장 2행, 1연으로 구성

8. 초장 1행, 중장 1행, 종장 1행, 1연으로 구성

그런데 행과 연을 구분하고 어떻게 구성하느냐에 따른 나름대로의 입장을 우리는 그의 작품을 통하여 분명하게 읽어볼 수 있다.

3
한 쌍의 산비둘기 어디 먼 산길을 돌아 인연의 죄 값들을 떨어뜨린 잎새마다 오색의 등을 밝히고 다비(茶毘)하고 있구나.

6
능선 따라 풀어놓은
흔들리는 키 작은 숲

예인(에인) 칼바람이 도려내는 인고의 끈

쟁여둔 소문 하나가 화두되어 앞서 간다.

3의 작품은 왜 1행으로 처리 하고 6은 상당한 행과 연가름을 했을까. 이 작품들을 율독을 해보면 시인의 분명한 의도를 읽을 수 있다. 3에서 시인이 의도하고 있는 바는 유장함이다. 먼 세월을 돌아 현재적 공간에 다비(茶毘)하고 있는 잎새들에 시인의 시선이 머무르고 있는 것이다. 다시 말해 "등을 밝히고 다비(茶毘)하고 있"다는 사실 이전의 묘사는 뚝뚝 끊어서 행이나 연가름을 할 경우 그 효과가 반감되기 때문이라는 것이다. 이에 반해 6은 행과 연의 구분이 반드시 필요한 시적 구조를 가지고 있다. 행가름을 넘어서 연가름까지 한 이유는 초장과 중장, 종장이 각각 별개의 상황을 가지고 진행되고 있다는 점에서 필요했을 것이다. 초장은 숲을 묘사하고 있지만 중장은 칼바람과 삶의 끈을 연결하고 있다. 종장은 화두가 된 소문에 초점이 모아진다. 이렇듯 다른 시적 상

황 때문에 연가름까지 필요하게 된 것이다. 그렇다고 우리는 6의 작품을 병치적(diaphora)인 난해한 시로는 보지 않는다. 왜냐하면 중장과 종장의 시적 공간은 초장과 같은 숲이라는 공간이고, 그 상황들은 불연속이 아니라 연속적 상황이라는 점에서 그러하다. 시인은 이런 점을 염두에 두고 행가름과 연가름을 주도면밀하게 하고 있음을 우리는 알 수 있다.

우리는 지금까지 오영호 시인의 작품세계를 내용과 형식면에서 살펴보았다. 그의 시는 모두에서도 밝혔듯 제주 오름의 품새를 지녔다. 유연한 품새의 외연과 현실 세계에 대한 아픔의 내포가 함께 자리 잡고 있다. 오름을 오르면 오를수록 그 내면을 알 수 없듯 그의 시 역시 그 깊이와 넓이를 더 해가리라 믿는다.